媒介技术与技艺

王德胜　杨光 ———— 主编

当代文艺批评理论文选

中国文联出版社

图书在版编目（C I P）数据

媒介、技术与技艺：当代文艺批评理论文选 / 王德胜，杨光主编. -- 北京：中国文联出版社，2022.9
ISBN 978-7-5190-4967-6

Ⅰ. ①媒… Ⅱ. ①王… ②杨… Ⅲ. ①文艺评论－中国－当代－文集 Ⅳ. ①I206.7-53

中国版本图书馆 CIP 数据核字(2022)第 165746 号

主　　编　王德胜 杨　光
责任编辑　冯　巍
责任校对　李　英
装帧设计　贾闪闪

出版发行　中国文联出版社有限公司
社　　址　北京市朝阳区农展馆南里 10 号　　　邮编　100125
电　　话　010-85923025（发行部）　010-85923091（总编室）
经　　销　全国新华书店等
印　　刷　北京地大彩印有限公司

开　　本　710 毫米×1000 毫米　1/16
印　　张　23.5
字　　数　334 千字
版　　次　2022 年 9 月第 1 版第 1 次印刷
定　　价　78.00 元

国家社会科学基金艺术学重大项目“‘微时代’文艺批评研究”（19ZD02）阶段性成果

本书出版获中国文艺评论（首都师范大学）基地资助

目　录

导　言

“文变染乎世情，兴废系乎时序。”

文艺批评是文艺创作与接受、文艺生产与消费的重要环节。脱离了精准、公允的文艺批评，失去了文艺批评披沙拣金、去粗取精的功能实现，难以想象会有“精品”文艺出现。文艺批评又是勾连文艺实践与文艺理论的核心环节。它以灵动的姿态紧扣文艺活动的时代脉动，又经由理性的辨析直接架构和深化着文艺理论的演进逻辑。可以说，缺乏批评的文艺实践是盲目的，而缺失批评的文艺理论则是空洞的。

当下中国文艺批评正在发生着一系列显著而重要的变化。由媒介、网络、人工智能等构成的技术语境中的各类文艺批评，无疑是其中最能够明确体现文艺批评转向的要素之一。这一文艺批评的“技术”转向，以其鲜活直观的在场感、高度敏锐的问题意识、积极主动的理论介入姿态，直面中国文艺的当下实践并从中展望着某种未来的降临，具体鲜明地标示了中国文艺批评的当代特性。与此同时，可以看到，人们在为文艺批评“技术”转向带来的新生局面欢欣鼓舞之际，也难免在兴废交替、众声喧哗之中彷徨和眩晕。显然，如何理性地看待当代文艺批评正在发生的“技术”转向？文艺批评的“技艺”如何面对当代“技术”的挑战？文艺批评是否会因追逐各种“技术”文艺的热点而丧失自身理应具有的引领作用？凡此种种，都需要我们作出认真的回应。

进入数字时代，随着新技术样态、新产业形态一波接一波地涌现，各式“新”文艺开始纷纷出场：网络文学、数码文艺、交互艺术、人工智能艺术、后人类艺术，以及近来“元宇宙”热潮中频频露面的 NFT 艺术，等等。曾经的技艺之物，今天正不断追逐技术之物的万千变化而随之起舞，亦疲于奔命，如同束缚于数字蛛网上的蚊蚋闪闪发亮。文艺追逐新技术的勇气确乎可嘉，但若在此过程中，文艺本身的美学、伦理学、社会学、文化学等价值维度被技术标准带离了自己的节奏，那么，这种追逐便不能不产生出另一种危险。正因此，今天这个时候，“庖丁解牛”故事中的“技 / 艺之辩”这一千年话题，再度凸显了其现实的迫切性与理论的紧迫性。面对当下复杂局面，技术论向度中的种种文艺批评及其相关理论研究责无旁贷，既应精审分析高度技术时代的文艺诸活动及其现象，也需具体针对技术发达语境中的文艺批评本身进行谨严的学理反思。

本书中 20 篇文章所致力的，主要是从宏观、中观和微观三个层面，围绕媒介、技术处境中的文艺批评诸问题，展开相应的理论分析和讨论。

在宏观层面上，针对传统形态文艺批评的美学视野问题，王德胜强调，“微时代”空间存在形态、方式以及人的空间感受的迅速改变，带来传统批评空间意识的“在场性”缺失。当下文艺的美学批评空间意识建构，面临着如何能够“不是把空间当作独立的数量，而是当作与感知着的身体有关连的意向性对象”的问题，它促使文艺的美学批评超越纯粹艺术的空间事实，重新激发起自身的生活参与性，将艺术的改变与人在当下的空间体验方式的改变直接联系在一起。朱晓军通过历史地梳理传播媒介与文艺批评的互动关系，提出全媒体时代追问“文艺批评何为”，必须区分“研究”和“批评”；“批评”要“及物”“上线”“在场”“同步”

和“参与”，要放下身段、忘掉身份，才能做到“全员、全息、全程、全效”，解决文艺批评“失语”和“失效”的痼疾。

单小曦旗帜鲜明地提倡以“媒介说”文艺观为基础的新媒介文艺批评理论，认为从媒介视角、立足“媒介—文本”关系的理论阐释，既为分析文艺提供了新的可能，也可以架构并具体讨论新媒介文艺批评的性质、主体、对象、方法、标准等问题，丰富人们对文艺的理解。而胡疆锋在“事件哲学”视野中颇具新意地将网络文艺定义为“艺术事件”，强调文艺评论家要善于发现网络文艺的事件性，研究网络文艺的断裂性、生成性，以及创作的过程性、艺术的媒介性和未知潜能，适应平台化、圈层化的批评趋势，同时敏锐地发现了事件的可撤销性和非事件化的可能。王峰着重考察后人类状况带来文学理论新变的可能性，认定人们关心文学的方式将完全不同于人类中心主义时代：随着对游戏、身体介入方式、新书写和新影像、新的身体体验的关心，以及以虚拟现实为文学和影像的基本载体，以赛博格形态加入文学实践，作为交互式书写实践的文学将为文学理论研究打开崭新的领域。

针对艺术批评和艺术史问题，万书元认为，在普遍审美化、虚拟化和多元化的数字媒介条件下，当代艺术批评并非注定走向混乱和无序。自由民主学术氛围的创造、实事求是文风的确立、专业学术精神的倡导，使得我们依然可以期待光明正大、健康公正、一针见血、富有洞察力和说服力的理性的艺术批评。陈旭光则以电影批评面临的挑战为聚焦点，提倡互联网时代的文艺批评实践既要坚守基本原则和价值，又需秉持开放的态势，以使批评活动本身保有鲜活的生命活力，发挥重要的时代影响力。唐宏峰以艺术媒介的本体论认知为基础特别强调，特定时代的艺术史是复杂的总体时代条件下某些艺术门类间跨越媒介的共生、互动、通效的历史，因而“跨媒介间性艺术史”这一理论书写方向不追求各门艺术历史发展的共同性、普遍性或一般性，而是描述某些艺术门类之间在特定社会历史条件下的关联，即用“跨媒介间性”取代“普遍”和“一般”，既超越固守单一疆域的门类艺术史，又充分尊重不同艺术的差异，呈现为一种跨媒介间性发展的艺术史。

在中观层面，以技术与艺术的关系为核心，楚小庆详尽描绘了自印刷技术诞生以来的技术艺术史画卷，指出沿着技术门类陆续兴起的脉络以及相关的一系列社会文化现象来考察，可以清晰地发现一条由新兴技术发展推动新艺术形式不断衍生并对艺术创作表现形态产生相关影响的路径。由于技术进步所物化的是艺术观念、认识观念和审美意识形态，因而我们更应关注技术手段承载和呈现的艺术审美观念的准确性和有效性，而非技术手段本身。而在杨向荣看来，媒介文化时代的文体演变源于技术与媒介的共谋，也离不开从现代到后现代文化转型下的消费文化与视觉文化语境。媒介时代的文学以开放姿态拥抱新媒体下的图文声像，试图通过兼容并蓄的方式获得活力与新生，而文学是否能够在坚守"文学性"的同时，通过文体边界突围方式走出自我困境，则是需要我们持续关注的问题。

具体到文艺批评主体问题上，杨光通过提出"微众"这一主体范畴作了回应。在他那里，终端设备硬件层面的人机共生性和各个 App 应用平台软件层面的数据共生性，导致"微众"主体呈现出"栅格化"的数字主体特征。基于这一特征，诸如弹幕批评、朋友圈批评等微众批评活动，明显具有由"数据库"模型带来的"读取"式活动特点。"微众"成为比精英、大众、网民、草根等传统主体形式更为复杂多变的社会圈群，以至于大众文艺批评和网络文艺批评等批评类型在审视"微众"文艺批评活动时，往往呈现了诸多不适用性。黎杨全具体审视了弹幕文化对文艺活动和文艺批评理论的重构性影响，认为弹幕文化体现了文艺在社交媒体语境中的诸多变革，呈现出"社交型"文艺场景；社交媒体成为文艺活动的基础，而群体性讨论在生成文艺作品本身不具有的艺术效果之际，也肢解了作品，在文化象征形式上呈现了文艺由传统叙事走向网络时代数据库的趋势。面对社交媒体语境中的文艺新变，今天的文艺理论应走向交往诗学。

针对当代网络文艺批评的存在形态特质，韩模永区分了四种批评，即网民为主体的游戏式批评、企业为主体的商业化批评、媒体为主体的价值论批评、学院派为主体的艺术性批评。他指出，游戏式批评具有交互性、娱乐性和碎微化特征，商业化批评突出消费导向和用户中心，价值论批评强调对新闻价值、经济价值和社会价值的引导，而艺术性批评则重视文艺的思想性、艺术性和专业性。李雷集中关注了不同于学院派批评的粉丝文艺批评这一新形态，认为粉丝批评采取沉浸式文本解读，其合法性的确立建基于文艺批评公共领域的有效建构。与此同时，粉丝社群的圈子化、狭隘性和排他性等弊病及其文艺批评的“信息茧房”趋向，使其容易封闭在自身所设定的价值观、本真性和文本等级中，这不仅破坏了文艺批评公共领域的构建，也限定了其批评的价值和文化抵抗的效力。

在微观层面，文艺批评的形态重塑及其多元实践，成为被具体关注的焦点。蓝江以“在电子游戏的动作和经历中构筑自身对世界和自我的建构”作为电子游戏世代的基本特征，强调他们通过宁芙化身体感知和体验着不同于肉身感知的经历，使现实世界中被自我意识压抑的冲动得以在游戏世界中逃逸，并解构了同一性的自我。正是这种逃逸，建构了一个在现实世界中被视为不可能的世界——不是虚幻的梦境，而是宁芙化身体建构出来的多元的异托邦，也是电子游戏世代的存在哲学。朱军、李亦婷基于“小简”AI文本分析工具，对AI“小冰”的诗歌创作进行细读分析，认为“方程”与“算法”的人工智能在“篇章级”语义、整体结构与全局视野上存在的缺陷，促使人工智能转向以“学习”为导向的联觉主义范式，现象学对“诗性之思”的求索正在成为人工智能重要的发展方向。人们通过进一步开启生物与日常世界打交道时的行为方式研究，既可以使人工智能在可能的情境中直接把握意义，不断探索、熟悉、改进与世界交往的方式，打开算法时代情感与文学的拓展路径，也可以反身促进对人类“知情意”的重新理解。程林通过分析文学、影视与现实中共有的“皮格马利翁情结”现象，呈现了人形雕塑、机械或硅胶人偶、机器人及虚拟人偶在“非人之恋”中扮演的九种角色，认为在当代多元社会中，以人机之恋为代表的非人之恋现象常常展现出第三阶段的非病态化维度，它一方面折射出后现代社会个人情感危机和焦虑，另一方面见证了人类情爱观的转变，而且其商品属性也愈发明显。

置身媒介化发展的时代趋势，在新媒介文化研究视域中审视“播客”现象，许苗苗描绘出一个多重交织的播客诞生语境：社交性质的对谈是其情景语境，多进程并用的智能终端构造媒介语境，听友同步支援营造了生产者与消费者同构的文化语境。由于兼具电子媒体次生口语和日常原生口语的特色，播客得以跨越时空，向不在场的听友发声。借助口语塑造的人格化播客形象，声音构造起基于情感的共同体；维系这一共同体的，是延伸人类身体的新型媒介无处不在的陪伴。鲍远福以新媒体文艺的跨媒介表意与传播为对象，指证了新媒体对文艺实践意义载体和符号系统剧变的促进作用，认为图像符号从手绘、机绘到数绘的技术性跨越，语言文字从可阅读、可书写的物理形态向可操作、可交互的虚拟形态的转变，使得语图符号彼此混融、“缝合”乃至同构，共同参与新媒体文艺的意义建构，推动了新媒体文艺生产和传播的转向、跨界与融合；“表情包”“施为图像”和“图文体”等文本类型，成为构建文艺理论研究新型话语范式的重要参照系。盖琪则结合媒介文化研究和女性研究，揭示了当代中国“女性脱嵌者”形象的变迁逻辑，认为中国媒介场域的“女性脱嵌者”形象/叙事由“自我选择、自我负责”的上升逻辑分化为当下现代性发展进程中创伤性、奇观性与示范性并存的复杂面貌；整饬性视域被趋于对抗性和悖论性的公共话语空间所取代，折射了整个社会转型过程中公共领域价值议程的裂变。

随着计算机、移动互联网、移动终端、云计算、大数据等迅速发展，当今社会文化和人的生活踏入了一个媒介化生存全面兴盛的时代。它在广泛带来人的全新生活体验的同时，也不断制造出文艺生态的现实巨变，引发了文艺批评的多元新变——在逐渐解构传统的精英批评话语垄断之际，各种具有时代新质的文艺批评形态正在不断被催生出来；文艺批评存在形态、对象构成、主体话语、操作方法等的革命性改变，重组着文艺批评的内在格局，也重新塑造了一个全新的文艺批评场域。为此，在文艺批评愈加受到重视的今天，全面考察、具体介入和准确把握文艺批评领域各种新问题、新特质，特别是从理论上更加充分地理解和阐释以媒介、技术为核心关切的文艺批评实践问题，便成为当前文艺批评理论研究中具有强烈现实性和鲜明时代感的重大问题。

本书在上述宏观、中观和微观三个层面所进行的探讨，从理论探索、形态重塑、技艺实践等方面，较为集中地呈现了文艺批评“技术”转向的面貌概况和核心问题，既不同侧面地体现了文艺批评研究积极回应现实挑战的理论可能性，也一定程度地构成了当今中国文艺批评理论的一部分。我们期待着，这样一种可能性，这样一份理论努力，能够引得学界同仁的关注和批评。

本书的出版，得到首都师范大学艺术与美育研究院专项经费资助，谨此感谢！

王德胜　杨　光

2022 年 6 月于京西紫竹院

上编

媒介时代的文艺批评转型

媒介变迁与文艺批评的面貌

朱晓军

如果套用马克思在《共产党宣言》中那个我们耳熟能详的著名句式——“一个幽灵，共产主义的幽灵，徘徊在欧洲的上空”，我们可以这样断言：“一种危机，文艺批评的危机，徘徊在文学艺术的世界。”这个断言，绝非危言耸听——随机登录任何一个文学艺术的学术网站，以“批评”和诸如“危机”“困境”“状况”等作为关键词进行搜索，都会跳出堪称海量的链接；翻开任何一本文艺类的学术期刊，从具体的艺术门类到整体的文学艺术，做出近似结论的文章也屡见不鲜。随手拈来，就有北京大学教授、知名文艺理论家王一川先生的诊断：“当前，我国的艺术批评（有时称为文艺批评）正面临新的挑战。这里的艺术批评，其实已经不能涵盖所有的艺术批评了，而只能算是所有的艺术批评中的极小的一部分：学术型艺术批评。这种学术型艺术批评是由艺术界及相关人文社科学术界以学术期刊和书籍形式传输的那种带有学理或学术特点的艺术批评文字，可以简称为学术型艺评。这种被冠之以‘学术型’的艺术批评，在过去其实就是艺术批评的主干或全部，而今却已迅速蜕变为艺术批评中日渐丧失话语主导权的被迫边缘化或被边缘的可怜部分了。这恐怕正是当前艺术批评领域出现的尤其严峻的挑战之一。”①

实际上，文艺批评的种种症状，早已是迁延日久的沉疴痼疾。放眼国际国内，数十年来，如此多的文章把脉问诊，除了表明文艺批评界直面自身问题的清醒与冷峻，是否也意味着文艺批评在某种程度上已病入膏肓，以至药石难济，良医束手呢？那些熟悉的药方，诸如走出利令智昏的利益圈子、坚持独立的批评立场、避免凌空蹈虚的理论推演、从作品出发做出美学判断等，貌似切中肯綮，为什么一直收效甚微？如果只是着眼于文艺批评本身，恐怕永远也搞不明白，曾经风头甚健的文艺批评，为何陷入如此尴尬的境地，仅仅依靠文艺批评界的自省自觉，恐怕也难以突出重围。既然新媒介已经显示出如此强大的力量，借此重新梳理文艺批评与媒介的关系，或许正是找准病灶的关键所在。

一、纸媒与职业批评家的建构

文艺批评有漫长的历史。任何一部文学或者艺术批评史，几乎都会将自己的源头追溯到相关门类艺术起源的时期。口传时代的街谈巷议和切磋琢磨，就是文艺批评的滥觞。但是，现代意义上的文艺批评，直接发端于西欧17—18世纪的沙龙，伦敦与巴黎的咖啡馆成为现代文艺批评早期的生长空间。文艺批评从咖啡馆、沙龙的人际传播、群体传播方式走向更广泛的大众传播，得益于印刷业的飞速发展。自从15世纪谷登堡在印刷术上进行革新，西欧资本主义飞速发展；报纸杂志如雨后春笋般出现，出版业亦蒸蒸日上，造就了一个新兴的文人阶层。随着职业作

① 王一川：《当前艺术批评的学术自觉》，《福建论坛（人文社会科学版）》2014年第6期。

家作为一种独立的身份出现，批评家也应运而生，而且在其最初的阶段，这两种身份往往集于某位作者一身。无论是为自己的文学主张辩护，还是在书籍市场上争夺读者，作家（艺术家）都有很强的内外驱力来直接解释和表达自己的艺术见解。华兹华斯、柯尔律治等湖畔诗人的浪漫主义诗论，莱辛的《汉堡剧评》，司各特历史小说的夫子自道，乃至法国启蒙思想家们的文论等，都可作如是观。然而，真正意义上具有独立和自觉意识的文艺批评，是以职业批评家的出现为标志的。从文艺复兴时期人的觉醒到启蒙运动理性的胜利，天才辈出的文艺创作与恢宏博大的美学思辨比翼齐飞，将文艺批评的水准提升到一个前所未有的高度。职业批评家登上了历史的舞台，担当了引领文艺发展和推动文艺思潮的主角。比如法国文学史上古典主义与浪漫派戏剧对决的经典案例，尽管有雨果革命性的战斗檄文《〈欧那尼〉序》，以及对决古典主义戏剧教条并大获全胜的《欧那尼》上演事件，但最终，还是职业批评家圣·伯夫成为当时法国文坛浪漫主义思潮的代言人。

整个 19 世纪，西方文学艺术领域可以说流派纷呈、思潮迭起、群星璀璨、成就辉煌。批评家们不仅躬逢其盛、与有荣焉，而且屡屡独立潮头、指点江山。职业批评家们凭借自己渊博的学识、洞幽烛微的艺术感受力和抽丝剥茧的美学思辨力，不仅成为普通读者的良师，亦是作家艺术家的诤友。诸如泰纳对巴尔扎克的诠释、与左拉的密切关系，直接影响了法国现实主义和自然主义文学的发展方向；别林斯基对普希金的推崇、对果戈理的鞭策，使其成为俄罗斯（批判）现实主义伟大传统的教父；还有施莱格尔兄弟之于德国浪漫派；等等，都是文坛耳熟能详的经典范例。而在视觉艺术领域，诗人波德莱尔的画评，诸如《1845 年的沙龙》；罗斯金的艺术评论等，也都产生了广泛的影响。延至 20 世纪，则有英国的克莱夫·贝尔、俄罗斯的康定斯基、美国的格林伯格等，成为当时先锋派的代言人。

职业批评家的出现和文艺批评的自律，实际上正是自 18 世纪以来审美现代性的一个重要表征。文艺批评实实在在是“现代”的建构，是启蒙话语高歌猛进的急先锋。在学理层面，它依附于自律美学与艺术独立；

在文化空间层面，它依赖于由出版与印刷构建的公共领域；在受众层面，它依赖于求知若渴的新兴的资产阶级（公民社会）。哈贝马斯指出："粗略说来，在现代艺术的发展史中可以总结出一条不断前进的独立化线路。首先是在文艺复兴中形成了那种完全属于美的范畴的研究对象。在18世纪的进程中，文学、美术和音乐被体制化，成为了脱离宗教和宫廷生活的行为范围。最终在19世纪中期也产生了一种唯美的艺术观，它已经指导着艺术家们按照'为艺术而艺术'的意识来生产作品。这样，审美特性才得以成为坚定的信念。"① 美学成为"批判的武器"，美学价值与审美判断成为文艺批评的终极标准与方法论基础，这是最典型的现代现象。以先知觉后知，以上智启下愚的启蒙话语，构建了一个高高在上的理性主体，成为现代知识分子——哲学家、人文学者、艺术家、文艺批评家的共同事业与集体镜像。

回到百年中国的文学语境，可以说几乎完整地复制了西方印刷文化建构文学现代性与职业作家、批评家身份的这一进程。从戊戌前后梁启超发起"三界革命"（"三界"即文界、诗界、小说界）到五四新文化运动陈独秀鼓吹文学革命，文化领域的先驱们完全认同启蒙运动的理念，追求建立一个强大的民族国家，培植"新民""国民"意识，呼唤"德先生"和"赛先生"，否弃准宗教的儒家价值体系，信奉进步而非复古（所谓"三代之治"）的历史观，表现出强烈的现代性诉求。在这一中国"现代文学"发轫与文艺现代性的滥觞期，一个非常重要而又未能引起足够重视的动因，就是以现代印刷技术和报刊为代表的传播工具与传播媒介的登场。在晚清礼崩乐坏、"三千年未有之大变局"中，传媒成了革故鼎新、摧枯拉朽最强有力的武器。自梁启超1902年在日本横滨创办《新小说》杂志，鼓吹"小说界革命"起，短短数年，以小说为名的刊物如雨后春笋，报纸也竞相开设连载小说的栏目。小说从"言不耻于缙绅，名不列于四部，斥同鸩毒，视等俳优。下笔误征，每贻讥于博雅；背人偷

① ［德］于尔根·哈贝马斯：《现代性——未完成的工程》，载汪民安、陈永国、张云鹏主编《现代性基本读本》（上），河南大学出版社2005年版，第113页。

阅，辄见责于名师"[①]的"君子弗为"的小道，声誉暴涨，一跃而居于"文学之最上乘"，乃至"几几出于经史之上"。[②]早在1906年，小说家吴沃尧就感叹道："吾感夫饮冰子《小说与群治之关系》之说出，提倡改良小说，不数年而吾国翻译之小说，几乎汗万牛充万栋，犹复日出不已而未有穷期也。"[③]据日本学者樽本照雄研究，1873—1902年发表的创作和翻译的小说作品仅150种，但自1902年《新小说》创刊到1912年的十年间，一跃而达到了2482种。[④]小说取诗词而代之，从文学的边缘到中心的位移，成为中国文学现代转型中最引人瞩目的现象。没有文学期刊、出版社这些硬件的支撑，这种现象的出现是根本不可能的。正是晚清小说界革命的深入，为五四新文化运动在舆论上和思想上创造了条件、做好了铺垫。《新青年》《小说月报》《语丝》《创造月刊》……申报副刊、京报副刊、大公报副刊等书写的中国现代文学波澜壮阔的篇章，实则肇端于此。

从小说由街谈巷议的"小道"被奉为"改良群治"的大道，从"诗、文、评"的范式到现代批评话语的确立，从白话文的胜利到国语文学正式进入大中学校的教科书，不仅曾被列为禁书、淫书的《红楼梦》一洗沉冤，成为白话文学的不祧之宗，而且文学革命标举的文学观念以及贯彻这些观念的新文学创作，也被经典化，成为新一代读者头脑中的文学规范——文学变成了"美的一种"，获得了审美自律性。具体而言，以报纸、杂志等传播媒介及现代出版业，教科书的编纂与文学教育课程的设置等为基础形成的传播机制和文学体制，彻底颠覆了中国文学的传统文类秩序，改变了文学的生存形态，赋予"文学"这个概念以全新的含义（与章太炎在《国故论衡·文学总略》中对"文学"一词所做的考证相较）。第一，文学不再是装点盛世、粉饰太平的所谓"经国之大业、不朽之盛事"，也不再被视为文人才子宦海沉浮、幽居靡闷之时或肥马轻裘、

① 瓶庵：《〈中华小说界〉发刊词》，《中华小说界》第一年（1914年）第1期。

② 几道（严复）、别士（夏曾佑）：《本馆附印说部缘起》，《国闻报》光绪二十三年（1897年）十月十六日至十一月十八日。

③ 吴沃尧：《月月小说序》，《月月小说》第一年（1906年）第一号。

④ ［日］樽本照雄：《阿英〈晚清小说书目〉》，转引自王中忱《近代媒体的登场、发展与小说书籍生产的变迁》，《文学评论丛刊》第1卷第2期。

酒酣耳热之际的消遣，而是开启民智，唤醒民众，灌输民主、科学、个性解放等思想的利器，成为启蒙话语最便捷、最有效的载体，与旧文学“宗经、明道、征圣”的意趣相去甚远。第二，传播机制的商业化运作方式，使文学成为一项有利可图的文化产业。废除科举之后，以帖括为业、以仕进为务的士子们必须进行一场痛苦的身份转换，传媒与现代出版业的发展，给这些皓首穷经、做着“朝为田舍郎，暮登天子堂”美梦的读书人提供了角色转换的机会，他们不得不把原本准备“货与帝王家”的知识储备作为“文化资本”（布尔迪厄语）拿到市场上来，成为以文化创造和文化传播为使命的现代知识分子，职业作家（批评家）应运而生。同时，新式学堂的设立和报刊的风行，又培育了新文学的消费市场，现代意义上的读者产生了。第三，无论是政治家、思想家办刊抑或是文人的同人刊物，理念引领的批评机制和文学公共领域的形成，促进了文学的体制化，从而赋予了文学独立的审美价值。第四，五四之后，新文学在五四一代的推动下进入了教科书和课程设置，文学革命的成果得以巩固，通过教育传承完成了新文学作品的经典化。①

总之，传媒对中国文学的介入，举其大端，不外乎上述几个方面，这几个方面互相渗透，相辅相成，促成了中国现代文学的构建。晚清开局，1919—1949 三十年奠基，一直延续到 20 世纪 80 年代新启蒙运动和新时期文学的繁荣，过去的一个多世纪，正是纸媒的黄金时代，也是中国现（当）代文学与文学批评的辉煌百年。

二、电子传媒的后现代解构

无疑，纸媒的辉煌，给文艺批评的繁荣提供了丰厚的土壤。而横空出世的电子传媒，以其无远弗届的覆盖面与雷霆万钧的传播力，给人类的信息传播带来了深刻的革命。这一次媒介革命的主角，是电视。电视在“二战”之后，迅速进入西方普通人的家庭。这是西方社会从现代进

① 朱晓军:《传播媒介与中国文学的现代转型》，厦门大学硕士学位论文，2000 年，第 3—5 页。

入后现代的标志性事件。20 世纪 50 年代，电视率先在美国进入普通家庭，随之遍及西方发达国家，成为主导媒介。电视的强势崛起，短短数年即深刻地打破了文化的固有格局。“文字”与“图像”两种媒介所造成的代际分野清晰可见。1968 年，整个西方世界就爆发了“重估一切价值”的反文化风暴。这是偶然的吗？关于后现代的缘起，不同领域的学者有诸多大相径庭的立场，但普遍将 20 世纪 60 年代末作为文化转向的时间节点，原因何在？毫无疑问，人类社会的信息方式在这个时段发生了重大的转型，印刷文化与文字媒介由盛而衰，以无线电广播、电影和电视为代表的电子图像传媒，辅之以高等教育大众化，人均受教育年限的提高，彻底重塑了西方社会的社会生活和知识文化图景。那个自信满满、居高临下，像上帝一样的精英“理性主体”受到了严峻的挑战。电视霸占了人们的休闲空间，宰制了人们的业余时间。图像的跳切、拼贴瓦解了文字表述所遵循的严谨理性与整饬逻辑，扑面而来的“形象流”放逐了文字的间接性所涵养的想象力。不假思索的直观“图像”突破了深奥文字构筑的接受藩篱，抹平了此前森严的文化等级。

后现代思潮对于文艺批评的首要冲击，是釜底抽薪式地彻底瓦解了建基于理性基础之上的现代美学。以主体分裂、中心离散、距离消逝、反本质主义为标志的后现代思潮，将文艺批评的立身之本——美学价值与审美判断，推向了此亦一是非、彼亦一是非的相对主义，从而在实质上抽空了批评与批判的灵魂。当我们谈论“文学”“文学性”“艺术”时，我们究竟在谈论什么？人们突然发现，在后现代的语境中，给这些最基本的名词下定义、做界定，竟成为不可能之事。后现代艺术最突出的特点是对世界知觉方式的改变。世界不再是统一的，意义不再是单一明晰的，而是破碎的、混乱的、无法认识的。这样的艺术，能够被“概括”吗？

在文字媒介向电子图像媒介的文化转型中，走向衰微的不仅仅是现代主义美学和艺术，还有曾经以交往理性为基础的公共领域。批判型知识分子（公共知识分子、有机知识分子）不仅丧失了受众，也逐渐失去了舞台。才华横溢、个性张扬的批评家们，在大众文化和消费主义盛行的社会里，很难获得足够大的关注度与影响力，而只能在小圈子里孤芳自赏。关于这一点，一个鲜明的证据就是，自20世纪60年代以来，在埃德蒙·威尔逊、特里林、格林伯格、桑塔格等人之后，几乎没有出现过具有世界级影响的文艺批评家。实际上，随着报纸本身（及其文艺副刊）、文艺期刊的数量急剧萎缩，那些曾经活跃的自由知识分子已经没有多少栖息之地。容身于高等院校和研究机构，已是大势所趋。凌空蹈虚的理论建构、中规中矩的高头讲章多了，意兴飞扬、切中肯綮、酣畅淋漓的文艺批评少了，从而造就了今日文艺理论、（文学）艺术史、文艺批评头重、脚轻、身子大的畸形格局。如果将时间的距离拉长一点，自1830年法国浪漫主义挑战古典主义的“欧那尼”事件始，至20世纪60年代英美“新批评”学派影响式微终，这一个世纪可以称作“批评的时代”的话，那么，20世纪的后半叶至今，则完全是一个“理论的时代”，文艺研究的旨趣已经大相径庭。这两个时代的两种判然有别的话语方式背后，折射出的正是职业批评家群体的谢幕与学院派知识分子的崛起。

中国在20世纪70年代末重开国门，随着改革开放的深入，尤其是电视机的普及，让中国不仅在经济上，也在文化上搭上了全球化的快车。80年代兴起的二度西潮，形形色色的西方现代哲学流派和文艺理论长驱直入，几十年的时间裂隙被迅速填平，批评话语的中西差异渐渐模糊。90年代，由忧心忡忡的文学理论家们发起的“人文精神”大讨论，以及市场大潮的席卷而来，文学期刊也盛极而衰，发行量急骤下滑，纷纷改版以求生路，都与文学告别轰动效应的背景息息相关。作家纷纷进入大学担任教授，以大学教授及其研究生为主体的学院派批评在20世纪90年代占据文艺批评的主导地位，都延续了西方国家文学发展的既有轨迹。如上所述的种种现象，或以时差的方式在中国重现，或以同频共振的方式为中西兼有。

三、传统批评的式微与批评的新生态

世纪之交，互联网的横空出世，将建基于图像媒介上的后现代文化继续向纵深拓展。先知般的媒介理论家麦克卢汉所预言的“地球村”和与之相应的人类社会的“重新部落化”，尽管在电视时代已经初现端倪，但只有在互联网横空出世之后，才得到了强有力的证明。一方面，人类大同，“环球同此凉热”的理想从未像现在这样接近实现；另一方面，交通、金融、通信全球化的同时，文化的地方性和主体性也随之被唤醒，反对强势“文化帝国主义”的分歧与纷争有愈演愈烈之势。民族文化、部落宗教、同性恋等少数人的权利，以及人类学层面形形色色“地方性知识”（人类学家格尔茨语）的正当性诉求，连同如雨后春笋般生长的大大小小的网络“社区”，不仅在理念上，而且在社会生活的现实层面确证了“宏大叙事”的解体与“普遍理性”的虚妄。现代意义上的知识分子，作为启蒙运动的继承者和理性的信徒（反理性主义也不例外），他们的共性在于其“知识性工作产生于宗教性的关注。在人类早期历史上，这种工作总是以宗教符号思考，关注的是终极事物或至少是超越直接经验的事物。它始终像真正的宗教体验那样，迷恋于思想和经验的神圣基础或终极基础，并渴望亲密接触这一基础”[①]。比如“真、善、美”这些属于宏大叙事的“终极基础”，在后现代思潮的冲击下，不再牢不可破，而是摇摇欲坠，甚至土崩瓦解。理性的反思转向理性的自反，“批判的武器”反而变成了无休无止的“武器的批判”。对终极价值的质疑，导致非理性主义和文化相对主义在后现代甚嚣尘上。如果知识分子首先在“知识”的确定性上失去了自信，首先从思想上解除了武装，就意味着他们面对复杂现实将难以言说；失去了终极价值的最后尺度，他们在审美判断上亦必然首鼠两端、莫衷一是。这正是职业批评家们在形而上层面陷入的困境。换言之，“理性”主体的裂解，必然导致“批评家”这一身份的坍塌。

其次，新媒体本身就是一种强大的去中心、反权威的革命性力量。自从电子影像媒介颠覆了印刷文化精英的文化特权地位和等级秩序之后，数码多媒体技术作为一张无所不包、蔓延无边的“网络”，赋予了人类社会那些长期以来“沉默的大多数”言说的空间和机会。BBS 论坛、网

① ［法］费迪南·布伦蒂埃等:《批判知识分子的批判》，王增进译，中国社会科学出版社 2007 年版，第 46—47 页。

络社区、博客、微博、微信社交媒体等层出不穷的技术创新，给网络新一代赋予了话语权。在这里，批评家们登高一呼，应者云集的盛况一去不返。因为世界是平的，网络不是广场，也没有令人瞩目、高高在上的讲坛。人人都有话筒，而不是仅有一支话筒，且音量都是等值的。拉塞尔·雅格比在《最后的知识分子》一书中，将20世纪50年代活跃在纽约的自由撰稿人、职业批评家埃德蒙·威尔逊、欧文·豪等形容为“最后的知识分子”。因为那种超越僵化学术体制的知识旨趣、深广的人文关怀和贴近社会生活的现实感，随着知识人学院化生存的转向，必将曲终人散。参照近年来中国网民对“公知”（公共知识分子）与“砖家”的解构和嘲讽，精英们也感受到了随网络时代而来的一股他们命名为“反智主义”和“民粹主义”的潮流。其实，这些陈旧的词汇被翻出来给新媒介时代的现象贴标签，完全是一种“时代的误置”。众声喧哗的网络世界，是一场盛大的假面舞会，在屏幕后面隐匿的是千千万万无论年龄种族性别国籍的必须彼此平等相待的网民。人人都是艺术家，人人都是批评家；趣味无可争辩，没有人的趣味比别人的更高雅更纯正。文艺批评家在网络世界里，既没有讲坛，也未必有听众，除了退回静谧的象牙塔，在故纸堆里爬梳史料，抑或在各种舶来的理论中兜圈子，撰写用于同行交流与职称评定的四平八稳的学术论文，还能有别的选择吗？

当然，职业批评家的退场，并不意味着文艺批评的终结。从博客、微信的朋友圈、微博的互听关注，到各种“群”的大小网络社区，以及相关的文艺网站，互联网正在重塑人类社会从人际传播到群体传播乃至大众传播的方式，而且这些方式正在前所未有地彼此渗透、互相开放，形成了一个全媒体环境。在海量的吐槽、点赞、转发、评论，以及灌水的文字、声音和图片中，人类社会史无前例地将从衣食住行到精神文化生活的选择与决定权赋予了个人。在智能手机日渐普及的当下，甚至可以说，人们无时无刻不在进行广义的“评论”和“批评”，包括大量的对一部电影、一本小说、一幅画、一首歌的“文艺批评”。以当下中国的网络环境为例，登录类似于豆瓣这样的网站，你几乎可以找到任何一部公映的影视作品、公开出版的书籍以及音乐作品的相关评论，这是网民彼此无私的分享，不是居高临下的说教。人类社会“重新部落化”的趋势在社交媒体日新月异的变革中愈演愈烈：同声相应、同气相求，每一种特别的趣味，似乎都能在网上找到能够与你共鸣的同类。文艺批评在某种程度上似乎回到了街谈巷议与咖啡馆时期，公共领域与私人领域互相交融，瞬时性、互动性与平等性的交流关系，使传统媒体环境下批评家通过文艺期刊和评论文章建立职业声望的稳定而又持久积累信誉的方式不复存在。而最新的技术手段，已经开发出了一种名为“弹幕”的玩法——观众在电影院看电影时，可以随时拿起手机发表评论，这些评论将在现场的银幕上同步显示，在场观众之间也可以彼此评论互动，成为一种新奇的观影体验。更有甚者，方兴未艾的大数据以数据挖掘取代了审美判断。以美国网飞公司的热播剧《纸牌屋》为例，观众的偏好在精准的数据分析基础上，早已天衣无缝地融进了编剧的剧情策划中。“趣味无法争辩”的美学难题被“趣味可以计算”的数学模型轻松化解。

聚焦国内，文艺领域在某种程度上也同样经历了近四十年改革开放带来的媒介与文化变迁过程。20 世纪 80 年代才开始普及电视，大约十年之后大众文化兴起。而正是这个十年，雨后春笋般繁荣的期刊与出版业，孕育了当代中国文艺批评的黄金时代，诸如“崛起的诗群”“新写实主义”等批评家的“命名”引领诗歌和小说创作流派形成的案例屡见不鲜。90 年代以来，文艺期刊举步维艰，全中国 800 多种文学期刊，发行量达到 10 万份以上者凤毛麟角，低至千余份者比比皆是。曾经栖身于文联、作协系统和杂志社的许多有影响的批评家，纷纷进入高校，转型为学者和教授。职业批评家，作为一种身份，也许还有零星的孑遗；但作为一个群体，却不可挽回地走入了历史，几乎完全复制了欧美人文知识分子在 20 世纪中叶的行迹。最直接的后果就是，鞭辟入里、血肉丰满的文艺批评越来越少；隔靴搔痒、凌空蹈虚的文艺理论比比皆是。20 世纪末，复旦大学教授、批评家陈思和先生曾经将当时的文艺生态概括为“庙堂、广场、民间”三种，或许对应的文艺批评也可作如是观，尽管这三种样态的面目并非那么清晰，界线也极为模糊。学术圈西方“理论旅行”的后现代盛况风靡一时，“语言学、心理分析、女性主义、结构主义、解构主义”的术语轰炸屡见不鲜。因此，如果认同王一川教授在《当前艺术批评的学术自觉》中“传统媒体艺术批评、学术型艺术批评和新兴媒体艺术批评”的分类，则他极力守护的所谓“学术型艺术批评”，其实正是僵化矫饰的“学院派”文艺“研究”，而非鲜活泼辣的文艺“批评”。这种象牙塔里的智力游戏，“边缘化”“丧失话语权”，原本就不足为奇。实际上，正如我们已经论证过的那样，批评家需要面向大众，而大众需要美学的启蒙和提升。批评家理所当然地介入公共领域，以自己敏锐的审美判断力和超卓的文艺品位向普罗大众发言，这正是18世纪以降文艺批评的天职与批评家的使命。在这个意义上，只有大众传媒能够提供这样一个文化空间。这样的文化空间，随着网络作为“第四媒体”的崛起，实际上已经不复存在。网际空间的互动性、流动性、多向性、分众性，给当前野蛮生长、如火如荼的网络文学、网络艺术提供了无限的可能，也给学院派和传统的文艺批评范式提出了严峻的挑战。

2014年10月，习近平总书记《在文艺工作座谈会上的讲话》提出：“互联网技术和新媒体改变了文艺形态，催生了一大批新的文艺类型，也带来文艺观念和文艺实践的深刻变化……文艺乃至社会文化面临着重大变革。要适应形势发展，抓好网络文艺创作生产，加强正面引导力度。”① 国家领导人对文艺新生态发展的深刻洞察，也向文艺批评界提出了新的要求。当然，文艺批评家们对新生事物的反应并不迟钝、对自身的使命和困境十分清醒。2014年，著名评论家白烨就曾指出：“在市场上长驱直入的青春文学，在网络上广为流传的网络文学”，出现了“基本上游离于主流批评的视野之外”的现象。其出现的原因“并非文学批评的不为，而是现在的批评家不能。这种现象长此以往，既可能使如青春文学、网络文学等新兴文学难以得到品位的提升，也会使整体文学的和谐发展受到很大的影响”。② 无独有偶，在2016年10月28日的《文艺报》上，著名评论家南帆也发表《文学批评拿什么对“网络文学+”发声？》一文向

---

① 习近平：《在文艺工作座谈会上的讲话（2014年10月15日）》，人民出版社2015年版，第12页。

② 白烨：《文学批评遇到的难点和面临的挑战》，《文艺理论与批评》2014年第5期。

评论界提出了他的卓见:“网络小说制造的文学震荡正在持续，诸多人们熟悉的文学命题无不察觉到这个庞然大物的压力。现今的文学知识体系大约拥有一百年左右的历史。20世纪之初，五四新文化启动的‘文学革命’曾经带来文学知识的深刻重组。传统的考据、义理、辞章迅速地被‘文学概论’覆盖，新型的文学教育得到了学院体制的保驾护航。”①他梳理了中国文学百年的发展历程，认为在晚清的礼拜六派、鸳鸯蝴蝶派等通俗文学的欲望书写被“文学革命”的启蒙话语扫荡之后，中国现代文学建立了“为人生”的新谱系。

而当前的网络文学则以其对“怪、力、乱、神”的痴迷和对现实人生的疏离，在某种程度上接续了晚清被压制的通俗文学传统，形成了当前与“为人生”的文学类型互不相容的激烈竞争局面，对学院派的文学理念，甚至当前的文学教育体系都产生了强烈的冲击。南帆认为:“相对于印刷文学的现实主义、现代主义乃至魔幻现实主义，网络小说提供了种种前所未有的类型，诸如玄幻小说、冶艳小说、穿越小说、网游小说，或者架空历史小说、耽美小说、末日生存小说。当然，矜持的学院并不急于表态，大多数文学教授毋宁说置若罔闻。然而，当社会的阅读重心从印刷传媒转向互联网之后，如火如荼的网络小说必然谋求文学殿堂的正统身份。除了拥有不可比拟的读者数量，互联网同时展示了一个新型的知识传播体系。对于门户俨然的学院来说，互联网的冲击可能迅速颠覆沿袭已久的教学体系。”他得出的结论是:“现今，两种文学类型的分歧、竞争比以往任何时代都要尖锐。对于文学想象说来，遵从历史逻辑与遵从欲望逻辑包含了内在的对立，批评必须为两种类型的文学解读设置不同的代码系统。”②

很显然，与中国网络文学业已取得的惊人成就，以及其庞大的体量，打造IP的能力，对影视、游戏等文化产业全链条的超强辐射力，在对外文化输出上无与伦比的影响力等相比，很多方面的研究尚属空白。黄鸣奋、欧阳友权、邵燕君、周志雄、何平、夏烈等网络文学和网络文艺研

① 南帆:《文学批评拿什么对“网络文学+”发声?》,《文艺报》2016年10月28日。
② 南帆:《文学批评拿什么对“网络文学+”发声?》,《文艺报》2016年10月28日。

究筚路蓝缕的拓荒者和先行者们，在把草根属性的网络文学纳入学术殿堂方面，居功至伟。但他们也都置身于学院体制中，网络文学更多的是被他们当作一个新的学术生长点，以“课题”或者“项目”的方式被纳入其研究的。囿于学院派的思维惯性和知识系统，目前网络文学研究的路径、评论的学理支撑，仍然未脱传统文学的窠臼，要实现两位具有代表性的批评家白烨和南帆所期待的“网络文学新标准”与新的“代码系统”，恐怕还需要新的有生力量继往开来。

回到当下，对媒体来说，今天是一个什么时代？习近平总书记给出了答案：全媒体时代。习近平总书记在中共中央政治局第十二次集体学习时指出：“全媒体不断发展，出现了全程媒体、全息媒体、全员媒体、全效媒体，信息无处不在、无所不及、无人不用。”[①]这“四全”媒体是对全媒体内容和特征的高度概括。在这样的时代，文艺评论界贯彻落实总书记“要适应形势发展，抓好网络文艺创作生产，加强正面引导力度”[②]的要求，不能埋首于学院派的高头讲章，必须把“研究”和“评论”区分开来。与“研究”高蹈的前瞻与冷静的旁观不同，“评论”必须要“及物”、要“上线”、要“在场”、要“同步”、要“参与”，要接地气，要放下身段，要忘掉身份，这样才能做到“全员、全息、全程、全效”，才能解决“失语”“失效”的痼疾。

因此，在全媒体时代，真正的问题或许并非“文艺批评何为？”，并非通过反思来重振文艺批评的辉煌，而是直面现实，以贴切包容的姿态追问“文艺批评何为？”，即追问谁还需要“文艺批评”？他们需要怎样的批评？

（原载《中国文艺评论》2020 年第 3 期）

---

① 习近平：《加快推动媒体融合发展　构建全媒体传播格局》，《求是》2019 年第 6 期。

② 习近平：《在文艺工作座谈会上的讲话（2014 年 10 月 15 日）》，人民出版社 2015 年版，第 12 页。

数字媒体时代的艺术批评

万书元

唐代诗人张若虚曾经在《春江花月夜》中感叹："人生代代无穷已，江月年年望相似。"大体意思是说，时间永是流逝，街市依旧如故；时代变化了，世界却并没有改变。

但是，当我们摆脱同一性视角，用差异性框架来检视某个时代的时候，结论就会有所不同。

组稿人既然特意限定了"数字媒体时代"这样一种背景或境遇，很显然就是想讨论一个变化的时代批评问题。在这个变化的时代，艺术批评依然会保持某些恒定的因素，依然可以"江月年年望相似"，这是肯定的。但是，不可否认的是，在这个时代，当我们的观看方式、交流介质、表达方式、生活节奏、审美趣味和风尚都在整体地发生改变的时候，艺术批评一定也会发生相应的改变，并且会呈现出其特有的形态。

在这里，我想从三个方面来讨论这个问题。

一、数字媒体时代的特征

我们这个时代，既可称之为消费时代或消费社会，又可以称之为数字媒体时代或数字媒体社会（信息社会）。讨论这个时代的艺术批评，我们首先必须弄清楚，这个时代为艺术批评设定了怎样的情景。

我认为，我们大致可以从四个方面来回答。

第一是普遍的审美化。虽然这种普遍的审美化可以追溯到20世纪初期，但是，就我国而言，艺术与生活走向难以区分的纠缠和混合状态，从而导向普遍的审美化进程，却是发生在20世纪80年代之后。数字时代的出现在更深和更广的意义上加剧了普遍的审美化态势。

这种普遍的审美化的后果，从积极的意义上来说，就是艺术被祛魅。从前普通老百姓感到遥不可及的神圣的艺术，现在走下了神坛，走向了大众；艺术创作变成人人可为的寻常之事（即博伊斯所谓的“人人都是艺术家”），从某种意义上说是实现了艺术的民主；但从消极的意义上说，艺术的认同性因而大大地衰减了。什么是艺术作品？什么人是艺术家？这些从前确定无疑的问题，现在变成了一个个不确定的、充满了争议的问题。换句话说，艺术批评的标准变得日趋模糊了，变得飘忽不定了，变得主观随意了，变得莫衷一是了。

正因为如此，普遍的审美化为艺术的发展提供了截然相反的两种选择或可能性：一种可能性是引导人们在艺术上展开积极的探索，寻找创新和突破的路径；另一种可能性则是将在相当大的程度上催生大批的艺术机会主义者和野心家。至少在那些从事艺术创作的人群中，相当多的人都有可能怀着一种赌徒心态，想象自己可以变成新时代的杜尚；想象着有那么一天，一觉醒来，自己已经变成了名扬四海的大艺术家。

如此一来，艺术创作中固有的沉潜和宁静就被搅乱了。虽然任何时代都不缺少具有忧时伤世之心的潜心创作之人，但总体来说，在世情时风的裹挟之下，艺术创作和艺术批评整体上走向浮泛和浅陋，以至于诸般惺惺作态、虚张声势、耸人听闻和惊世骇俗的表演，竟尔演化为艺术创作和艺术批评共同的征候。

第二是普遍的虚拟化。在任何一个汽车站、在任何一节地铁车厢里，甚至是任何一家餐馆里，乃至在你自己的家中，你总能见到两眼死死地盯住手机，忘情地、全身心地沉浸在另一个世界、另一个空间的人。“心不在焉”这个词用在今天，可谓恰如其分。我们总是心不在焉，我们通常不是生活在真实的世界和实在的空间里，而是漫游在那个虚拟的世界之中，与近的或远的朋友、同事、学生聊天，或者在观看某个新闻事件（虚拟世界）的视频，或者在（虚拟的世界）阅读某人生猛的社会黑幕爆料或艺术批评。

虚拟世界为我们提供了一个无尽的，也是无边的信息空间，同时为我们提供了一个交互的对话空间：你可以以真实的面容进入这个世界，你也可以用假面具潜伏于这个世界；你可以从这个虚拟的空间接受海量的真的和假的信息，你也可以向这个真假参半的虚拟世界注入海量的真的和假的信息。

第三是多元化。我们处在一个信息爆炸的时代，处在一种众声喧哗的境遇之中。那么，很显然，我们必须面对一种多重价值并存的境况。在这样的时代，以一御多的大一统的思想是很难有立锥之地的。在虚拟世界，很多时候人们可以戴着“面具”传播自己的观点，从而为大胆表白、大胆争论、大胆挑战或应战提供便利条件。不同观念（包括不同身份、不同地位的主体之间）的冲突与碰撞，不同价值比较与并存，以至于英雄失路、权威消隐，就成为这个时代无法改变的常态。

第四是商业化（媒体化，广告、炒作）。正是由于整个社会日益走向数字化和媒体化，消费社会也就进入了一个新的阶段，即商业、网络和媒体协调作用、相互推进的阶段。这就迫使整个社会更加关注市场，更加关注利润，更趋向于拜物教。

为了出名，艺人要炒作；为了上位，政客要炒作；为了暴利，艺术作品也要炒作。

艺术评论面对这种情况，就会在利益驱动、面子关照、客观公正之间面临着多重选择和多重考验。

二、数字媒体时代艺术批评的四种表现形态

在《三国演义》“煮酒论英雄”一节中，曹操曾经发表过一段著名的“龙论”。他言道：“龙能大能小，能升能隐：大则兴云吐雾，小则隐介藏形；升则飞腾于宇宙之间，隐则潜伏于波涛之内。方今春深，龙乘时变化，犹人得志而纵横四海。”

在当下这种数字媒体条件下，当代艺术批评者颇具这种虚实腾挪、隐显转替的龙性：时隐时现，或真或假，似真还假，似假还真。因此，这个时代的艺术批评就采用了如下四种表现形态。

第一，假面假言。

简单地说，这是一种隐身人的言说，隐身人不负责任的胡说或乱说。这也可以表现为多种形式。

一是自己化身他人写吹捧自己的文章，或者借一个熟人的名字在网上推送自己写的自我吹捧的文章。比如，某演员在《很寒很猥琐》一文中曾经公开自嘲：“当初刚刚开博，没啥人知道，我就自娱自乐了一把，用匿名狠狠地夸赞了自己，没想到博客一升级，匿名就成了博主，好丢人啊。”该演员在接受记者采访时也承认：“……2005 年我刚出道时……那时还没人认识我，所以自己充当了一回粉丝，希望大家原谅我。”[①] 对于这种对镜自拜行为，网上博文博主以“明星自扮粉丝肉麻吹捧自己，虚荣起来无羞无耻”加以酷评，话虽然说得有点狠，倒也并没有什么冤枉。

二是自己化名写肉麻吹捧朋友的文章。在当下的网络环境下，这是司空见惯的事情。

三是自己化名写攻击和诋毁对手的文章，或自己假借对手身份写诋毁自己的文章，然后演出双簧戏，通过否定之否定实现戏剧性反转，达到炒作的目的。

四则更有意思，也更具讽刺意味。张定浩在《偶像的坍塌与文学吹捧怪圈》一文中曾经揭示过这样一种现象：

① 《明星自扮粉丝肉麻吹捧自己 虚荣起来无羞无耻》，http://ent.sina.com.cn/s/2008-06-16/15232062197.shtml，访问日期 2018 年 1 月 27 日。

> 这些年环绕在这些名小说家周围的，由商业利益和苟且放任共同构成的吹捧怪圈，正逐渐令自省日渐懈怠，令虚荣无限膨胀。偶尔，在2013年，我们能看到，这种接近于疯狂的吹捧行为也会走向它的反面，即在某些文学批评类报刊上出现的、另一种疯狂的毫无技术含量的扑咬和攻击。但归根结底，那些吹鼓手和酷评家是一类人，倘若有必要，他们随时可以转身成为对方的一员。这真是一个令人沮丧的文学环境，它在自娱自乐和自欺欺人中日渐衰败，被离弃……①

同一个批评者，面对同一个批评对象，可以翻手为云覆手为雨，可以唱着赞歌把人迎进天堂，也可以用诽谤或谩骂把人推进深渊。虽然在前数字媒体时代，这样的情况也时有发生，但是由于今天的网络为批评者、被批评者和普通公众提供了虚拟化生存的方式，批评者获得了更加便利的隐身或变身方式，因此就更加肆行无忌了。为了利益可以充当吹鼓手，为了利益也可以扮演刽子手；是非任由我决，黑白全凭我定。

第二，真面假言。

这种就是虽然采用真名，但是说的是一派胡言。要么是为了抢山头、除异己，恶意攻击竞争对手，专门炮制是非颠倒、黑白混淆的文章，意欲搞垮对手；要么是搞宗派，相互吹捧，虱子化龙、蛆虫成仙，虚张声势，出言张狂，文过饰非，言过其实。

真面假言还有另一种情况，即以一个组织和机构的名义，来为某部作品张目，或者是宣传，或者是炒作，或者是辩解。这种文章往往或四平八稳，或官气十足，或气势压人，或者兼而有之。这种文章喜欢在政治上定性，却往往在艺术上打马虎眼；引经据典，却空话连篇，毫无说服力；善于坏处见好，劣处见优，强词夺理，属于新的艺术评论八股文，或可视为政治报告在艺术批评中的化身或显灵。

① 张定浩:《偶像的坍塌与文学吹捧怪圈》,《洞见》2014年第26期。

第三，假面真言。

假面真言可以说和后面的真面真言一样，是假面假言和真面假言的最有效也是最有力的解药。

用假名讲真话，类似于蒙面人用伪装出来的声音说话，虽然与真面真言相比，显得不那么光明磊落，不那么大义凛然，缺乏视死如归的英雄虎胆和率性坦荡，但是，至少他说的是带有自己体温的真话，也往往是公众想听的真话。这方面，多年前在网上风行一时的《第十一届全国美展油画作品及点评》[①]，可谓最佳例证。这是一篇点评式评论，对历来被视为中国艺术界最为神圣的艺术仪式的全国美展——第十一届全国美展油画作品作了全面的点评，虽然评点尖刻，语带讥讽，但是表达轻松活泼，痛快淋漓，不仅是一针见血，甚至有时能给人带来一剑封喉的快慰，使得官方的套话和废话、吹鼓手的昏话和胡话在此无所遁形。比如作者在点评《壹玖肆玖》这幅作品时，不无调侃地评论："乖乖！一看就是咱解放军叔叔的作品，陈逸飞 20 世纪五六十年代玩的军事博物馆定制作品！现在居然还能出来混，大哥，能与时俱进不！"对《山林云水图系列——日映岚光轻锁翠》这幅作品，作者委婉地评论道："一个老教授的作品，评委不能不卖个面子给他！由于其它都是灰调子，故此画在展厅效果很跳……建议下次把艺术简介贴在画边上，简介有点说服力，中国人迷这个。"对全国美展的论资排辈现状也作了犀利的批评。对《村庄》这个作品的评价则既公允又委婉："民俗画的代表，信息量很大，画得很耐心。民俗题材就像京剧，你不能说他不好，就是提不起大家的兴趣！"承认画家的认真，承认作品的内容充实，但是，毫不留情地指出了作品内容的平庸与手法的陈旧。

在中国书法界，类似的评论最多，比如前几年对书协前主席、主席和副主席的批评等，都出自隐身隐名的网络"毒舌"之口。这些评论虽然不无意气用事的成分，用语也稍嫌刻薄，但是揭示出来的问题，却非常真实，有些甚至令人触目惊心。

---

① 参见 http://hyth.kyex.net/Article/200910/1676.html，访问日期 2018 年 1 月 27 日。

假面真言常常能够取得类似匿名举报的功效，出言大胆，语锋犀利，颇具刀刀见血之功，但是，比起真面真言，假面真言毕竟欠缺了一些东西。

第四，真面真言。

其实，我们的艺术批评历来比较缺乏的就是真面真言。我们有的是一团和气，有的是相互吹捧，有的是哼哼哈哈，有的是无病呻吟。在官场是如此，在艺术领域自然也不例外。

但是，我们也偶尔能够读到一些好的、称得上是痛快淋漓的艺术批评。比如朱其的美术评论。朱其在 2009 年 12 月 16 日发布的题为《“个人的哈欠”何以变成“时代的呐喊”？ ——对方力钧文献展的宏大吹捧和学术“拔高”》的博客，对画家方力钧的创作和针对他的一些言过其实的“拔高”吹捧提出了尖锐的批评。

朱其认为，有三种吹捧类型参与到对方力钧绘画的具有“江湖化”特色的赞美的混声合唱中：一种叫作“肉麻型”，如某网站在其为方力钧所做的文献展专题中说到，方力钧在经历 25 年探索宇宙人生的“大问题”之后，决定要“转身”了。专题作者紧接着就问：“如果他已不再‘泼皮’，他的这个转变，是否称得上‘华丽’的转身？如果我们觉得这个转身不够‘华丽’，我们又希望他如何去转身？”端的是谄容可掬，肉麻至极。一种叫“学术夸大型”，朱其举例说，有评论者把方力钧 25 年的历程说成是一个神话，另有评论者认为方力钧是一个划时代艺术家，他“划”出了当代艺术三十年这样一个时代，或者“划”了改革三十年中国当代文化的时代。有的评论者觉得这样的评论还不够味，干脆断言，说方力钧“可能会有天才预言般的意义”，有着与崔健、王朔同样重要的时代地位。这种吹牛唯恐天不破的架势，反而把被吹捧者置于一种非常尴尬的境遇中。一种叫作云里雾里型，就是语带含混，不知所云，但是有一点是清楚的，就是拔高，玩吹、拍、捧三字诀。

朱其在对这三种类型的批评进行了分析和反驳之后，又对方力钧的绘画作了不留情面的批评。他说：

> 方力钧的“玩世光头”，属于一种有良知的艺术青年或愤青性质的消极抵抗，但跟真正在那个年代主动积极的抗争和知识分子的批判性比，还是差一大截。再说，90年代并不是没有人主动积极的抗争和知识分子的批判性，即使在当代艺术圈也还是有的，只不过那些值得尊敬的人不可能像方力钧那样，熬过一段时间后能左右逢源。
>
> 对玩世现实主义的“成功”的评价，现在缺乏一种历史真实的分析。有些关键的原因被忽略了，比如玩世主义受西方的追捧也有被“拔高”和误读的成分，西方人也跟这次拔高方一样，将“个人的哈欠”解释成“时代的哈欠”。……近十年玩世的合法化，也是主流社会宽容反讽艺术的结果，并不是玩世主义主动抗争出来的，而且真正的抗争者仍然是被打击排斥对象。[①]

朱其认为，将方力钧“拔高”到与崔健、王朔同样重要的时代地位，“无异于是对徐敬亚、崔健、王朔的贬低”，因为“从时代的文化影响、思想性以及反主流精神看，崔健、王朔都是对整个中国社会产生过批判性影响的人，而方力钧在同时代的影响基本上没有越出美术圈”。“从近些年的文化操守的坚守看，崔健、王朔基本上保持着与二十年前一贯的立场，方力钧则是在官方、商业、江湖、西方脚踩多头船，左右逢源毫无文化立场，并拿所谓的艺术家个人的自由和自足性作为合理化借口。”朱其指出，方力钧只不过是打了一声玩世不恭的“哈欠”，有人却非要说他是时代的“呐喊”，把消极的玩世不恭“拔高”到主动的批判性抗争，甚至把美术界的影响夸大到对中国的划时代影响。尽管有一部分学者是无意的或者出于江湖人情，但是这种语言拔高的误导性极大。

朱其的批评，和其他一些网络媒体批评一样，也难免存在这样和那样一些缺点，比如有些分析流于表面，有些地方词不达意，表达不够准确，而且还有不少错字和别字。但是，这些缺陷丝毫掩盖不了他的批评中体现出来的稀有价值：直率的剖析，独立的判断，敏锐的艺术感受力，

① 参见 http://blog.sina.com.cn/s/blog_487f2fc60100fgcw.html，访问日期2018年1月27日。

理性分析的能力。

除了朱其之外，毛尖的电影批评也属于这一类，篇幅关系，此处不赘。

三、我对数字媒体时代艺术批评的期许

狄更斯在《双城记》中的开头，写过这样一段名言：

> 这是最好的时代，这是最坏的时代；这是智慧的时代，这是愚蠢的时代；这是信仰的时期，这是怀疑的时期；这是光明的季节，这是黑暗的季节；这是希望之春，这是失望之冬；人们面前有着各样事物，人们面前一无所有；人们正在直登天堂，人们正在直下地狱。

其实，在我们这个数字媒体时代，也完全可以作如是观。人人都可以通过网络留言，通过自媒体等方式参与到艺术评论的行列，艺术评论不再属于少数人垄断的专利。这是最好的一点，但也是最坏的一点，有可能出现大量粗俗的、极端的、垃圾化的、非专业的评论。与此相应的是，评论内容，也有可能走向两个极端：有可能直截了当，有可能痛快淋漓，同时也可能党同伐异、快意恩仇；评论的形式，有可能灵活多变，多姿多彩，也有可能流于印象化、碎片化、粗俗化。

但是，无论怎么说，我不相信，因为网络媒体，我们的艺术批评就注定要走向一种混乱和无序。我认为，我们依然可以期待一个健康的、专业的批评时代的到来，我们依然可以期待一种光明正大的、健康公正的、一针见血的、富有洞察力和说服力的理性的艺术批评，即真面真言批评。

不过，我们还需要为这样的批评创造必要的条件。

首先是创造良好的社会风气和自由民主的学术氛围，摒弃权钱交易、恶意炒作，营造平等对话、自由讨论的学术环境。

其次是确立实事求是的文风，以好处说好、坏处说坏为基本原则，讲究批评伦理，坚持公平公正的原则。

最后是倡导专业的学术精神，杜绝浮夸、肤浅的应景批评。

对于批评主体，我们期待他们在信守批评伦理、坚持公正理性的同时，还具备过人的胆识。舍此，我们的艺术批评只能是死路一条，毫无前途可言。

胆就是气魄，就是勇气，就是不屈的意志。没有胆，就不可能有识。即便是有识，也会因为无“胆”而无法表现其“识”，依然等于无“识”。光有胆，只能是逞莽夫之勇；有了胆，还需要有超越常人的预见性、敏锐的洞察力和准确的审美判断力，以及过人的才具（语言、逻辑、审美，甚至情绪的合理把控等）。只有这样，我们的艺术批评才有可能走上专业、理性、公正、健康的轨道，才能富有感染力和说服力，才有可能真正推动我们的艺术健康地发展。

（原载《南京艺术学院学报（美术与设计）》2018 年第 3 期）

“微时代”：美学批评的空间意识建构

王德胜

随着移动互联网络技术的不断发展，当下生活快速进入了一个前所未有的“微时代”——以“空间置换时间”或“时间的空间化”为特征的文化生产与消费时代。[①]“微时代”的到来，不仅迅速改变了人们置身其中的生活活动以及大多数有关生活的既定观念——它们在以往的时候往往引导和规范着人的现实意识，并且在一种对象化历史中成为一般生活的坐标系统——而且打破了人们向来所保持的文化—历史的“时间性”建构意识。在无限开放的网络空间里，移动互联网传播以其最大限度的自由性，导致人们对待文

① 参见王德胜《“微时代”的美学》，《社会科学辑刊》2014年第5期。

化—历史的敬仰态度直接陷入观念的困境，进而也使得我们在今天这个时代常常落入一种生活方向感的历史迷失之中。而在另一方面，移动互联网的发散性空间构造特性，以及与之共生的空间传播能力无限扩大与碎片信息海量化的双重叠加效应，又使得人们对于空间的占有不仅变得越来越轻而易举，而且也越来越具有形象的“私人化”外观——手机、iPad、PC客户端的充分普及，使得每个行走在人流中的人都成为具体生活的空间传播者；每个移动客户端既是一种最为迅捷有效的生活空间，同时也是一种自足的空间占有形态。由此，空间置换时间的直接成果，就是人的当下空间占有的广泛性取消了人对于文化—历史本来的时间性意识深度，也就是人的空间感受——以微博、Twitter、Facebook、微信和微信群等作为空间占有形态——急剧骤升与扩张，以及人对于生活的时间性存在走向心理淡漠与实际衰落。

当微博、Twitter、微信以及大量附着其上的各种“微话语”纷至沓来，当人们无时无刻的“刷屏”已然扩散为整个生活现实的空间占有及其经验方式，当下生活的空间改变就内在地构成了人的存在意识的基本方面。换句话说，“微时代”在重塑人的空间存在感受及其日常占有方式的同时，迅速带来了包括美学批评在内的主体意识及其意识前提的改变，重新决定了各种阐释性批评活动的可能性。

“微时代”美学批评的空间意识建构，因此成了一个十分现实的讨论话题。

一、美学批评：空间意识传统与“在场性”的缺失

作为美学的理论应用，美学批评既是一种源自人的基本理论思考的体系化表达，也是根源于人的审美经验事实及其基本活动方式的意义阐释。它主要包含两个最基本的方面：其一是作为美学批评核心立场的那份强烈的主观性价值选择——它既是一种经验自觉，也是批评活动所秉持的特定意识，以及在这种主观性价值选择中不断演绎生成的批评指向，包括一系列被主观性选择本身所控制的批评范畴和概念；其二，美学批

评的具体展开及其实现，需要一种能将主观性价值选择加以客观化的理论作为自身前提，同时直接依赖于批评活动的空间存在形式——具体涉及美学批评对于对象存在的实际占有，亦即通常所谓批评活动的指向范围或场域。

因此，在根本上，美学批评的展开与实现，就是一个在自身指向中不断把批评对象当作经验事实，又在主观性价值选择中将之不断客体化为对象事实的过程。在这样的过程中，一个由历史积淀性、观念恒定性所保持的空间场域显然是必不可少的。它是美学批评得以显现其自身指向性存在的基本所在，也是美学批评实现价值判断的落脚点；它是美学批评活动的主观性构造，也是一个相对固定且具有特定对象属性的空间聚合，是践行批评活动并以此实现批评目的的意识载体。

在这里，所谓“相对固定”，意味着美学批评的空间意识必定有其特殊的存在形态。实际上，一直以来，尽管作为批评前提的美学经验总是包含广泛，但就美学批评传统来看，其特定的对象“审视性”经验，总是规定其习惯于将某种“令人愉悦的对象”当作自身出发点。在传统的美学批评活动中，人们通常十分仔细地关注以艺术为对象“审视性”经验的领域，在直接关联美学与各种“艺术的”思考之际，也把美学批评与艺术活动的空间存在直接联结在一起。这也就是黑格尔在《美学》开篇所指出的：美学的“对象就是广大的美的领域，说得更精确一点，它的范围就是艺术，或则毋宁说，就是美的艺术”。[①]“美的领域”“美的艺术”在艺术的空间（场域）里给予美学批评以一种愉快的价值判断。应该说，自康德、黑格尔以来，这一传统已变得尤为普遍而执着。正因此，在一般观念中，美学批评的空间意识建构总是联系着艺术的空间存在，美学批评的对象“审视性”经验自然而然地被锁定在作为一种特定价值共同体的艺术活动场域。

在这里，我们发现，传统上，美学批评首先不仅是一种空间指向十分明确的理论应用活动，也是一种以观念性态度凌驾既定对象空间

① ［德］黑格尔：《美学》第1卷，朱光潜译，商务印书馆1979年版，第3页。

的主体实践。其次，艺术、艺术活动作为对象“审视性”经验的必然性，十分具体地规范了美学批评的空间意识传统；反过来，美学批评的空间限定则同时决定了艺术、艺术活动的空间发生形态（美的艺术）。最后，“一旦美的艺术在文化中取得了特殊的地位，一种特殊的感受就会与艺术产生特殊的联系。结果，我们就逐渐开始使用美学这一通用术语（generic term），一方面描述某些特殊的感受，另一方面描述我们与艺术的所有关系”。[①] 由于空间意识建构被观念地置于艺术的范围（场域）之内，美学批评的现实效用也往往同样限于艺术活动，尤其是美的艺术的经验事实。一旦越过艺术的存在空间，美学批评常常陷入无所举措的茫然之中——这种茫然却又常常以一种对待艺术之外空间存在形态的“不屑”态度表现出来。

显然，美学批评的空间意识传统，其实指向了对象化的、有限的和作为价值共同体的艺术存在空间。在艺术与人的日常活动泾渭分明、艺术存在空间处处显现“美的”价值统一性的时代，努力建构和捍卫这样一种空间意识传统，成为美学批评的基本任务，也是美学批评体现其价值阐释能力的具体保障——艺术和艺术活动本身的空间自足性和封闭性是其基本的实现前提。在这一空间意识传统中，稳定性和整体性是最为根本的要素。所以，我们可以看到，长期以来，美学批评不仅围绕艺术、艺术家经验及其观念范式展开，而且常常有意识地将这种关于艺术经验的表达及其观念放大为对于整个文化经验、人生事实的表达和观念。“艺术即生活”的口号不仅解释了艺术经验的来源问题，更大程度上还暗示着艺术存在的空间经验对于更为具体的、“在场”的人的空间存在感受的超越和替代。随着这种艺术空间经验向现实存在空间的转移，艺术和艺术活动的空间绝对性进一步垄断了美学批评本身的空间意识建构——在一个更大的空间现实中，美学批评的对象“审视性”经验已经不再被具体关注。

由此，当美学批评试图凭借一种指向明确的艺术空间经验而为整个

① ［美］达布尼·汤森德:《美学导论》，王柯平等译，高等教育出版社 2005 年版，第 2 页。

生活世界订立价值规则的时候，其空间意识本身的“在场性”缺失已然成为一项事实。换句话说，建立在艺术场域内的特定空间意识效度，无法为美学批评不断复制出艺术经验之外的东西：一方面，空间意识传统的指向性根本地固化了美学批评的闭合性；另一方面，“在场性”空间存在经验的缺失进一步突出了美学批评本身的有限性。只是一直以来这种“在场性”空间存在经验的缺失并没有被美学批评本身所自觉；相反，美学批评往往采取一种观念化方式，有意识地在一个闭合空间中将艺术经验移植到具体现实中，竭力从艺术活动的知觉经验中寻找进入现实空间的方式，进而将艺术的法则确立为一种现实法则。这就像 H. 帕克所强调的：“美学也同批评有密切关系。这种关系基本上就是理论与理论的应用之间的关系……因此，在规范性方面，美学从理想上说是完备的批评理论，是要从理论上去有系统地完成善于思考的批评家为了直接的欣赏目的而力求完成然而并不能那么精确地加以完成的任务。”[①]应该说，长期以来，正是由于美学批评“在场性”空间意识缺失，造成了作为其理论前提的美学观念、美学方法的一系列窘迫，即作为艺术哲学的美学，几乎无从适应艺术存在空间之外的经验事实；美学批评空间意识传统的闭合性，决定了它只能通过将艺术经验转换为现实存在经验的方式来解决美学的理论乏力与无力。而反过来，人的现实存在空间的广大性、空间经验的庞杂性及其变动性，也无法真正进入美学批评的空间意识建构中，而只能游离在美学之外。

二、“微时代”：空间开放性与交互性

与以往时代相比，当下文化语境中美学批评的空间意识传统及其“在场性”缺失，愈发限制了美学可能形成的现实效力。当然，这并不是说美学批评在其原有场域无法形成特定的指向性，而是意味着当下文化语境的巨大改变已经实际带来了人的存在空间的现实改变，它必定影响

① ［美］H. 帕克：《美学原理》，张今译，广西师范大学出版社 2001 年版，第 7 页。

到美学批评的当下实践形态，以及美学批评实践对于现实存在空间的具体把握。在我们看来，美学批评之不同于美学理论建构的学理追问，在于后者着重于理论内部的逻辑严密性、观念深邃性和思想体系完整性的要求，而美学批评更强调自身实践指向的现实性和针对性。因此，我们发现，文化—历史的当下性特征之于美学批评空间意识建构的重要性和内在性随之浮现——它明确要求美学批评对应和切入人的现实存在空间。而所谓美学批评空间意识传统的“在场性”的历史性缺失，恰恰在这里愈发凸显出来，并且直接局限着美学批评的理论意图。

正如本文开头所述，“微时代”的文化—历史语境特征，深刻改变了现实中人的文化—历史空间意识。随着“微时代”空间存在形态、方式以及人的空间感受的迅速改变，美学批评的对象“审视性”经验也已经大大超越其原本“相对固定”的场域。美学批评所面对的，不再只是作为传统知觉对象的艺术和艺术活动，而是由海量信息的大面积交互转移及其广泛播散所构造的艺术本身的扩张性改变。在保持对象“审视性”经验的同时，美学批评一方面继续持守着把对象观念化为特定价值事实的批评实践，另一方面也在更大程度上超出了一般性的艺术知觉经验，或者说已经不再局限于作为美学传统的艺术活动对象。

这里有两个明显的事实是：第一，由于“微时代”信息交互方式的巨大开放性及其空间展开的无限性，大规模地实现现实空间的私人化占有成为一种可能。人的现实空间感受不必受制于时间性的历史意识，也不再受限于人身处其中的自然空间的客观性；信息交互的自由性及其人际交流的迅速扩散，使得人的空间感受同样可以获得一种“漫无边际”的现实占有感。由此，人的现实生活，包括人在移动互联网空间的存在方式的改变，同时造就了人的活动及其存在空间的实际扩张。这种扩张不仅现实地占有着物理的空间事实，而且改变了人对于“自我”空间存在的直接心理感受。这一点对于美学批评的最直接影响，在于它实际已经重新定义了“微时代”的空间构造方式及其存在形态，从而彻底打破了美学批评原有的艺术存在场域的闭合性，而迅速扩张为一种适应“微时代”而来的新的空间意识立场。“微时代”的美学批评已不能不将自身的对象“审视性”持续扩大到整个现实存在空间的实质性改变之上。

第二，移动互联网信息的广泛沟通互联，决定了空间存在的交互性已成为“微时代”生活的普遍现实。这种“交互性”，不仅是指整个移动互联网系统内部的信息生产、传递与交换有着彼此勾连、相互联络的特征，更重要的是，它意味着现实空间中人的存在意识的广泛流动与相互共享。因此，空间存在的交互性实现，一方面改变了人们在现实过程中对于自身存在空间的知觉及知觉把握方式，进而以一种相互沟通包容的空间存在感代替了以往时代人们对于空间唯一性的感受。另一方面，现实存在的知觉把握方式的改变，必然带来人的空间存在感受及其经验结果的“交互”，亦即空间意识的不确定化。原本由外部方式所决定的空间客观性，开始被更为内在的人的感受主观性所取代；存在空间已非人在其中的、直接的客体对象世界，而是在人的感受性活动发生、展开过程中的主观经验的空间。借用阿诺德·柏林特在《美学与环境》中所说的一句话：“不是把空间当作独立的数量，而是当作与感知着的身体有关连的意向性对象”[①]，空间在“交互性”作用下所形成的不再是独立的物理事实，而是与人在广泛信息沟通中交互形成的身体感受实际地结合在一起，人的主观意向性把握决定了空间对于人的存在意义。现实空间成为“意识与环境知觉之间的互相渗透与贯通”，[②]一切都是在与人的直接感受关系中被知觉和把握。所以，空间意识本身的互通互渗便成为一种人的具体存在的当下关系。对于美学批评来说，这种关系既包括批评者本身所处的位置、其在互联网环境中的身份特征等，也包括了美学批评活动的感知状态，即其在不同网络环境中的具体知觉方式。正是这种关系的存在及其变动，直接决定着美学批评的空间意识结构。对于“微时代”的美学批评活动而言，移动互联网环境下空间存在的意向性特征，构成了批评者特定的身份意识以及批评活动的对象性指向。

---

① ［美］阿诺德·柏林特：《美学与环境》，程相占等译，河南大学出版社 2013 年版，第 11 页。

② ［美］阿诺德·柏林特：《美学与环境》，程相占等译，河南大学出版社 2013 年版，第 13 页。

上述两个事实已经表明，美学批评在“微时代”的可能性及其实现，大大超离了“相对固定”的艺术存在的空间意识，而实际指向了一个与对象“审视性”方式直接关联的“意识空间”。在这个意识空间中，重要的不再是存在空间的客观属性，而是空间知觉把握与人的存在经验的交互沟通，以及由此而来的存在空间的现实扩张。也可以说，这种空间存在的扩张，实际上体现了整个“微时代”文化—历史语境中，美学批评活动的空间意识正在经历一种“主观化”的指向性改变——存在空间的交互性扩张与空间的主观化是一体的，它意味着美学批评活动的空间总是一个被主观地对象化、感情化“审视”的场域。在这个场域中，美学批评对象所提供的，是一种相关性——主观对象化的意向性空间及其在内之物与批评指向之间的相关性。正是这种相关性的出现及其随着互联网信息交互的不断扩大，迅速改变了我们与我们自身空间存在的关系，改变了美学批评活动在一种对象“审视性”中的空间把握立场和态度。

三、“在场”的美学批评

同样是在《美学与环境》一书中，阿诺德·柏林特曾这样理解人的存在与其实际空间的关系：“构想活生生的身体的空间性就是要认识到：场所和运动都是在与身体的关系中被感知的，被看作生活在这里或在那里。只有与身体的中心位置相关，才能洞察场所的价值和意义……上述现象学的诸多观点在研究空间时，都考虑到空间与身体和环境的关系；它们不是把空间当作独立的数量，而是当作与感知着的身体有关连的意向性对象。”[①] 在这里，柏林特把“空间性”直接同人的“活生生的身体”、亦即“在场”的亲历性质联系在一起，强调了空间存在作为人的知觉把握（“意向性对象”）的必然性。我们把这一观点借用到对于美学批评的空间意识问题的认识上，同样可以看到：进入“微时代”，美学批评的空间意识建构也正面临着如何能够“不是把空间当作独立的数量，而是当

① ［美］阿诺德·柏林特：《美学与环境》，程相占等译，河南大学出版社 2013 年版，第 11 页。

作与感知着的身体有关连的意向性对象”的问题。在这个问题上，“微时代”美学批评的空间意识建构需要在这样几个方面做认真的思考。

第一，空间不仅是人的存在场域、人在其中实现自身存在方式和基本特性的现实，同时也是存在的媒介，一种将人与人的活动及其自我审视方式联系在一起的现实媒介。在这个作为“媒介”的空间现实中，各种活动力量以及吸引这些活动力量的各种知觉特征相互贯穿，从而形成一种动态的联结。美学批评正是通过对于空间现实的特定知觉形态，以一种对象“审视性”经验来显现自身价值指向，因而它必须能够一方面吸引“活生生的身体”，从而进入人的活动中；另一方面又需要能够借助空间现实的媒介作用，在一个动态联结的生活世界中扩大并囊括人的全部现实。这也就意味着，今天的美学批评除了可以继续在原有的艺术经验范围内从事自己的活动以外，还将不得不严肃地思考如何改变“只能通过将艺术经验转换为现实存在经验的方式来解决美学的理论乏力与无力”这样一个问题。换句话说，既然作为媒介的空间现实的有限性已被日渐强悍的“微时代”所打破，那么，“美学批评空间意识传统的闭合性”自然也就失去其存在的功能及其指向性。当“活生生的身体”已经在一个无限广大的移动互联网世界里与现实发生着前所未有的感受关系之际，“将艺术经验转换为现实存在经验”的美学批评还能不能继续有效？也许，在这种情况下，美学批评的空间意识建构更需要在空间现实的媒介作用下，通过扩大艺术经验的多元性，将现实存在经验转换为全部艺术经验的“在场性”呈现，亦即在一种充分开放的、“在场”的方式中将“微时代”人的现实当作自身的审视对象。

第二，由于移动互联网无限发达的信息生产与传递交换功能，以及它在信息交互过程中制造和无限放大现实存在景象的可能性，在日益广泛的空间及人的现实空间意识的改变中，美学批评的存在场域已然发生实质性改变，其空间指向呈现了以往无法想象的巨大延展。可以说，较之以往任何时候，“微时代”更能提供数量众多、涉及面极为广泛的“批评体验”——空间的开放性不仅彻底打破了现实存在空间的闭合性，也实质性地形成了一种大众普遍加入的“参与性空间”。它通过激发人们的参与兴趣，广泛鼓励、持续吸引着人们从日常生活的现实空间不断进入互联网空间的开放性体验中，进而将人们聚集和包围在一个全新的、现实空间中难以进入的自由发表与交换的空间体验状态；人们得以通过这一开放的空间存在来普遍参与各种批评活动，并在其中重新建构起自身的意识空间。由此，置身于“微时代”的文化—历史语境，美学批评的空间意识建构必须时刻注意到这种由“参与性空间”的开放性所造就的大众“批评体验”的特殊性，将这种“参与性空间”纳入美学批评空间意识建构的具体要素中，积极地寻求确立大众广泛参与的批评维度，并且具体考虑到这种大众参与对于美学批评活动的具体影响。

当然，必须注意到，作为一个知觉—文化系统，空间包含了人和人的处所—存在环境，它既可以将人及其处所的关系状态引向一种平稳和谐的状况，同样也可以通过各种空间的分割而导致各个人的处所—存在环境之间的彼此疏离，从而阻碍整体空间内部的和谐平稳。把这种可能性引入“微时代”美学批评空间意识建构的思考中，就应该看到：在持续追逐互联网世界所提供的空间交互性的过程中，一方面，“参与性空间”的扩大同时鼓励了人对空间占有的私人化企图，就像微信的“建群”，不断鼓励人们为自己或他人制造一个又一个特定的空间，“微时代”的空间交互性由此出现并迅速形成更多的私人性特点；另一方面，这种私人性空间占有的大规模扩张，由于还同时伴随着网络速度的不断提升，从而突显了大众“批评体验”的时间效度，这也使得“参与性空间”往往会陷入一种缺失整体建构的困境。因此，“微时代”美学批评的空间意识建构将不得不直接面对碎片化的风险，而美学批评的“微化”或碎片化有可能危及其价值实现的整体稳定性。

第三，与上述相关联，“微时代”空间意识的自由性、空间存在的交互性，普遍激化了美学意识的平民化和泛化。对于美学批评活动而言，首要的显然不是在“相对固定”的艺术活动场域内部重新规划自己的既定指向，而是能够将自身空间意识建构拓展并安置在“微时代”人的活动参与方式之上，以“在场”身份重新构造自己的对象“审视性”，进而在不断扩大的艺术与当下生活的联结状态中重新确立美学批评的空间经验。在这个意义上，我们也可以认为，“微时代”的到来，其实已使得美学批评的空间意识建构不再仅仅从属于“艺术的”特定性和确定性，而更像是通过人的交互体验方式所建立起来的人的现实存在形态。在这一空间意识的建构中，艺术及其存在方式不再是确定无疑的；艺术在移动互联网时代的存在形态以及人们参与其中的体验方式，作为一种新的文化—历史的美学形态，构成了美学批评空间意识建构的新前提。它表明，进入“微时代”，美学批评的空间指向植根于它自身的“在场”方式，一切“在场性”经验均已成为建构“微时代”美学批评空间意识的基础。这种“在场的”美学批评，致力于强化对人们参与现实空间的体验方式的认同和适应，而不是试图去概念化这一空间体验方式。对于“微时代”的美学批评来说，物理空间的客观性不再是主要的和决定性的；人们参与并在其中进行广泛知觉活动的交互性存在，才真正决定着美学批评活动的现实指向。

这种新的空间意识建构特点，促使美学批评有理由超越纯粹艺术的空间事实，在“微时代”现实空间的改变中重新激发起自身的生活参与性，进而将艺术的改变与人在当下的空间体验方式的改变直接联系在一起。应该说，这种生活参与性不仅没有解除美学批评对于艺术活动的关注，相反，它有可能在一个更加广大的场域——移动互联网环境下的艺术实践及其大众体验的巨大空间，积极实现美学批评指向的有效性，进而寻获当下文化—历史存在形态之于大众艺术经验，包括大众艺术经验取向的实际影响。

（原载《浙江社会科学》2017 年第 1 期）

新媒介文艺批评及“媒介说”文艺观的出场

单小曦

媒介自古就是内在于文艺的存在性要素，只不过传统社会中尚不够发达，其对文艺活动和文艺文本的重要意义尚未显露出来，给人可有可无的印象，也少有人考虑从媒介系统视角开展文艺批评实践。20 世纪 90 年代后，以计算机网络为代表的数字化新媒介迅猛崛起，文艺活动中的媒介要素对其他文艺要素和整个文艺活动的建构性进一步增强，同时也催动生产出了历史上从未出现过的新媒介文艺形态。与此相适应，文艺批评领域一种着眼于媒介与文本关系的新媒介文艺批评正在兴起。分析这一文艺批评形态兴起的现实基础、学理根据，以及以此为前提形成的“媒介说”文艺观，对推动当代文艺批评理论建设和实践都具有重要意义。

一、新媒介文艺批评兴起的现实基础

新媒介文艺批评兴起的现实基础，主要体现为新媒介在文艺活动中地位的凸显及其对文艺其他要素和文艺存在方式的改变。

在数字新媒介时代，文艺活动中的"旧媒介"依然存在，这使印刷性文艺范式仍会保持一定的发展势头。而当数字新媒介进入文艺活动并对文艺"旧媒介"予以覆盖时，一种新兴的文艺范式——新媒介文艺就形成了。新媒介文艺即是以各类数字新媒介来生产、传播和承载文艺信息的活动及其文本。在新媒介文艺活动中，携带意义的信息不必通过"类比方式"获取和传递，而以数字取样和"计算方式"进行。文艺信息生产从"类比方式"到"计算方式"的转变，真正实现了各种符号媒介、载体媒介、媒体组织的大融合、大联动，真正实现了信息文本的网络化（赛博化）和超文本（广义）化。文艺媒介系统的这种革命性变革，极大地改变了新媒介文艺各种要素——世界、艺术家、文本、欣赏者的存在样态及关系状态。

在新媒介文艺活动中，数字媒介使文学"世界"要素发生了重大改变。关于人面对的世界，柏拉图、黑格尔等古代形而上学家将其分为"客观精神"（"相""型"或"绝对精神"）世界、客观现实世界、主观精神世界三个部分。亚里士多德和"唯物论"者不承认有一个"客观精神"世界，而是把世界分为客观现实世界、主观精神世界两个方面。20世纪70年代，波普尔提出了著名的三个世界理论，即作为物理世界的世界1、作为意识世界的世界2、作为文化世界的世界3。电子、数字媒介兴起后，人们关于世界的理解又有了新看法。波德里亚把电子媒介形成的影像世界称为"仿真"或"超真实"，认为它给人带来了比真实还要真实的感觉经验。尽管"超真实"世界不过是媒介制造的幻象，但它却有可能篡夺现实世界的位置，而使人沉溺其中不能自拔。波德里亚的"超真实"在数字媒介环境中升格为了一种更具逼真感的"虚拟现实"（VR）。有学者把这个"虚拟现实"称为世界4。世界4是"20世纪70年代第四次科技革命——电子信息革命的产物；它是虚拟技术在信息技术和网络技术推动下，迅速发展给人类带来的有关时间和空间的无穷想象"。[①] 有人质疑这种说法，认为"虚拟现实"不过是世界 3 在数字媒介环境中的新形态。不管怎样，数字媒介再次搅动了人们对世界的看法。这样，新媒介文艺创作的材料就不再限于传统的客观生活世界、主观精神世界，甚至传统媒介环境中的世界 3，而是还有一个更令作者青睐的"超真实""虚拟现实"或"世界 4"。今天的新媒介文艺创作者很少再像传统艺术家那样深入现实生活，依靠对现实世界的直接经验和从现实世界中取材进行创作了。长时间生活在"超真实""虚拟现实"中，从这种世界中获取素材和灵感，已是玄幻、修真、科幻、仙侠、历史架空、网游类等典型网文写作者的常态。而那些看似现实类的写作类型（如都市、言情、官场、军事、黑道等），也多来自网络材料和对同类作品的借鉴，以实地体验、现实采访方式获得素材的创作活动已经十分罕见。

在新媒介文艺活动中，数字媒介使作为文艺生产主体和接受主体的"创作者"和"欣赏者"要素发生了重大改变。"媒介是文化和意识的主要塑造者"[②]——人的感知、思维、行为方式、世界观、主体性等从来都没逃离出媒介环境的制约。印刷媒介和数字媒介建构的主体性体现出根本差异。谈到主体性，人们往往把启蒙主义、笛卡尔的自律、理性、独立、稳固的绝对主体性看成西方现代主体性的代名词。这种主体性的形成是西方近现代社会、历史、文化综合作用的结果。从媒介文化角度说，它与印刷文化的建构密切相关。印刷媒介的固态化、边界分明、分割而治等特点，使信息的生产、传递、接受都需要在分割时空中独立完成，而且各主体之间很难形成即时的信息反馈。"印刷文化都将个体建构为一个主体，一个对客体透明的主体，一个有稳定的固定身份的主体，简言之，将个体建构成一个有所依据的本质实体（essence）。"[③] 落实到文艺活动中，这样的主体性首先鼓励艺术家和欣赏者都成为身份不同的独立

---

① 张之沧：《从世界 1 到世界 4》，《自然辩证法研究》2001 年第 12 期。

② ［美］约书亚·梅罗维茨：《消失的地域：电子媒介对社会行为的影响》，肖志军译，清华大学出版社 2002 年版，第 19 页。

③ ［美］马克·波斯特：《第二媒介时代》，范静哗译，南京大学出版社 2000 年版，第 84 页。

主体；其次，由于他们在印刷媒介场景中所处的位置不同，会形成一定的等级关系。“在其中，作者被鼓励使用文本手段控制阅读过程。在写作过程中，作者不得不花更多的注意力把略显陌生的读者引向作者所选定的方向……作者的权威被置于文本的模式和结构以及页面的符号编排之内。”① 而数字技术、网络媒介把原来的作为承载意义的物质材料替换为电子微观世界中的脉冲。这样，信息就可以冲破各种物质性阻隔而真正形成畅通的信息流，在网络空间撒播流淌。此时，一种德勒兹所说的不同于“条纹空间”的“光滑空间”就被创建出来了。在这样的空间中，主体的自足性和中心 / 边缘这样的位置关系也将走向解体。此时，“现代主体被信息方式置换成一个多重的、撒播的和去中心化的主体，并被不断质询为一种不稳定的身份。”② 这个主体“不再像从外部而来似的与世界对向而立，而是作为电路中的一个点在机器中运转”。③ 换言之，新媒介文艺活动中的创作者和欣赏者打破了印刷环境中的作为确定、封闭、孤立、自足个体的现代主体性，而变成了相对不确定的、流动的、开放的、个体之间边界模糊的存在。在这个问题上，笔者不赞同就此把这个网络化的主体简单解释为走向死亡、漂浮和虚无的解构性“后现代主体”，因为它打破了印刷现代性主体的自洽性和彼此隔阂，在此基础上个体之间形成了相对平等即时交流的“网络主体间”关系。原来上帝似的宣讲性的权威艺术家身份瓦解了，接受者也成了积极参与文本建构和意义生产的能动要素，但罗兰·巴特所说的“作者死了”、乔伊斯等人提出的“读者即作者”（read-as-writer）的观点并不准确——因为新媒介文艺活动中的主体即“创作者—欣赏者在线交互主体”。

在新媒介文艺活动中，数字媒介使文艺“文本”要素发生了重大改变。文本（text）的西语原义即“编织”，可理解为呈现于一定载体媒介

---

① ［美］马克·波斯特:《互联网怎么了？》，易容译，河南大学出版社 2010 年版，第 92 页。

② ［美］马克·波斯特:《第二媒介时代》，范静哗译，南京大学出版社 2000 年版，第 83 页。

③ ［美］马克·波斯特:《第二媒介时代》，范静哗译，南京大学出版社 2000 年版，第 17 页。

的符号组合。符号之间的“编织”本无边界，所以，如只着眼于符号层面，文本本身即是无边界的“超级文本”。但现实中的文本必然要依托载体媒介而存在，不同载体也就现实地决定了文本的边界问题。在印刷媒介环境中，文本被载体媒介和制品媒介现实地分割为不同的单元或个体单位，如一个页面、若干页面组成的篇章、一本书等。此种情境中，文艺文本体现出如下几个明显特征：（1）它是具有一定长度、有始有终、具有独立自足性的作品（work）。（2）这一作品自然表现为凝固的物质成品。当它以期刊、书籍等物质形态出现在欣赏者面前时，同时也在宣告它已完成，不可任意变动和更改。所谓欣赏者参与创作只能限定在头脑意识范围。（3）它是某种单一性语言的、图画的、音乐的符号文本。（4）文本信息传递速度取决于作为物质产品的期刊、书籍、画作的运输速度。印刷时代晚期的罗兰·巴特区别了作品和文本，特别提到了一种无边界的、互相关联在一起的“理想文本”。克里斯蒂娃进一步提出了“互文本”的概念。然而，巴特的“理想文本”和克里斯蒂娃的“互文本”在印刷条件下是很难现实地展现出来的，数字化网络则将其变成了现实，即形成了“数字超文本”（digital hypertext）。网络文学中的超文本有狭义和广义之分。狭义超文本即“一系列通过链接而联结在一起的文块，这些链接为读者提供了不同的路径”。[①] 这种超文本是西方数字文学的典型文本形态。广义超文本实质即超文本系统或“文献宇宙”，如国际互联网。中国网络文学的文本形态处于上述狭义超文本和广义超文本之间。在中国文学网站中，网站即超文本的一级系统，各种文学类型空间构成二级系统，各部“作品”构成三级系统，每部“作品”的回次构成四级系统。读者在阅读过程中，可以在各级网络系统中冲浪穿梭，可以按传统线性顺序阅读，也可以任意选择回次和不同“作品”跳跃穿插，还可以进入书评区与其他读者甚至作者互动交流。总之，这里只有“文本”抑或“超文本”，而无印刷文学意义上的“作品”。“超文本”在读者面前处于未完成状态，或者它需要读者选择路径再生产出一个新文本（西方数字文学），

---

① Theodore Holm Nelson, *Literary Machines*, Sausalito:Mindful Press, 1993, p.2.

或者它还只是连载中的一部分（中国网络文学），读者可能会以论坛讨论的方式参与接下来的创作。所谓的“完本”只要还挂在网站上，就难免成为超文本的一部分。这种超文本已经打破了单一语言符号的局限，在一些网络文学作品中，特别是短小的网络诗歌和网络小说中，已经形成了语言、图画、动画、声音多种符号相复合的“复合符号文本”。最后，这种文本信息可以以光速传播，“我们可以在一瞬间把数字文本送到世界任何一个角落……只要十亿分之一秒，字节就可以环绕全球”。①

从原子性印刷到数字化网络，这是一场历史上从未有过的最为彻底的媒介革命。这场媒介革命落实到文艺活动中，改变了所有要素的存在样态，最终生成了一种“网络化文艺存在方式”。这种新的文艺存在方式为新媒介文艺批评的出场奠定了现实基础。

二、新媒介文艺批评建构的学理依据

关于文艺批评类型的理论研究，美国当代文论家 M. H. 艾布拉姆斯提出了一个操作性强、影响深远的文艺四要素和批评四大类型说。这一模式首创于 1953 年，最初的表述认为，“每一件艺术品总要涉及四个要点”——作品、艺术家、世界、欣赏者，但“几乎所有的理论都明显地倾向于一个要素，就是说，批评家往往只是根据其中一个要素，就生发出他用来界定、划分和剖析艺术作品的主要范畴，生发出借以评判作品价值的主要标准”。② 如此就形成了西方批评史上的模仿说、实用说、表现说、客观说等四大文艺批评类型及其相应的文艺观。③ 模仿说倾向于世界要素，着眼于“作品—世界”关系，把作品看成是对世界的模仿、再现、反映。实用说倾向于文学活动的欣赏者要素，着眼于“作品—欣赏

① ［美］马克·波斯特：《互联网怎么了？》，易容译，河南大学出版社 2010 年版，第 98 页。

② ［美］M. H. 艾布拉姆斯：《镜与灯——浪漫主义文论及批评传统》，郦稚牛等译，北京大学出版社 2004 年版，第 5 页。

③ ［美］M. H. 艾布拉姆斯：《镜与灯——浪漫主义文论及批评传统》，郦稚牛等译，北京大学出版社 2004 年版，第 4 页。

者”关系，把作品看成欣赏者获得教益、愉悦、快感等的工具。表现说倾向于文艺活动的艺术家要素，着眼于“作品—欣赏者”关系，认为艺术的题材、特点和价值都来自艺术家的独特创造，艺术即艺术家心灵、情感、激情、直觉等的表现、表征。客观说倾向于文艺作品要素本身，把作品看成独立自足体，文学的“文学性”具体体现在文学作品的语言、形式、结构等方面的独创性上，文学批评的任务就是寻找文学作品中的这个“文学性”。

1989 年，艾氏以诗歌和诗歌批评为研讨对象重申了他在 36 年前提出的基本观点：“诗歌是诗人创造的，诗歌题材涉及人类、事物、事件所构成的世界，诗歌都为其受众，即听众或读者而作。但是，尽管上面所列四点在所有关于诗歌的记述中都有所涉及，它们的作用却并不均衡。一般说来，批评家会把四者之一作为首要要素，主要以外部世界，或者受众，或者诗人为‘艺术的起源、目的和衡量标准’，或者，批评家会认为诗歌是自足的实体，最好是孤立地进行分析……这林林总总的取向，初步地为我们给出了四种宽泛的诗歌理论类型，可以将其命名为模仿说、实用说、表现说和客观说四大类。”[①] 与 36 年前论述的一个不同之处在于，他把适用于四大批评类型的批评史范围从古希腊至 20 世纪 40 年代进一步扩大延伸到了 80 年代。另一个不同之处则是讨论了“实用说”新近发生的变化。艾氏说，传统的文本阅读看重“作为人的作者表达和控制语言，使作为人的读者得到感动和快乐”，解构主义等新阅读理论“不承认这些特点，把它们当作非出自作者的，语言促生的幻象或‘效果’”。但是，“文学作为表现人的乐趣、快乐和关注的人类事务被阅读，已经不止千年”，新阅读那种“将文学读作目标为一套无解的谜题的修辞喻体的读法想取而代之是绝无可能的，不管它多么新颖和诱惑，都是再显然不过的”。[②] 此处，艾氏再次站在了旧式的人文主义立场，为他所总结的

① ［美］M. H. 艾布拉姆斯：《以文行事：艾布拉姆斯精选集》，赵毅衡、周劲松等译，译林出版社 2010 年版，第 3 页。

② ［美］M. H. 艾布拉姆斯：《以文行事：艾布拉姆斯精选集》，赵毅衡、周劲松等译，译林出版社 2010 年版，第 302 页。

“实用说”做了辩护，即进行文学批评时不能对已有千年历史的基本经验——读者在作品中获得“感动和快乐”视而不见。

关于文艺批评类型另一种有影响的研究来自英国当代文艺理论家拉曼·塞尔登。塞尔登坦言，其名著《文学批评理论——从柏拉图到现在》的结构框架“得益于罗曼·雅各布森著名的语言交流模式”。雅各布森认为，任何一个现实的语言交流活动都表现为：“发送者（发信人）把信息传给接收者（收信人），信息要想生效，则需要联系某种语境（用另一个较模糊的术语说，就是‘指称物’），接收者要想捕捉到这种语境，不管它是语言的还是能够转化成语言的，还需要有为发送者和接收者完全通用和部分通用的信码（因此发送者和接收者就是信息的编码者和解码者）。最后还需要某种接触——在发送者和接收者之间的物质通道和心理联系——以使二者进入和保持在传达过程之中。”① 塞尔登说：“我把他的‘语言发送者’看做‘作者’，把‘信息’看做‘作品’，把‘语言接受者’看做‘读者’，把‘符码’看做‘结构’，把‘语境’看做‘历史’。有些批评话语采取了作者的观点，另一些批评话语则探讨读者或听众对作品意义所做的贡献。还有一些批评话语集中研究作品本身，将印在书页上的文字看做一个自足的实体。结构主义者则力图发现潜藏在某类特别‘信息’下的符码，最后，还有人认为文学批评主要的研究对象应该集中在作品的历史语境上。”② 在此，塞尔登特别提到他略去了雅各布森语言交流模式的“接触”要素。

简单对比一下不难发现，塞尔登的批评类型与艾布拉姆斯的看法非常相似：采取作者观点的批评话语，相当于表现说；探讨读者或听众与作品关系的批评话语，相当于实用说及其变化形式（读者阅读理论）；研究作品本身和“力图发现潜藏在某类特别‘信息’下”的符码结构的批评话语，相当于客观说；研究作品与历史语境关系的批评话语，相当于

① ［俄］罗曼·雅各布森：《语言学与诗学》，滕守尧译，载赵毅衡编选《符号学文学论文集》，百花文艺出版社 2004 年版，第 174—175 页。

② ［英］拉曼·塞尔登：《文学批评理论——从柏拉图到现在》，刘象愚等译，北京大学出版社 2003 年版，第 1—2 页。

模仿说及其各种变体（再现说、反映论等）。值得一提的是，塞尔登强调指出，“那些最有能力的批评家们往往致力于探索上述交流模式中的一个方面”[①]，以便形成基本的理论假设。这一思维方式也与艾氏基本相同。

其实，艾氏关于“每一件艺术品总要涉及四个要点”的看法是有历史局限性的，这种概括没有看到媒介在文艺活动中的重要力量。而雅各布森的语言交流理论则看到了这一点。雅氏特别在语言交流模式中强调了“符码”（符号媒介）、“接触”（载体媒介）这两个媒介要素的重要性，即没有语言符号等的编码和信息传播管道，交流就无法实现。而作为载体媒介的“接触”更具有物质性，没有这种物质载体的承载，语言符号就失去了现实存在的基础，也就无法实现语言的交流功能。可惜的是，塞尔登在借用雅氏的交流模式时，把作为“接触”的媒介要素给抛弃了。美国当代学者阿瑟·阿萨·伯杰明确地提出，“大众传媒存在着五个焦点或相关的基本领域”，即作品或文本、艺术家、观众、社会，“还有一种传媒（它不仅承载文本而且对文本产生影响）”。[②]笔者致力于的媒介文艺学研究，吸收了信息传播活动无法离开媒介要素的看法，认为文艺活动或“每一件艺术品总要涉及”的要点除了文本、艺术家、世界、欣赏者外，还包括媒介，而且媒介和传统四要素一样，在文艺活动中具有存在性地位。

按照理论家们的总结，两千多年来文艺批评史上的批评主体常常会“倾向于”一个文艺要素，着眼于文本与一个要素之间的关系，或者“致力于探索”文艺“交流模式中的一个方面”来从事批评活动，从而形成一种批评类型或形态；而根据笔者所说的媒介文艺学研究，媒介也是文艺活动中不可或缺的要素，那么，就会有批评主体倾向于传统四要素之外的文艺媒介要素，或者致力于交流活动的媒介方面来从事批评活动，也从而形成不同于以往的新文艺观。在“旧媒介”时代，这种文艺批评

① ［英］拉曼·塞尔登：《文学批评理论——从柏拉图到现在》，刘象愚等译，北京大学出版社 2003 年版，第 1—2 页。

② Arthur Asa Berger, *Essentials of Mass Communication Theory*, Londres: SAGE Publications, 1995, p.1.

实践还不明显。然而，在今天的新媒介时代，以数字新媒介为切入点、“倾向”或“根据”媒介要素生发出来的、着眼于“文本（作品）—媒介”关系的文艺批评，已经开展得如火如荼——这种文艺批评即新媒介文艺批评。新媒介文艺批评立足的是文本、艺术家、世界、欣赏者、媒介五要素的文艺活动现实、数字新媒介的存在性地位和“网络化文艺存在方式”，不能以传统四大类型的划分标准把新媒介文艺批评切割到四大批评类型中，它应被理解为与四大类型并列甚至覆盖它们的独立性文艺批评形态。

三、“媒介说”文艺观的出场

在传统的各种文艺批评类型中，批评主体是立足于不同要素之间的关系得出了不同的文艺观。新媒介文艺批评则是“倾向”或“根据”媒介要素生发出来的，它首先要从媒介要素切入，立足于“文本—媒介”关系确定文艺观，并以此观念为指导架构文艺批评的基本问题。

从媒介要素出发，立足于“文本—媒介”关系，文艺与其被阐释为对世界的模仿、对艺术家情感和心灵的表现、对读者的教化或读者再创造的产物、独立自足的意义实体，毋宁说“文艺即媒介”。如果文艺被解释为一种媒介或“文艺即媒介”，就会形成一种不同于模仿说、实用（接受）说、表现说、客观说的文艺观，即“媒介说”的文艺观。简言之，“媒介说”文艺观就是把文学和各种艺术形式解释为一种特殊媒介，理解文艺需要从理解媒介开始，把握文艺性需要从把握媒介性开始。而关于媒介的不同阐释也会得出关于“文艺即媒介”的不同看法。下面提出和分析四种代表性的“媒介说”文艺观。

第一，“文艺即媒介工具”。在一般的意义上，即把信息和媒介视为分离关系的前提下，媒介常常被理解为信息传播的手段或工具，或者“媒介即工具”。以此为指导，文艺也就是一种传播工具，或者“文艺即工具”。事实上，工具论文艺观在文艺批评史上较为流行。不过，一般而言的文艺工具论局限于文艺是传达政治、意识形态或教化受众的工具，而今天在“文艺即媒介”的视域中，文艺工具论的工具意义已经获得了一种广泛性和普遍性。如果认为信息和媒介是可以分离的，承载某种信息就是任何一种文艺形式的最基本属性，此时，文艺自然成为承载和传递信息的媒介工具。这里的信息可以是来自自然界和神秘的“客观精神”，可以是出自艺术家内心的主观世界，可以是接受者阅读再创造出来的思想意味，还可以是具有能产性的文本自产出来的意义。无论来自何方，无论何种形态，它已被承载于文艺形式之中了。在这个意义上，文艺即媒介工具。换言之，在信息内容和传播工具是相互分离的观念之下，“文艺即媒介工具”恰恰是文艺理论与批评研究中无法回避和必须正视的问题。这样，“文艺即媒介工具”也就构成了“文艺即媒介”一个最基本的含义。

第二，“文艺即媒介程序”。在20世纪西方人文学术发生“语言论转向”后，文艺理论与批评领域普遍以语言符号结构形式解释文艺性质。俄国形式主义提出了“艺术即程序”的观点。“程序”主要指的是对语言的节奏、语调、音步、韵律、排偶的组织，对词语的选择与组合，以及用词手法、叙述技巧、结构配量和布局方式等。克莱夫·贝尔提出了艺术即“有意味的形式”。所谓“有意味的形式”就是艺术中能引起美感的、动人的色彩、线条等符号“按照某种不为人知的神秘规律排列和组合的形式”，“而艺术家的工作就是按这种规律排列组合出能够感动我们的形式”。[①] 卡西尔认为，人类的神话、艺术、科学等文化都是以符号形式对人类经验的表达。苏珊·朗格在卡西尔的启发下提出了“艺术是人类情感的符号形式的创造”这一著名观点。朗格说：“音乐的作用不是情感刺激，而是情感表现；不是主宰着作曲家情感的征兆性表现，而是他所理解的感觉形式的符号性表现。”[②] 应该承认，上述这些观点在理论批评史上都曾名噪一时，即使在今天也各有其现实意义，但将之放到“文

---

① ［英］克莱夫·贝尔：《艺术》，周金环、马钟元译，中国文联出版公司1984年版，第6页。

② ［美］苏珊·朗格：《情感与形式》，刘大基、傅志强、周发祥译，中国社会科学出版社1986年版，第38页。

艺即媒介程序”的视野中，这些看法还各有局限。首先需要看到，上述“程序”“有意味的形式”“符号形式”所分析的不过是“媒介程序”问题。因为语言、色彩、线条、形状以及各种情感符号很难以传统意义上与“内容”相对的“形式”来概括，而将之看成文艺中的各级媒介更为合理。与此同时，它们的选择、排列、组合、布置说的不过是文艺各级媒介的运作机制，借用俄国形式主义的“程序”概念，可以称之为“媒介程序”。其次，按照“媒介程序”，上述各理论分析显然是不全面、不到位的。这主要是因为文艺媒介并非只表现为语言、符号，它们之间的程序也仅仅是文艺程序的局部。笔者认为，文艺媒介是个系统，其中包括符号媒介、载体媒介、制品媒介、技术媒介、传播媒体等各个层面及各种类型。文艺的“媒介程序”也必然体现为这个系统中更复杂、更丰富的内在运作机制，而仅仅立足于符号媒介层面（包括符号生产意象）讨论问题是远远不够的。可见，“文艺即媒介程序”不仅可以提升各种符号论、形式论文艺观，而且其本身也具有不可替代的理论价值。

第三，“文艺即媒介实践”。在瑞安看来，有“三种媒介研究进路：符号学的、物质 / 技术的、文化的”。其中，“文化的”媒介涉及的是“媒介作为文化实践”的问题。[①]“从文化的角度看，某些信息传播方式尽管缺乏独特的符号或技术身份，但可以被视为独特的媒介……传统上我们将戏剧、芭蕾、歌剧称为媒介而非文类。”[②]另一方面，“媒介可分为三大范畴：纯粹时间媒介，唯一的支持是语言或音乐；纯粹的空间媒介，如绘画和摄影；时空媒介，如电影、舞蹈、图像—语言结合、数字文本”。瑞安关于媒介研究的重要启发性体现在两个方面：首先，不能把媒介仅仅看成静态的存在物，它还是个人类文化实践过程；其次，文学和其他各种艺术形式都可以被看作动态实践的媒介形态。不过，出于分析的需要，瑞安把“符号学的”“物质 / 技术的”“文化的”媒介分割开来了，有分割论的嫌疑。笔者认为，“符号学的”“物质 / 技术的”“文化的”三个方面恰恰构成了整体性媒介系统的不同维度和不同层面。这样，人类使

① ［美］玛丽 - 劳尔·瑞安：《故事的变身》，张新军译，译林出版社 2014 年版，第 17 页。
② ［美］玛丽 - 劳尔·瑞安：《故事的变身》，张新军译，译林出版社 2014 年版，第 23 页。

用符号、物质载体、技术所从事的文化活动即为媒介实践行为，而文艺就是这样的特殊性媒介实践。“文艺即媒介实践”的观点既可以和语言符号实践论文艺思想接轨，又是对其的覆盖和超越。以文学为例，以巴赫金的“超语言学”研究、福柯话语理论、奥斯汀的言语行为理论、塞尔的文学言语行为理论等为资源，中国当代学者主张建构“话语实践论文学观”“文学话语虚构论”“语言实践的美学”。[①]应该说，这些语言实践论文艺思想把文学看成动态生成的语言实践行为，突破了形式主义、结构主义的静态封闭自足性困境。在这一过程中，文学意义发生之关键就由语言内部结构关系转向了话语环境、文化规约、权力关系等问题。问题是，（1）文学意义发生的基本结构并不只是由语言符号搭建起来的，还包括更具物质性的载体、技术、制品和媒体；（2）越强调语言实践行为发生的条件，就越需要看到上述语言符号之外更具物质性的媒介的力量。文学话语语境及其隐含的文化规约、文化惯例、权力关系网络等，无法脱离整体性媒介系统的建构。“文艺即媒介实践”的说法恰恰可以对这种情形予以更好的说明。

第四，“文艺即存在显现的媒介场域”。现代存在论哲学把存在意义的显现作为核心问题来讨论，而存在意义之显现是需要依托于某种关系和场域的。在传统的主客二元对立世界中，存在处于幽闭状态。为了突破主客二元对立世界，建构出存在显现的关系和场域，海德格尔在前期思想中发明了一个“在世界中存在”作为“此在”的生存论结构，在后期则提出了天、地、人、神“四方游戏”的理想境遇。笔者的“媒介存在论”研究发现，“在……之中”或“居间”性恰恰是媒介之媒介性的基本含义。以此为出发点和基础，媒介之媒介性还包括谋和、容纳、赋形、生产等含义。而一旦某一具体存在者发挥了这些功能，就成为功能性媒介。没有媒介位置的主客二元对立情形并非世界的原初性关系和结构，而是绝对主体性和主客二元思维对原初性世界把握的结果。原初性世界

---

① 参见张瑜《文学言语行为论研究》，学林出版社 2009 年版，第 22 页；马大康《现代、后现代视域中的文学虚构研究》，中国社会科学出版社 2014 年版，第 244 页；王峰《美学语法：后期维特根斯坦的美学与艺术思想》，北京大学出版社 2015 年版，第 16 页。

应以意义的发生为起点，任何孤立的存在者都是无意义的。而在“主—客”二元关系中，因为没有媒介作为沟通和交流的桥梁，二者之间也不会有意义的发生。因此“主—客”二元世界也不是原初性世界。意义发生抑或原初性世界应开始于“主体—媒介—主体”形成的三元关系或“媒介性存在关系”。“在世界中”“四方游戏”不过是以“主体—媒介—主体”形成的三元关系或“媒介性存在关系”为基础展开的诸多存在者间的多元关系。在这种多元关系中，每个存在者都是处于其他两个存在者“之间”的功能性媒介，都发挥着谋和、容纳、赋形、生产的媒介性功能。这样，一个“显—隐”着存在本身的媒介场域就形成了。或者说，存在本身的“显—隐”活动是依托媒介场域展开的。此处的关键问题是，如果“文艺即媒介”，由世界、艺术家、文本、欣赏者、媒介（存在于文艺活动内部的媒介系统，与文艺作为媒介的媒介不同）等多个存在者构成的文艺形态就成为存在本身“显—隐”所必需的媒介场域。相对于其他媒介场域而言，由于文艺活动中各存在者之间属于非功利的审美关系，在文艺性媒介场域中，存在本身更多的是“显”而非“隐”。在这个意义上，可以认为“文艺即存在显现的媒介场域”。“文艺即存在显现的媒介场域”的提出，将“文艺即媒介”思想推向了存在论的高度，它也成为“媒介说”文艺观最具开拓意义的命题。

“媒介说”文艺观是新媒介文艺批评从媒介视角、立足于“媒介—文本”关系对文艺性质的一种阐释，它给我们分析文艺提供了新的可能。同时，它与模仿说、实用（接受）说、表现说、客观说等并不矛盾，它们可以并行不悖地丰富人们对文艺的理解。而以此文艺观为指导，就可以架构出和具体讨论新媒介文艺批评的性质、主体、对象、方法、标准等基本问题了。

（原载《中国人民大学学报》2017 年第 6 期，收入本书时有改动）

作为事件的网络文艺与新文艺评论的再出发

胡疆锋

进入21世纪以来，以网络文艺（网络文学、网剧、网络电影、网络综艺、网络音乐、网络动漫、网络游戏、短视频等）为代表的当代文艺现象，越来越为评论家所关注。但正如有学者所言，当下的评论家和创作者、欣赏者之间存在着明显的隔膜，新文艺批评经常处于缺席状态。[①]究其原因，有一点也许是不可否认的：进入数字时代以后，当代文艺的创造者、传播者和受众大多是青年人，属于网生代。按照学者韦斯莱·弗莱尔的划分方法[②]，青年人是网络文化的创造

① 傅道彬：《新生代文艺批评的"缺席"与"在场"》，《中国文艺批评》2021年第3期。

② 转引自［美］詹姆斯·保罗·吉《游戏改变学习：游戏素养、批判思维与未来教育》，孙静译，华东师范大学出版社2020年版，第21页。

主体和受众主体[①]，是"数字原住民"，而多数文艺评论家却只是"数字移民"或"数字窥探者"，与数字文化保持着若即若离的联系，有的甚至是"数字难民"：他们看着各种"稀奇古怪"的热搜排名常常是目瞪口呆、四顾茫然，听着作品中埋下的"梗"和热词，如同在听黑话和佶屈聱牙的方言，对系统文、二次元、后人类、AI、CP、赛博朋克等术语似懂非懂。他们即使可以与时俱进，学会使用智能手机、刷微信、扫二维码，也能引用一些网络流行语，却难以改变在网络文化里进退失据的尴尬处境。更为关键的是，许多评论家评价网络文艺的标准、体系和态度，往往沿袭传统的经典文艺观念，来自纸媒盛行的"机械复制时代"，因此，他们在评论网络文艺时难免会出现刻舟求剑、削足适履的情形，和数字原住民对话时往往只能自说自话，犹如鸡同鸭讲，这都导致网络文艺评论在很多时候变成了独角戏，无人喝彩，也无人理睬，难以成为"文艺创作的一面镜子、一剂良药"[②]。

在数字时代，文艺评论确实有必要寻找到新的视角、新的立场、新的方法，这其中当然有很多可选项，但在笔者看来，引入事件理论或许是一条有意义的路径。与以往的文学工具论、文学反映论、文学审美批评有所不同，事件理论更加注重文学的生成性、能动性、互动性、行动力、效果和作用，[③]而网络文艺的兴起、蓬勃发展甚至网络文艺评论本身完全可以被视为是一场大规模的事件。从事件的视角看网络文艺，我们可以更准确地发现和研究网络文艺及其创作的断裂性、文本的生成性与过程性、艺术语言的建构性、艺术的媒介性以及阅读的作用力，更准确地把握当代文艺的新特征和新趋势。正如有学者所说的那样，"把文学研

---

① 以网络文学为例，网生代已成为网络文学的接受主体和消费主力。在2018—2019年度阅文集团签约作家中，85后、90后、95后占主体，为74.48%；实名认证的新申请作者中95后占74%。网络文学读者群体表现出更为明显的迭代性，截至2019年，4.55亿网文用户中，90后用户已超总量的70%。数据来源：中国社会科学院发布《2019年度网络文学发展报告》，https://finance.sina.com.cn/stock/relnews/hk/2020-02-18/doc-iimxxstf2390944.shtml，访问日期2021年2月3日。

② 习近平：《在文艺工作座谈会上的讲话（2014年10月15日）》，人民出版社2015年版，第29页。

③ 何成洲、但汉松主编：《文学的事件》，南京大学出版社2020年版，第20页。

究的视点‘从意义移到事件’——这是我们这个时代的必然”。[①]

一、何为事件

事件（event）是当代文艺理论与批评中的关键词之一。事件理论关注文艺创作和文艺现象的断裂性、生成性，提醒人们既可以把文艺作品看成是一个客体对象，也可以将其看成是一个事件或行动。[②]事件理论有着丰富的理论资源，康德、巴赫金、海德格尔、伽达默尔、德里达、福柯、乔纳森·卡勒、伊格尔顿、齐泽克、德勒兹、巴迪欧、阿甘本等学者对事件理论都有所贡献，其中尤其以齐泽克和德勒兹的事件理论最具有代表性。

在齐泽克看来，事件是断裂，是意外，具有某种“神奇性”，事件打破了惯常的生活节奏，它们的出现似乎不以任何稳固的事物为基础；事件是重构的行动，是超过了原因的结果，是一个激进的转捩点，是平衡被打破，是系统出现异常，“事件总是某种以出人意料的方式发生的新东西，它的出现会破坏任何既有的稳定架构”。同时，事件也可以撤销，即“去事件化”，是“主体面对实体时的分裂状态”。[③]某种程度上，事件的撤销就是隐退、倒退、涂抹、遮蔽。

如果说齐泽克强调的主要是事件的断裂性，那么德勒兹突出的则是事件的“生成性”。在德勒兹看来，事件具有内在性、多元性和差异性，就是不断生成（becoming）。德勒兹在《意义的逻辑》一书中认为：事件是不断变化中的非实体性的存在，事件允许积极的和消极的力量相互变换；事件是无中生有，是不断的发生；理想的事件就是奇点（singularité）的集合——“奇点就是转折点和感染点，它是瓶颈、是节点、是玄关、

① ［日］小林康夫：《作为事件的文学——时间错置的结构》，丁国旗、张哲瑄译，知识产权出版社 2019 年版，第 247 页。

② ［英］特里·伊格尔顿：《文学事件》，阴志科译，河南大学出版社 2017 年版，第 213 页。

③ ［斯洛文尼亚］斯拉沃热·齐泽克：《事件》，王师译，上海文艺出版社 2016 年版，第 4—6、62—63、191—192、211—224 页。

是中心、是熔点、是浓缩、是沸点、是泪点和笑点，是疾病和健康，是希望和焦虑，是‘敏感’点。”[①] 事件总是蕴含着转变的力量，是一个连续生成的过程，能够并且需要对现状产生影响，如以色列学者伊莱·罗纳所说的那样：事件的瞬间同时包含了“断裂和改变”，产生了“朝向他者性的不可抗力”。[②]

齐泽克、德勒兹等人讨论的事件理论，主要是从政治哲学、思想史等角度提出的，源于对西方政治左翼无力回应社会变革的失望或期望。不过，事件理论也广泛适用于文学艺术，齐泽克就非常明确地提出：事件可以是艺术品带给人的强烈感受，“新艺术风格的兴盛”就是一类事件。[③]

二、作为事件的网络文艺

网络文艺的兴起正是当代文艺发展中的一次大规模事件，它符合齐泽克等人对事件的基本界定和描述，“动摇了现今已确实存在的基础的结构和组织，并使其瓦解，它是对有意图的估计和预测的背叛”。[④]

网络文艺的创作主体、创作方式、阅读活动、传播路径和评价体系都已成为事件。数字时代里，随着交互式自媒体的发展，大众进入自我出版的时代，[⑤] 人人都是媒体。比如，“问答社区”和“原创内容平台”知乎自 2011 年上线以来，十年间累计拥有 4310 万内容创作者，贡献了

① Gilles Logique Deleuze, *Logique du sens*, Paris: Minuit, 1969, p.73. 相关译文，可参见蓝江《面向未来的事件——当代思想家视野下的事件哲学转向》,《文艺理论研究》2020 年第 2 期。

② Ilai Rowner, *The Event: Literature and Theory*, Lincoln and London: University of Nebraska Press, 2015, p.viii.

③ [斯洛文尼亚] 斯拉沃热·齐泽克:《事件》，王师译，上海文艺出版社 2016 年版，第 1、3 页。

④ [日] 小林康夫:《作为事件的文学——时间错置的结构》，丁国旗、张哲瑄译，知识产权出版社 2019 年版，第 3 页。

⑤ [澳] 约翰·哈特利:《数字时代的文化》，李士林、黄晓波译，浙江大学出版社 2014 年版，第 20 页。

3.53 亿条内容[①]；微博上“曹县是什么梗”的阅读次数轻轻松松地就高达 5 亿，单日阅读次数达 3.2 亿次之多（截至 2021 年 5 月 26 日）。这些数据都堪称是“骇人听闻”。在“互联网 + 文艺”的背景下，网络文艺的兴起也因此成为当代文艺的一个重大事件。以中国当代文学为例，传统文学期刊市场自 20 世纪末以来逐步萎缩，文学期刊订户断崖式下降，印数从巅峰跌到谷底，很多辉煌一时的传统文学期刊纷纷停刊，“文学期刊正在丧失其‘预示文学重大走向、发掘文学有生力量’的垄断地位”。[②]而与此同时，中国网络文学却发展迅速、高歌猛进，无论是受众数量还是影响力，都取得了传统文学难以企及的成果。据统计，截至 2020 年 12 月，中国网络文学用户规模达 4.6 亿，占网民整体的 46.5%，[③]到 2019 年，网络文学注册作者达 1755 万人，签约作者超过 100 万人，其中活跃的签约作者超过 60 万人。网络文学的用户粉丝化程度非常明显，粉丝数量过 100 万的作品已达 27 部，排名第一的网络小说《圣墟》的粉丝数更是突破 1000 万[④]。与此类似，网络短视频也发展迅猛，“万物皆可拍，万物皆可播”，抖音、快手、视频号以“记录美好生活”“有点意思”“拥抱每一种生活”“记录真实生活”等为口号，注重用户观赏感，追求公平、普惠，鼓励用户从“观察者”变成“参与者”。据统计，截至 2020 年 12 月，中国的短视频用户规模达到 9.27 亿。[⑤]抖音近年来发起了“人人都是艺术家”的系列挑战，号召艺术家和艺术爱好者在平台积极创作艺术类短视频。数据显示，截至 2020 年 12 月，抖音艺术视频播放量超过 2.1 万亿次，点赞量超过 660 亿次，评论量超过 44 亿次，粉丝数量过万的艺术

---

① Eastland：《谢邀，知乎其实是家“初创公司”》，https://mp.weixin.qq.com/s/bVA3SRsH0WpKflZez549Vg，访问日期 2021 年 2 月 3 日。

② 陈定家：《网络时代的文学转向》，中国社会科学出版社 2020 年版，第 104 页。

③ 数据来源：中国互联网信息中心（CNNIC）第 47 次《中国互联网络发展状况统计报告》，http://www.cac.gov.cn/2021-02/03/c_1613923423079314.htm，访问日期 2021 年 2 月 3 日。

④ 数据来源：《2019 中国网络文学蓝皮书》，中国作协网络文学中心 2020 年 6 月发布，http://www.chinawriter.com.cn/n1/2020/0619/c404023-31752579.html，访问日期 2021 年 2 月 3 日。

⑤ 数据来源：中国互联网信息中心（CNNIC）第 47 次《中国互联网络发展状况统计报告》，http://www.cac.gov.cn/2021-02/03/c_1613923423079314.htm，访问日期 2021 年 2 月 3 日。

创作者达到 20 万人。[①]

网络文艺成为事件，这不仅仅是受众数量和影响力的巨变，而且是创作方式、传播路径和评价体系的系统性转换。正如齐泽克所言：“在事件中，改变的不仅仅是事物，还包括所有那些用于衡量改变这个事实的指标本身。换言之，转捩点改变了事实所呈现的整个场域的面貌。”[②] 对网络文艺而言，齐泽克所说的“整个场域的面貌”的改变主要有如下表现。

其一，网络文艺呈现出明显的跨媒介性。

依托网络媒介的巨大传播优势（远距离、超时空、快速传输）和庞大的受众群体，“网络文艺 +”的跨媒介商业体系得以构建。有影响力的网络文艺作品往往多点开花，拥有在线阅读、无线阅读、有声读物、影视剧、舞台剧、游戏、动漫、纸质书等多种媒介传播方式，受众群体庞大。比如，起点中文网 2019 年月票冠军《诡秘之主》完本时，仅仅在起点中文网上的评论就超过 430 多万条；微博“诡秘之主”超话阅读量超千万；在 B 站上有同人曲、手书、互动视频及其他优秀同人作品，播放量最高达几十万；LOFTER（乐乎）上该书的相关话题阅读量也有近 500 万；[③] 实体书由广东旅游出版社于 2020 年出版；已经或即将被改编为漫画、网络动画、游戏和影视文本。

其二，网络文艺的言说行为和创作方式具有复杂的互动性和不确定性。

网络上的言说行为具有作者与读者的双向属性，两者身份随时可以交换。这种言说的双向行为的历史源远流长，但只有在数字时代，这种创作和消费方式才能获得最大的施展空间，因为“网络世代的文化核心就是互动”。[④] 这使得网络文艺的作者意图与文本意向性之间的关系变得

---

① 尹德容：《在抖音，用艺术的方式，发现生活的另一种可能》，《中国艺术报》2021 年 5 月 19 日。

② ［斯洛文尼亚］斯拉沃热·齐泽克：《事件》，王师译，上海文艺出版社 2016 年版，第 211 页。

③ 参见《2019 年度网络文学发展报告》，https://finance.sina.com.cn/stock/relnews/hk/2020-02-18/doc-iimxxstf2390944.shtml，访问日期 2021 年 2 月 3 日。

④ ［美］唐·泰普斯科特：《数字化成长：网络世代的崛起》，陈晓开、袁世佩译，东北财经大学出版社、McGraw-Hill 出版公司 1999 年版，第 111 页。

更加复杂。伊格尔顿在《文学事件》中认为："作者在写作中的所为除了受其个人意图制约以外，同样——若非更多——受文类规则或历史语境制约。""作品的意图——也就是作品被组织起来实现的目的——与作者心中的想法有时并不完全相等。"[①] 在事件理论的视野中，这两段话都指向了网络时代特有的文化现象：数据库（database）写作。

所谓数据库，即计算机里组织大量的各种数据并有效地处理相应的知识信息的实用系统。[②] 关于网络文艺的数据库写作，可以从两个方面来理解：其一，网络文艺的作者在创作时受到了"文类规则"和"历史语境"的制约和影响，后者来自各种跨媒介的海量数据资源，AI（人工智能）写作和写作软件更是将这种写作方式推向了极致。其二，读者只是把作者的原作看成是可以随时提取的"数据库"，他们在阅读时建构出的意向性与作者意图可能恰好背道而驰。在网络小说的生产、传播过程中，"数据库写作"表现得特别明显，网络文学的用户通过收藏、订阅、打赏、投月票、留言、跟帖、组织线下粉丝活动等方式，深度介入作品的创造过程。一边阅读一边表达，一边吐槽一边分享，这是当前网络文艺的用户 / 粉丝最平常的状态。比如，起点中文网等网站于 2017 年推出了具有弹幕功能的"本章说"（段评 / 章评），这个创意大受用户欢迎，仅阅文集团旗下的网站评论数量前 50 的作品就累计有 2800 多万条评论，其中，网络小说《大王饶命》的总评论量超过 150 万条（截至 2019 年）。[③] 借助"段评 / 章评"功能，粉丝吐槽不断、欢乐不止，每一个人气爆棚的章节都成为众声喧哗的书友嘉年华。起点书友每天使用"段评 / 章评"的用户占比超过 50%，甚至有读者感叹，读"段评"比读文还精彩！因为书评清奇，能让人看见书友们独一无二的有趣的"灵魂"。[④] 数据库写作

---

① ［英］特里·伊格尔顿：《文学事件》，阴志科译，河南大学出版社 2017 年版，第 169 页。

② 郭禾、李明慧、李德广：《智能写作环境中的数据库管理和组织》，《小型微型计算机系统》1990 年第 5 期。

③ 中国文联网络文艺传播中心：《中国网络文艺发展研究报告（2018~2019）》，社会科学文献出版社 2019 年版，第 63 页。

④ 参见《2019 年度网络文学发展报告》，https://finance.sina.com.cn/stock/relnews/hk/2020-02-18/doc-iimxxstf2390944.shtml，访问日期 2021 年 2 月 3 日。

改变了网络文学的创作生态和传播形态，有学者说，“文学并非一成不变的惰性之物，而是一种我们做出的行为或者工艺。文学更像是一个动词，而不是一个名词”[①]。这便是作为事件的网络文艺最直接的后果。网文大神酒徒（蒙虎）曾这样描述与读者的交流带来的魔力：“读者点击、评价以及对文学本身的探讨和交流，已经渐渐成了码字人生活的一部分。偶有一天不动笔，心里便空空落落的好像缺了些东西。如果因为事情忙碌或身边环境所限制，间隔了两三天没能上网与读者交流的话，那感觉就像烟鬼犯了烟瘾，四肢百骸竟无一处不难受。”“对人生的感悟，对文字的驾驭力，还有对历史、现实、文化的理解，往往都随着与读者的交流和探讨不断加深，不断明澈。”他甚至认为：“对于网络上码字的人来说，读者是上帝也是老师。有时候，是上帝和老师决定了作品，而不是码字的人本身。”[②] 酒徒的话道出了网络作家对网文的参与式创作的高度重视和受益后的喜悦，也揭示出网文写作的开放性和生成性。

其三，网络文艺消费的圈层化（筑圈）趋势日益明显。

网络平台重视社群观念的发展，能够把不同的文化消费群体和同好联结集合起来，甚至在某一领域形成垄断。不同的网络平台往往有不同的策略和社群设置，号召风格各异的圈层群体入驻，形成不同的趣缘属性，“饭圈”“某某控”“某某迷”等圈层文化都是趣缘的体现。网络空间是圈层文化兴起的“趣缘空间”，这种趣缘空间具有了“部族”或“新部族”的特征，代表着当代社会关系日益增强的流动性和不稳定性，以成员共同的生活方式、趣味为中心。[③] 相应地，网络文艺批评的方式也日趋圈层化、多元化。以往，文艺批评的形式主要是评论者在学术报刊发表论文，但随着网络文艺的崛起，评论的方式日趋多元化，网络用户更习惯于在社交平台和网站（如起点中文网、B 站、抖音、微博、贴吧）等场域发声，用弹幕作为评论方式，制作各种夸赞或吐槽的视频，对各种网络文艺进行批评、解读。以《延禧攻略》为例，截至 2021 年 5 月，UP

① ［英］罗伯特·伊戈尔斯通：《文学为什么重要》，修佳明译，北京大学出版社 2020 年版，第 9 页。

② 酒徒：《九年一觉网文梦》，《南方文坛》2009 年第 3 期。

③ 参见胡疆锋《圈层：新差序格局、想象力和生命力》，《中国艺术报》2021 年 2 月 1 日。

主（Uploader，即视频上传者）刘老师的《[刘老师] 爆笑瞎编大型古装清宫爱情故事〈清宫剧乱炖之回宫的诱惑〉》播放量超过了 218 万，“理娱打挺疼”的《[理娱] 为啥今年顶级流量扛不起收视率了？》的弹幕数量超过了 2 万条。这可谓反响热烈，好评如潮，点击率极高。

其四，网络文艺展示出一种互联网的共享价值。

英国学者伊戈尔斯通曾经给文学下过一个很有意思的定义，即“文学是一种鲜活的交谈”。他认为：“文学不只存在于文学作品之中，或者仅仅存在于一位知名作家的脑子里，也存在于我们，亦即读者之中。文学的创造力是共享的，这正是因为，文学是一种活动。”① 这段话强调了文学创造力的共享性，对网络文艺更是适用。

本雅明在《机械复制时代的艺术作品》一书里曾经辨析了膜拜价值和展示价值的区别。他认为，在机械复制时代，代表艺术作品的原真性和唯一性的光韵消失了，膜拜功能逐渐降低，取而代之的是艺术的大众化、民主化，艺术品的展示功能大大加强，艺术史就是艺术作品本身膜拜价值和展示价值的“两级运动”。② 进入数字时代之后，文化产品的膜拜价值几乎消退殆尽，展示价值依然存在，同时一种新的价值破土而出，那就是共享价值。以网络游戏为例，一些精明的游戏厂商不但不保护自己的版权，还大胆鼓励玩家独自或合作改装、设计游戏，制作“地图”（新地形场景）或游戏攻略。通过吸收粉丝的创意和培养粉丝的创造性，游戏公司不仅存活下来，而且还更加繁荣：“好的电子游戏让玩家不仅能成为被动的消费者，而且还能成为主动的生产者，能定制自己的学习体验。游戏设计师并不是圈内人，玩家也不是圈外人，这一点跟学校不同。”③ 让玩家 / 同人都成为“圈内人”和“生产者”，这或许是对互联网的共享精神的最好概括。

---

① ［英］罗伯特 · 伊戈尔斯通：《文学为什么重要》，修佳明译，北京大学出版社 2020 年版，第 11、15 页。

② ［德］瓦尔特 · 本雅明：《机械复制时代的艺术作品》，王才勇译，中国城市出版社 2002 年版，第 19 页。

③ ［美］詹姆斯 · 保罗 · 吉：《游戏改变学习：游戏素养、批判思维与未来教育》，孙静译，华东师范大学出版社 2020 年版，第 288 页。

三、事件理论视野下文艺评论的再出发

事件对网络文艺的发生、传播、接受、构成、主体性等重要问题的“渗透”，形成了关于网络文艺的特质和存在方式的新理念。正如齐泽克所说：“当言语行动的发生重构了整个场域，这个言语行动就成为了一个事件：尽管这个过程没有出现新的内容，但一切都在某种程度上与之前不同了。”[①] 将网络文艺看作是事件，是文艺评论在数字时代的再出发。要掌握事件理论这一“理论武器”，当代文艺评论家至少应做好以下几点。

第一，评论家要重视当代文艺的事件性，揭示其中的断裂性、生成性和过程性，重新打量传统的文艺组成要素，探究新的要素如跨媒介性、互动的言语行为和读者阅读活动等。网络文艺成为事件之后，意味着文艺评论的对象不再是一个确定的课题对象，而是一个事件之所以发生的过程，正如伊戈尔斯通说的那样：“文学是行走，不是地图。了解一部文学作品，是要把它视为一个过程来经历，而不把它视为一个小测验或者考试的答案合集。”[②] 评论家如果要深入研究网络文艺，不仅要接受已经出版、播放、上线的静态文本，更应该到网络平台和社交网站上读文看帖，和作者、书友交流；既要读作者的访谈和资料，也应该看“本章说”、微博、贴吧、B 站等网络空间里用户的即时评论和吐槽视频等，关注网络文艺在改编后出现的各种变化。

比如，当我们关注一些网络文学大神的书评区时，我们可以发现，大神们的生产过程具有明显的事件性。如猫腻的代表作《间客》，在中国作协等机构 2018 年评选出的“中国网络文学 20 年 20 部优秀作品”榜单中位居首位，它的同人创作对猫腻的创作就产生了直接的积极影响：在《间客》原作中有一首古老的歌谣《二十七杯酒》，这首歌一直存在于联邦的小学语文教材之中，是所有联邦公民都曾经学习过的诗歌。歌谣用

---

① ［斯洛文尼亚］斯拉沃热·齐泽克：《事件》，王师译，上海文艺出版社 2016 年版，第 163 页。

② ［英］罗伯特·伊戈尔斯通：《文学为什么重要》，修佳明译，北京大学出版社 2020 年版，第 18 页。

简单拙朴的语言抒发了一个雨中独饮的年轻人的所思所想，在小说中多次出现，贯穿了主人公的许多重要情节，是小说最具诗意的部分之一。但猫腻在原作中因故未能将歌词写完整，只写了其中的 13 杯酒，有书友自发补全了 27 杯酒，歌词极富文采，将其贴在了博客上，猫腻看到后深受感动："对于我而言，这是何等样的刺激，何等样的幸福感，看看电脑画面，我涕泪横流，敢不拼命？"[①] 猫腻在网络作家中不算太勤奋，经常自称是"懒猫"，但在书友的"刺激"和鼓舞下，《间客》的日更新量创造了一个令人恐怖的记录：一天最多更新了 3.9 万字！[②]《间客》的同人作品甚至还影响并渗透到猫腻的另一本玄幻巨著《将夜》的情节和叙事中：在书友的启发下，猫腻在《将夜》里补写了一个《二十七杯酒》的完整版本，当宁缺和桑桑两位主人公在巨变后"狭路相逢"、隔空"对望"时，借一位无名老人之口把它唱了出来，平添了许多感伤的气氛，也暗示和推动了故事的情节。[③] 从此例可以看出，研究网络文学，除了关注作为名词的文本，还要关注作为动词的文本，这样才能更好地走近作家、解读作品。如果深入研究网络大神的书评区的同人漫画、歌曲和小说等文本与原小说之间的微妙关系，我们或许可以在文艺心理学或文艺创作学领域有更多的发现。

第二，评论家要熟悉和了解网络文艺的平台化和圈层化趋势。评论者要研究当代网络文艺用户的存在状态，要学会入圈、破壁，破解圈层的行话和"密语"，听懂各种被深埋的梗，了解不同的圈层与不同的文艺形态之间的对应关系，辨认出趣缘空间（社交平台）中的原住民群体。比如，要研究饭圈文化 / 粉丝文化，需要去新浪微博；要研究二次元文化，需要去 B 站、有妖气、AcFun、Stage1st、Bangumi；要研究弹幕和鬼畜，需要去 AcFun 、B 站、有妖气；要研究同人文化，需要去 AO3、

---

① 参见《间客后记 有时候》，https://mp.weixin.qq.com/s/Mg8JOzbGJ0B7ylvJoO_1RQ，访问日期 2021 年 2 月 3 日。

② 猫腻:《间客》，"最后的单章：间客关门八件事"，https://vipreader.qidian.com/chapter/1223147/32742112，访问日期 2021 年 2 月 3 日。

③ 参见猫腻《将夜》第五卷"神来之笔"第二十二章"相看两厌（中）"，https://vipreader.qidian.com/chapter/2083259/44829914，访问日期 2021 年 2 月 3 日。

LOFTER；要研究土味文化、恶搞文化，不能忽视快手、抖音和视频号；要研究恶搞文化（搞笑配音），胥渡吧、淮秀帮是最佳的选择；要研究小清新、邪典电影，需要去看豆瓣网、桃桃淘电影、独立鱼、时光网和公路商店等；要研究耽美，需要去看晋江文学城、长佩文学、海棠线上文学城；要分析丧文化 / 佛系青年，需要看 B 站、微博、人人视频；要阐释游戏文化，STEAM、3DM、NGA 是最好的选择；等等。

同时，评论家要重视传播效果，改进呈现方式，拓展评论视角。评论家不仅要下载各种应用 App，而且要真正入场、入圈、出圈，要读微批评、看弹幕，借鉴自媒体的网络文艺评论风格，既能写长篇大论，也会写时评短评，及时调整自己的思维习惯和表达能力，找到合适文体，以更接地气的方式呈现主流价值，兼及雅俗，这样才能写出让用户和圈层群体听得进去、愿意接受的评论文字。用陈平原教授的话来讲，就是要“既经营专业著作（‘著述之文’），也面对普通读者（‘报章之文’），能上能下，左右开弓”[①]，这或许是新文艺评论家的理想状态。

第三，评论家要充分了解网络文艺的生成性、不确定性，发掘其未来的潜能。事件本身总是酝酿着变化和更替。在事件理论的视野中，“文学到底是什么”不再那么重要了，重要的是“文学能让什么发生”，伟大的文学不是空谷幽兰，亦不是灵丹妙药，而是所谓“行动中的知识”（knowledge in action），其意义永远处于一个社会化的生成中。[②] 评论家要善于发现网络文艺持续的生成过程及其微妙的变化、未知的潜能，正如诗中所云：“每一个开头 / 仅仅是续篇，/ 事件之书 / 总是从中途开启。”[③] 按照雷蒙·威廉斯对社会文化形态的三分法（分为主导文化、残余文化和新兴文化）[④]，作为事件的网络文艺无疑属于“新兴文化”，是“新的意

---

① 陈平原：《我为什么跨界谈建筑》，《北京青年报》2015 年 10 月 10 日。

② ［英］罗伯特·伊戈尔斯通：《文学为什么重要》中译序，修佳明译，北京大学出版社 2020 年版，第 8 页。

③ ［波兰］维斯拉瓦·辛波斯卡：《我曾这样寂寞生活》，胡桑译，湖南文艺出版社 2018 年版，第 82 页。

④ ［英］雷蒙德·威廉斯：《马克思主义与文学》，王尔勃、周莉译，河南大学出版社 2008 年版，第 129—135 页。

义和价值、新的实践、新的关系及关系类型”，存在于“那些要取代主导的或与主导对立的因素的社会基础”之中；网络文艺可以起到主导文化不可替代的作用，因为无论怎样，主导文化总有不足，“从来没有任何一种生产方式，因此也从来没有任何一种占据体制地位的社会制度或任何一种主导文化可以囊括或穷尽所有的人类实践、所有的人类能量以及所有的人类目的”。[①] 评论家应该充分挖掘出网络文艺作为新兴文化的潜能，发现其丰沛的创造力、想象力，揭示其出圈、破壁的活力。比如，二次元文化形态的出圈、破壁等“破圈”现象就是新兴文化的代表。二次元文化由游戏文化、同人文化、动漫文化、影视、轻小说等构成，具有鲜明的幻想性的精神内质、游戏化的逻辑结构和漫画式的语言风格、图像式的叙事思维[②]——有人认为这只是一种耽于幻想的幼稚文化，但如果关注社会流行语，我们会发现：人们现在习以为常的一些词汇，如给力、开挂、点赞、拉仇恨、我也是醉了、燃、潮、硬核等，最初都来自泛二次元文化及玩家梗。“国家面前无爱豆”“帝吧出征”“814 大团结”“云监工”等饭圈话语的流行和事件的发生，也都是新兴文化与主导文化良性互动、互相转化的例证。

第四，评论家要敏锐地发现事件的可撤销性，勇于批判“去事件化”。齐泽克在讨论事件时，认为事件既可能发生，也可能遭遇撤销或去事件化，即回溯性地撤销某件事，就好像它从未发生。[③] 比如，公然鼓吹暴力的纪录片《杀戮演绎》悬置了最低限度的公共耻感，把虐待和暴力视作是某种平淡无奇、可接受甚至是愉悦的活动。这部电影对公共空间的私有化产生了威胁，也导致现代性的解放事件被逐渐撤销。[④] 这里所说的事件的撤销或去事件化，其实就是历史的某种倒退、对事实的涂抹和

---

① ［英］雷蒙德·威廉斯：《马克思主义与文学》，王尔勃、周莉译，河南大学出版社 2008 年版，第 134 页。

② 刘小源：《来自二次元的网络小说及其类型分析：以同人、耽美、网络游戏小说为例》，东方出版中心 2019 年版，第 60—80 页。

③ ［斯洛文尼亚］斯拉沃热·齐泽克：《事件》，王师译，上海文艺出版社 2016 年版，第 191—192 页。

④ ［斯洛文尼亚］斯拉沃热·齐泽克：《事件》，王师译，上海文艺出版社 2016 年版，第 210 页。

遮蔽，也包括以下情形：一度产生巨大变化的事件后来被证明是错误的，在历史进程中得到纠正和批评，这样一种去事件化在很大程度上是消除事件的负面影响[①]。

如果从事件的撤销或去事件化出发，我们可以发现，网络文艺虽然在中国发展势头喜人，但出现了很多问题和弊病，已经到了需要撤销、去事件化的时候了。比如，在网络文学中，幻想类小说占据了很大的市场份额，其去现实化的倾向非常明显。[②]网络文学目前的状态近似于浮游（“蜉蝣”），有着漫游或遨游（想象力丰富奇崛）、短寿（属于消费文化，存在时间短，经典作品欠缺）、虚浮不实（不食人间烟火，远离现实）等弊端。[③]长于幻想的网络文学给人们带来虚拟空间中的自由、轻松和宽容的同时，也可能会使人们沉溺于游戏时空、一味搞笑或懒于思考的绝境，远离现实的生存大地。再如，圈层的文化内聚力使得综艺节目、电竞圈、二次元圈、国风圈、模玩手办圈等小众文化消费市场日益火爆，满足了人们对个性化、差异化的精神文化需求，但同时也导致了“圈地自萌”、审美固化、社会撕裂、亵渎法律等现象的出现，甚至出现了“非我圈类，其心必异”“某某出征，斩草除根”等充满戾气的攻击言行，为了吸睛牟利而不惜倒掉大量牛奶的违法行为和“塌房”[④]事件也屡有发生。这些事件既不利于良好审美观的形成，也不利于社会主义核心价值观的培育和社会治理体制的完善。

网络文艺的无限开放性，也在其深层隐含着危险与危机。那种看似美好的无限自由也同时就是致命的生存局限，会消解网络文艺应有的艺术品格和价值追求。文艺评论家对这类事件的撤销或去事件化要有所警

① 参见何成洲、但汉松主编《文学的事件》，南京大学出版社 2020 年版，第 7 页。

② 据起点中文网，2005—2020 年月票总冠军作品共有 16 部，几乎都属于玄幻、奇幻、仙侠、修仙、科幻等幻想类作品或重生、穿越—架空类具有明显幻想性质的作品，具体包括《亵渎》（2005）、《兽血沸腾》（2006）、《回到明朝当王爷》（2007）、《恶魔法则》（2008）、《斗罗大陆》（2009）、《阳神》（2010）、《吞噬星空》（2011）、《将夜》（2012）、《莽荒纪》（2013）、《星战风暴》（2014）、《我欲封天》（2015）、《玄界之门》（2016）、《圣墟》（2017）、《大王饶命》（2018）、《诡秘之主》（2019）、《万族之劫》（2020）。

③ 参见胡疆锋《通向及物的现实主义——论网络文学的现实转向》，《社会科学辑刊》2021 年第 1 期。

④ 塌房：饭圈用语，用来描述偶像的人设崩塌、让粉丝无力再爱的情形。

醒，敢于批判，聚焦网络文艺、圈层群体在消费过程中存在的价值失范现象，做好核心价值观和美学观的引领，“先立乎其大者”（《孟子·告子上》），让文艺评论真正成为“引导创作、多出精品、提高审美、引领风尚的重要力量”[①]。

（原载《中国文艺评论》2021 年第 6 期）

① 习近平:《在文艺工作座谈会上的讲话（2014 年 10 月 15 日）》，人民出版社 2015 年版，第 29 页。

互联网时代的艺术批评问题断想

陈旭光

艺术批评是艺术接受的最高形态，是艺术鉴赏与接受的深化和学理化，也是艺术生产和艺术创造的重要环节。关于艺术批评的理论是艺术学的重要组成部分。艺术批评具有重要的文化传播与文化建设意义。其中，电影批评是艺术批评的有机组成部分，并具有前沿性地位。它与当下电影的接受媒介、接受方式、时代背景、社会语境等都密切相关。当今以互联网为代表的新媒介高速发展对各个领域的影响日趋加深，电影接受方式、电影产业模式乃至全产业链均发生了根本性的变化，自然也对新的电影批评学的建构提出了要求。当下电影批评发生的巨变有目共睹：类型更加多元，功能更加复杂，而且出现了艺术理论似乎无法圆满阐述的诸多争议热烈的新现象、新问题，譬如批评与价值观传达的困惑，批评的“失语”，艺术性与商业性的矛盾，口碑与票房不成正比，学院批评与网络批评的断裂，电影的社会功能的变化，网络舆论、网络批评对电影影响力的影响等，都有待更为系统深入的阐释。而这些问题如果能较为清晰地厘定阐释，也有助于推动艺术批评与艺术理论在当下的新建构。

毋庸讳言，包括电影批评在内的一定时期的艺术批评，与一定时期的时代背景、社会语境以及科技发展状况紧密相关。如今，我们已全面进入互联网时代，“互联网 +”在成为时代热词的同时，也重塑着艺术批评的生态。因为互联网的介入，电影的全产业链均发生了根本性的改变，自然也对新的电影批评和一般艺术批评的学科建构提出了新的要求。

一、互联网时代：艺术批评的危机与电影批评的问题

在艺术理论界，曾经有过艺术遭遇了终结还是再生的危机的惊世骇俗之言（如黑格尔的艺术死亡论、丹托的艺术终结论）。艺术批评是否也会遭遇这样的“死亡论”或“终结论”的危机？不管怎样，电影批评也正在经历这样的关键期：影院电影是否要衰亡？网络微电影还是电影吗？在“互联网 +”时代，电影是扩大了疆界，还是因为远离原先的定位而面临消亡？批评对象发生了巨变，批评怎么办？批评的标准有变化吗？应该变化吗？批评到底何为？

一切都变了样，一切都与这个互联网时代有关！从喧闹的网络批评的角度看，如果我们持守一种开放的批评观，我们甚至可以说，批评形势大好，非常热闹。无论如何，文艺批评在巨变，而电影批评堪称文艺批评巨变的先行者和实践者。

毫无疑问，这是一个文艺大繁荣的时代，也是一个文艺大融合、文化多元化、现象丛生、问题迭出的时代。现在的艺术，均处于一个与众多新媒体争夺受众的全媒介时代，也是一个面临互联网语境而必须考虑如何通过互联网宣传、众筹、票务、粉丝营销的“互联网 +”时代。今

天，无论新媒体还是传统媒体，都借助于互联网而或如虎添翼或升级换代或鸟枪换炮，甚至脱胎换骨。

在所有的艺术门类中，电影在某种程度上堪称这种艺术巨变的弄潮儿或急先锋，其变化变迁更是构成时代、文化、文明巨变的表征、隐喻或征候。因为甫一问世就是科技发展之成果、本身就是新媒介的电影，其与媒介、科技文明的发展关系之密切堪称居于各艺术门类之首，而电影艺术或曰影视文化，其从语言、形式、媒介到内容之巨变的背后则是整个艺术生态、文化系统、媒介现实和社会文明的境况，是一个巨大的无法抗拒的时代文化转型。电影本身的发展在数字技术、新媒体，包括互联网介入电影的制作与传播之后，无论在技术上还是美学上都发生了深刻的变化。多媒体，尤其是互联网的介入，对电影的制作、传播、产业均带来根本的改变。这种全媒介和互联网的电影生态对电影的影响有内、外两个方面。“内”会影响到电影的叙事和美学形态；“外”则影响到电影的传播与再生产的方式，包括互联网打分、预售、众筹等。而电影批评也属于电影传播的环节。

无疑，这内与外又互相影响，互为复杂的因果关系。

在一部电影的当代史中，活生生的、正在进行中和巨变中的电影产业是如此的鲜活生动，现象是如此丰富多彩，甚至称得上乱象纷呈。电影批评却似乎赶不上“趟”，远没有发挥应有的作用——寂寞、失语，或在专业、学院批评者与普通网民受众之间形成巨大的争议。

很显然，与电影生态的巨大改变相应，电影批评的生态、形态、写作方式和传播方式、功能价值等也都在这个全媒介和互联网的时代发生着巨变，而这是一个需要加强文艺批评的时代。如果我们不去发言，那我们就会失语、失声，就会完全为喧闹所掩盖。但愿望是一回事，实际的传播效果又是另一回事，这是又一个需要认真考虑对待的大问题。现代传播学告诉我们，传播效果是终端，效果为王——没有接受，声音就会湮没在沙漠中。现在不再是几张报纸、几个电台或电视台的时代，而是一个人人都是自媒体的时代，传播媒体的传统权威在经受新的考验。在这个全媒介时代，批评不是单向发声，而是众声喧哗。一切都被碎片化，都是“能指的飘移”，观众可以是电视媒体时代“沉默的大多数”，也可以是现在互联网时代和人人都是自媒体的时代中“用脚投票”、用“拇指发声”的不再沉默的大多数。他们有自己的群落、部落，有自己的群主、偶像。

如何以文艺批评影响他们，是一个我们文艺批评工作者不得不面对的大问题和大难题。

二、互联网时代：艺术批评新变的媒介文化背景

随着互联网时代的来临，电影公共文化空间的功能大大强化与扩容了。当然，这个公共文化或公众舆论空间的形态、方式等发生了重要的变化。

电影曾经为现代文化转型以来的大众文化空间的形成起到重要作用。德国社会学家克鲁格在论述电影时，为强调庶民观众的能动主体作用而把电影比喻为一种类似于“巴别塔”的“建筑工地”。在这个建筑工地上，不同的话语交汇冲突，形成了罗兰·巴特所说的“多重意义”。天生具有平民精神、商业价值和大众传播媒介特性的电影恰恰以其“无可避免的多重性”和“丰富多样的结构和魅力”，“为观众提供参与的机会，成为彻底开放和民主的公众空间中的一种运作范型。由于这种空间需要想象的介入和争辩，它成为基础广大的、志愿结合的汇集地。这种人际关系便是通向启蒙的最佳途径”。①

我们从三个方面梳理一下电影在以互联网为代表的媒介、技术高速变化背景下的“新变”。

第一，媒介背景的变化。随着互联网的全面加入，我们迎来了一个被称为全媒介时代或“互联网 +”的新时代。互联网被称作“一切媒介的媒介”，“互联网摆出了这样一幅姿态：它要把过去一切的媒介解放出来，当做自己的手段来使用，要把一切媒介变成内容，要把这一切变成

① 转引自徐贲《走向后现代与后殖民》，中国社会科学出版社 1996 年版，第 281 页。

自己的内容”[①]。电影本身自然也是一种新媒介，它在其他新媒介的不断推动中发展：电视、新媒体、网络。到今天，互联网成为一种生活方式，以互联网为媒介的电影也已经化为了今天的空气，人们生存的空气。数字技术、新媒体、互联网都是互为依存、互为条件的。数字技术推动了诸多新媒体的诞生，加速了互联网传播。新媒体加上互联网，进入“互联网 +”时代，反过来使得电影的传播方式、生成方式发生了巨大变化。而这一切变化归根到底是一种媒介文化的变化。

第二，观影阶层的变化——网络社区的重组和粉丝文化的崛起。网络重组了社群，然后重构了粉丝，而粉丝在很大程度上会反作用于电影。所以今天我们面临的很多问题都跟网络受众有关，受众在网络上发生互动、重组社区，由一盘散沙变成有组织认同感的部落，他们的力量不容小觑。

第三，观影方式的变化——时间和空间的碎片化。在电影史上，电影的传播和接受发生在影院空间中，多种文化因素或隐或显地在此空间发生作用，多种意识形态进行对话，因此新的公共话语空间——一种布尔迪厄所说的“场”亦由此产生。但一般而言，这个“场”离不开影院，也曾经借助电视媒体而得以巩固。但在一个全媒介化的互联网时代，电影的公共空间呈现出新的特点，即公共话语空间的跨媒介扩展和全媒介延伸。电影的影院观看不再是必然的条件。电视媒介产生以后增加了电视观看。数字技术和网络普及之后，进入了全媒介的互动式观看时代，电影的场域极大地扩大了，不再仅仅局限于影院。观看空间无限扩大，观看时间也极大地延长。观看之前我们就可以通过网络先行浏览电影的简介，观看之后我们可以进行互动，弹幕、点评、点赞、吐槽、社区讨论，这些都成为电影的一种“前观看”或“后观看”。影院观看结束了，但电影还在继续发酵，继续进行跨媒介传播。

这一现象也让我们想起美学界“日常生活的审美化”或“审美的日常生活化”等命题的讨论。“日常生活的审美化”被认为是当代消费社会

① ［美］保罗·莱文森:《数字麦克卢汉：信息化新千纪指南》(第 2 版)，何道宽译，北京师范大学出版社 2014 年版，第 10—11 页。

的一个重要特征，一种“充斥于当代日常生活之经纬的迅捷的符号与影像之流”（费瑟斯通语）。这种现象表现为实在与影像，日常生活与艺术之间的差别已被“内爆”，已不复存在（波德里亚语）。其艺术层面上的含义则正如美国文化学者费瑟斯通所说的，“艺术的文化（高雅文化）所涉及的现象范围已经扩大，它吸收了广泛的大众生活与日常文化，人和物体与体验在实践中都被认定为与文化有关”①。在日常生活日趋审美化的背景中，在消费行为与青年文化的大狂欢中，高雅艺术与大众通俗艺术的界限与鸿沟被抹平了，甚至艺术观赏与日常生活的界限也消失了，原来的经典的美学秩序与艺术等级遭遇解体。这自然更是互联网时代公共文化空间的一次依托于网络传媒的巨大重构。

第四，电影功能的变化。以前观众看电影是情感升华、心灵寄托的需要，是一种纯美的享受。这样的功能今天自然继续存在，但一些新的功能也在生成。网络形成的节点化的生活方式以及粉丝化的、部落化的方式，使电影的观看凸显了社会认同功能。电影观看需要人与人之间的关联，需要依赖社会话题。它不一定是情感性的，而是一种信息媒介性的东西，有时满足的是社交的需要、融入社会议题的需要，情感上和审美方面的需求似乎下降了。

第五，电影的思维方式变化，包括导演的思维方式、电影语言、故事形态等的变化。近几年，与数字技术和网络环境有关，一种可以称之为虚拟消费的玄幻类、科幻类电影，包括我们现在说的高智商电影、脑神经电影、数据库电影等，大为兴盛。我们讨论过的所谓中国的“网生代电影”也体现出一定的网络思维特征，但与国外电影相比还发展得不够成熟。像《无性之人》《源代码》《云图》这些电影，可以说已成为人的大脑的模拟器，成为我们人类大脑的延伸。现在的电影银幕成为我们脑神经的外化，是一个全息性的媒介衍生。我们可以比较一下经典电影，比如笔者在北京电影节观看《镜子》时，就联想对照了《无性之人》《黑

① ［英］迈克·费瑟斯通：《消费主义与后现代文化》，刘精明译，译林出版社2000年版，第139页。

客帝国》《云图》这样的电影，笔者的感觉是恍若隔世——这是两个时代的电影，这是两个时代的大脑、两个时代的思维方式。

三、互联网时代艺术批评的失语

回顾文艺批评的历史，20 世纪 80 年代或可称为中国艺术批评的黄金时代。在当时，与文学、美术、电影均出现了大量满溢着感伤忧郁情调、感喟青春逝去的作品相呼应，艺术批评中对形式、语言、优美等的重视成为一个普遍潮流。这是对“文革”时期达到顶峰的极为狭窄的艺术创作和艺术思想的反思，是从艺术本体、形式自觉等角度进行的重建。这一潮流通过对人性、人道主义、形式、形式美、抽象美[①]、自我意识等概念的重新厘定，渐渐回归了已被遮蔽遗忘很久的艺术本体。因此，当时的艺术批评承接了“五四”新文化、新文学、新文艺的传统和批评传统，打造了 20 世纪 80 年代的文化辉煌和艺术繁盛。

在电影批评界，通过讨论电影的“文学性”（张骏祥直言“电影就是文学”）、电影与戏剧的关系（白景晟“丢掉戏剧的拐杖”、钟惦棐“电影与戏剧离婚”）、“电影语言现代化”（张暖忻、李陀）、“声音本体论”（周传基）等问题，强调了电影的语言本体、艺术本体等“电影性”问题。但这种艺术批评的态势却在此后渐渐衰落。文学界曾有“文学失去轰动效应”的感叹，电影虽然影响力逐渐上升，但电影的艺术批评却没有承担起众所期待的责任。我们所期待的电影的“别车杜时代”似乎并没有出现。

电影艺术批评的衰落有几个方面的原因。

其一，改革开放以后，电影经历了市场化的进程。电影由原先的宣传定位到艺术本位定位之后，又面临着电影的工业定位、娱乐本位定位等艰难的观念变革。电影艺术不再那样单纯、透明了。

---

① 吴冠中先生在 1978—1981 年间连续发表了《绘画的形式美》《关于抽象美》《内容决定形式？》等文章，一石激起千层浪，引发了颇为激烈的争鸣。参见陈旭光《论新时期现代主义美术批评的重启》，《中国文艺评论》2016 年第 1 期。

其二，21 世纪以来，以视觉造型和场景凸显为主要追求的大片，以大众文化性为主导，成就的是一种满足视觉文化时代观众视觉欲望的“视觉神话”和“简单美学”。其艺术性是低度性的，艺术形式也成为一种“弱指标”。以审美、品位、精致、风格、韵味、整体、意义等为宗旨的形式批评、艺术批评，有时难免“削足适履”“南辕北辙”。电影毕竟是一种“强视觉艺术”，以画面为主要媒介，声音元素、外在情节和人物的行为动作，尤其是对话语言等，都在接受交流中居于次要地位。21 世纪的电影长于造型，弱于心理表现，更不适合表现诸如个体意识、个人记忆、梦境与幻觉、心灵自传、叙事游戏等“艺术电影”“作者电影”所擅长表现的内容，而更是面向大众的、通俗化、消费型的艺术。这使得诸如注重故事母题、主题类型、原型人物、类型人物、叙述模式、民间文化智慧等分析的文化批评大有用武之地。因此，电影的纯艺术批评不可能仍是显学，其对电影的推动作用明显减弱。

其三，小成本搞笑喜剧盛行。后现代的黑色美学风格打破了电影原有的古典、优雅、优美，就像行为艺术、观念艺术对经典的架上绘画的冲击一样，这使得电影艺术批评面临失语的窘境。这种新电影也使原先以经典、高雅艺术为标准的艺术创作遭受了冲击。这就需要对新美学的呼唤。

其四，更为根本的是，互联网时代的来临加剧了艺术批评的衰落。我们知道，生活方式受社会价值观的影响，又对其产生反作用，它是导致社会结构变化的重要因素。网络形成的一种被称作“节点化”的生活方式，全面重构了人们的生活。这种生活方式具有“去时空”“去身份”和主体化的特点，它使网络场域中人与人之间的关联主要依赖一定的社会话题维系。这种社会阶层、结构的新变影响到电影的观看就凸显了“社会议题化”的趋势。电影内容的“议题化”，甚至导演、演员的“议题化”，都成为现在电影观看的重要维系，也是电影宣发营销必须考虑的。当然，有些制片方不惜“自黑”以营造话题、扩大营销，就是走歪门邪路了。

电影的观看从某种角度看，也是不同阶层、年龄、身份的人临时汇聚在影院，他们可能因早就在网络上围绕影片产生了“议题”、话题而聚拢。很明显，今天电影的外部因素，如话题性、时尚性、明星新闻效应等的重要性，已经超过电影有关艺术、风格、形式等的电影内部因素。有学者曾对《私人订制》的票房成绩做出如下解释：“《私人订制》创高票房奇迹，是因为看电影已不再是欣赏艺术和表演，而是花钱买谈资，以及年轻人以看电影为幌子的恋爱与社交需要。”①

我们发现，互联网时代电影艺术批评经常遭遇的一个矛盾和悖论是，电影的艺术性与票房（一定程度上的受众美誉度和欢迎度）常常不成正比。这使得学院批评格外尴尬，艺术批评在这里失效、失语了，“艺术”的指标失灵了。或者说，互联网时代的电影，尤其是某些表达青年亚文化的电影，其艺术性与我们通常从经典意义上所说的艺术性不可同日而语。《失恋 33 天》《小时代》《后会无期》《夏洛特烦恼》《煎饼侠》等都是“叫座不叫好”，而《刺客聂隐娘》《长江图》《我的诗篇》《路边野餐》等则是“叫好不叫座”。这些电影，从“左”也罢，从“右”也罢，都经历了尖锐的矛盾和巨大争议。

四、互联网时代网络批评的崛起

当下，网络批评的崛起引人瞩目。毫无疑问，在今天以网络、博客、微博等新媒介为载体的电影批评迅猛发展。在新媒介、全媒介的背景下，观众不再是“沉默的大多数”，他们可以发表议论和评价，可以吐槽，而观众网络影评对票房的影响力在不断上升。关于“水军”“自来水”的存在虽褒贬不一，但都证明了网络影评的不可小觑。所以，全媒介时代以电影、影院为发端的公共文化空间绝不限于影院，而是一个遍布各种媒介、众声喧哗的跨媒介舆情空间。

但电影的网络批评也面临诸多问题。诸如情绪化、谩骂化的非客观公正性，难辨是否水军的非实名制等。如何规范化？要不要规范化？能

① 《“恶评”成就高票房，太荒唐》，《新京报》2013 年 12 月 26 日。

否使其真正起到让受众辨别影片优劣、推动电影产业的作用？这些问题都是我们必须密切关注和探究的，也都是我们必须面对的难题。

毫无疑问的是，在我们这个“互联网 +”的时代，我们一定要利用、占领网络媒介。文艺批评的文体也要有新意，要与时俱进。批评与理论不一样，理论要严谨，批评要灵活生动。学院文艺评论工作者也可以写一些短小精悍、适宜于网络传播的文章，语言应该生动灵活，判断应该鲜明简洁有力道，甚至可以部分使用网络语。

总之，近年来中国电影产业不断发展壮大的背景下，电影批评的形态、功能等都正在发生着巨变。网络体、微博体的影评客观上鼓励用最简括的文字抓住影片最核心的创意问题，这表明直接表达意见（赞！或是衰！）最能抓住眼球。简言之，就是电影批评已经“微批评”化了。

这或许是电影批评在这个微时代、在当下现实语境中秉持的持续开放的态势，更是电影批评葆有生命活力、继续发挥影响力的重要途径之一。这也是笔者在北大课堂上提倡学生进行微影评写作的宗旨。笔者试图使师生的微影评写作及其在网络上的互动，“把课内有限的学习延伸到课外。网上、微博上，全媒介空间中！”由此，打造一个巨大的课外网络公共文化空间。①

五、结语：需要一种综合多元开放的电影评价标准体系

在这个以变化为主题的巨变时代，电影也在巨变之中，不仅仅有票房的增长，更有许多匪夷所思、莫衷一是的“现象”。当下此时，我们如何走向或者建设一种与时俱进的、综合开放多元立体的电影评价体系？

我们应该提出一个综合开放立体的评价标准体系，让各种不同的评价标准在一个新的评价体系内都占有合适的位置。这就不能是“一元论”的标准，而是多元论的标准系统，标准之间要有所中和。这样一个标准系统的建立，一方面跟电影作为综合艺术的特点，以及电影理论和批评

① 参见陈旭光主编《最佳微影评 2016》，贵州教育出版社 2017 年版。

从一开始就具有的跨学科性，都有相关之处；另一方面也与我们在短短的二三十年的时间里，关于电影的认知从事业论、宣传工具论到艺术论、文化本体论，再到工业、产业论的迅速跨越的发展现实密切相关。

其一，批评标准要根据对象性质、功能的不同有所区别。比如艺术电影与商业电影的标准，就不应该一样。《刺客聂隐娘》与《捉妖记》的生产定位是完全不一样的，不能要求《刺客聂隐娘》去获得高票房。

其二，要适度尊重电影的大众文化性，对电影艺术的评价标准要开放、灵活，要综合。既不能唯票房论，也不能完全不顾票房而孤芳自赏。

其三，艺术必然传达意识形态，艺术传达表现的道德伦理是有底线的，要有对公共意识、普适价值的坚守。

其四，我们瞩目一种综合的标准，而不是唯一的艺术的标准。就电影而言，新的综合的标准可以分为以下几个方面。

第一是艺术美学标准，即叙事、画面、镜头、语言、形式、风格、故事、想象力、艺术品格等的保障。

第二是现实美学标准，即叙事、故事要有现实的依据和逻辑，但不排除想象力丰富的、超验的、假定性极强的电影。

第三是文化深度的标准，即是否“接地气”，是否代表时代主流，是否折射隐喻时代文化精神等。

第四是大众文化性标准。电影应该为大众所喜闻乐见，适度的娱乐、喜剧搞笑风格和世俗化取向都是允许的。

第五是技术美学标准。作为与科技发展密切相关，主要诉诸受众的视听觉的电影，其技术应该合格，效果应该逼真，要有视听冲击力。电影作为一种新艺术，它有它的新美学，即新的技术美学标准。因为它跟科技发展直接相关，其技术呈现要符合不断发展的视听享受的一些基本要求和习惯。

第六是制片或票房的标准。票房在一定程度上代表了观众的接受度、共鸣度。电影作为一种文化工业，应该要有投资与产出的考量。我们既不能唯票房论，也不能完全不顾票房，更要考虑可持续发展。票房的多寡、制片的考量（投资与票房）也应该成为评价电影的一个重要维度。

在全新的互联网时代，在文艺批评的实践中，我们应该既坚守基本原则和价值，又与时俱进面对新时代，全面考量，综合开放，力求电影批评在当下现实语境中秉持开放的态势，力求电影批评葆有鲜活的生命活力，继续发挥重要的时代影响力。

（原载《长江文艺评论》2017 年第 6 期）

当代网络文艺批评的存在形态与批评特质

韩模永

当下，伴随着网络文艺的蓬勃发展，网络文艺批评也应运而生，并成为文艺批评场域中的一个重要组成部分。大体说来，在新媒体时代，传统文艺批评均不可避免地受到网络媒介的影响，从而带有一定的网络性。那么，什么是网络文艺批评呢？这似乎是一个非常明确、简单清晰的概念，但事实上，学界对此有着明显不同的理解。总体上看，主要包括两种。其一是“网络+文艺批评”，也就是网络上的文艺批评，其批评对象可以是传统文艺，也可以是网络文艺，但其批评载体和媒介必须是网络，甚至要求是网络首发，具有互联网精神。其包括两种具体形态，即网络上的传统文艺批评和网络上的网络文艺批评。诸如有学者认为，“网络文艺批评可分为两个大类：一种是从网络作为载体发挥着单纯传达作用的意义上来说，网络文艺批评是指网络上传播的学术期刊杂志、报纸上发表的文艺评论文章；另外一种则是从发生学的意义上来说，文艺批评是在网络上产生、传播并产生一定影响力的文艺批评”。[①] 显然，此处所言的无论是“作为载体”还是“发生学”意义上的网络文艺批评，都是侧重于媒介的，主要指的是“网络 + 文艺批评”。其二是“网络文艺 + 批评”，也就是对网络文艺的批评，其批评对象是网络文艺，但其批评载体可以是传统的纸质媒介，也可以是网络媒介。其亦包括两种形态，即纸质媒介上的网络文艺批评和网络上的网络文艺批评。诸如有学者主张建立网络文艺批评的新范式，认为“伴随着网络文艺创作生产的重构，网络文艺批评则急需建构”。[②] 文章虽然未对网络文艺批评的含义作具体界定，但显然是在“网络文艺 + 批评”的意义上使用的。再如有学者也是在考察网络文艺新形态、新特征和新规律的基础上，尝试建构“以网络文艺新特质为本位的文艺批评体系”[③]，这里指向的也是“网络文艺 + 批评”。

综上可见，“网络 + 文艺批评”侧重于批评媒介，而“网络文艺 + 批评”则侧重于批评对象，但两者又具有一致的典型形态，即网络上的网络文艺批评，其要求批评对象和载体均与网络相关，自然最具有网络的特质，代表着网络文艺批评的独特样态，诸多学者也将其称为狭义的网络文艺批评。

本文所言的网络文艺批评，主要指的是“网络文艺 + 批评”，对其批评媒介不作具体限定（也包括在纸质媒介上对网络文艺发声的批评）。当然，需要指出的是，网络上的网络文艺批评更具有批评的新质，与传统文艺批评有很大的差异。如果说，纸媒上的网络文艺批评还固守着传统批评的要求和特征的话，那么，网络上的网络文艺批评则在批评主体、批评话语和批评模式等方面都发生了新变，其存在形态也多种多样。如

---

① 孙书文：《建构良性网络文学批评论纲》，《百家评论》2016 年第 6 期。

② 彭文祥、黄松毅：《新时代语境中的网络文艺创作与批评新范式》，《中国文艺评论》2018 年第 8 期。

③ 杨柏岭、张泉泉：《“想象的实感”：网络文艺批评的原则、类型及艺术真实论》，《现代传播（中国传媒大学学报）》2018 年第 8 期。

有学者认为当下中国网络文艺批评包括学者批评、读者批评、作家批评和编者批评四种形态[①]；有学者认为网络文学批评包括三大阵营，“即由传统批评家构成的学院派批评，由传统媒体人构成的传媒批评和以文学网民为主体形成的在线批评”[②]；也有学者认为网络文艺批评包括“网文+自我”模式的网民在线批评、“网文+利益”模式的企业评估体系批评、“网文+宣传”模式的媒体评论，以及“网文+文学性”模式的学院派批评[③]。可见，尽管这些批评形态之间有所差别，但均是围绕批评主体来划分的，这些主体包括网民、企业、媒体（包括编者）和批评家等。其中，网民的阵营庞大复杂，普通的大众读者和网文作者大体都可以视作网民。在此基础上，本文将网络文艺批评的存在形态划分为以网民为主体的游戏式批评、以企业为主体的商业化批评、以媒体为主体的价值论批评和以学院派为主体的艺术性批评，其各自的批评特质也迥然不同。

一、以网民为主体的游戏式批评

网络文艺存在于虚拟的赛博空间，游戏是其主要特征。艾布拉姆斯曾提出文艺“四要素”学说，并根据文艺与世界的关系创建了模仿式批评。该批评强调文艺是对现实的模仿和反映，注重文艺的真实性。而网络文艺存在的空间已然发生变化，赛博空间对其产生影响不可避免，文艺的虚拟化倾向加强，游戏式批评正与此相关。作为网络世界中的网民，无论是作为读者的网民还是作为作者的网民，其批评都自然受到网络虚拟空间的深刻影响，从而呈现出一种游戏的面貌。正如有学者认为，“中国网络文学深受电子游戏的影响，这是它跟传统文学不同的重要方面。在‘世界’‘人’与‘叙述方式’上，游戏经验均带来诸多启发”[④]，游戏经验不仅影响了网络文艺，也影响了相对应的文艺批评。交互性、娱乐

① 单小曦：《合作式网络文艺批评范式的建构》，《中州学刊》2017 年第 7 期。

② 欧阳友权：《网络文学批评的困境与选择》，《中州学刊》2016 年第 12 期。

③ 杨柏岭、张泉泉：《“想象的实感”：网络文艺批评的原则、类型及艺术真实论》，《现代传播（中国传媒大学学报）》2018 年第 8 期。

④ 黎杨全：《中国网络文学与游戏经验》，《文艺研究》2018 年第 4 期。

性、碎微化是这种游戏式批评的主要特质。

首先，游戏作为一种活动而言，交互性是其重要特征，而当下这种交互性又往往具有一定的社交化倾向。游戏式批评以网民为主体，即时互动也是其增加用户黏性的方式之一。与传统的延时批评不同，一方面，这种互动的广度、深度都是前所未有的；另一方面，这种互动是即时有效的。传统文艺批评虽也有互动，但往往是小众的，而且也无法做到即时反馈，作者与受众之间的交流沟通通常是无效的，作者创作大多缺乏受众意识。而网络文艺的作品创作则大大不同，其创作会受到受众批评的强烈影响——倾听读者声音并据此进行日更的网络文学是如此，边拍边播的网络剧亦如此，当前日益兴起的弹幕批评更是如此。弹幕批评是目前诸多网络文艺的重要批评形式，其批评主体大多为90后、00后“御宅族”，其批评不仅是即时的，而且是同步的，即批评与观看的同步。这种批评可以以多种面貌来解释或消解作品，甚至批评本身被极大地凸显出来，从而变成一个与文艺作品同等重要的观看文本，或者说成为文艺作品的一个副本。这个副本的魅力甚至已经远远超过了文艺作品本身，诸多受众对弹幕的钟爱往往超过对文艺作品的热情即可说明这一点。在这个意义上，批评由于深度的互动，变成了一种新的创造。与此同时，这种充分互动的批评也自然联结着社交，受众与作者，尤其是受众之间的你来我往成为一种常态。比如在网易云音乐中开拓音乐评论社交专区，诸多听众由于相同的音乐爱好和趣味，在音乐欣赏的过程中形成批评共同体，这种社交化倾向令人瞩目。

其次，游戏是一种自由的愉悦，娱乐性是游戏式批评的应有之义，批评的多媒体化也引人注意。可以清晰地看到，与传统学院派的理性批评不同，游戏式批评更加注重一种感性、娱乐的表达。学院派批评强调理性规范和逻辑深度，思想性和艺术性的考察是其批评的重心所在，而“网络在线批评则以即时表达为主，讲求真话实说和悦心快意，往往三言两语，点到即止，却难免蜻蜓点水，或剑走偏锋，有时只图口舌之快却不负文责”[①]。此处所言的“网络在线批评”，即是一种游戏式批评。如弹

① 欧阳友权：《网络文学批评的困境与选择》，《中州学刊》2016年第12期。

幕批评，其最重要的一个特征便是“吐槽式”表达。所谓“吐槽”就是一种带有调侃、娱乐意味的新兴话语形式，当批评出现“槽点”，必然会引起众声狂欢，娱乐色彩很浓，这在学院派批评中是难以窥见的。与娱乐性紧密相关，批评的视觉化、多媒体化也是游戏式批评的重要特征。这一点与传统的文字批评不同，游戏式批评多融入多媒体语言，这种图像语言会给批评带来更多的愉悦效果。与语言文字相比，“图像的虚指性决定了它的诱惑力和愉悦本质……图像作为愉悦符号助推了文学的大众传播”[①]，这种更具愉悦色彩的游戏式批评在网络文艺批评中比比皆是。如弹幕批评中的文字可以设置成不同的大小、颜色和特殊效果等，产生了形形色色的“字幕君”，不同的颜色和字体代表着不同的意义；有些评论本身就是各式各样的表情符号，甚至有些评论就是以视频形式呈现的。当然，过度的娱乐也会带来低俗之风、脱离现实等问题，这也是需要我们反思和面对的。

最后，游戏充满着后现代的“游牧”色彩，其去中心的思维特征与游戏式批评的碎微化倾向一脉相承。法国后现代主义哲学家德勒兹创造了“游牧”这一理论术语，其追求一种“多元性、多声部的漫游与生成，恰如游戏民族逐水草而居，居无定所”[②]。本质上说，这是一种不同于传统树状思维的“块茎”思维，其核心特征是反对传统的中心主义，强调动态变化、多元异质和自由重组。碎微化事实上正是这样一种“游牧”，其结构和思维形式是“块茎式”的，不追求系统性和整体性，而是注重碎片的多元化和生成功能，体现出充分的重组自由和开放色彩。当然，这种重组既有可能会带来新生，也有可能走向意义的虚无。有学者将这种碎微化特征概括为“微缩—精简性”，并认为“在网络‘微时代’到来之前，网络文艺批评较之西方意义上的文艺批评以及今天学术领域的文艺批评，本身就有着简短精炼的特点。我们在网络文艺批评中很少见到长

① 赵宪章：《语图传播的可名与可悦——文学与图像关系新论》，《文艺研究》2012年第11期。

② 麦永雄：《德勒兹与当代性：西方后结构主义思潮研究》，广西师范大学出版社2007年版，第81页。

篇大论，而经常是三言两语的评点，有时甚至仅仅是用几个字的简短评价或是纯粹的‘表情符号’来表达态度”。[①]这种说法正切中了游戏式批评的特质。应该说，相对于传统批评而言，游戏式批评开创了新的批评形式，创造了一切开放批评的可能，但同时也由于其碎微化，可能会导致整体性意义的弱化，甚至是意义的迷失。

二、以企业为主体的商业化批评

作为一种文化产业，网络文艺兼具艺术性与商品性的双重属性。与传统文艺相比，网络文艺更加突出商品性，经济利益的追求是其主要特征，也是其迅速发展的关键因素，诸多网络文艺作品片面追求商业价值、忽视艺术价值的现象比比皆是。文艺的商业化自然会带来诸多问题，也是大多数批评者所极力反对的，但也应该看到，目前商业化、产业化和泛娱乐化是我国网络文艺的基本现状和主要现实。表面上看，网络文艺创作与批评似乎是一种割裂的状态，即批评（尤其是学院派批评和一些严肃的批评）意识到问题所在并屡次发声，但创作却依然“我行我素”。而事实上，问题的本质在于，对当下网络文艺创作产生决定性影响的批评，主要是来自创作平台 / 企业的评估体系和批评导向，它们潜在地决定着作者的创作。这种批评多为评估体系的建构，虽多处于一种不发声的沉默状态，但却内在地影响作者，并明显地表现出一种以用户为中心的商业思维，而用户的消费决定着网络文艺企业的生死存亡。这也就不难理解为什么对网络文艺的批评声音此起彼伏，但其创作却依然“野蛮”生长的原因。因此，探讨网络文艺批评形态不能忽略以企业为中心的商业化批评，它以一套商业标准和价值体系推动和决定着网络文艺的创作与生产，内在地与网络文艺的商业性保持一致，批评与创作合谋，甚至导致创作走向过度商业化的娱乐倾向。以消费为导向和以用户为中心是商业化批评的主要特质。

① 曹成竹、王兴永：《网络文艺批评特征简析》，《山东社会科学》2015 年第 2 期。

首先是以消费为导向。毋庸置疑，作为网络文艺的生产主体，其发展的驱动力和核心目的是要追求经济效益，以消费为导向是必然旨归。网络文艺的市场化、产业化运作方式，与这种商业化评估体系也是密切相连的。这种评估体系是一种“网文 + 利益”的批评模式，如艾瑞咨询所发布的网络文艺相关数据，其“用来评估网络文学企业核心竞争力的内容能力、渠道能力、运营资源、收入四个维度，便是个典型的企业评估体系。且‘内容能力’评价的六个元素，无一例外地均重在文艺外部关系的‘量’的累积上，与经典的文学批评方式及标准相去甚远”[①]。显然，这种评估体系鼓励企业朝着受众消费的方向努力，其最终指向的是“收入”这一维度。对于企业而言，其评价标准自然更是如此。以游戏、影视剧等多平台改编的头部资源——网络文学平台为例，我们选取起点中文网，会发现其评估作品的指标主要是各种排行榜。点击其首页“排行”进入人气榜单页面，就可以发现有起点月票榜、原创风云榜、24 小时热销榜、阅读指数榜、新增粉丝榜、推荐票榜、收藏榜、VIP 更新榜、VIP 收藏榜、VIP 精品打赏榜等，这些榜单排行均与受众的消费行为密切相关。如含金量较高的起点月票榜，就是由读者、粉丝投票多少决定的，而读者月票的获得与其订阅消费是紧密相连的。月票榜排名靠前的作家作品自然会受到更多的关注，同时也可以获得网站平台更多的奖励。显然，这种网站自身的榜单评估体系本质上是一种消费导向，只不过，它用一种看似客观的、去商业化的形式呈现出来。作品的收益、影响甚至生死存亡都是被消费所决定的，与读者的订阅、点赞、投票、打赏等行为密切相关。阅读变成了一种消费性活动，读者也似乎拥有了自主权和选择权，但事实上却被消费行为控制——“商业网站通过一系列貌似客观但实质是基于商业逻辑法则的文学评价体系，将文学作品变成了纯粹的商业消费品，还敦促文学读者默认自己成为单纯的商品消费者。”[②]可见，以消费为导向是商业化批评的本质特征所在。

---

① 杨柏岭、张泉泉:《“想象的实感”：网络文艺批评的原则、类型及艺术真实论》,《现代传播》2018 年第 8 期。

② 陈奇佳:《网络时代的文学生产》,《江苏社会科学》2009 年第 4 期。

其次是以用户为中心。与消费导向一脉相承，以用户为中心是实现消费的必由之径，网络文艺的商业价值最终有待于消费者的认可和消费行为的实施。因此，在以企业为主体的商业化批评中，以用户为中心是一种新型的批评模式转换，其特点表现在两个方面：其一，在商业化批评中，准确地说，用户取代了传统的读者、听众、观众、受众等概念，或者说读者、听众、观众、受众等概念"用户化"了，用户体现出一种消费倾向，渗透着商业逻辑；其二，这种批评是一种"用户中心论"模式，凸显用户的诞生。在弹幕批评中则表现为一种"新观众"的诞生，这里的"新观众"事实上正是一种具有主动意义和消费行为的用户，其不再恪守传统的"作品中心论"准则，而是享有对作品的控制与支配权，可以主动选择如何评价和消费作品。在具体的企业平台中，我们也可以看到这种"用户中心论"的模式导向，"网站选择推荐作品的标准是依据作者作品点击率、读者推荐票、付费 VIP 订阅数等用户偏好数据的，这就使作者面临数据考核的巨大压力"[①]，如起点中文网上的榜单排行绝大多数都是以用户为中心来设计的，用户的"使用与满足"变得极其重要。用户的点击率、投票数量、粉丝数量、作品热销数量、收藏数量等成为评价作品的主要标准，网络文艺的创作和接受变成了一种典型的文艺生产与消费。当然，这种批评背后所产生的问题也是不容忽视的。

三、以媒体为主体的价值论批评

网络文艺以媒体为主体的批评，或者称之为传媒批评、媒体批评，主要指的是"以面向大众的报刊、互联网、自媒体等为媒介的文艺批评，它是与以学术期刊、专著等为载体的精英批评（或曰学院派批评）相对应的一种批评"。[②] 其包括传统媒体的批评，也包括新媒体批评。后者与以网民为主体的在线批评有相似之处，但也存在差别。网民批评往往是

---

① 北京师范大学课题组:《中国网络文艺的构成景观与发展问题》,《艺术百家》2016 年第 4 期。

② 李彦姝:《文艺的媒体批评之勃兴及其突围》,《文艺报》2017 年 2 月 22 日。

只言片语、碎微化、评论逻辑性不强，感性娱乐有余，理性和整体性不足，是一种游戏式批评，多出现在贴吧、微博、微信、QQ 群、论坛、弹幕中。严格说来，网民批评更接近于一种网络言论，还不能上升到真正批评的层次；媒体批评则是媒体充当了“把关人”，其批评虽不强调像学院派批评那样深入和理性，但也要求具有较强的逻辑性和完整性，并且具有一定的长度。传统纸媒批评自然如此，新媒体批评则以平台为载体进行推送和发表评论，在一定程度上代表了媒体的态度，其形式也更接近于正式的批评——“媒体评论则可视作正式的批评，往往善于抓人眼球，就某个具有冲击力的亮点展开分析。除了各大报纸、门户网站，微信公众号也成为媒体评论的重要平台。”[①] 相比之下，网民批评的游戏性和娱乐性较强，缺少理性反思，而学院派批评则注重学术性和学理性，语言表述也极其理性且专业。在这个意义上说，媒体批评大体上是处于网民批评和学院派批评中间的一种批评形态，其理想状态是引导高雅与通俗的共赏、感性与理性的平衡、经济价值与社会价值的双赢，体现一种价值论导向。因此，我们将这种批评称为价值论批评，相对于其他批评，这种批评着重强调对于三种价值的引导。

其一是突出新闻价值。新闻价值（或者说新闻性）是以媒体为主体的价值论批评的突出特征，新闻性与批评的大众性、时效性和通俗性等也密切相关。媒体尤其关注一些引起广泛反响的网络文艺作品，如在 2019 年年末热播的根据网络同名小说改编的网络剧《庆余年》，有关的媒体评论相当热闹。这些评论往往善于发现其新闻价值和新闻热点，从而引起受众的兴趣和注意。如在《每日经济新闻》上发表的《〈庆余年〉频现“黑天鹅”保护知识产权道阻且长》、在《检察日报》上发表的《庆余年事件本质是互联网差异化服务》、在《广州日报》上发表的《〈庆余年〉话题跨界火出圈》、在设计癖网站上推出的《〈庆余年〉里的皇帝为什么不洗头？》等评论，或关注知识产权、点播模式，或关注受众反映、人物日常等，仅从题目也可以窥见其强烈的新闻敏感性。有些评论事实上

① 周才庶:《新时代中国网络文艺的文论话语建构》,《当代文坛》2019 年第 3 期。

既是网络文艺评论，也是新闻评论；评论主体也不再是传统的文艺工作者，而是媒体人。这些评论时效性很强，集中在网剧热播的时间段，观剧热潮过后，媒体评论便也销声匿迹。同时，这些评论虽不似网民评论那样“娱乐至死”，但通常都是大众化的通俗文本，其评论语言也常常图文并茂、生动有趣。即便似乎是学术性的探讨，如《〈庆余年〉：以现代价值观“入侵”历史》，该评论用《文心雕龙》中的“情采”理论来分析《庆余年》，但其表达也通俗易懂，重视传播效果——“《庆余年》之所以热播绝不只在于主题的深刻，更在于其品质上的‘情采’赋予观众的体验感。用时髦的话来说，这部剧‘有趣又有料’。”[①] 显然，这与学术评论是迥然不同的。

其二是注重经济价值和社会价值。固然，媒体评论会关注网络文艺方方面面的内容，包括创作、产品、接受、营销、传播等各个层面，但是总体上看，媒体评论尤其注重对其经济价值和社会价值的发现与引导。经济价值主要强调网络文艺的发展面貌、投资状况、市场效应等，充分彰显网络文艺产业化、商业性的一面。各大媒体每年发布的网络文艺排行榜、行业发展报告等，事实上都侧重于对其经济价值的分析和评价，属于引导网络文艺市场发展的媒体评论。诸多具体的媒体评论文章也特别注重这一点，就网络综艺评论而言，如在《第一财经日报》上发表的《网络综艺节目大爆发，明年将进入收获期》、在36kr网站上推出的《网络综艺投资报告》、在华经情报网上推出的《2019年中国综艺行业运行报告分析，“微综艺”或成下一个新风口》、在前瞻网上推出的《网络综艺头部节目吸引力提升　2019年网络综艺市场将保持理性增长》等，其评论具有强烈的新闻性，大多集中于网络综艺的发展状况、生产规模、市场研判、播出情况和未来趋势等，激励网络综艺的市场反应和观众的消费热情，注重经济价值的宣传与实现。

与此同时，媒体评论，尤其是主流媒体还特别注重对网络文艺社会价值的分析与评价，以引导网络文艺实现经济价值与社会价值的平衡和共赢。如近些年来，幻想性网络文学创作数量众多，这些题材的最大特

① 谢群：《〈庆余年〉：以现代价值观“入侵”历史》，《北京日报》2019年12月20日。

点是想象力丰富、故事情节跌宕起伏，是名副其实的“爽文”。但问题在于，不少网文作品严重脱离现实，时常虚构一种不合情合理的、充满偶然性的“狗血”剧情，其创作走向了“不问苍生问鬼神”的局面。针对这样的创作倾向，网络文学亟须加强现实主义题材作品的创作，因此出现了诸多提倡和强化网络文学现实主义创作的评论文章。这些评论鼓励作品创作关注当下现实，回应民生问题，再现新时代，从而引导网络文学良性发展，发挥重要的社会价值。如发表在《人民日报》上的《用心用情用功：创作更多优秀的现实题材作品》、《安徽日报》上的《网络文学不能一味求“爽”》、《文艺报》上的《让历史闪耀现实主义光芒》、《中华读书报》上的《“从天马行空的虚拟世界走向热腾腾的现实生活”》等，诸多评论汇聚成强大舆论，引领网络现实主义创作潮流，实现现实主义网络文学创作的“整体性崛起”。可见，注重社会价值引导既是媒体批评的重要特征，也是媒体批评的应尽责任。正如有文章所言，“文艺批评要建构起新媒体全媒体时代的‘媒体批评观’，首先要以社会主义核心价值观为引领，牢牢把握网络文艺创作的政治导向、价值导向、审美导向，积极引领网络潮流，发挥褒优贬劣、激浊扬清的功能”①。

四、以学院派为主体的艺术性批评

与以上三种批评形态不同，以学院派为主体的艺术性批评恪守传统的文艺标准，以思想性和艺术性为准绳，坚持美学的观点和历史的观点。应该说，无论是具有娱乐性的游戏式批评、以消费为导向的商业化批评，还是突出新闻价值的价值论批评，其批评主体和重心虽有所不同，但都是在新的时代和媒介环境下出现的新型批评，普遍表现为一种大众化和平面化的倾向。而艺术性批评则是一种传统批评，其主体以学院派的精英知识分子为代表，他们通常掌握着文艺批评的话语权。其核心特征表现在两个方面：在批评内容上，重视文艺的思想性和艺术性；在批评形

① 向云驹:《互联网时代文艺批评何为》,《求是》2015 年第 12 期。

式上，具备学理性和专业性。

首先，在批评内容上，艺术性批评重视文艺的思想性和艺术性。显然，思想深度和艺术水准是判断一部文艺作品成功与否的重要标志，与此关联不大的市场效益、点击率、粉丝数量、娱乐性等则不是这种批评所关注和考察的维度。在这样的标准之下，面对同一部网络文艺作品，艺术性批评通常也会得出与其他批评（尤其是游戏式批评和商业化批评）不同的结论。甚至在一些学院派批评家看来，诸多网络文艺作品根本就不能称之为文艺作品。比如网络文学，如果从思想性、艺术性的维度来看的话，很多作品幻想离奇，脱离现实，多表现不合情合理的偶然性，不接地气，是一种不及物的写作；在艺术上也是把跌宕起伏、悬念丛生的故事讲述放在第一位，至于典型环境中的典型人物则不是文本刻画的重点，类型化、娱乐性倾向明显。其语言表达也粗糙直白、草稿化现象突出。因此，有学者将其称之为“爽文”“类型文”。由此可见，倘若以艺术性批评标准来衡量，网络文学根本就不是真正意义上的文学，甚至有人得出网络文学是垃圾的结论。网络文学尚且如此，至于其他的网络文艺作品，如网络剧、网络综艺、网络游戏，则更是与文艺相去甚远。这些作品甚至根本无法进入学者批评的视野，只是单纯的大众狂欢。从正向意义上来看，这种批评在对网络文艺思想性、艺术性的引导上有其进步意义，但也存在突出问题。正如有学者所言，学院派的专业批评与网络文艺本身就存在错位的情况，学院派的批评理论和素养是印刷时代的产物，而网络文艺则属于新媒介文艺理论范式，在某种意义上说，两者所处的场域就有所不同，用传统的理论范式进入新的文艺领域，难免会产生错位，有隔靴搔痒之感。再加上网络文艺的文本数量巨大，巨型文本司空见惯，其文本形式和特征也与传统大异其趣，学院派批评如要真正进入网络文艺领域，并实施切实有效的批评则相当困难。[①] 可见，面对网络文艺，固守艺术性批评一方面可能会导致无效，另一方面也可能会因此失去大众，从而最终迫使艺术走向一种“孤芳自赏”的境地。而

---

① 单小曦:《合作式网络文艺批评范式的建构》,《中州学刊》2017 年第 7 期。

这些正是需要我们不断反思和深入思考的。

其次，在批评形式上，艺术性批评具备学理性和专业性。这类批评通常以论文或专著形式来呈现，具备较强的学理性和专业性。正如有学者所言，“学院派批评家善于思考，问题意识突出，力避陈言，独树一帜。他们善于在新的时代背景下和文学语境中，透过对大量文学作品持续而细致的观察研究，总结规律，突破性地提出新问题、新概念、新命名，概括新现象、新流派，大大拓展了文艺批评的话语场域，孕育了文艺批评的新的生长点”。[①] 其讲究逻辑体系和学理规范，具有理论强度和专业深度。其批评主体以学院派精英知识分子为代表，在各类评奖体系和意识形态话语中具有较强的专业权力，能够较为有效地规范和引导网络文艺的健康发展。但在面对网络文艺作品时，艺术性批评也面临着诸多隔膜。其一是与大众的隔膜。学院派的批评话语往往理论色彩浓厚，学术术语高深庞杂，这种学理性给大众带来诸多不适，读不懂、难读懂是常态。其受众往往局限在对学术研究感兴趣的狭小圈子，而普通大众一般会选择拒绝。有学者非常客观地分析了这种批评与大众的隔膜，认为一方面学院派批评有其值得充分肯定的一面，具有强大的学术意义和引导价值，但另一方面，学院派批评也促进了批评的另一种倾向，即“以脑代心”“心脑分离”。也就是说，学院派批评以理论、知识和智力弱化甚至代替了体验、情感和意志，而文艺的本质则是体验和情感活动，如此，“正是这样的分离、取代，造成了文学批评与文学公众之间的‘隔’，也造成了文学批评在当下文学活动中基本丧失其动力性、引领性和建设性的核心功能”[②]。这里虽然针对的是所有文艺作品，但同样适用于网络文艺的学院派批评，可以说这种批评形式的通病就在这里。其二是与文本的隔膜。网络文艺属于大众文化的范畴，兼具文艺性和产业化的双重属性，是一种娱乐化的、日常性的、平民化的、去深度的大众文本。而艺术性批评则与此相反，其学理性、专业化、深度追求等本身就与网

① 李彦姝:《改革开放以来文艺批评面面观》,《百家评论》2018 年第 4 期。
② 王侃:《学院派、诗文评及批评文体》,《文艺争鸣》2018 年第 1 期。

络文艺文本之间存在一种内在的矛盾。用高深的理论来面对“一看就懂”的大众文本，也会带来一种奇怪的阅读体验，这种隔膜造成批评与对象之间的巨大反差，批评的实际作用大打折扣。其三是与媒介的隔膜。当下，学院派的批评主体主要是在传统的文艺和媒介环境中成长起来的，他们对待在新媒介语境中诞生的网络文艺事实上也不可避免地存在隔膜和“代沟”，用一种在纸媒思维下形成的观念来考察网络文艺，媒介差异带来思维隔膜，批评产生一定的错位是在所难免的。同时，在传统媒介下养成的阅读兴趣和审美倾向也可能会使学院派对待网络文艺并不会产生太大的内生兴趣，转化成粉丝的可能性更是微乎其微。在这种情况下，尤其是面对海量的网络文艺作品，整体阅读与大量观看变得难上加难，其批评的结论往往也难以反映全貌、精准有效。因此，正是因为艺术性批评与网络文艺之间的诸多隔膜，才迫使我们重新思考这种批评在新的文艺场域中的合理性和有效性问题。

五、结语

总体看来，在上述四种网络文艺的批评形态中，艺术性批评属于传统批评，而游戏式批评、商业化批评、价值论批评则带有新型批评的特质。不可忽略的是，这些新型批评在切中网络文艺的新变之外，同时也容易给网络文艺带来不良的导向，如游戏式批评的娱乐化、商业化批评的消费主义、价值论批评的新闻性等。这些特征如处理不当，则极易剑走偏锋，陷入新的片面和极端之中。因此，如何建立符合当下网络文艺发展的批评体系是批评界和学术界的当务之急。毋庸置疑，从马克思主义文艺批评中寻找理论资源是我们正确的姿态，虽然网络文艺媒介和形态均发生变化，但文艺的基础和本质并未发生根本改变，马克思主义文艺批评仍有强大的生命力和适应力。与此同时，也必须看到媒介变革导致网络文艺所发生的诸多变化，批评也应当更加宽容和多元。也就是说，面对网络文艺，必须以马克思主义文艺批评为理论导引，兼顾网络文艺新态势，正面引导、多管齐下，从而实现当代网络文艺的健康良性发展。正如习近平总书记所言，“互联网技术和新媒体改变了文艺形态，催生了一大批新的文艺类型，也带来文艺观念和文艺实践的深刻变化。由于文字数码化、书籍图像化、阅读网络化等发展，文艺乃至社会文化面临着重大变革。要适应形势发展，抓好网络文艺创作生产，加强正面引导力度……我们要扩大工作覆盖面，延伸联系手臂，用全新的眼光看待他们，用全新的政策和方法团结、吸引他们，引导他们成为繁荣社会主义文艺的有生力量”。[①] 这里提出的“加强正面引导力度”和“用全新的眼光看待他们”，既体现出对网络文艺的热情鼓励，也为当下网络文艺发展提供了基本遵循。“正面引导”自然是以马克思主义文艺批评理论为引导，既包括马克思主义经典文艺批评理论，也包括中国化的马克思文艺批评理论，尤其是习近平关于文艺工作的重要论述；“全新的眼光”要求批评对网络文艺创作者给予更多的宽容与爱护，要看到网络文艺的新态势、新特征和新指标。

那么，如何做到“正面引导”和“全新的眼光”的统一和融合？简单说来，首先，在文艺创作原则上，要坚持以反映论为导引，做到反映论与游戏论的融合。坚持社会生活是文艺的唯一源泉，文艺不论是再现抑或表现，归根到底都是现实的反映，网络文艺要扎根人民、扎根生活，不能沦为完全“失重”的娱乐游戏。但同时也应看到网络文艺的游戏化、娱乐性等属性，要允许这些特质在合理范围内的存在。其次，在文艺批评标准上，要坚持“历史的、人民的、艺术的、美学的观点”，兼顾网络文艺的商业性和网络性。马克思、恩格斯把“美学和历史的观点”作为文艺批评的最高标准，习近平将其发展为“历史的、人民的、艺术的、美学的观点”，这是在新的历史条件下社会主义文艺批评的“方向盘”。网络文艺的发展必须以此为导引，才能创造出更多的精品力作，但同时也要注意到作为一种文化产业和网络文化，网络文艺具有很强的商业性和网络性。在这些融合中，后者须服从于前者，即以马克思主义文艺理

① 习近平：《在文艺工作座谈会上的讲话（2014 年 10 月 15 日）》，人民出版社 2015 年版，第 12—13 页。

论为指导，否则网络文艺的发展很可能偏离方向；同时，也要以“全新的眼光”对待网络文艺，兼顾后者的特殊性，否则网络文艺很可能失去动力和活力。

（原载《江西社会科学》2021 年第 9 期）

后人类状况与文学理论新变

王　峰

引子：新时代，新世代

凯瑞·沃尔夫曾做过一个有趣的调查："2008 年夏，如果你在谷歌上搜索'humanism'，纪录是 3,840,000；搜索'posthumanism'，纪录仅为 60,200。"[①] 纯粹为了记录，笔者在 2019 年的 2 月底，也搜索了一下 Google，笔者使用的是完全匹配搜索：humanism 纪录是 15,700,000，posthumanism 纪录是 567,000。也就是说，humanism 的纪录比约 11 年前增长了 4 倍左右，而 posthumanism 的纪录增长了 9 倍多。

我们总是认为，我们所处的时代是最独特的，具有无与伦比的特殊性。的确，每个时代都可能如此，

---

① C. Wolfe, *What is Posthumanism*, Minneapolis: University of Minnesota Press, 2010, p.XI.

这也许是现代性的一种表征。虽说如此，我们依然认为现在这个时代的确出现了独特的情况，甚至是以前从来没有出现过的。这一新的变化在最近几年才如此夺人眼目，让我们处于持续震惊的状态，它以 2016 年以来的 AlphaGo 战胜李世石和柯洁两位围棋界顶尖棋手为代表。我们从来没有发现人工智能离我们这么近，我们总是认为一种可以与人相媲美的人工智能形态还很遥远，然而 2016 年 AlphaGo 的胜利像一场袭击人类社会的暴风雪，人类计算智能从此再也无法跟人工智能相提并论了。它之所以如此让人震惊，是因为它标识了未来超越人的某种存在形式的诞生，而这种存在形式是人类的造物。其实这并不算突兀，1997 年就已经出现了类似事件，只是我们擅长遗忘。当时国际象棋界最伟大的棋手卡斯帕罗夫输给了电脑程序“深蓝”，这引起了剧烈的社会震动。但当时还只是把深蓝当作一台电脑来看待，并不认为它是一种智能形态，[①] 也不像现在这样把它称为人工智能。从“电脑程序”到“人工智能”场景对象[②] 的转换，反映了时代的整体特性的变换，我们已经开始从程序的时代走向了智能时代。在这个时代里，程序不仅仅是完成某一任务的电脑设计，它与人的身体和大脑结合在一起，它的触角深入人的生活的方方面面，紧紧地抓住生活，成为生活的组成部分，进而更深刻地成为我们身体的一部分。改变身体，是这个时代的最主要特征。离现在并不太远的过去，20 世纪 90 年代还出现了一个震动世界的事件，同样指向身体的改变，那就是克隆动物的成功。克隆动物成为时代风云的一出科学正剧，但是同时引起了人们的深深忧虑，因为从克隆动物到克隆人类，这是一个多么合乎逻辑的科学发展，但这一发展却是可怕的，因为它明显会带来一系

① 尼克:《人工智能简史》，人民邮电出版社 2017 年版，第 125 页。

② 大致相同的对象在不同的文化场景当中被赋予不同的名称，我们可以将其称为场景对象。“场景对象”一词表明，一个对象，特别是在不同文化中呈现的对象，往往在不同的文化场景中呈现出不同的偏重面。它可能保持一定的延续性，但更多表现出变化的一面。在不同的文化中，可以用“概念旅行”来表达它，但这一概念偏重于概念本身，对文化场景的强调不够。“场景对象”这一概念则强调概念和场景两者的结合，两不偏废。同时，“场景对象”比“概念旅行”在适用范围上更广阔，它可以是不同文化间的变化，也可以是同一文化中的改变。这不是一个普遍性的概念，而是一种综观性的使用。在人工智能上，同样存在这样的场景对象的转化。

列难解的伦理和社会问题，从目前的人类状况来讲，基本是无解的。世界上各个领域的专家学者都开始讨论克隆人类可能带来的问题，最终结果是动用法律禁止克隆人类。阿根廷、澳大利亚、加拿大、哥伦比亚、欧盟、俄罗斯、中国、印度、塞尔维亚、南非、美国等70多个国家和地区寻求立法禁止克隆人，联合国也通过非立法性禁止克隆人宣言。[①] 如果我们暂时忽略技术上的难度就会知道，虽然克隆人在技术上比克隆动物难度大得多，但是只要有大量的人力和资金投入其中，假以时日，克隆人类最终一定会成功。只是这样一来，就会带来很多难以处理的社会和伦理难题。

综上种种可以发现，我们处在一个非常特殊的时代，这一时代往往被认为是16世纪开始的现代科学进程的一部分，但同时它也是一个非常特殊的发展阶段。现代科学最初主要是机械方面的发展，帮助人类获得生活中的各种便利——我们可名之为“外假舟楫”；最近几十年的基因技术和人工智能技术则对准了一个特殊的目标：人类身体和大脑——我们可名之为“内取诸身”。我们发现技术在这里悄悄地进行了一个转向，它开始由外及内，开始不满足于外部的机械性的进展，而是转换到人的身体和大脑内部，对人进行全面的分解模仿，并在某个层面上对人的身体和大脑进行增强，使人类更强健、更聪明，甚至超越了功能性增加，进行身体和大脑的功能替代，并创造远超人类智能的人工智能，如此等等。这些都表明，我们身处一个新的世代，一个从人类纪转向后人类纪的世代。

一、“后人类”状况及其维度

这些时代状况向我们指出一种新的变化，它会随着科学技术的进展而不断推进，最终从凡庸的主流生活中挣脱出来，自成高格。这些状况本来只是一些碎片化的存在，但随着科学和技术的发展，以及各种文学

① 参见维基百科“human cloning”条目，https://en.wikipedia.org/wiki/Human_cloning，访问日期2020年4月2日。

和电影等文化想象活动所产生的社会想象形式的塑造，我们逐渐将它们聚拢起来，形成了一种新的状况，包含一系列新的观念。即使它目前还仅仅是初露端倪，并未真正汇流成社会文化的洪钟大吕，但是它已经在公众观念中孕育成形，呼之欲出了。

这就是后人类状况。福山指出，“我们也许即将跨入一个后人类的未来，在那未来中，科学将逐渐赐予我们改变‘人类本质’的能力。在人类自由的旗帜之下，许多人在拥抱这一权力”。[①] 福山主要讨论基因生物技术所导致的人类身体的变化，相对而言，凯瑟琳·海勒对这一身体改变所导致的文化变异感受深刻。她认为，“在后人类看来，身体性存在与计算机仿真之间、人机关系结构与生物组织之间、机器人科技与人类目标之间，并没有本质的不同或者绝对的界线”。[②] 这两种看法是目前影响最大的后人类观念。但是关于什么是后人类还依然不易说清，与后人类相关的名称有超越人类主义（transhumanism）、无人类主义（abhumanism）、非人类主义（nonhumanism）等，这些范围到底属不属于后人类也众说纷纭。比如，诺思乔姆认为超人类主义是连接人类主义和后人类主义的桥梁[③]；布拉依多蒂等人认为超越人类主义不属于后人类主义，这是两个运动[④]；如此等等。这里把这些范围都放在后人类之内，是把后人类状况视作一个宽泛的运动，而不是一个静态的范畴。相对而言，它比单纯的后人类主义范围更广泛一些，因为它并不通过界定一种单纯的后人类来为我们划定某种后人类范围，而是通过巡视所有与后人类相关的实践，将其聚于一处，使其成为一种与人类主义实践明确区分的社

---

① ［美］弗兰西斯·福山：《我们的后人类未来：生物科技革命的后果》，黄立志译，广西师范大学出版社 2017 年版，第 216 页。

② ［美］凯瑟琳·海勒：《我们何以成为后人类：文学、信息科学和控制论中的虚拟身体》，刘宇清译，北京大学出版社 2017 年版，第 4 页。

③ Nick Bostrom, “A History of Transhumanist Thought,” *Journal of Evolution and Technology*, Vol. 14, No.1(2005), p.2.

④ Rosi Braidotti & Maria Hlavajova, eds., *Posthuman Glossary*, London: Bloomsbury Academic, 2018, p.438.

会实践形态。[①]因此，本文在使用术语时，采用“后人类状况”的表述，而尽力避免“后人类主义”这一表述，以保持后人类实践的弹性。

这里先提供一个极简定义，以展开后面的讨论。这个极简定义是这样的：一切与人的自我意识不认同的状态，都是后人类状况。这一定义当然是模仿曼海姆对乌托邦的定义得出的。曼海姆这样来定义乌托邦：“一种思想状况如果与它所处的现实状况不一致，则这种思想状况就是乌托邦。”[②]一般来说，人类状况中包含着基础性的人类自我认同。回溯历史，反观启蒙时代，我们就会发现这一自我认同的重要性，它张扬了人的价值，并将人树为宇宙的中心，对人的自我认同就此成为人类主义的基本内涵。不可否认，人文主义（humanism，同时也是“人类主义”的英文对译词）对人的张扬是极其有力的，几百年的历史已经证明了人文主义的成就，但现在，它已经到了必须反思乃至改变的阶段。比如，人成了这个地球上的主宰，他的地位独一无二，这样不可避免地造成对动物的伤害，以至于我们在现代科技中发现暗含着对动物的冷漠，甚至是直接屠杀。虽然屠杀动物在人类原始时代就已经存在，在人类发展过程中也大量存在，但在现代科技水平获得极大提升之前，这毕竟还不足以造成反噬人类自身的恶果，因为那时人的能力还没有达到如此“宏伟”的地步，即灭绝动物物种，破坏地球环境，以至反噬自身。只有到了现代，我们才发现人类对地球物种的伤害，这样一来就引起了动物伦理上的反省。同样，我们也看到人对整个地球的伤害，由此引发了生态保护主义观念。所有这些其实都是对人类中心主义观念的反拨。

当然，很容易推论出，人的自我意识不认同有可能导致集体性精神分裂，但其实并非如此。这里的自我意识不认同并不代表精神分裂。精

---

① 此处所用方法论是维特根斯坦的语言游戏观念，强调游戏的延伸性，放弃内在核心属性归约，走向具体实践的连接性。当然这些实践相互间必须具有实际的连接形式，但这一具体的连接形式不是由一般性的形式来达成连接的。一般性形式必然走向内在本性，而实际连接强调实际使用中的连接可行性，并且不强调明晰的边界，更容易接受边界的开放性质。有关语言游戏观念，参见［英］路德维希·维特根斯坦《哲学研究》，陈嘉映译，上海人民出版社 2005 年版，第 38 页。

② ［德］卡尔·曼海姆：《意识形态与乌托邦》，黎鸣、李书崇译，商务印书馆 2000 年版，第 196 页。

神分裂式的文化实际上是自我意识的混乱，不是自我意识的不认同。由于混乱所以不能带来另外一种更清晰的自我意识的发展，而人对自我意识的不认同是一种自我意识的批判性反思。它是一种中介状态，实际上是对现状的一种反省和改变，最终指向新的自我意识的认同，那就是后人类状况。它不仅仅是我们前面所指出的当代文化的各种新变化，这些不过是先导情况，将我们引向新维度，把我们带到借助于科学技术来改造人类身体、意识，进而改造周遭世界的方向上。这种后人类状况其实依然以人类为基础，只是这样的后人类是一种改变了人类中心主义的人类之“后”，它将形成一个更具进取性的人类新形态，这也是我们所期待的。当然，我们也不认为进入后人类就解决了人类主义阶段的所有问题，像福山提醒我们的那样：“后人类的世界也许更为等级森严，比现在的世界更富有竞争性，结果社会矛盾丛生。它也许是一个任何‘共享的人性’已经消失的世界，因为将人类基因与如此之多其他的物种结合，以至于我们已经不再清楚什么是人类。”[①] 任何一种形态不可能只有好处，没有坏处。从实际效果上讲，也许人类的每次改变最终带给人类的幸福感从来没有增加多少，也没有减少多少，因为幸福感是一种整体性对比，只有变革期才可能产生打碎旧物之后的高度愉悦，一旦进入适应期，幸福感大致与此前时期相近。然而，除“变”之外，人类不可能找到其他维持自身的道路。

那么，后人类的“后”怎样理解呢？

首先，这是一个时间上的维度。就像后现代之于现代一样，后人类之于人类，也可以是一个时间意义的区分。后人类之“后”，首先映入眼帘的就是时间性质。这一时间性不仅是社会实践意义上的时间，还是一种理论时间。这一理论无疑是晚出的，它以人类主义为批判基础，是对人类主义的一种反拨。无论是在社会实践上，还是在一个理论的分析时间上，后人类在时间上的“后”都是名副其实的。同时，时间之“后”不可避免地起到强化不同发展阶段的效果，让我们产生突然跃入后人类

---

① ［美］弗兰西斯·福山：《我们的后人类未来：生物科技革命的后果》，黄立志译，广西师范大学出版社 2017 年版，第 217 页。

纪的印象。然而，正如佩波瑞尔所指出的，某种程度上，后人类这一状况“在最近几十年甚或一个世纪中早已伏脉千里，但它看起来却宛若新生”。[①]这其实是时间区分产生的效果。一般来说，单纯时间区分从来不是理论研究的目标，它更多是要表明“新”这层含义，并且只有与理论区分相结合，才形成其真正的概念指向。

第二，这无疑是一种文化观念上的区分。后人类状况不仅仅是时间区分，还是社会文化观念的区分。在提出时间上，它比人类主义观念晚，但是，这并不表明它在完全处于人类主义之后。如果进行观念系统的追溯，我们就会发现后人类纪与人类纪在某些事实上甚至是同步的。当然，这是一种后设反思方法，以某种现代观念为视角重溯既往，在岁月中寻找“源头”和各种遗迹，把它们串联起来，赋予连贯的整体性，由此形成某种历史逻辑。这一历史逻辑无疑是后设的，但它也具有事实基础。从具体实践角度来说，我们可以把20世纪的后人文主义批评实践视为后人类状况在观念上的准备，也就是说，它既是人类主义阶段的，又从观念上开启了后人类状况的可能性。这样一来，我们就建立起后人类的文化观念脉络，对这一脉络的追溯造成对人类主义的世界整体观念的颠覆。

第三，关于人身体的改变。文化观念上的后人文可视为后人类的先导阶段，真正的后人类是激进的，它首先是人的身体（包括大脑）的改变，只有在此基础上，激进的后人类状况才得以成型。在此之前，外部资源改造型的机械科学技术是主线，同时也发展出人类中心主义的文化观念。20世纪以来，在人文主义或者人类中心主义的反省中，后人文主义受到关注，这主要是对人类中心主义的批判，但这些都是在观念上进行的；只有到了当代，出现改造人的身体和大脑的科学技术，我们才真正地开启一个新时代，它带给我们真正的巨变——人的身体的改变。通过对人的身体和大脑的改变，我们发现此前对人类中心主义的批判实际上都有一个前提条件，即必须以人类身体改造为基础，而此前所有后人

---

① R. Pepperell, *The Posthuman Condition: Consciousness Beyond the Brain*, Bristol: Intellect Books, 2003, p.1.

文主义[①]的讨论在此都将转换为激进的后人类观念的准备。这样一来，当代文化中的后人类才与此前的超越人类中心主义的观念得以真正地区分，同时也与它建立真正的联系。[②]

二、后人类身体与赛博格

身体的改造是后人类状况中最显著的现象。身体改造古已有之，从头部到脚，几乎每一处都可进行改造，比如束发、缠足、耳饰、眼镜等，但这些改造往往只及表层，不至腠理。后人类状况的身体改造却是从内部进行的，比如早期的机械性植入，如输液、输血、心脏支架、骨骼夹板等，直至改变身体的基因技术。福山特别将生物基因技术与后人类的身体改造联系起来[③]，正是这一做法，让我们明确意识到后人类时代的来临。后人类与其他各种“后”主义的最大不同在于，其他的“后”主义或“后”状况多是建基于政治经济制度之上的文化形态，确切地说，最多相当于后人类第二层次上的后人文状况，它改变的是具体的生活观念和人文观念。但只有第三层次的后人类状况才是极其特殊的，因为它所改变的是我们的身体，这个因素才是我们得以划分这个时代的真正标尺。正是由这一标尺，我们获得了一种新的眼光，让我们得以重新梳理此前所有的人类历史，并赋予其后人类的历史脉络。激进者如克拉克认为，对后人类主义的探讨就是“关于这种转变的故事，其植根于人类本性中某些最基本、最有特点的事实。我想让你们相信，人类天生就是赛博格”。[④]

---

① 在此遇到一个中文表达上的特殊之处。人文主义、人类主义都来自同一个英文概念 humanism，但二者在中文语境中却有比较大的区别。在具体使用中，采用合取概念的方式，只为了语句顺畅，无差别地使用两者，其含义比任一单纯的中文词“人文主义”“人类主义”都要广阔，是两者的合集。

② 佩波瑞尔表达过相近的观点，他把后人类与超人类中心主义直接联系起来。参见 R. Pepperell, *The Posthuman Condition: Consciousness Beyond the Brain*, Bristol: Intellect Books, 2003, Preface 9。

③ ［美］弗兰西斯·福山：《我们的后人类未来：生物科技革命的后果》，黄立志译，广西师范大学出版社 2017 年版，第 20 页。

④ Andrew J. Clark, *Natural-born Cyborgs: Minds, Technologies, and the Future of Human Intelligence*, New York: Oxford University Press, 2003, p.3.

后人类状态是这样一种状态：人类运用自己发明的科学技术手段来改造身体，以达到此前乌托邦幻想中才会发生的改变，由此，一切与人相关的意识、心理、观念、文化以及周遭世界都随之发生改变。与其他的后一状态进行对比，这一点会看得更清楚，比如说后现代状态。后现代状态是一种时间或者一种社会形态的描述，它对现代主义所主张的启蒙、自由、人类本体等宏大叙事进行质疑，这些质疑将我们带到后现代主义状况中。从社会文化形态和事实形态来看，它都是一种不同以往的社会状况，其中包含社会观念的巨大变革。[①]但在后现代状况当中，身体的改变其实是被忽视的一个环节。从目前的阐述来看，后现代虽然包含了一些身体方面的阐述，但是其身体维度更多是文化性的，而非以技术改造为基础。[②]由此，我们可以看到后人类状况与后现代状况是纠缠在一起的。我们在此把它们剥离开，是为了显示出从后现代向后人类演化的轨迹。实际上，人类身体的任何一个细微改变，都是牵一发而动全身的。只有从后人类状况开始，我们才发现身体是可以改变或者替代的。在此之前人类也有手段对身体进行改造和介入，这些都与为了恢复身体健康而采用的医学手段相同，它可能引发相应的医学伦理问题，但这些伦理问题与身体的基因改造比起来较为简单，可以在传统的伦理学框架内得到解决。但身体的基因改造却超出既有伦理学范围，比如20世纪90年代的克隆人实验在很多国家被禁止。虽然从长期来看，禁令不可能真正制止克隆人的出现，但毕竟为社会心理和伦理观念赢得了宝贵的缓冲时间。2018年中国基因科学技术正式出镜，这同样引发了科学伦理的强烈争议。[③]可以想见，在不顾伦理禁区的激进科学家与社会伦理观念之间将存在着复杂的博弈变数，而这并不是一个容易解决的问题。未来学家库

① 参见［法］让-弗朗索瓦·利奥塔尔《后现代状态》，车槿山译，南京大学出版社2011年版，第213—214页。

② 赛博身体属于后现代主义中比较激进的维度，它不仅属于后现代状况的一部分，同时也是后人类状况的一部分，甚至更进一步说，它是后现代状况转入后人类状况的过渡共享部分。其关键区别在于，在后现代状况中，赛博身体是一个特异主题，而在后人类状况中，它是一个普遍主题。

③ 笔者认为，贺建奎修改胚胎基因不仅违反了一般基因伦理共识，更重要的是还违反了基因实验的程序伦理。

兹韦尔认为，2045年奇点来临，非生物智能将达到所有人类智能的10亿倍，人类将会永生。[①]这一预测虽不知能否实现，但是基因技术的发展会不断强化身体的改造，从目前趋势上看却是确定无疑的。

由于基因技术可能导致不可预测的伦理风险，对社会心理也可能产生伤害，所以在改造身体基因这一方向上是非常谨慎的。相对来说，身体辅助技术更容易让人接受，比如可以植入身体的机械芯片或生物芯片。这样的芯片目前来看大多存在于资深玩家或疯狂玩家那里，但随着互动游戏的广泛发展，这样的尝试可能慢慢被普遍接受。如果我们把芯片植入体内，从而进行一系列的电脑操作或汽车操作，那么我们很可能就会把生物芯片当作一种附加于身体的可以接受的方式。古人早就说过"假舟楫"，其实就是使用附属工具来扩展人的功能，但是这些扩展一般都有一个尺度，就是不进入人的身体，除非一些特殊的情况，比如假肢或者眼睛的晶体这一类使有缺陷的身体重新回归到平衡状态的手段。但它们是被动性的，主动性的增强身体功能才是后人类状况的典型表现。"我们的许多工具不仅是外部支持和辅助工具，还是问题解决系统里的深层和内部构件，我们认为这一系统就是人的智能。这些工具最好被认为是构成我们意识的计算装置的适当部分。"[②]

可以看到，所谓后人类状况与科学技术的发展密切相关，尤其与身体直接相关。没有身体技术的新发明和新应用，我们就没办法确定后人类的状态是怎样的。当代技术对人的内部和外部的双重改造已经表明，赛博格（即人机结合体）其实是一个急于求成的结果。身体的改造或者至少是某种技术性植入，必然是一种未来的文化形态，甚至从长期来看可能是主流文化形态。但目前，赛博格还只是一种激进亚文化形态。尼尔·哈比森是这一亚文化的标志。他是一个狂热的技术发明者和使用者，他将一个特殊的器械装入了他的头部，通过脑神经将机械与大脑连接。

---

① ［美］库兹韦尔：《奇点临近》，李庆诚、董振华、田源译，机械工业出版社2011年版，第80页。

② Andrew J. Clark, *Natural-born Cyborgs: Minds, Technologies, and the Future of Human Intelligence*, New York: Oxford University Press, 2003, pp.5-6.

这样做有其生理上的需要：他天生色盲，为了解决这一问题，他植入了一个可以探测到声波信号的声波探测器和转换器，可以将声波信号转换为颜色信号，直接传输入大脑神经，这样一来就绕过了眼睛无法捕捉外部色彩的缺陷。由此，哈比森成为赛博格的代表。某些狂热的游戏玩家将游戏控制器装入自己手臂，直接用自己的手来控制游戏，这也是赛博格的一种形态。但是我们对这样的赛博格似乎就不像对哈比森的那样推崇，因为这其中有一个简单的伦理判断：对身体进行改造的科学技术应该为了弥补身体的缺陷而引入，如无必要，不得改造身体。如果单纯为了增强感官的享乐效果而改造身体，在伦理上就显得不太正当。但是我们回想一下 20 世纪 80 年代曾经出现的科幻朋克小说《神经漫游者》就知道，活在另外一个世界，摆脱肉体束缚，由此产生的无上快感已经在人类幻想当中出现。科幻作品往往提前折射出人们的狂热欲望，它所设想的技术状况往往要比实际的技术状况提前很多年，甚至上百年。它反映了一种人性趋向，这一趋向不可能在前科学时代出现，而只能出现在科学发展的后期，即从外部的机械科学转向内部的神经和基因科学之际，通过改造人的身体，形成新的人性，并促成新的身体技术。它也预示着未来可能用各种替代性的方案来达成一个目标：赛博格必将是人类的一种正常的状态，如果它不能成为一个主流文化的话，也必将成为一种重要的亚文化状态。相对而言，时下流行的赛博格左翼不过是一种运用赛博格进行政治反抗的初级方式，“数字造反试图测绘风行世界的新抵抗逻辑”[1]，这一逻辑看似是政治性的，其实却是消解政治的，它只是要表明一种赛博格正当性的姿态，要求由亚文化跃升为主流文化，并且为赛博格身体开拓道路。一旦赛博格政治消解为赛博格身体，人类赛博体必然寻找新的政治和文化方向，而不再单纯是一种无政府式的造反。它将变成一种复杂的社会实践形式。

---

① T. Wolfson, *Digital Rebellion: the Birth of the Cyber Left*, Urbana: University of Illinois Press, 2014, p.3.

三、科幻与后人类社会想象力

后人类状况具有一个明显特征，即它有硬的方面，也有软的方面。硬的方面指科学技术，有四种科学技术构成整个后人类的技术基础，即基因技术、石墨烯技术、纳米技术和新媒介技术。这些技术保证了人类的身体改造得以顺利进行：基因技术改变人的身体构造；石墨烯技术保证植入人身体的材料能够相对轻便；纳米技术则保证了设备介入身体的小微友善性质，即只会导致微创，不会产生大的伤害；而新媒介技术为外部设备接入身体提供了普遍的可行性，同时也提供了人工智能与身体结合的可能性。这些都是后人类的技术基础。同时，后人类也有一个非常重要的构成部分，可以称为软的部分，即科幻叙事。科幻叙事是 19 世纪以来一种特殊的文化形态。我们一向认为，文学是塑造社会想象力的重要手段，它通过各种各样的方式诉诸我们的社会想象力，比如出版、印刷、经典认定、发布排行榜单、专业宣传、职业教育等。然而文学与社会想象力毕竟不能等同，它们是两种方向上的文化形态。文学具有其自身的形式化追求，它可能跟社会想象力无关。只有在后人类状况中，科幻作为一种类型文学直接与科学和社会发展状况联系在一起，同时也与当代文化紧密结合在一起。回顾两百年的科幻文学发展[①]，我们可以看到它渐渐成为塑造当代文化想象的重要力量，科幻叙事（包括小说和电影）成为流行文化的主体。我们甚至可以说一个国家的科幻小说和科幻影视有多发达，其后人类状况就发展得有多成熟。[②]科幻叙事与后人类的关联构成当代文化的独特性质。单纯的技术发展并不能构成后人类状况，技术发展与看似虚无缥缈的科幻叙事相结合，后人类才有了真正落脚之

---

① 这段时间是以 1818 年雪莱夫人创作《弗兰肯斯坦》为起点的。一般认为，这部小说是现代科幻文学正式出现的标志。

② 中国科幻小说以刘慈欣《三体》为代表，而中国科幻电影恰巧以 2019 年春节档期上映的《流浪地球》为代表，这部电影改编自刘慈欣的同名科幻小说，由此，2019 年被誉为中国科幻电影元年。参见王秉阳《〈流浪地球〉或开启中国科幻电影元年》，新华网，http://www.xinhuanet.com/politics/2019-02/04/c_1210055155.htm，访问日期 2020 年 4 月 2 日；《〈流浪地球〉为什么引发“中国科幻电影元年”大讨论》，澎湃新闻，https://www.thepaper.cn/newsDetail_forward_2980223，访问日期 2020 年 4 月 2 日。

处。相对而言，叙事带有某种先行性。我们在科幻叙事中发现未来进步的雏形，虽然这并不表明科幻具有预言的功能，正如勒古恩明确指出的，"预测只是科幻小说的一个元素，并不是这场想象游戏的全部意义"[①]，但把科幻看作一种预言却给我们带来一种特殊的愉悦感，在现实中发现了它的某种"实现"也让我们震惊，甚至由于叙事和技术发展的双重冲击力，这一震惊效果是呈指数上升的。

福山在《我们的后人类未来》中，以两部科幻作品的未来预设开章，一部是奥威尔的《1984》，一部是赫胥黎的《美丽新世界》。[②]《1984》讲述的是奥威尔时代所想象的未来信息技术发展，这在我们这个时代已经大部分实现了。赫胥黎的《美丽新世界》描绘的是我们这个时代将要大行于天下的新技术：生物技术。《1984》和《美丽新世界》都是著名的恶托邦小说，《我们的后人类未来》中隐藏的焦虑不安从中可见一斑。相对而言，《我们何以成为后人类》的基调要平静很多，海勒更多地将科幻文学视为后人类技术的引导性文本。海勒写作此书的 1999 年，后人类还只是一种理论设想，所以她更多地倚重科幻文本。而在 20 年后，这一理论设想已经通过技术变为现实，人工智能和基因技术成为这个时代的突出特征，我们由此可以看到此书的前卫性。罗杰·戈斯登作为生殖医学家同样借用了科幻小说《弗兰肯斯坦》为其基因学著作《设计婴儿：生殖技术的美丽新世界》开头[③]，并且借用了"美丽新世界"这个社会想象，但很明显，他的基调是乐观的，"美丽"二字没有任何反讽的意味。

科幻如何塑造社会想象力？我们首先来看看"科幻"这个名称，它其实由两个部分构成，一个是科学，一个是虚构。科幻所涉及的科学无疑与现代生活中的科学密切相关，虽然其与平常的科学在使用方式上完全是两回事，它所涉及的只是一些科学元素，而非实际应用的技术。如果用实际科学标准来衡量，这些元素无疑更多的属于幻想，而不属于科

---

① Ursula Le Guin, *Left Hand of Darkness*, New York: Ace Books, 1976, Preface.

② 参见［美］弗兰西斯·福山《我们的后人类未来：生物科技革命的后果》，黄立志译，广西师范大学出版社 2017 年版，第 7—8 页。

③［英］罗杰·戈斯登:《设计婴儿：生殖技术的美丽新世界》，徐凌云译，上海科学技术出版社 2004 年版。

学。因为科学是极其严格的，必须使用计算和推导的方法得出结论，属于严格的科学讨论范围，阅读对象是科学同行；科幻则不同，它所涉及的科学不是通过推导的方法得出，而是通过描述外观的方式。科幻的目的是引发读者阅读兴趣，因而，它必须结合表达技巧和故事情节，科学元素不过是作品类型化的一个叙事元素，其与各个元素之间的配比关系由具体的文体形式来决定。当然，科幻所涉及的科学与实际科学技术并不是绝缘的。实际的科学技术背后都有一个整体的科学系统，这个科学系统是科幻作品用来建立自己世界背景的主要工具，在具体运用中有不同的方式——有的作品中表现为夸张性运用；有的作品为将科学的结构性元素通过想象性的发挥，把它们与生活可能产生的影响结合起来观察，假设未来发生这样的技术变革，人的行为、心灵状况和社会结构会发生怎样的变化。就如科幻作家勒古恩所说的那样，任何一部科幻作品都是一场思想实验。[①]科幻思想实验与哲学思想实验有异曲同工之妙，只是哲学思想实验主要提供基本原理，科幻思想实验则主要在一个实验框架中放入行动个体，将思想实验进一步生存化、具体化。"思想实验可以展示观点，娱乐，说明一个谜题，显露思想上的矛盾，并推动我们提出进一步的澄清。"[②]可见，科幻作品的主要成分虽然是虚构，但是它有意识地利用了现代科学系统，把它当作一种文本结构的元素，以达到特殊的以言取效[③]的用途。由此，我们会发现，科幻作品的主导元素实际上是文本的新奇性，它要引起读者兴趣，而科学元素只是读者兴趣的催化剂。当然，这一催化剂也是科幻这一类型文学所必需的。作品必须合理地运用科学理论，换言之，在文本的整体虚构基调内，科学理论必须与整体虚构相适合。从这个角度讲，合理的科学运用是科幻作品情节的基石。当然，我们同时也知道，任何一种科学的奠基作用实际上不过是摆入作品的一

---

① Ursula Le Guin, *Left Hand of Darkness*, New York: Ace Books, 1976, Preface.

② S. Schneider, *Science Fiction and Philosophy: From Time Travel to Superintelligence*, West Sussex: John Wiley & Sons, 2016, p.1.

③ 以言取效是言语行为理论术语，是指文本中的语词取得文本外的效果。这一概念比单纯的阅读更强调词语的连贯性以及其与实际生活的关联。参见［英］J. L. 奥斯汀《如何以言行事》，杨玉成、赵京超译，商务印书馆 2013 年版，第 97 页。

个要素而已，整体上，它必须听从虚构的调遣。我们依赖虚构的情节来判断科学运用的适当性，而从不依赖科学来判断情节构思的优劣。如果失去这一恰当性，就难免用科学标准来要求科幻作品。回顾一下中国当代科幻文学的短暂历史，就知道它曾遇到过多么啼笑皆非的遭遇。①

科幻作品具有一种奇特力量，它结合当代技术和某种社会文化形态，形成了一种科幻乌托邦，由此给整体社会想象添加了一层特异色彩。通过想象与现实的互补作用，它为我们塑造了一个类似实体的东西，并且被我们树立为欲求目标，努力去实现。因此，它既是某种想象，又最终成为我们必将实现的现实，这一点类似于布洛赫所说的"现实的可能性"②。但是我们也不得不看到，这一具有乌托邦气质的社会想象力也会被滥用。比如，在讨论具体科学技术的时候，却加入科幻叙事塑造的社会想象力的成分。一个具体例子就是目前流行的人工智能是好是坏的问题，其中很大程度上是在动用科幻叙事塑造的社会想象力，而不是冷静地分析，这就不可避免地使整个判断滑向虚构，偏离理性判断的轨道。③当然这也跟目前后人类的初期状况有关，它的发展方向还不够明晰，不可避免地依赖科幻叙事来开辟道路，因而难免倒果为因。

四、后人类的事实伦理与叙事伦理

后人类对人类中心主义提出了尖锐挑战。这一挑战不仅表现在科学技术方面，也表现在社会文化方面。在这一具有未来气质的文化状况中，我们不仅发现了物质文化状况的改变，也发现这一未来气质侵入了当代文化想象中，形成想象性与事实性状况并置一体的情况。虽然这一情况在所有的文化状况中都不同程度的存在，但在后人类文化状况中，它表现得如此明显，以至我们看到在目前重要的后人类论述中处处展现出科

① 参见陈洁《27天决定科幻界命运起伏》，《中华读书报》2009年3月18日。

② ［德］恩斯特·布洛赫：《希望的原理》（第一卷），梦海译，上海译文出版社2012年版，第283页。

③ 参见王峰《人工智能科幻叙事的三种时间想象与当代社会焦虑》，《社会科学战线》2019年第3期。

幻叙事的踪迹，比如前面提到的后人类开拓性的理论著作《我们的后人类未来》《我们何以成为后人类》等。这是后人类研究的独特之处，即现实性与虚构性混杂在一些，叙事影响现实，同时，现实也改变叙事。这一后人类状况其实是一种特殊的伦理状况。罗顿认为，后人类话语首先出现在科幻小说领域，菲利普·迪克、考德怀纳·史密斯、布鲁斯·斯特林、威廉·吉布森等作家通过小说塑造了后人类的最初话语——“1990年代中期之后，严肃的后人类讨论从科幻领域转入生物伦理、批判理论等当代话语讨论，甚至大众媒体也讨论了技术进步的长期影响。”①

后人类伦理包括两种成分，即事实伦理和叙事伦理。这两种伦理成分混杂在一起，形成一种特异的后人类伦理形态。我们首先来看看事实伦理。它包含非常广泛，格鲁辛德在讨论非人类转向时列出了一个理论系谱，基本上涵盖了后人类事实伦理的范围：动元网络理论（Actor-network theory）、情动理论（Affect theory）、动物研究（Animal studies）、块茎理论（The assemblage theory）、新脑科学（New brain sciences）、新物质主义（The new materialism）、新媒介理论（New media theory）、思辨实在论（Speculative realism）、系统论（Systems theory）。② 当然，这里如果能再加上生态保护和基因技术就会更完整一些。这些实践主要包含事实部分，其中也留有一定的叙事空间，但并没有明确指出科幻叙事在后人类状况中的重要地位。

后人类状况包含了与此前人类主义观念不同的思考。一方面，它包容了后现代状况中的生态保护和动物伦理，强调环境与人、人与动物的依存和平等关系；另一方面，它也提出激进见解，强调物与人的平等关系，这无疑属于激进的观念改造。更重要的是，它推重人的身体改造，并视身体改造为后人类的核心内容。麦考麦克认为：“后人类伦理可以称作后人类身体，因为身体在后人类哲学中占有关键的地位。身体是后人

① D. Roden, *Posthuman Life: Philosophy at the Edge of the Human*, London: Routledge, 2015, pp.4-5.

② R. Grusin, ed., *The Nonhuman Turn*, Minneapolis: University of Minnesota Press, 2015, pp.viii-ix.

类所有事件的基础和场所，它超越了表象和表象感知形成的外部和意识性真实，重构了身体关联和伦理显现。”[①] 如果说生态保护、动物伦理、平等的物系统还暂时是对人类中心主义的一种调整，人的基因改造则直接改变了人自身，这可能对人类有史以来超稳定的人类中心结构造成巨大的冲击。它直接冲击人类的天然本性，人类将拥有超越天然的能力，这种能力在此前的文化形态中只是想象，而随着技术的发展，人类改造身体，获得超出天然身体的能力（无论这一能力是通过外接设备获得，还是通过基因改造获得），将导致对世界的体验方式发生巨变。在某种程度上，我们实际上将自己提升到一种“神人”的高度，当然，如果我们的文化没有跟上这种“神人”的高度，将导致巨大的麻烦。就像《人类简史》所警告的，我们既获得了这种神灵般的能量，又不知对它加以约束，再也没有一件事情比这更危险的了。[②] 这些情况将带给我们整个文化和世界图景的伦理召唤，这一伦理变革将是整体的、彻底的。

任何一项后人类的事实伦理都离不开科幻叙事，这是后人类状况的特质。在其他社会文化中，科幻叙事也许是微不足道的，但在后人类状况中，科幻却是一个影响相关社会意识和文化形态的文类。任何一种社会伦理其实都包含着叙事的成分，隐藏在各种文学艺术作品中，隐藏在宗教信仰的仪式中，也隐藏在日常是非短长中，构成了复杂的伦理形态。后人类伦理的不同之处在于，很多伦理情况并未实际出现，但我们已经在各种科幻叙事当中看到了它的轮廓。虽然这一轮廓还只是一种象征，未来真正可能的进展一定与之不同，但是不管怎样，这种科幻叙事毕竟给当前的社会伦理观念带来新的内容，与当前技术发展和社会文化观念结合为新整体，并形成特殊的伦理形态。

从目前来看，后人类事实尚不充分，但从其发展态势来看，它必将不可阻挡。也许我们在不久的未来就会遇到成熟的后人类，或者遇到它

① P. Maccormack, *Posthuman Ethics: Embodiment and Cultural Theory*, Farnham: Ashgate Publishing Limited, 2012, p.1.

② ［以色列］尤瓦尔·赫拉利:《人类简史》，林俊宏译，中信出版社 2014 年版，第 408 页。

的变形。我们假定技术进步是加速度的，如果没有事先的观念准备，我们就可能在迅疾出现的后人类状况面前手足无措，社会文化和社会价值发生剧烈震荡，人类被自己创造的技术所伤害。科幻叙事的一大功用是提供了观念训练的实验场，它可以提前培植社会观念，提前造就后人类的伦理根基。所以，从事实伦理与叙事伦理相结合的角度研究后人类状况，是一个题中应有之义，同时也是一个艰巨任务。

五、后人类给文学理论带来什么?

在上面的讨论中，“后人类状况能给文学理论带来什么”这个问题已经呼之欲出了。因为整个科技水平和时代文化发生了巨变，与这一特定文化和特定叙事结合紧密的文学理论必然出现新的变化，形成新的理论趋向。那么，作为文学理论趋向的后人类状况的改变主要发生在哪里呢？首先是世界观念的转变，表现为从人类中心主义转向超越人类中心主义，这是一种温和的、让步的超越人类中心主义。超越人类中心主义在后现代状况中已经出现，解构理论、后历史理论、生态理论、动物伦理等都为我们展现了它的维度，让我们警惕启蒙时代以来形成的根深蒂固的人类中心主义倾向。这一倾向对于启蒙时代的人们来说具有解放的力量，但是随着科学技术和社会文化的发展，曾经的解放力量逐渐成了束缚人类心灵的枷锁，人类中心主义观念导致了对周围世界的伤害。有鉴于此，必须超越狭隘的人类中心主义，反思人类力量，限制人类力量。在这一观念转变中，我们发现人类可以与动物、环境、外物和谐相处，并发现改造身体及人与机器结合的可能性。这样一来，一种具有超越性质的后人类中心主义就可能成型，它不仅仅是超越人类中心主义观念，甚至是将人类从狭隘的天然宇宙观中解脱出来，形成人类改造的新观念。

世界观念的转变将彻底给文学理论带来新的变化。我们会看到，在后人类状况中，人们关心文学的方式必将跟人类中心主义时代完全不同：他们会关心游戏，关心各种身体介入方式，关心一系列新书写和新影像，关心新的身体体验。比如，他们会以虚拟现实为文学和影像的基本载体，并以赛博格的形态加入文学实践，这时，文学真正是一种交互式的书写实践。这些都会给文学理论研究带来新变化，打开新领域。当然，这样的变化是逐渐发生的，我们从理论上发现了它的可能性，并对它进行推测性描画。不可否认，其中存在不确定性，但这是后人类状况的一个特质，因为从根本上说，后人类状况在行进中，在不断发生变化。我们只有把这一特质接受下来，并把它加入文学和文化状态的描绘中，才能更好地发现文学理论的新形态。不可避免地，这是一种包含未来期许的理论状况，我们不仅在对着事实说话，同时还在对着虚构说话，事实和虚构相结合的后人类状况才成为一个有机的结合体。怎样分析这一新状况富有挑战性。

由此，我们发现了后人类伦理观念的叙事性。后人类状况基于某些事实，也植根于各种科幻叙事，即使我们没有在实际的事实中看到后人类具体状况，但我们依然可以通过叙事文本将后人类从虚构中仿如真实地描画出来，并发现未来是可能如此发展的。这是叙事的重要特征，也是叙事的力量。我们并不因为叙事是虚构的就认定它是虚假的，相反，我们从叙事中发现了一种极其强大的能量：虚构建构事实并形成事实，同时事实也恰好坐落在后人类的科幻叙事当中，并不断衍生为周遭事实，并且在这个事实当中铸造出坚不可摧的文化状态，以及塑造出我们与之相适应的心灵状况。

进而，我们必须调整文化考察坐标，转换概念系统，按照转换过的新系统、新坐标去重新观照我们面对的后人类文化状况，同时我们也依赖这一新系统去反省此前的文化状况，寻找历史脉络，发现新的历史逻辑。这不仅仅是一种虚假的理论构想，更是一种塑造方向的实践性的理论行动。兹举奇点为例。奇点本来是物理学概念，不是叙事的概念，但在科幻叙事和社会叙事中，奇点成为一个意义重大的转向标——“奇点是未来的一个时期：技术变革的节奏如此迅速，其所带来的影响如此深远，人类的生活将不可避免地发生改变。”[①]“奇点将代表我们的生物思想

① ［美］库兹韦尔：《奇点临近》，李庆诚、董振华、田源译，机械工业出版社 2011 年版，第 1 页。

与现存技术融合的顶点，它将导致人类超越自身的生物局限性。在人类与机器、现实与虚拟之间，不存在差异与后奇点。”[①] 奇点是一个标志，它表征我们就此进入新状态，我们依赖奇点考察新的文化形态，并且围绕奇点展开社会文化叙事，因此，我们不得不面对一个激进态度：“如果我们的意识状态中接入、扩展并融进非生物的东西，以此形成我们的基本人性，那么问题就不再是我们是否走这条路，而是我们以什么方式积极改造它，塑造它。通过将我们自身视为真正的自己，我们就有机会将我们的生物技术联合体变得更好。”[②] 这是一个尚未发生的乌托邦世界，但从目前技术发展来看，它必将发生。这一趋向无可逆转，除了分析它、研究它，并将它接受为人性的一部分，大约别无他法。

另外，创造新概念是表达新世界的基本手段。新概念是新世界系统的支架，依靠它们，我们得以观望一个新世界。它是我们观察当下和未来的一个视角，在这一视角下，后人类状况才得以显现出来。我们一般是从生物学意义上理解视角概念，仿佛它是眼睛所看到的一切。视角仿佛是实际的“看”，但其实它完全是逻辑性的。整体视角是具有内在一致性的概念组合体，即系统；具体视角遵从系统所提出的原则，达成的效果就是具体视角与事实相一致。具体视角、系统与事实之间是融洽的，没有哪一个更根本、更基础的问题。我们看到的事实，绝不是孤立的，而是与所处系统相一致的视角结合在一起。后人类就是这样的系统，也是如此展现的事实。我们从来不主张事实逐渐发展为理论，而强调事实必须在理论所提供的视角观照下才呈现为某种事实，前者是人类学的历史主义观念，后者是一种语言分析观念。我们在此对后人类状态进行分析和研究，其实就是以一种语言分析方式来进行的。我们看到后人类状况在这个世界中起到的作用，并且发现这一作用依赖于新的理论系统和规则。由此，我们一边分析后人类状况，一边进行实践；同时，这也是

---

① ［美］库兹韦尔:《奇点临近》，李庆诚、董振华、田源译，机械工业出版社 2011 年版，第 2 页。

② Andrew J. Clark, *Natural-born Cyborgs: Minds, Technologies, and the Future of Human Intelligence*, New York: Oxford University Press, 2003, p.198.

在创造新的事实，为理论模型提供新原则，并建立起新结构的过程。它们是相辅相容的关系。

如前文所强调的，后人类状况包涉广泛，富有弹性，它不存在某种固定的本性或性质，而是一些具有相关性的社会实践和叙事实践。本文只是从整体性的宏观视角对后人类状况及其理论关系进行描画，它必然与当前所有人类主义理论的研究不同。我们需要对这一新的文化状况的动力结构和运行方式进行分析，以发现新的事实，获得更深入的理解。我们还有很漫长的道路要走。

（原载《文艺争鸣》2020 年第 9 期）

技术进步对新艺术形式衍生及其创作形态表现的影响

楚小庆

在我们的日常生活中，技术从来没有像今天这样对于当代人的生活及艺术形式有着如此广泛而深入的影响，它以其特有的方式在主动塑造着人的精神世界和生活习惯，延伸着人的感觉、触觉以及其他感知和掌握世界的方式，扩展和提高着人类接受和改造世界的能力。技术不仅改变了人类的物质生产方式和生活模式，也深入了人们的精神世界。法国哲学家贝尔纳·斯蒂格勒（Bernard Stiegler）曾经指出："技术产生了各种各样前所未有的新型装（nouveaux dispositifs）：机器被应用于流通、交往、视、声、娱乐、计算、工作、'思维'等一切领域，在不久的将来，它还会被应用于感觉、替身（遥控显像、遥感、模拟现实、虚拟现实）以及毁灭。”[①] 纵观人类社会的发展，文化和艺术始终与技术形影不离。技术介入艺术生产的过程时而经历微弱而漫长的阶段，时而又引发轰轰烈烈的革新浪潮。技术进步影响和支撑着艺术创作形态的发展和变化，拓展了艺术的表现空间，而艺术创作形态的发展变化也始终与技术的逻辑发展紧密相连。技术拓展的不仅是艺术自身的表现空间，同时也改变了人们对于艺术的认知及其传统思维模式。我们沿着印刷术、影像技术、计算机技术以及互联网应用技术等陆续兴起的历史脉络和一系列社会现象来关注艺术形式的变化，可以梳理出一条技术变革推动、促使新艺术形式衍生并产生相关影响的清晰路径。

我们在这里讨论的技术进步对艺术作品创作及其形态变化影响的相关因素，由于中、西方艺术之间存在着内在本质和发展规律的根本不同，所以，也各自有其截然不同的表现形态和发展路径。特别是在传统艺术发展历程中，中、西方艺术各自的表现更是大相径庭。但是，在近代以来，不论是中国还是西方，艺术形态的发展变化及其外在表现特征明显受到技术进步的影响，特别是近现代艺术创作及其表现形式，大都受到了现代高新技术发展较为明显的影响。与此对应并作为依托，还出现了与新技术密切相关的新的艺术形式和门类，如新媒体艺术等。经过梳理归纳发现，在目前的技术门类中，比较典型地影响了各艺术门类且受此影响的新艺术形式已具备较为明显的自我属性特征的，主要有印刷技术、影像技术、计算机技术和互联网技术等。以下分别从印刷技术对艺术表现形式及其外在形态的影响、影像技术对写实艺术创作思想的影响和冲击、计算机技术环境下的艺术形态演变、互联网技术环境下艺术形态表现的新特征等四个方面展开论述。

一、印刷技术对艺术表现形式及外在形态的影响

印刷技术对艺术表现形式及其外在形态的影响，鲜明地表现在从印

① ［法］贝尔纳·斯蒂格勒:《技术与时间：爱比修斯的过失》，裴程译，译林出版社 2000 年版，第 101 页。

刷制品产生到服务于机器工业大生产阶段新的社会需求的整个过程中。在印刷制品以及印刷技术应用的初期，艺术审美装饰与功能技术应用原始统一于各种用途印刷作品的工艺表现中。在机器工业大生产阶段，服务于新的社会需求，面对市场的选择，人们开始在艺术与功能之间寻求新的平衡与统一。

自古以来，印刷技术对艺术表现形式及其外在形态的影响，典型且形象地表现在刻版印刷的书籍插图、装饰纹样以及各类纸马、年画等木刻版画图像中。在中国的印刷工艺西传至欧洲大陆后，受书籍插图日渐繁盛的影响，石版画和铜版画艺术创作及其工艺的繁荣景象相继出现。在随后的机器大工业时代，凸版印刷、页面设计以及与印刷产品整体品质有关的研究实践开始受到广泛重视。针对读者不断提升的审美标准和精神需求，书籍的设计者们开始在标准书籍的印刷中创造性地使用字体和边线装饰，以及融会贯通了多种综合性的技术应用。基于知识内容传播和艺术审美需求的双重要求，书籍的总体形式、页面设计的优雅装饰，以及版面文字内容的可识读性等，开始受到社会的普遍关注。在文艺复兴浪潮兴起之后，欧洲的城市平民就开始拥有了对文化的迫切需求，基于利用书籍传递知识信息的迫切需要，较为快捷的木版雕版印刷应运而生。

随后工业革命和大航海时代的经济社会发展需求，促使整个社会聚焦于版画艺术作品，以便通过高效、快速、批量生产的版画画面，形象地了解新发现的土地、资源、地域景观特征、风土文化人情，以及著名社会人物的相貌特征等。于是社会上出现了大量服务于版画创作、设计印制、出版经营、市场发行的印刷出版商，木版雕版绘画作品和金属版画作品也开始在欧洲大陆盛行。甚至直到 19 世纪，“他们都会请图书装饰者在印刷好的书页上再进行润色：某些艳丽的颜色、封面上的华丽的人物造型和花草与几何图形等并用的错综图饰、段落开头特殊书写的首字母……”①

① ［加］戴维·克劳利、保罗·海尔：《传播的历史：技术、文化和社会》（第五版），董璐等译，北京大学出版社 2011 年版，第 117 页。

所以，从书籍插图、装饰纹样、各类纸马和年画等木刻版画图像到书籍设计、装饰设计、字体设计乃至整个出版发行行业运营，再到整个社会中以地理风情、人物肖像为主要内容的木版雕版绘画作品和金属版画作品的急需和盛行，印刷技术推动了艺术作品表现形式及其外在形态的变化，同时在深层次上推动了艺术相关产业的发展和行业运营，其基础性重要作用已经有力地展示出来。

（一）应用初期：艺术审美与功能应用统一于工艺装饰中

在印刷制品以及印刷技术应用的初期，艺术审美装饰与功能技术应用原始统一于各种用途的印刷制品（作品）的工艺表现中。众所周知，印刷技术源自中国，在已被考古发掘的敦煌和吐鲁番文化遗址中，研究人员发现，人们早在唐代就已开始运用一些机械物理装置进行图像或文字符号的复制。在已发现的例如石碑上的摹拓，刻有图案和文字的模板，撒在镂花模板上用以印出精美图案的印花粉，刻版印制的文本、印章和印章边款引文，以及大量的菩萨小雕像，等等，都可以充分说明，在此时的中国社会，世界雕版印刷之路已经开启。在这段历史时期中，已经开始产生和运用一些和佛教有关的印刷工艺。模板和印花粉是佛教寺院在印刷复制宗教读物时尤其喜爱使用的复制工具。目前已经发现，在部分纸模板上，存在着用刷子刷上去的大大的菩萨头像。在具体的制作中，手工艺人先是通过针刺的方式勾勒出轮廓，然后再制成类似今天的刺绣转印图案的模板。在诸如此类的出土文物中，也同样发现了用模板印刷在诸如纸张、丝绸和平整墙面上的图画。这些事物反映出与印刷技术工艺直接相关的艺术形态的基本面貌。

20世纪初在敦煌发现的创作于公元868年的《金刚经》插图，是现知印本书籍中最早的木刻图画。全图刻画精工，图案繁复。人物表情栩栩如生，衣褶细致，背景图纹美妙，说明当时木刻版画的艺术和技巧已经成熟。因而，我们有理由认为，书籍木刻插图艺术的发展，远早于《金刚经》木刻插图的创作印制。考古发掘出的其他创作印制于10世纪的图画及相关实物，有在敦煌地区发现的印制在单页纸上、呈现为上图下文的几种不同的佛教图画，有的还标明了刊印日期；还有雕刻在同一块木板上的佛像图像，图案与装饰纹样之间相互分离并以朱红、墨黑两色的先后顺序印刷到同一张纸上；还有印制在黄历书册上的图画插页或是插图；以及其他一些附有宗教插图内容的经文书籍。钱存训认为，雕版印刷不仅涉及技术上的各种工序，而且包含具有艺术意义的多种因素。有些图书的文本是使用毛笔以写经体以及各种抄经人所擅长的书体手抄而成。[①] 作为书法作品创作的一种形式，用抄经体写就的经书本身就是书法作品，也是艺术作品受众进行审美欣赏的对象。

相对于文字版面，造型艺术的重要表现形式大都集中体现在书籍中，是以雕版木刻或其他方式印刷制作的插图的形式表现出来。插图可以对文字所表述的内容进行补充，或对文字版面进行装饰，可以帮助阅读者深入理解文字表述的内容，以形象的形式强化记忆，还可以装饰的形式给全书增加视觉上的美感，使读者在接收信息的同时享受艺术的愉悦，放松心情，缓解压力，提高阅读效率。缺少插图的书籍，呈现在读者面前的是整页整版的黑压压的文字，这会使阅读者在心理上形成无形的巨大压力，在很大程度上影响持续阅读的兴趣。另外，由于插图具备图表释义功能，对于一幅简单的插图，有可能即使耗用了大段复杂的文字也难以做到在概念或逻辑上表述清晰，但是一幅简图也许即可说明问题；有时由于缺少了形象的图例，对于单一的文字说明内容甚或难以理解。苏珊·朗格（Susanne K. Langer）就曾指出，艺术的目的在于“运用符号的方式把情感转变成诉诸人的知觉的东西，而不是一种征兆性的东西或是一种诉诸推理能力的东西”[②]，语言与图像的互文关系较好地解决了这一文字传播中所出现的关键问题。

印刷技术出现之初，其应用主要集中在艺术、美术领域，诸如木刻版画等；在后来的发展阶段中，人们对于词语的兴趣推动了对于纸本书

① 钱存训著，郑如斯编订：《中国纸和印刷文化史》，广西师范大学出版社 2004 年版，第 234 页。

② ［美］苏珊·朗格：《艺术问题》，滕守尧、朱疆源译，中国社会科学出版社 1983 年版，第 20—24 页。

籍的需求，也间接带动了人类社会文字符号刻画表现的创新进程。出于实际使用中高效、便利的目的，活字印刷的发明和使用得到广泛、快速的推广，单个字模对于汉字字符的刻画和灵活、准确的表达相较于整个大块的雕版印刷而言，变得愈发精细和规范。单个字模横排、竖排的便利使用，使之在每个细小的环节上更加追求精益求精。可以说，文字印刷的发明实现了社会大众个体书写由个性艺术形式和个人风格面貌[①]逐步向中立性（避免夸张）和非个性化（便于公众识读）的风格演化，使得字体开始变得更加客观、标准，为文字内容的识读和信息内容的传播提供了便利。印刷技术并不是从自身诞生的开始就催生出了拥有自我技术特性和美学特征的印刷工艺和书籍装饰艺术，而是经历了一个相对缓慢的演变过程。[②]

在东方，插图几乎是与最早的象形文字出现在同一时期，但书籍插图实现真正的发展，却是在印刷术得到广泛的社会应用之后，这时的书籍插图顺势发展，升级为木刻版画这一高度精巧的艺术形式。通过印刷来最终表现艺术水准的木刻版画，必须在创作中灵活运用不同的方法来表现不同的题材和内容，同时对于图案的设计布局、雕工的技法运用和作品的整体风格把握，也必须各有区分和侧重。木刻版画的创作技巧和艺术风格的形成，源于画家个人、木刻工匠二者共同的技艺水平和格调品位。这一点在中国的彩色木刻版画创作中显得更为重要，因为作品的线条、色调、层次的表达，直至笔法的灵感及其运用，均需与原画尽量吻合。因此，中国彩色木刻版画可以被视为唯一一种完全依赖设计者、雕刻者与印刷者之间紧密协同、密切配合才能创作出完美作品的造型艺术形式。

因此，在日常生活中，木刻版画作品及木刻书籍插图发挥了双重的功能和作用：一方面是发挥记录、解释、说明的实用记叙和信息传播功

① 参见［加］戴维·克劳利、保罗·海尔《传播的历史：技术、文化和社会》（第五版），董璐等译，北京大学出版社 2011 年版，第 115 页。

② 参见［加］戴维·克劳利、保罗·海尔《传播的历史：技术、文化和社会》（第五版），董璐等译，北京大学出版社 2011 年版，第 117 页。

能；另一方面是发挥艺术欣赏功能，即让阅读者达到精神愉悦的审美功能。木刻版画的具体内容大多是针对某一历史事件或人物形象的具体说明，是保留至今的历史实证，也可能阐释或隐喻了某一社会时期的思想、观念、意识形态；同时，木刻版画图像是一件能够承载历史文化脉络、鲜活反映当时社会文化生活状况的艺术作品，客观表达了当时人们对于某种方式和境界的倾向、向往和精神追求。①

基于同样的社会发展规律，印刷工艺技术由中国向西，经中东地区西传至欧洲大陆后，同样是在书籍插图日渐繁盛的社会文化风气影响下，欧洲大陆相继出现了石版画和铜版画创作发展的繁荣。

（二）工业化阶段：社会文化需求使艺术与功能实现新的统一

在机器工业大生产阶段，服务于新的社会文化阶层的需求，艺术创作者开始面对市场的选择来做出自我的判断，人们开始在艺术与功能之间寻求新的平衡与统一。印刷技术从手工技艺发展到机器工业大生产阶段，逐步出现了艺术审美与功能使用之间的矛盾。所以，设计师或是艺术家们纷纷开始将目光集中到了艺术形式表现与技术功能使用之间的关系处理上。透过欣欣向荣的繁荣景象，芒福德从印刷技术的发展中看到了机器艺术的端倪。他认为："即使在蒸汽印刷机和莱诺整行铸排完全使之机械化之前，它（印刷）已经从根本上是一种新的艺术了，拥有自己特殊的品味和审美表现上自己的标准。早期的印刷者不愿意仅仅用铅字来表达，他们认为机器装饰胜于没有装饰，但是其实他们应该意识到，表达上一定程度的简洁、保留和含蓄是良好的机器艺术的特征；吸引我们的应该是功能的本身，而美学上的诉求应该是以理性判断为前提的。"②芒福德概括出了机器艺术的基本特征，同时也说明了机器艺术功能与形

① 钱存训著，郑如斯编订：《中国纸和印刷文化史》，广西师范大学出版社 2004 年版，第 234 页。

② ［加］戴维·克劳利、保罗·海尔：《传播的历史：技术、文化和社会》（第五版），董璐等译，北京大学出版社 2011 年版，第 117 页。

式之间的关系，即简洁、保留、含蓄的功能主义特点应该是机器艺术的美学特征，装饰审美和艺术形式都应该服从和服务于机器工业的功用本身，也即视觉和艺术上的美学诉求应该以功能为基础，审美的感性认识应该以功能的客观理性判断为前提。

首先，信息传播的社会文化需求推动印刷技术快速发展。

印刷技术在客观上实现了对于文化信息的复制和传播，这是印刷技术对于社会发展的最大贡献。单纯的信息不论是其数字形式还是其传播过程，都呈现出类似于机器技术的单一化特征。但是，在功能技术追求之外，印刷制品的装帧设计却是个性化的，是突出了审美特性和文化特征的，是要引发人们的审美愉悦和内心主观审美感受的。所以，作为信息的载体，印刷成品的艺术风格和美学特征受到广泛的重视。换言之，在工业化社会大生产来临之后，艺术审美形势与功能技术要求之间的平衡，开始在社会实践或是市场选择的面前受到设计师或艺术创作者的高度重视。他们开始主动寻求二者之间的平衡，因为面对社会大众不同层次的审美精神需求，必须提供琳琅满目的商品以备选择。这就要求必须像对待艺术创作那样，以十分严肃、精细的态度来对待每一本印刷制品的设计和生产。尼尔·波兹曼（Neil Postman）就认为："印刷术赋予智力一个新的定义，即推崇客观和理性的思维，鼓励严肃、有序和具有逻辑性的公众话语。"①

在18世纪的西方社会，私人图书馆的信息资源通常掌握在贵族和其他富有的资助人手里，他们极力推崇将读书作为闲暇消遣或娱乐活动，后来这一文化习俗逐渐流行演变成为欧洲社会延续至今的风尚习惯。例如在法国，根据笔者自己的考察调研，虽然巴黎就是世界电子书刊的发源地，但是当地的电子书刊并不兴盛和流行。在法国国家新闻出版中心的统一管理下，不仅对于电子网络售书不打折，而且坚持国家管控，网络书店售书与街面上的实体书店同一售价。在当地，至今仍然保持了一家人晚饭后在餐桌上、烛台下阅读纸质书刊，同时在页边空白处批阅、

---

① ［美］尼尔·波兹曼：《娱乐至死》，章艳译，广西师范大学出版社2004年版，第68页。

做读书笔记的贵族传统，而同时如果哪一个家庭的孩子天天看手机或是iPad，则会被认为是没有文化和缺乏教养的。在18世纪，欧洲贵族社会阶层将读书作为消遣或娱乐的这种文化倾向和时尚习俗，最终促使手工印刷领域酝酿和爆发了一场具有深远意义的变革。美国学者大卫·瑞兹曼（David Raizman）曾以狄德罗《百科全书》为例，具体而形象地描述了该书在诞生过程中所经历的复杂、细致的印刷工艺程序。[①]例如，狄德罗所著的这本《百科全书》，包括了总共17个卷章的文字内容和数百张插图的信息内容；这本书仅仅在图书市场一项上就创造出了多项奇迹，其出版发行先后延续了21年之久，该书的发行出版商仅仅因为经销该图书就获得了可观的利润，再加上经销商几乎是独家享有市场定销权，所以其经济收益更是不可估量。

其次，追逐商业利润的原始经济动力促使印刷创意水准快速提升。

在印刷制品领域，生活在法国巴黎的迪多（Didot）家族是较早致力于印刷品创意设计并取得商业成功的典范。在从18世纪到19世纪初的百余年间，迪多家族的几代人均致力于凸版印刷、页面设计以及与印刷产品整体品质有关的实践和研究。针对读者需求，迪多家族设计生产了便于携带的书籍规格和款式。另外，他们为了满足购买者不断提升的审美标准和精神追求，结合车间作坊对于市场需求的了解和反馈，开始在标准书籍的印刷中创造性地使用不同的字体和边线装饰，这不仅对欧洲，而且在后来相继对美洲国家也逐步产生了深远影响。迪多家族尤其擅长书籍页面的页边设计，其设计艺术实践是对多种综合性技术的集成应用和融会贯通。在这一时期，印刷商的普遍关注点在于书籍总体形式、页面设计的优雅装饰与版面文字内容的可识读性之间的平衡，也即艺术审美装饰与信息传播识读功能之间的平衡。在书籍印刷领域，各种文字编

---

① 在18世纪，如同同时代的其他手工艺行业一样，印刷工艺的每一个组成部分都在持续不断地向更加专业化的程度发展演进，拥有为数众多的专业从业人员，如字体和版面设计师，主要负责雕刻和铸造字模的铸造工，纸张的打孔、切削工人，以及负责监督排版、印刷和备纸的印刷工人。英国印刷大师卡斯隆就是从为枪筒进行装饰雕刻起家的。印刷业者的专业性还体现在对特殊的字体和字间距、行间距等问题的考虑。参见［美］大卫·瑞兹曼《现代设计史》，李昶等译，中国人民大学出版社2007年版，第11页。

排的创新尝试，各种更加灵活的版面设计，都被印刷商视为展示版面设计艺术美感的有效手段。设计者普遍加大了页面留白的比例，以创造页面形式美的设计实践来吸引更多读者的关注。而在字体设计中，如果单纯为了追求视觉的美感和新的字体创意，在各种设计方案中可能会因为追求秀美和优雅等元素，导致字体的笔画过于纤细，这种缺乏力度的视觉表现容易引起读者的视觉疲劳。实践说明，书籍印刷设计的理想形式应该是将优雅精美的设计创意和简洁易识的文字信息传播意图两者结合并做到有机统一。所以，设计创意的优雅精美和文字信息传播的简洁易识，都是书籍印刷设计实践中不可或缺的关键因素。①

最后，宗教伦理、民俗民风、教育文化等经济社会发展中的日常生活审美文化需求助力印刷技术不断实现推陈出新。

在摄影技术发明和应用以前，不论是在东方还是西方，所有客观事物外在形象的艺术表现和影像传播都离不开版画作品。在中国，传统版画艺术形态主要表现为用木版雕刻印制的黑白书籍插图作品，以及表现日常风俗礼仪和在岁时节令中表达良好意愿的年画作品。这两者之中，前者的内容范畴包括各种事物图例，如著名的博古类图录《考古图》《续考古图》《宣和博古图》以及《六经图》《三礼图》等，植物图谱如《梅花喜神谱》，农桑生活图谱如《耕织图》，工艺技术图谱如《营造法式》的插图等；后者则主要有《三礼图》和《列女传》，还包括有日常岁时节令生活中普遍使用的各类纸马和年画等，文化类型和表现形式更为多样，覆盖地域和应用范围更大更广。

在西方，随着北欧文艺复兴思潮的萌动，城市平民开始拥有了对于文化的迫切需求。基于书籍信息传播的迫切需要，木版雕版印刷方法应运而生。而在当时，这些木版雕刻印刷品面向的读者受众多为文化水平较低、普遍不识字的底层平民，所以这类雕版作品多以图像画面为主，图像画面所传达的内容题材又多为体现宗教教义的神话故事，如基督受刑、基督背十字架、圣母或圣母子像等，此外还有圣徒像等。“和其他任

① ［美］大卫·瑞兹曼：《现代设计史》，李昶等译，中国人民大学出版社 2007 年版，第 13 页。

何形式的人体延伸一样，印刷术也有心理和社会的影响，这些影响突然改变了以前的文化边界和模式。”[①] 如同中国社会广大民众习惯运用纸马的原因一样，西方社会的宗教信徒也赋予版画作品以神奇的功用。他们认为图像中的基督和圣徒可以显圣，可以保佑天下苍生，使他们远离疾病、火灾、强盗和死亡等诸多不幸事件，于是就把它们贴在墙上、橱柜上、旅行箱包上，甚至贴在手抄本的书籍封面上。[②] 木版雕版作品的主要表现形式为木版画，雕刻的板材大多采用胡桃、梨、樱桃、苹果等常见的果木木料，图像画面则由民间匠人设计绘刻。例如，在德国南部发现的雕刻创作于 1423 年的木版画《圣・克利斯多夫》，就是一张在欧洲大陆地区有具体可考年代的木版雕版绘画作品。

在欧洲木版画作品出现之后不久，大约 15 世纪 30 年代，在位于欧洲北部的德国及尼德兰一带又诞生了另外一种完全不同的版画作品——金属版画。因为创作者主要把金属铜作为雕版创作的材料，所以也被称为铜版画。铜版画和木版画发挥的艺术功能是一样的，最早出现的铜版画作品是宗教题材画和民间的纸牌，这些作品的作者都是一些不知名的民间普通工艺匠人。根据目前各地博物馆公开的综合资料统计，汇集从欧洲北部诸国搜集到的画作，现存于各地的早期铜版画大约共有 3100 多种。现存有年份可考的最早的铜版画作品，是创作完成于 1446 年的铜版画作品《鞭打基督》，目前该作品收藏在德国柏林博物馆。这件版画作品是《基督受难》系列七幅组画中的一幅，其来源于 1441 年完成的一个书籍手抄本，是后来的版画创作者根据当时书中的插图作品摹制而成。对于版画创作的题材，除了关于圣经故事和圣徒事迹的图释之外，为满足当时人们对于在教堂悬挂当代名人名作的欣赏需求，画商们开始运用版画创作来复制名画家的绘画作品，并以印刷成品的形式在市面上大量出售。因此，15 世纪以来西方社会中版画创作的勃兴，还为其后发生的欧洲文艺复兴思想解放浪潮起到了推波助澜的重要作用。

---

① ［加］马歇尔・麦克卢汉：《理解媒介——论人的延伸》，何道宽译，商务印书馆 2000 年版，第 218 页。

② 张奠宇：《西方版画史》，中国美术学院出版社 2000 年版，第 3 页。

此外，伴随着工业革命时代和大航海时代的到来，服务于资本主义社会经济发展中能源、土地、资金等因素的必然需求，整个社会对于新大陆的探险成为新的文化景观，成为时尚、流行并蔚然成风。对于版画作品而言，形象表现具备图画性的地图、地方景观的地理方位、地域文化风土人情以及著名社会人物的肖像等类题材的版画创作，拥有了迫切而大量的社会需要。在欧洲各国，服务于版画创作、设计印制、出版经营、市场发行的印刷出版商数量激增，经营版画作品的印刷门店也云集在城市的街头，遍布街头巷尾各个角落，在整个欧洲大陆风靡一时。

时至近代，世界范围内丝网版画的兴起，又成为印刷技术影响艺术形态以及外在艺术形式表现的一个鲜明体现。尤其是20世纪以来，美国波普艺术家安迪·沃霍尔（Andy Warhol）在其丝网版画作品创作中，非常明显地大量重复利用丝网印制技术完成了《玛丽莲·梦露》等系列波普艺术作品。安迪·沃霍尔在创作中重复利用印刷复制技术来体现“复制”技术本身带来的感官印象和视觉图形冲击，从而形成了既有艺术作品图形设计创意的制作感，同时又有机械批量复制效果的超震撼视觉艺术表现形式。正如英国作家杰夫·尼科尔森（Geoff Nicholson）所说：“并不是所有的作品都能显现出她的魅力，有些甚至让她显得很古怪，像戴了一张介于生和死之间的面具，然而这却也能让我们感受到同等力度的美和死亡。”[①] 也就是说，艺术与功能在面对市场选择和社会大众群体时，不仅实现了两者完美的统一，而且用大众选择接受的具体作品和市场需求复制的数量结果，验证了技术功能与艺术形式之间相互促进、融合平衡的成功。

二、影像技术对写实艺术创作思想的影响和冲击

影像技术的进步和发展对写实艺术创作思想的影响，对于当下的艺术创作实践以及整部艺术史的历史发展演变而言，都是具有划时代历史

① ［英］杰夫·尼科尔森：《安迪·沃霍尔：永不结束的15分钟》，吴菊芳等译，大连理工大学出版社2008年版，第40页。

意义的典型事例。我们可以分别从技术进步对于摄影艺术创作思想及写实性艺术创作实践的影响，以及技术进步对于电影艺术创作发展的影响这两个方面加以深入论述。

美国文化评论家苏珊·桑塔格（Susan Sontag）曾经指出："摄影几乎是镜子般地反映着现实，摄影的被动记录的特征正是其进取性。"[①] 因此，在影像技术出现并日臻完善之后，绘画创作便不再去客观描摹反映物质世界，而是转向表现艺术的精神。在摄影技术使写实绘画艺术创作受到极大冲击，不得不放弃写实描摹客观景物转而进行其他形式语言探索的同时，电影技术的出现也同样打破了传统叙事型作品进行艺术表达的局限。与传统文学作品不同，电影影像带给了大众具体、客观的场景呈现。对于影视艺术这种相对于文学作品已经非常形象、写实的艺术形式而言，技术进步给予了影视艺术创作表现更大的空间。电影"蒙太奇"创作手法开拓了电影艺术新的想象空间，带来了电影艺术语言表现的创新和飞跃发展。无论是胶片放映还是网络数字放映，影视作品已经获得了对于演出时间、传播空间和播放频度等原有限制的突破，获得了极大自由，而影院中的高科技仿真效果则是依靠技术的进步，使原本较为写实的影视艺术作品逐步走向了虚拟影像环境下的写意模拟表现。

（一）技术对摄影艺术写实性创作实践的影响

技术进步对于摄影艺术创作思想以及写实性艺术创作实践均产生了深刻的影响。摄影是重要的现代科技创新成果之一，它是人类艺术史上首次解决了"在场"问题的艺术形式。正如艾尔克·鲁尼亚（Eelco Runia）所说，"'在场'是与使你成为你的人、物、事以及感觉'保持接触'"，[②] 而摄影则在真正意义上让受众获得了去观察历史、触摸时间的机会。也正是因为该技术的出现，使得传统的写实性绘画开始逐步走向非具象绘画。如果没有摄影产生的促动作用，很难想象传统绘画领域中以

---

① ［美］苏珊·桑塔格：《论摄影》，艾红华、毛建雄译，湖南美术出版社 1999 年版，第 16—17 页。

② Eelco Runia, "Presence," *History and Theory 45*, No. 1 (2006), p.5.

写实表现为终极目的的艺术创作理念，以及以写实描摹的基本表现能力为主要评价标准构建而成的美术教育体系，会延续到何时才能有所变化和终结。同时，如果没有现代摄影技术对于传统绘画创作技法、思想理念和教学体系的冲击和影响，使其产生了从思想观念、创作技法到形式表现的整个思想体系的触动，我们同样很难想象迥异于传统的现代绘画艺术会拥有萌芽和发展的机会。

摄影技术的真正产生是在 1826 年夏天。到了 1835 年，尼埃普斯的合作者及对手路易·雅克·达盖尔（Louis Jacques Mand Daguerre）发明了银版摄影法，即利用水银蒸汽对曝光的银盐涂面进行显影作用的方法，这种照片也因而被称为达盖尔式照片。同一时代的英国发明家威廉·亨利·福克斯·塔尔博特（William Henry Fox Talbot）所采用的方法与达盖尔不同，他在摄影中用一张底片先后冲洗、复制出无数照片，并于 1841 年申请了专利，这种技术后来逐步成为一种世界通用的国际规范，被命名为卡罗版摄影术。①

在一开始，摄影技术并没有被立即视为一种艺术形式而在视觉审美领域得到广泛应用，而是被看作一种技术，集中应用在科学实验的观察过程中。在摄影作为技术应用和服务于社会劳动实践之后，其本身又很快显示出对艺术创作领域变革探索的深刻影响。摄影作为一门技艺，在其技术应用和操作规程被越来越多的人普遍掌握之后，摄影作品的艺术表现和文化底蕴愈发成为区分摄影拍摄水平和评判艺术含量的标尺。因此，其作品的艺术性本质在摄影师的职业定位中愈发得到倚重和强调。在 19 世纪 40 至 50 年代，大多数绘画家和艺术批评家如波德莱尔，最初认为摄影的功用仅仅就是客观的记录，但当他们开始面对摄影自身越来越广泛的实际应用，以及短时间内摄影艺术发展所取得的巨大成就时，他们的思想认识也开始逐步转变。深深吸引波德莱尔等艺术家和评论家的，是摄影作为一个艺术工具的存在价值。这一工具给予了艺术家们探索宇宙客观世界的自由，它成为人类手臂的延伸，而不仅仅就是作为一面镜子用来简单地反映和描述某一项客观现实。

① 参见顾铮《世界摄影史》，浙江摄影出版社 2005 年版，第 4 页。

法国的摄影师和西方现代派绘画中的印象主义艺术家经常在一起合作，如纳达尔允许印象派画家使用他的工作室举办1874年的美术展览。很多印象派和非印象派画家也都把摄影作为自身日常绘画创作实践中经常采用的一种辅助工具。马克·盖特雷恩（Mark Getlein）指出："在摄影的发展被视为把绘画和雕塑从记录外观和事件的实用任务中解放出来的过程，而西方艺术家无疑是在摄影的基础稳固之后才开始探索抽象和非具象的可能性的。讽刺的是，按许多人的想法，这些更古老的门类带走了'艺术'的定义，把摄影留下来承担艺术的多种传统功能，却不给它任何报偿。"① 很显然，摄影是促使传统绘画艺术流派摆脱传统模式、追求创新、走上现代绘画之路的关键性因素，传统绘画和雕塑不再仅仅担负客观描摹、刻画外观以及作为记录历史事件的纪念性标志而发挥其作用。但是，当各种现代主义艺术流派纷纷因为摄影的出现而只顾大步流星奔向前方时，摄影却又从客观上保留和支持了传统绘画技法和描摹、传写的创作模式，典型的表现就是国内各大高校的美术专业学生普遍在外出写生时拍摄大量的风景、人物照片，然后再回来在画室中比照所拍摄的图片进行临摹和所谓创作。所以，本应是传统绘画技法中的现场写生环节，已经普遍被把写生现场所拍摄图片带回画室另行临摹拼接的做法所取代。虽然这种偷懒和取巧的方式受到广泛的批评，但是这种方式却从客观上帮助了那些刚刚入门开始从事绘画创作的青年学生，在时间、经费有限的条件下，客观上实现了对于写生创作构图的掌握，同时也节约了成本，提高了集体组织外出写生教学实践的效率。所以说，摄影至今仍在忠实的、亦步亦趋地客观反映、忠实描摹我们生活的客观世界，而以描摹物象为己任的绘画创作却已经放弃了这个当年成长的初衷，匆匆赶赴在热衷于表达抽象的思想和特定理念的构成之路上了。

20世纪之初，全世界的摄影家开始系统地展开一种运动，提倡使摄影成为一种美学艺术。这场运动被称为照片分离，以纽约的美国摄影家阿尔弗雷德·施蒂格利茨（Alfred Stieglitz）等人为代表。法国里昂的罗

① ［美］马克·盖特雷恩：《与艺术相伴》（插图第8版），王滢译，世界图书出版公司2011年版，第220页。

伯特·迪玛士和康斯坦·特普约则是巴黎摄影俱乐部的成员，该俱乐部脱离了法国古板的摄影协会。他们和其他一些摄影师在《摄影艺术》《摄影杂志》等刊物上发表文章，力争以创新的精神求得摄影艺术自身存在的生命力和艺术价值。对于罗伯特·迪玛士来说，"一幅画可能是美丽的，它可能证明其作者是一位艺术家；但它不可能是一幅艺术作品，一幅艺术作品必须是自然的改编，而不仅仅是复制。如果一个人毫无创造性地复制自然，不论这幅作品是用手、铅笔还是摄影镜头绘成，他可能永远只是一位艺术家，但他的这幅作品不能称之为艺术作品"。[①] 看来，早在摄影刚刚诞生之时的150年前，就有摄影师和批评家坚定地认为，摄影拥有自身存在的艺术价值，也完全能够成为一种艺术活动，而且摄影的艺术价值所在及其自身实现，必须立足于对于客观忠实记录日常生活世界理念的突破。换言之，要努力通过光线、色彩、造型等形式语言的运用，使摄影作品实现自身从单一图片到艺术作品的提升和突破，实现艺术生命力的培养和繁盛。回头看看当下，如今的社会已经完全把摄影归类到艺术创作范畴中，摄影作品也早已经融入博物馆和画廊等艺术场域，进入了公认的艺术世界。

如果从艺术的本质层面来梳理摄影和绘画之间的关系，我们不难发现，为了追求艺术的特征和意境表现，早期摄影创作不得不从绘画艺术创作中汲取营养，而由于摄影自身所具备的客观记录的强大优势，又最终促使写实性艺术不得不改弦易辙而另寻他途。许多早期的摄影师在创作中自然而然地把绘画创作当作了范本。这里典型的例证就是亨利·皮奇·鲁滨逊（Henry Peach Robinson）为迎合当时非常着迷于包含有伤感故事情节之类画作的英国民众而创作出的摄影作品《弥留》。[②] 作品表现的中心是一个处于生命垂危之中的年轻姑娘（但看上去却是出奇的美丽、健康），在她即将咽气的时刻，悲伤的亲人们守护在床边的场景。但可以肯定的是，这并不是一个真实的场景，而是后来特意摆拍的，从技术上是由五张不同的底片组合制作而成的合成照片。照片图像中的人物形象

① ［美］斯科特·海涅:《优雅法国》，洪娜译，长春出版社2012年版，第233页。
② 林路:《摄影思想史》（修订版），浙江摄影出版社2015年版，第59页。

悉数由演员出演，角色都经过了精心的设计和安排。在这个时期，为了修正摄影本质上纤毫毕现的技术的客观性，摄影师使用了调整光圈和镜头聚焦的变换等多种技巧，以追求所谓朦胧的画意，使其看上去更像是一件绘画艺术作品。直至今日，这种创作方法仍然被保留在摄影艺术中，并作为一种风格类型或技巧手法而存在，史称“高艺术摄影”。

但同时也有摄影师对此颇有微词，提出了自己的不同看法和理念。例如，曾经从事画意摄影的美国摄影家阿尔弗雷德·施蒂格利茨就对画意摄影越来越不满意。他认为，摄影要成为一门艺术，就必须忠于自己的本质，它不应该妄图变成绘画。施蒂格利茨支持的那种摄影后来成为被称为“纯粹”摄影或“如实”摄影的风格流派。这种“纯粹”摄影作品需要提前想好整个构图，用取景器选定画面，然后按下快门，拍照、冲印，得到“纯粹”“如实”的摄影作品。也有摄影实践者认为，“后期不以任何方式剪修或处理自己的照片是一件关乎个人名誉的事”，这也就是说，不进行后期处理的照片是不能够拿出来面世的，只要它是作为一件摄影家的作品存在的。持这种思想的代表人物是亨利·卡蒂埃-布列松（Henri Cartier-Bresson），这一技法流派被称为“决定性瞬间”。[①]其实，主张“纯粹”或“如实”摄影的“纯摄影”流派中，很多人不但会对画面进行剪裁，而且在后期会使用暗房对自己的照片进行处理，现代主义的代表人物安塞尔·亚当斯（Ansel Adams）就是其中之一。安塞尔·亚当斯通过后期处理成功地控制了自己照片的影调，在主观上充分显现了自己的美学意图。他把毕生的时间和精力都用来拍摄美国西部的风光，尤其是美国国家公园“未遭破坏的自然美景”。[②]他还曾说：“一般人都认为我的作品是‘现实’的。实际上，在我的大部分作品中，从影调值的关系上讲并不是如实地反映现实的。在拍摄和制作过程中，我采取种种控制方法，创作出相当于我所见到和感受到的形象。”[③]也就是说，通过不同

① 林路：《摄影思想史》（修订版），浙江摄影出版社 2015 年版，第 128 页。

② ［美］马克·盖特雷恩：《与艺术相伴》（插图第 8 版），王滢译，世界图书出版公司 2011 年版，第 222 页。

③ 参见林路《摄影思想史》（修订版），浙江摄影出版社 2015 年版，第 128 页。

温度的水汽所折射出的光线、早中晚山林树木显露不同的色彩、不同季节的山形树木等造型形象的变化，都有可能通过后期制作的方式表达出来，这种艺术创作表达方式很类似于绘画创作中的现场写生。由此，摄影家即创作者的美学观念和艺术追求，也在摄影作品中充分地表达了出来。由于这种主张“纯粹”或“如实”摄影的“纯摄影”流派强调形式的重要性和忠于所用工具的艺术创作本质，“纯摄影”的审美观念对20世纪的一大半历史进程都产生了深远的影响。

有学者认为，当美术走向现代主义的方向之后，在某种意义上，摄影实际已经充当了西方传统绘画的继承者，因此摄影理应进入艺术史研究的视野。[①]尽管如此，摄影与绘画之间仍然存在着重要的区别。摄影捕捉具有“灵韵”的图像，它以求真为目的，同时将美作为真的一种属性。在电影和现代数字多媒体技术出现之前，由于摄影独具的历史见证功能，注定它将广泛地被现代文化工业利用和普及，促进并服务于“世界图像”产业。但是，“世界图像”又遮蔽了世界的存在，服务于“世界图像”的影像产业也遮蔽了作为艺术的摄影本身。所以，摄影者往往体验着人格的分裂：作为影像从业者与作为“思”者的摄影者。当其作为前者的时候，摄影创作作为对于客观世界的真实反映，以求真为目的发挥历史见证功能，同时将美作为真的一种属性或其中一部分，包含于“真实客观”中。而当其作为后者的时候，摄影创作就以对世界的“解蔽”为己任，重在表达一种思考或理念，并与绘画作品一道坚定地获得自己艺术的身份。

在视觉文化发展史上，摄影技术的出现当然引起了艺术创作上的一系列反应。在摄影出现之后，艺术家们开始逐渐意识到，如果把对生活进行自然主义模仿的绘画创作与照相机的光学透镜和机械技术展开竞争，那么用绘画来单纯、客观地反映社会现实，将始终无法与使用照相机来忠实、客观地反映社会现实相媲美，而且这种相互之间的较劲毫无现实意义。因为即便是采用超级写实手法进行油画创作，画出来的绘画作品还是无法和摄影作品相比，客观世界是什么样子，照片拍摄出来就是什

① 张谦:《摄影与艺术史》，载龙瑞主编《重建美术学——中国艺术研究院美术研究所2002年度论文精粹》，吉林美术出版社2002年版，第209页。

么样子，而绘画作品的透视、结构、肌理表现等，即便是再细腻、再清晰、再微观，和摄影作品上感光材料的细小颗粒或是数码像素的表现能力相比，也明显是徒劳的。“不久，所有的画家突然绝望了，受挫了，而转向其他方向寻求他们的道路。他们与布拉克和毕加索一起，不是去模仿自然，而是同自然相竞争。”[①] 显然，绘画创作的发展进程到了印象主义时期，已经不再以客观描摹自然社会景物为终极目标，而是开始走向表现印象、表现感觉、表达特定的理念，着力于展示个人思想、美学观念和价值追求。在整部西方美术史中，绘画作品由此开始从具象写实走向抽象表现，开始从忠实描摹走向抽象构成，开始着重于描述人的内心世界，从客观忠实的描摹转向重在表现艺术美学思想和内在精神追求。

（二）技术对于电影艺术创作发展的影响

技术进步对于电影艺术创作发展的影响同样是非常深刻的。电影技术的出现，实际上打破了传统叙事型艺术作品表达与表现的自身局限性。在电影艺术中，人物、情节、场景的表现都是具象的，都是把剧本中的人物和情节的想象加以具体化、形象化之后，再通过电影场景具体、形象、立体、生动活泼地表现出来。形式语言越是抽象，想象空间就越大；形式语言越是具象，目标形象就变得越明晰，但是可以展开想象的空间则相应变小。影视艺术作品表达的意味和意境及其所带来的想象空间，相比于文学作品，则因拥有了更加具象的艺术形象而受限、变小。所以，影视作品和文学作品相比，艺术形象的表现变得更加写实，想象空间变小，更易于把握，也就更易于被社会大众所理解和接受，理解面更宽，接受速度更快。但对于影视艺术这种相对于文学作品已经非常写实的艺术形式而言，其自身激发想象和联想的艺术表现能力并没有受到限制和阻碍，因为技术进步给予了影视艺术更大的艺术空间。伊芙特·皮洛（Yvette Biro）就曾说道：“多亏电影的贪婪的好奇心和感受力，我们才得以看到记录在胶片上的本世纪洋洋大观的现实生活风貌。……电影胶片巨

① ［日］重森弘淹：《西方摄影流派及其大师们》，吕琳、陶新中译，中国摄影出版社 1994 年版，第 16 页。

细靡遗地记录下各种物象，连无足轻重的偶然发生的细微末节亦出现在银幕上，以求生存权力。”① 现代技术的发展为电影的发展插上了高飞的翅膀。就作品内容和形式的表达而言，电影作品不论是胶片放映还是网络数字放映，都已经获得了在展示时间、传播空间和播放频度上的极大自由。

电影作品，尤其是当其被视为电影工业的产品时，其自身与技术的联系是十分密切的。美国当代电影理论家罗伯特·艾伦（Robert C. Allen）、道格拉斯·戈梅里（Douglas Gomery）通过对比其他艺术形式和电影，对电影工业中的技术性有这样的体会：“一切艺术形式和传播媒介都有自己的技术史。不参照油质颜料的发展，就无从讨论西方绘画；同样，没有舞台的电力照明，也就谈不上现代戏剧。然而，即使全部或大部分技术论据都已遗失但仍剩有可以辨认出来的一首诗、一个剧本或一幅画的话，我们还可能想象出诗歌、戏剧或绘画的历史模样。事实上，有些艺术家宁愿摆脱他们所运用的媒介的技术装饰——例如极少主义的画家或表演艺术家。比较而言，电影创作者则不可能逃避相对较高的技术复杂性，因为它是任何一部影片得以生产的前提条件。并不只是电影才有自己的技术史，但正是那种不可逃避的对一整套复杂机器的依赖——这套机器本身也依赖于光学、化学和机械发展史中的特定形成物——使技术研究在电影史研究中占有极突出的地位。”② 电影和其他艺术门类相比存在着很大的不同，其自身不仅仅是艺术作品，同时也是工业产品，电影作品在产生之初就是一个基于光学、化学和机械传动技术的复杂操作系统，透镜、暗箱、光线控制、感光材料、机械传动、声像同步等技术因素共同成就的现代产品。同时，电影作为文化产业还要面对广阔的电影市场，除了意识形态属性和思想价值导向要求之外，还要面对放映上座率和票房的经济指标要求。所以，电影作品对于技术的内在要求超过有史以来所有其他艺术门类。

在针对电影发展的研究中，曾经出现过“伟人论”和“技术决定论”

① ［匈］伊芙特·皮洛：《世俗神话——电影的野性思维》，崔君衍译，中国电影出版社1991年版，第90、70—71、74页。

② ［美］罗伯特·C. 艾伦、道格拉斯·戈梅里：《电影史：理论与实践》，李迅译，中国电影出版社1997年版，第144页。

这两种理论论调。技术发展中所谓的伟人论，常常被描绘成以发明家个人“突破”为中心的一连串技术进化的成功故事。发明家孕育出特定的技术变革，技术变革又引发出新的问题、需求和机会，同时又为下一个技术天才提供了出发点。伟人论的历史意义在于其给予人们的基本认知和启示是，只有电影发明家和将其推向当下技术高峰的诸多发明，才是技术电影史研究范畴中的适宜对象。“技术决定论者”则突出强调那些在未来的电影史进程中会对技术突破起到决定性影响的因素，重点研究从人转向机器、从发现转向发明的美学结果。按照这种观点，电影史也就变成了围绕两种主要因素的表现内容：发明物和它们付诸应用后的结果。美国电影技术史学家雷蒙德·菲尔丁关于技术决定论的冲击有这样一段评论：“至少在近几年中，我作为历史学家所做的全部工作都产生于下述前提：电影——作为艺术形式，作为传播媒介，作为工业——的历史基本上是由技术革新及其报偿来决定的……就鲍特、英斯和格里菲斯的影片而言，投入使用的便携式摄影机、大胶片盒、替换式透镜和改进型感光乳剂所作的贡献一点不亚于这几位导演个人的艺术才华。”[①] 技术的进步和革新解决了电影创作中的现场拍摄、感光材料与曝光控制、胶片制作以及影片放映现场中的视觉艺术表现问题。雷蒙德·菲尔丁的这段话，形象地概括了技术在推动电影创作和整个电影工业发展中所发挥的基础性作用。

电影艺术的表现形态最初以摄影为发端，在技术的演进中不断发展、丰富和完善着电影本体的形式语言。回顾整个电影创作的发展经历，梳理之后大致可概括为四个主要发展时期，分别是照相阶段、影戏阶段、影像阶段和镜像阶段。

在第一个“照相”阶段，电影艺术的形态和结构就是基本按照照相（摄影）的原则，进行照实记录而已。作为欧美电影创作的两个主要流派，也即写实主义与技术主义的肇始，虽然二者之间相比在记录内容上

① ［美］罗伯特·C. 艾伦、道格拉斯·戈梅里:《电影史：理论与实践》，李迅译，中国电影出版社 1997 年版，第 148 页。

各有异同[①]，但其艺术表现形态和结构特征则完全一致，都可被归入“照相”阶段。在“照相”和“影戏”两个阶段之间，法国电影的先驱者乔治·梅里爱从偶然的电影摄影故障处理中，发现了一些电影的特技拍摄方法，如慢动作、快动作、停机再拍、叠化等一系列电影实践拍摄技法。从电影艺术形态自身的发展看，梅里爱运用的这些电影创作的新技法发现和新手段发明都发挥了非常重要的作用，在客观上极大地丰富了电影作品再现和表现现实生活的能力，也开掘了电影独特的逻辑思维方式与艺术语言方式。

在进入第二个“影戏”阶段之后，经过十数年的积累，电影摄制领域中已普遍建立起较为完备的摄影棚，一些电影艺术家尝试通过摄影棚中的拍摄和制作，将戏剧艺术作品中的情节故事、人物表演等都融入电影，使得电影更富于悬念曲折的情节设置和细腻丰富的情感表现，以吸引更多的观众观影，处于这一阶段的电影也可被称为“戏剧性电影”。在“影戏”阶段，电影创作在总体上遵循和依照了“戏剧性”创作原则，电影作品具有假定性、完整性、夸张性等艺术特征。[②]

在第三个阶段即“影像”阶段，电影的基本特征与取向是将视野投放在社会现实中，电影创作表现的内容基于社会现实生活，倾向于以自然、真实的生活情态取代银幕上的“梦幻”特征。这一阶段电影作品创作的不足之处是过于注重银幕影像的自然、真实，有时缺乏剪裁，故事情节设置和艺术情感表现明显不足。这在一定程度上限制和影响了电影作为艺术作品的内在张力。

在第四个阶段也即“镜像”阶段，电影作品不再强调情节故事和人物角色的特殊吸引力，也不再强调不间断的生活流程的吸引力，而是着重强调电影导演对世界、对生活的富于个性的感受、体验、理解与把握并最终将其表达出来，强调导演对于所拍摄的艺术素材进行富有风格化

① 欧美照相电影的差别在于，比如，卢米埃尔兄弟记录的是现实生活中一些真实的日常生活场景，如火车进站、工人下班、街上车辆飞驰、给婴儿喂奶等；爱迪生记录的多是人们娱乐性的生活场景，如动物表演、歌舞表演、拳击比赛等内容。

② 这里提到的假定性、完整性、夸张性等艺术特征是舞台影视戏剧文学编创中的重要元素。参见胡智锋《影视文化论稿》，北京广播学院出版社 2001 年版，第 78 页。

的表现。处于“镜像”阶段的电影艺术家们，在其各自的创作中并不致力于有意构筑引人注意的噱头，例如刺激人的情节、故事、人物等，也未必一定依靠明星效应对人气的支撑，而是着重于依靠导演自身独特的感受和体验，以及个人对创作感受的分寸把握和作品个性化的表述方式，以此来共同建构作品，并唤起人们的兴趣。①

从技术参与和多元整合的发展历程上观察，电影作为一种传播媒介艺术形态，它的形成经历了从简单到复杂、从单一到多变、从黑白到彩色、从照相现实到虚拟现实的一系列形式变革过程。从电影摄影和电影放映两个方面来分别考察，笔者以下表来呈现摄影技术和放映技术各自的变化。

年代	摄影技术	年代	放映技术
1839	法国人达盖尔根据小孔成像原理，并使用化学方法，将形象永久的固定下来，即所谓“达盖尔照相法”	1654	欧洲出现了留影盘、动景器和加转动画镜等玩具观影设备，是现代放映机的鼻祖
1878	英国摄影师爱德华·麦布里奇反复运用多架照相机进行连续拍摄的实验，目标是一匹正在奔跑的马，此实验获得成功	1798	法国出现商业性幻灯放映行业，罗伯尔的“魔术幻灯”在市场上取得巨大成功。此后，幻灯机由单幅画面放映阶段发展到连续胶片画面放映阶段
1882	法国科学家马雷在爱德华·麦布里奇的指点下，试制出了一种利用感光玻璃盘的摄影枪，该摄影枪每分钟可拍摄 12 张照片	1888	法国人爱米尔·雷诺发明了“光学影戏机”，但投影在幕布上的影像，是由雷诺一张张手工绘制而成的，距离真正意义上的电影放映还有遥远的距离
1887	法国科学家马雷设计了一种带抓钩的软片摄影枪。两只抓钩会固定纸带，并使涂有感光剂的纸带画格在镜头聚焦处依照先后顺序分别曝光	1894	美国发明家托马斯·阿尔瓦·爱迪生实验室的“电影视镜”问世，可以进行连续活动影像的放映，但是仅能供一个人观赏
1893	法国科学家马雷研制出了一台塑料片基放映机	1896	美国发明家托马斯·阿尔瓦·爱迪生用留声机为他的活动电影观赏机配上了声音和音乐。他为这个新媒介起了一个富有诗意的名字——电影
1885	美国的古德温发明了赛璐珞胶卷	1895	法国卢米埃尔兄弟为“连续放映的机器”申请了发明专利
1889	美国发明家托马斯·阿尔瓦·爱迪生发明了采用电驱动的胶带摄影机，其基本原理与现代摄影机一致，能够用胶卷拍摄一分钟时长的分解动作画面	1895	法国卢米埃尔兄弟在巴黎卡普辛大街 14 号大咖啡馆用“活动电影机”首次售票公映了拍摄创作的电影作品，电影自此进入实用阶段

① 胡智锋:《影视文化论稿》，北京广播学院出版社 2001 年版，第 83 页。

概而言之，技术对于电影艺术的影响集中反映在以下几个方面。

其一，声音技术助力电影作品成为更加完整的艺术形式。

电影艺术从无声默片发展到有声电影、从黑白画面演变进化到彩色胶片的过程，也是一个典型的科技进步系列成果拓展支撑的结果。早期的电影影片在现场放映时，往往要在电影院中银幕的一旁为影片进行现场伴奏，人力、物力等各方面都有较大消耗。后来，录音技术的发展将电影从无声电影时代带进了有声电影时代。1906 年，法国人罗斯特又有了划时代的发明，此项技术直接把声音刻录在了电影胶片上，终于在电影放映中实现了声音与图像的同步合一。1923 年，美国人弗雷斯又把电子管技术运用到有声电影的录音设备上，这使得创作者在拍摄电影图像的同时，声音也一同录制在了电影胶片上，于是新的录音式电影得以产生，从而实现了电影拍摄现场与电影播放现场声像的原始同一和同步一致，电影终于从声音与图像在相互分离状态下的同步合一走向了声音与图像先天的融合统一。此后，电影有声片在全世界产生了轰动，相继实现了在国际上的全面推广和应用。

其二，色彩的丰富为电影作品增添了更多的艺术表现能力。

就在黑白电影问世不久，欧美一些国家已经开始着手研究彩色电影。奠定今天彩色电影技术基础的是于 1932 年在美国出现的染印法和 1935 年在美国、1936 年在德国出现的多层乳剂彩色胶片技术。20 世纪 50 年代，美国发明并制造出了基于醋酸片基的安全胶片，并以此取代了具有易燃性能的硝酸片基胶片。彩色胶片技术的出现，奠定了彩色电影被大规模广泛推广的基础。1935 年，世界上第一部彩色电影《虚荣城市》在美国上映。

其三，银幕技术进一步提升了电影艺术的沉浸体验审美效果。

在电影的发展过程中，银幕形式的发展变化也从另外一个方面折射出了电影艺术形态的发展变化。电影银幕先后经历了托马斯·爱迪生标准（Thomas Edison Standard）、经典学院比（Academy Ratio）、全景电影（Cinerama）、变形宽银幕（Cinemascope）、维士宽银幕（Vistavision）、巨幕（Imax）等多达几十种实际应用格式。

1927年，法国物理学家亨利·雅克·克雷蒂安（Henri Chrétien）创制发明了一种可变形镜头，此项技术可以让原有窄银幕中的影像变宽，使电影画面产生了横向的变形，从而拓宽了影像的画幅。1949年，美国工程师弗雷德·沃勒（Fred Waller）在研究宽银幕全景电影的实践中获得了成功。弗雷德·沃勒采用的拍摄录制系统足以捕获超过147度的超广视角，拍摄画面的宽高比更是达到了惊人的2.59∶1。法国电影导演阿贝尔·冈斯（Abel Gance）苦苦追求的伟大设想即宽银幕效果得到了实现，而且这个宽银幕全景电影是真正的宽银幕，由此实现了跨越式的进步。

相较于弗雷德·沃勒于1949年发明的全景电影，在1952年重新得到应用的变形宽银幕电影作品，是将1927年法国物理学家亨利·雅克·克雷蒂安发明的变形镜头技术再次运用的技术创新成果。由于其已经切实克服了在实际应用中的许多技术缺陷，并且降低了摄录成本，因此几乎所有的片场都投入且转向变形宽银幕技术的应用。此后，派拉蒙电影公司翻转胶片，以8齿孔的宽度来记录1.85∶1宽高比（严谨的说法应该是1.66∶1~2.00∶1）的画面。这一技术使得图像画面的质量有了显著的提升，基本解决了诸如胶片颗粒较大、曝光程度不够和影像清晰度不高等方面的瓶颈问题，史称“维士宽银幕”。到了20世纪70年代，在电影发展史上又出现了埃麦克斯（Imax）巨幕电影。埃麦克斯巨幕电影在清晰度方面比普通胶片提高了至少10倍以上。另外，由于电影放映厅的扬声器普遍采用18000瓦功率的超低音环绕立体声音响，一旦画面上有一片海浪向观众扑来，观众一般都会惊呼并本能地躲闪，这是在普通影院观影中所达不到的身临其境式的感受效果。[①]

在现如今的3D、4D类电影影片欣赏中，一般的雨雪雷电、地震洪水、枪战格斗等实际场景皆可高仿真模拟，除了声音，在剧院顶部还会设置模拟产生雨、雾、寒风、雪花等自然天气效果的机械装置，可以根据剧情安排随时让每一位观众亲身感受大自然的奇妙变化与鬼斧神工。此类高科技仿真应用已经依靠技术的进步产生了令人叹为观止的逼真效

---

① 梁国伟：《跨越时空的影像交流：数字电影的媒介形态》，商务印书馆2007年版，第86页。

果。高科技条件下电影受众群体身临其境的感受，来源于电影作品创作中对客观真实场景虚拟表现的仿真模拟，以及写意想象空间的有效呈现。影视艺术自身的技术进步，促使原本较为写实的影视艺术作品创作，逐步走向了虚拟环境下的写意化模拟空间表现之路。

三、计算机技术环境下艺术形态的演变与新生

计算机技术环境下的新艺术形式衍生及其创作表现形态的发展演变，可以概括为由客观到虚拟、由具象到抽象、由物质载体到计算机网络载体、由具体造型可观可触到虚拟感官体验的审美演变过程。计算机艺术作为一种新产生的艺术形态，其实质是由人创作出来的一种以计算机运用为基础的艺术表现形式，这种新的艺术形式与现代计算机技术手段及计算机网络传播方式密切相关。计算机艺术作品的创作工具是计算机技术及其技术方式，虽然计算机技术与艺术结合的发展历程仅有几十年，但当前所取得的成就与初创时期相比已经有了天壤之别。而早在 20 世纪 60 年代，英国哲学家帕金森（G. H. R. Parkinson）就曾发表过题为《美学的控制论方法》的文章，初步探讨了计算机艺术的基本哲学问题。[①]

计算机技术运用环境下艺术作品的创作表现形态明显具有大众性、虚拟性和交互性的特点。当前数字化时代中计算机技术的普遍应用，使计算机艺术真正成为每一位社会公众都能够共享的大众艺术。尤其是进入移动互联网阶段，便携式计算终端在价格、功能和创新方面不断实现突破，截至 2019 年 11 月，“移动电话用户规模 16.01 亿户，移动电话普及率 114.7 部 / 百人”[②] 即是这种大众性较好的体现。计算机艺术的虚拟性创作表现源于计算机技术的专业绘画软件和图像处理程序，这是计算机艺术创作中虚拟环境设计能力表达的根本依靠。在技术环境下，艺术家

① G. H. R. Parkinson, “The Cybernetic Approach to Aesthetics,” *Philosophy*, Vol. 36, No.136 (1961), pp.49-61.

② 参见《2019 年中国手机产销数据分析及 2020 年行业发展趋势预测》，中商情报网，https://baijiahao.baidu.com/s?id=1655252812815111791&wfr=spider&for=pc，访问日期 2020 年 1 月 9 日。

的创造性思维使计算机运用表现出强大的建构真实视像的能力。这种虚拟艺术形式通常混合了想象与现实，并深刻影响了人们的社会生活和娱乐方式。计算机艺术的交互性是由艺术创作者与艺术欣赏者之间通过传播媒介发生的互动表现出来的，这种交互性互动是一个过程，但更是一个历时性的表现。这个过程和表现以创作者、媒介、欣赏者三者之间的互动为基础，共同构成了艺术作品的一个部分。其实，这源于以计算机虚拟现实技术完成整个艺术创作过程的基本逻辑理路。艺术家借助计算机和网络技术设定的虚拟空间，实现了对于地域、空间、文化、国籍、民族、宗教等有形无形的现实鸿沟的跨越，因此，一部文艺作品完全可以由众多参与者共同历时完成。这些已经在现实中改变了人们的常规思维方式，而且在技术的帮助下实现了很多突破数千万年以来历史惯例的大胆设想，深刻影响了人类社会的审美文化观念、固有思维方式和精神价值追求。以下分别从计算机技术环境下艺术形态演变的发展历程，以及计算机技术环境下艺术形态演变的外在表现和形式特征这两个方面加以论述。

（一）计算机技术环境下艺术形态演变的发展历程

计算机技术环境下艺术形态演变的发展经历了一个从技术应用、初创模仿到寻找定位、自主创新，再到逐步完善、自成风格的过程。

“二战”之后，全球进入以计算机技术运用为主要特征的第二次科技革命阶段。20世纪下半叶，信息设计与计算机艺术运用领域获得了难得的历史机遇，在这一历史时期其发展成就可谓是突飞猛进。在此我们对计算机技术与艺术逐渐结合的历程做一简要梳理。

1950年，美国能源部所属劳伦斯利弗摩尔国家实验室（Lawrence Livermore National Laboratory, LLNL）开始进行有关武器以及粒子、热流体等方面的研究，这使得他们成为事实上最早的计算机图形与动画软件开发的先驱。后来，美国的约翰·惠特尼（John Whitney）提出了“计算机绘图”概念。1952年，美国数学家兼艺术家本·拉波斯基（Ben F. Laposky）创作了世界上第一幅计算机“艺术”作品《电子抽象》，创作这件黑白电脑绘画作品的工具正是与那个时代相匹配的一款老式计算机和电子阴极管示波器。该作品透过阴极光示波器呈现出波型组成的电子抽象影像，并直接以纸、幻灯片或影片为载体做出了艺术呈现，也能以图形的形式直接显像于电视真空管，在屏幕之上呈现艺术形象。

1960 年，波音公司工程师威廉·菲特（William Fetter）第一次使用“计算机图形学”一词。1961 年，世界上第一个计算机动画电影由爱德华·兹杰克（Edward Zajec）创作完成，他的身份是美国贝尔实验室的一名工程师。这个动画电影的创作目的是为了形象地演示卫星（用一个简单的 3D 盒子代表）环绕地球（一个简单的线框球体）运动的轨迹和过程，是一件时长 4 分钟的黑白影视作品。为了实现这个史无前例的创举，兹杰克首先编写了一个程序，然后用穿孔卡将它输入计算机。该程序通过计算机传送到磁带，然后再通过磁带将命令传输给计算机，从而在屏幕上产生了一系列连续的图片。

1963 年，《计算机与自动化》杂志的编辑组织了一次为期一年的计算机绘图竞赛，并要求用美学的观点来评价计算机绘图作品。1965 年，世界首届“计算机艺术”（computer art）展览分别在美国纽约和德国斯图加特举行。计算机艺术家赫伯特·弗兰克（Herbert W. Franke）在会上展出了他的示波器谐振电子图像。在美国纽约霍华德·怀斯（Howard Wise）艺术馆，贝尔实验室的迈克尔·诺尔（Michael Noll）和其他研究者举办了第一次正式的计算机艺术展览——“计算机生成图像”（Computer-Generated Pictures）。同年，犹他大学计算机系获得了来自美国国防部高级研究计划署的资助，该资助共为期三年，每年 500 万美元，用于计算机视觉技术领域的开发研究。也是在这一年，尼斯、内克和诺尔在各自的展览会上都展出了第一批数字绘图作品。因此，这一年被认为是计算机艺术诞生的元年。对于初创阶段的计算机图形艺术作品，有学者描述道，当时大多数被称为计算机艺术的作品，实际上仅仅是绘图仪打印出来的一些墨水画，并由其相互组合拼贴而成。绘图仪打印使用的是有多卷纸张的大型打印机，通过打印机上的移动笔制作墨水画。编程的艺术家运用数学公式定义和设计参数。这些公式信息通过磁带或穿孔卡输入计算机中，然后计算机根据这些公式信息绘制各种图形。

在20世纪60年代，创作计算机艺术图形是一个非常耗时的过程。在每次打印绘制过程开始之前，程序本身可能要先运行一个小时左右。计算机设备启动之后，打印一幅图片可能还需要等待几个小时。在这一时期，计算机设计制作动画和图像的手段仍属于创始阶段的技术和水平，这些早期计算机艺术作品的风格表现受到计算机设备本身的诸多限制，也即缺少能巧妙表现复杂造型结构和将图像色彩精细分层的计算机设计程序。我们当下的计算机模拟技术的高度仿真还原识别能力已经达到非常出色的程度，例如日本二玄社仿真印制的中国古代山水画，已经可以在宣纸上通过印刷手段精细地表现水墨晕染的水印效果，而且如果没有达到专业鉴定水平，从纸张、运笔方法、整体气息表现等细微之处入手，已很难识别书画作品的真假。所以，科技进步已经让计算机艺术创作的成就有了突飞猛进的进展，仅仅几十年的发展已经与过去开发初创期有了天壤之别。即便现在看起来过去那些设备和水平异常简陋，但当时出于对科学探索和艺术创新成果的极大热情，确有一大批科技工作者和艺术家付出了极大的精力和热情，先后投入相关计算机技术应用研究和艺术创作设计实践中，并由此开启了新艺术门类创新创业的大门。

1968年，英国伦敦也举办了计算机绘图和计算机图像展览，而且引发了“计算机艺术是否是真正的艺术”的社会大讨论。关于计算机艺术，《大英百科全书》中定义为指“将计算机生成的图像（图画、设计、景致、肖像等）当成有目的创造过程来处理。结合运用专门化的软件和数码相机、光学扫描仪、唱针和电子绘图板等交互性手段。因为图像要求大的程序，在这类作品中所应用的计算机一般是当时最快、最强有力的。计算机艺术在广告、出版和电影中有广泛应用”。[①]这里对计算机艺术进行了客观的概括，但是在这一关于计算机艺术的定义中，并没有围绕艺术的核心概念对计算机艺术进行明确的本质界定和具体分析。

根据任何传播活动都要涉及传播的六个主要因素及其之间相互关系

① 转引自黄鸣奋《新媒体与西方数码艺术理论》，学林出版社2009年版，第331页。

影响的原理，黄鸣奋界定了计算机艺术新的概念范畴，认为当代的计算机艺术大致可分为六种类型，包括“计算机自动生成的作品、人以电脑为工具而创作或鉴赏的作品、专门为艺术用途而设计的计算机软件、专门为电脑做宣传而创作的作品、以电脑应用及其社会影响为题材的作品，以及通过计算机网络传播的作品”。[①]这六种类型，可以说都与传播的主体、对象、内容、方式、手段、环境等六要素相关联，但是依笔者来看，并非都属于计算机艺术的范畴。

计算机艺术作为一种新产生的艺术形态，其根本是由人创作出来的一种艺术形式，只不过是创作工具由传统艺术手段如画笔、乐器、人的肢体等转换成了计算机硬件和软件系统。这种新的艺术形式与现代的计算机技术手段以及计算机网络传播方式相关，其核心应该是艺术创作和艺术作品，而不应该是作为创作工具的计算机技术及其技术方式。如同中国画创作的核心内容是中国画作品，以及中国画作品中所表现出来的美学特征，如“气韵生动”“骨法用笔”“应物象形”以及“意境”表现等，这种绘画艺术虽然与创作工具如毛笔等有关，但是显然毛笔和宣纸本身并不是中国画作品的一种表现形式，而只是创作工具。工具本身如计算机操作软件并不是艺术，艺术作品及其美学特征才是判断作品本质特征的依据和根本标准。因此，“以数字技术作为必要的创作手段，以数字媒体为传播途径，以数字媒体用户为传播对象”[②]的计算机艺术，其艺术价值和美学价值的赋予者仍然是艺术家，而非计算机本身。

（二）计算机技术环境下艺术形态演变的外在表现和形式特征

计算机技术环境下艺术形态演变的表现形式丰富多样，同时也拥有鲜明的自身特征。与传统媒体相比，人们将有新型技术参与创作的艺术媒介表现形式称为“新媒体艺术”。新媒体艺术的表现媒介丰富多样，如声、光、电、磁等技术元素都可以成为艺术作品的形式语言。其中，计

① 黄鸣奋:《新媒体与西方数码艺术理论》，学林出版社 2009 年版，第 331 页。
② 李四达编著:《数字媒体艺术概论》，清华大学出版社 2008 年版，第 5 页。

算机的程序语言、快速计算、编程以及网络技术等，为艺术形式语言的创新和表达开拓出一种新的途径，并已迅速在绘画、雕塑、电影、动画、音乐、舞台艺术展演等艺术领域发挥日渐重要的作用。在计算机技术不可避免的参与和有力推动下，各门类艺术的原有外在形态也相继展现出各种新奇的表现形式。由于这些表现形式基于计算机数位运算的原理，也有人将“数码艺术”作为此类新媒体艺术的代名词。但数码艺术涵盖范围过于宽泛，界定范围也不甚严谨。从广义上看，以计算机为基本创作工具、以数字格式为传播媒介和存储介质的艺术形式，都应该属于数码艺术，虽然可能各种数码艺术作品的存在形态以及表现的形式、方式、途径等都不尽相同。刘悦笛认为，“数码电子艺术是一种真正的技术的艺术，是建立在技术的基础上并以技术为核心的新艺术”。[①] 刘悦笛的观点在学术界具有一定的代表性。虽然不同学者有关数码艺术如何分类划分的观点不同，但数码艺术是计算机艺术重要的组成部分，已成为学界共识。

计算机技术运用环境下的具体艺术形态不仅种类繁多，而且表现形式丰富多样，经过梳理归纳，一般具备以下几种主要特征。

一是计算机艺术愈发成为社会大众日常生活中一种普遍存在、触手可及的艺术形式。

我们正身处一个数字化的时代，计算机生产效率的提升、成本的降低以及不断形式翻新的更新换代，导致其自身价格日渐低廉，而消费者对其实际适用空间的灵活性要求又导致其形态向微型化、集成化方向发展。这两种因素集合一起，使得计算机迅速充斥了普通家庭和社会生活的方方面面，计算机艺术借此彻底实现了由高新专业技术领域向“大众艺术”身份的转变。当下用计算机来进行艺术创作和艺术传播，已经不再像 20 世纪中叶的初创时期那样是属于少数计算机工程师和艺术家的专利。如今，由于人机界面的友好化设计和便携式应用设计，只要简单掌握了电脑操作和相关软件的使用程序，就人人皆可为之。例如，每一

---

① 江马益:《数码艺术 · 公共空间 · 网络主体性—— “当代中国的数码艺术及公共空间的构建”学术研讨会综述》,《创作评谭》2005 年第 3 期。

个普通人都可以利用自己的手机进行视频文件的配音、剪辑和网络发布，题材和内容都可在日常生活之中随意拍摄、剪辑、选择。由于操作过于方便和广泛普及，源自网络的影像剪辑恶搞和个人有意炒作时常随风而起，可以说，“人人都是艺术家”和“人人又都不是艺术家”的现象并存于当下。

二是计算机艺术已然具备与现实世界经典艺术作品截然不同的虚拟属性。

当前，国家层面的高度重视和资金、政策的大力扶持，推动了文化产业蓬勃发展。随着各大高校影视动画专业的广泛开设、文化创意产业园区中各大影视动漫公司的创设发展，以及应用市场上适用于计算机技术专业绘画和图像处理的程序和软件大量出现，表现不同题材内容的三维动画作品大量涌现。同时，由于计算机艺术作品创作中有关虚拟环境（包括三维、四维等虚拟空间）的设计表现能力，直接影响到作品表现的艺术品质和使用者（欣赏者）的真实感受，市场的相关需求有力地推动了技术创新发展的进程，计算机虚拟空间的艺术表现能力得到了极大的增强和大幅提升。

计算机技术是虚拟艺术空间表现和虚拟影像创作的基础，这些艺术表现形式通常将想象与现实混合在一起，也经常在现实影像的基础上进行发挥和篡改。美国学者 F. 大卫 · 马丁（F. David Martin）曾经通过一个例证描述了虚拟艺术的形态：在美国波士顿大学一个先进的计算机实验室中，一群艺术家和计算机技术人员共同创造了一个引人入胜的装置，这个装置被命名为“精神废墟”（Spiritual Ruins）。这个装置的技术设施其实就是一套计算机虚拟空间表现系统，只要观赏者坐在固定的座位上，再戴上特殊的眼镜，手中握上操纵杆，就能够直接进入这个由计算机模拟表现的虚拟世界。在观赏者眼前一个巨大的电子屏幕上，计算机模拟创造出一个广袤无垠的三维空间。当人们面对这一虚拟空间时，其立体四维效果会使每个人都仿佛身临其境。观赏者做出的每一个动作，首先通过传感器传入计算机，然后再由计算机对操纵杆的速度和角度做出相应反应。通过这种神奇的装置，观赏者可以在一片仅凭想象或者说虚拟而生成的雕塑公园中，像鸟一样时而俯冲、时而高翔。观赏者身处在虚拟场景中，成为整件艺术作品之中的一个组成部分，甚至不知道如果运用手中的操纵杆继续前行，接下来会有什么样的有趣发现。人们也许会感到焦虑和厌恶，就像在大街上撞到一个个充满敌意的陌生人。也或者一切都非常平静，舒畅而平缓，甚至富有田园风情。在这个系统中，同样的景象似乎从不重复出现，显然观赏者处在一个想象的世界中，但是由于人的参与，这个虚拟的、并不存在的想象空间就如同真的一样。这些已经形象地描述出虚拟艺术的场景特征。目前在国内，哈尔滨工程大学深圳研究院也在积极探索计算机虚拟艺术，并且在梁国伟教授的带领下，整个团队已经取得了较大的成就。

以美国为标志，自 20 世纪 80 年代开始，就已进入以计算机使用个人化为主要特征的阶段。在这一时期，计算机技术应用得到了迅猛发展，数字媒体艺术软件开始从无到有，具体处理使用的功能设置也变得日趋强大和复杂，专业绘画和图像处理软件（如 Photoshop 等）的三维动画处理和虚拟环境设计能力也大大增强。到后来，一些非计算机编程背景的艺术家也被吸引并相继参与进来，并创作出了大量极具艺术品位的优秀数字艺术作品。其中，表现虚拟现实且较具典型意义的艺术作品，如 20 世纪 80 年代中期，由日本广岛大学创作的《女人和青蛙》作为一部虚拟超现实三维动画片，成功利用数字合成和三维技术，形象地模拟出了阳光、青蛙、雨和水下世界的高仿真视觉效果；同时，由美国皮史斯公司创作的经典三维动画，以及由日本艺术家河口洋一郎创作出的一系列半抽象的水下生物图像，都显示出计算机技术自身强大的建构真实视像的能力。这些计算机虚拟空间技术在艺术家们创造性思维的引导和指挥下，表现出了超强的能力和惊人的表现，相继在全球范围内产生了巨大影响。自此，数字媒体艺术开始深刻介入和实时影响着人们的社会日常生活和欣赏娱乐方式。又如，1989 年 20 世纪福克斯公司推出的由詹姆斯·卡梅隆（James Cameron）导演的《深渊》（*The Abyss*），标志着一个以计算机图形制作特技的广泛运用为标志的数字电影时代的开始，同时也代表了 20 世纪 80 年代计算机三维动画作品创作的最高水平。再如，1991 年由詹姆斯·卡梅隆导演的影片《终结者 2》(*The Terminator 2*)中首次创作出了功能强大的液体金属机器人，其造型形式表现令人耳目一新，使得电影影像产生了巨大的视觉震撼力。[①]

三是计算机艺术的交互性体现为艺术家、艺术作品和审美受众之间的多维度互动关联。

在 20 世纪 80 年代之后，计算机技术发展的重点已不再局限于制造虚拟现实场景，而是更加强调人与计算机操作控制界面之间的互动和交流。从本质上看，这种互动是“人们通过多种接触方式，利用自己多方面的感官系统，去全方位收集对方的信息，经过大脑的接收、消化、分析整理后，再经由上述途径回馈给彼此。以此形成一种有机的、不断完善的协作发展”。[②] 在一些经济发达国家，相继出现了一批获得政府支持的交互媒体艺术研究机构，诸如德国卡斯鲁尔的 ZKM、奥地利林兹的 AEC、日本东京的 ICC、荷兰 V2 动态媒体艺术中心、美国 MIT 媒体实验室等，并且在此后日渐增多。

在这一历史进程中，被许多人称为“交互计算机图形学和图形用户界面之父”的伊凡·苏泽兰(Ivan Sutherland)成功实现了交互性艺术发展的跨越。他所设计的交互式软件系统，尝试使用了几个新的交互技术和新的数据结构来处理视像信息，可以让用户借助光笔与屏幕上简单线框物之间的交互作用来绘制工程图纸。借助“画板”软件和光笔，绘图者(创作者)可以创建、旋转、移动、复制并储存线条或图形(包括曲线点、圆弧、线段等)，并被允许通过线条组合来设计复杂物体的外形和状态，最终直接在 CRT 屏幕上创建高度精确的数字显示工程图纸。[③] 在这里，创作者使用的画板其实就是一个实时的计算机信息交互系统。其使用者可以充分利用手中的创作工具“光笔”，直接在简单的“线框画板”状电脑屏幕上进行皴擦涂抹，随意表现点、线、面以及块面之间的空间立体组合，构建造型艺术形式表现。创作者利用计算机虚拟空间程

① 参见李四达编著《数字媒体艺术史》，清华大学出版社 2008 年版，第 279 页。

② 胡津铖:《当代艺术中的交互性研究》，《北京电影学院学报》2020 年第 8 期。

③ 李四达编著:《数字媒体艺术史》，清华大学出版社 2008 年版，第 284 页。

序软件，在作品显示屏幕上围绕创作者、创作工具、艺术作品形态表现这三项因素，顺利进行了有关图形设计视像信息的交流和互动。

现实中有很多积极探索新媒体艺术的艺术家，一直在致力于研发、传播和展示此类新型媒介艺术，并经常在一些公共的艺术展示场所和文化空间，通过高科技平台与艺术形式的融合，完成了包含观众参与其中的互动内容部分的交互式艺术作品。早在 20 世纪初，艺术的表现形式，尤其是视觉艺术开始从样式主义的变化翻新与相互赶超逐步发展成为艺术作品自身创作空间和艺术创作主体、艺术传播形态边界的拓展。英国学者罗伊·阿斯科特在提及交互式艺术的根源时，认为至少可以追溯到 1957 年，因为当时马塞尔·杜尚在美国得克萨斯大学举办的一次讲座中，把艺术家描述为一种存在的媒介，并谈论了作为欣赏者的观众与艺术品之间相互作用时所产生的社会意义。到了 20 世纪 60 年代，又相继发生了许多在某种程度上涉及交互存在的事件和活动，就像弗兰克·波普（Frank Popper）在《艺术、行动与参与》或露西·利帕德（Lucy R. Lippard）在《六年：1966 至 1972 年艺术的去物质化》中所描述的那样。同时，人们对于艺术与科技、时间的控制论以及系统理论等科学技术新领域的持续关注和兴趣投入，引发了对计算机应用和通信技术探索创新的相关实验，并最终产生了数字和远程通信艺术。以计算机应用为技术基础的“交互艺术”，则是在 1989 年被发明出来或至少在公众中开始传播的。[①] 艺术家或是艺术创作者，观众或是艺术欣赏者，二者相互之间都已通过现代传播媒介发生了互动，而这种互动也是艺术作品作为一个整体不可缺少的一部分。而以创作者、媒介、欣赏者三者之间的互动为基础形成的艺术状态，又成了艺术作品中一个新的部分，这个新的部分又成了艺术作品继续延续、完善、发展下去的基础。这一整个过程的推进，就是因为计算机虚拟空间程序的设计者正在以自己的“上帝之眼”观察、安排、布置、思考这个虚拟世界中的一切。这也就是计算机虚拟现实艺术作品完成创作过程的基本逻辑理路。

① ［英］罗伊·阿斯科特:《未来就是现在：艺术，技术和意识》，袁小潆编，周凌、任爱凡译，金城出版社 2012 年版，第 186 页。

在信息技术日渐普及的当下，流动影像、声音技术和计算机技术相继成为艺术家进行作品创作的媒介物。观众参与艺术表现效果的交互性变化，艺术表现形式视觉图像的同步变化，都一一激发了观众积极参与、开展创作的主动性和创造性。在新的创作环境和创作技术平台的应用中，艺术家借助计算机和网络技术设定的虚拟空间，在艺术创作中实现了对于地域、空间、文化、国籍、民族、宗教等有形无形文化鸿沟的成功跨越，不仅传播、表现了艺术作品，让社会大众欣赏到了不同时期、不同地域风情的艺术作品审美表现形式，同时还引起了网友的普遍兴趣，突破了艺术作品创作活动中的一些原有概念界定，创作创新出了可以由欣赏者、参与者共同完成的一批艺术作品。

实际上，我们已经可以看到，网络技术、人工智能机器人、基因工程、虚拟交互技术等应用型计算机技术领域的发展，都在深刻改变着人们的常规思维方式，改变着人们对于艺术（形式）的传统认知方式，同时还在深刻影响着人类社会的审美方式和思维模式，改变着人们的审美欣赏习惯，实现了很多历史上传统艺术领域中原本不可能实现的精神理想和价值追求。

四、互联网技术环境下艺术形态表现的新特征

随着对互联网认知的不断深化，这一新型文化媒介已经由最初的信息传播工具逐渐成长为可以影响具体传播内容和最终传播结果的关键所在，其所创造的传播环境和传播规则也“在时空重组、社会交往、信息传播与表达、社会分化等方面发挥着独特的形塑当今中国社会的作用”①。尤其是对于当今艺术形态而言，互联网技术的影响更是毋庸置疑。基于这一思考维度，互联网艺术的本质可以被视为依托于互联网技术的现实应用而呈现出来的一种新的艺术形态及其表现形式。其并非仅仅是建立在一种社会思潮或是文化观念上的艺术形式或艺术风格，而是由当下互

① 王迪、王汉生:《“互联网与社会变迁”笔谈——移动互联网的崛起与社会变迁》,《中国社会科学》2016年第7期。

联网环境生态中的媒体传播技术方式的相应变化带来的一种全新的艺术形态，是一种由于新技术形式出现而带动产生出的新艺术形态。这种新艺术形式可以被梳理区分为两大类：其一是在传统艺术形式借助现代网络媒体发展并与其结合时产生出的新型艺术形态，其具备了传统艺术形式特征和适合现代互联网传媒形式及要素要求的形制、特点；其二是完全在现代网络新媒体环境中诞生、发展起来的新艺术形态，其自身具有规定性的艺术要素完全适应现代传播技术的发展要求，是从根本上区别于传统艺术形态的新艺术形态，有其全新且特殊的艺术形式和表现方式。

以上两类新艺术形态均是产生、发展、成熟于互联网技术不断跃升的环境中，互联网技术不仅为其提供了必备的生产环境和技术基础，而且还决定了这两种新艺术形态的存在方式、演变路径和产业生态。从这一角度来说，“艺术媒介的特点取决于媒介本身的物理特性以及人们对这一物理特性的艺术阐释”。[①] 因此，互联网技术环境下艺术形态表现的新特征可以概括为四个主要方面：一是互联网艺术形式及其表现形态与互联网技术的发展程度密切相关，互联网艺术发展状况与当下社会网络传媒发展、普及、应用的现状相辅相成；二是互联网艺术的表现程度和繁荣程度取决于技术的先进程度，也即创意无限，技术有限，人的艺术创意通过技术来表现和表达的程度实际就是互联网艺术的现有发展水平；三是技术、创意、形式美感三者之间关系紧密，联系非常密切，这三者之间相互结合，固化表现为艺术作品存在的形式，并最终需要经过文化消费的市场检验，这些一并构成互联网艺术生存发展的最基本条件；四是技术与人之间的互动是推动互联网艺术迅速发展的重要动力来源，也是人、技术、网络、互联网艺术作品之间均衡发展的控制性要素。文化创新的社会需求、设计创意实现的动力来源以及科学技术实时进步的内在推动，一起成为促使互联网艺术迅速发展的重要因素。

① 张江南、王惠：《网络时代的美学》，上海三联书店2006年版，第196页。

（一）基于新技术形式的时代的产物

在以互联网为主要传播媒介的当下，互联网技术早已超越了过去任何一种媒介技术或传播手段的作用范畴，其试图将经济、文化、社会等几乎所有内容都纳入自身场域。因此，互联网艺术作品也成为受到艺术创意与技术、消费、产业、社会实际应用需求等客观因素影响的一种综合性艺术表现形式。除了创作方式之外，其艺术传播、接受、欣赏的方式等也与传统艺术表现形式有着根本的不同。互联网艺术作品的生存、传播环境是数字技术环境，其艺术表现形态依托于网络以多媒体的形式进行传播、渗透，并与作品的创作形态密切相关。

首先，互联网艺术作品及其创作表现形态中的公共性是其与生俱来的个性品格。

互联网艺术的自身特点与传统艺术形式相比，既有文化相承之处，又存在着很大的差异性。当前，相当一部分互联网艺术作品还只是传统艺术品和传统艺术创作的数字化和互联网化，另一部分互联网艺术则依存于互联网虚拟空间，具有独特的创作手法、表现方式和美学风格，以及自身传播与接受的特定方式。互联网艺术由于依托于互联网而具备了接受欣赏中的交互性、可视性、传播便捷性等现代性特点，又由于互联网信息的天量特征，所以又必然具备了互动的趣味性、资料的丰富性等项特征。而依托互联网平台，不同艺术门类之间又有了新的有机融合和交叉创新。同时，互联网艺术形态还不可避免地获得了互联网技术环境的现实文化特性，如技术依存性、综合性、动态性、超时空性、交互性、瞬时传播性等。互联网天然具有的经济诉求也在逐渐加深对互联网艺术的影响，其不仅将消费理念贯穿至互联网艺术创作与传播的始终，甚至还试图“将媒介消费的经验转化为新文本，乃至新文化和新社群的生产”[①]，从而为获得经济效益奠定基础。互联网技术环境下的艺术形态特征就是网络艺术自身的规定性，这些规定性也正是互联网艺术与其他艺术形式之间的区别所在。

① 陶东风主编：《粉丝文化读本》，北京大学出版社2009年版，第12页。

在当代社会，互联网已然成为极为普及的信息交流平台。理论上，各类数码艺术作品都可以借助这一平台在世界范围内进行传播。在艺术传播方面，网络也突破了传统的传播方式，拓展了新的传播空间，成倍提升了传播的速度和效率，影响了艺术创作的工具、方式、过程和艺术表现形态，以及艺术作品存在的最终呈现和风格面貌，改变了以往传统上有关艺术形态表现方式和艺术作品传播途径的固有观念。

其次，互联网技术的基础性功能特点和风格特征表现形塑了艺术作品外在呈现的风格面貌。

从艺术作品的创作层面分析，互联网技术仅仅被视为一种传播媒介的功能和作用而存在，但作为一种新型的传播技术生态环境，互联网技术却从传播条件、传播方式、传播速度和传播范围等方面对数码艺术形态给予了规约和塑型。可以这样说，与以往不同，“互联网艺术”并非是建立在一种思潮和观念上的风格艺术或艺术风格，这种艺术形式的出现与社会思潮无关，与艺术史发展历程中的风格变化也无关。我们应该强调这种艺术形态是由于互联网生态中的媒体技术方式变化所带来的一种全新的艺术形态，是一种由于新技术形式的产生带动而出现的新艺术。媒体技术与互联网艺术之间存在着这样的关系：“互联网艺术的存在有赖于当代媒体技术的支持，媒体技术制约着互联网艺术的发展，而对这种制约性的顺应与超越又会促进媒体技术的进步，并构成了互联网艺术发展的内在动力之一。”[①] 媒体的艺术表现需求是一种天然存在的、对网络传播技术发展起到内在驱动力作用的需求，媒体技术与互联网艺术之间的关系是相互促进、互为动力源泉和改进基础的。

网络艺术作品的表现形态与网络作品的创作形态密切相关。与艺术家个人单独完成一件艺术作品的传统艺术生产方式不同的是，现代数字网络技术状态之下的艺术创作已经不再是艺术家个人的工作，而是集结了多人的努力和付出，包括调整光线、色彩、技术制作、传播、多媒体技术呈现等。所以，当艺术家把自己创作的作品放在了互联网技术传播

---

① 黄鸣奋：《论媒体技术与互联网艺术的互动》，《重庆邮电大学学报（社会科学版）》2007年第5期。

平台上时，也自然包括了电子分色、扫描存储、调色裁切、传输上传、网页设置等技术集体的努力。在这种情况下，即便是复制一件绘画作品，也已经不再是简单的模仿和重复，而是有可能赤裸裸地成为另外一种真实的呈现。这是一种虚拟的，但是同时又是一种真实的艺术存在，即使这种存在可能只是一种真实作品的镜像。在这一阶段，更为海量、广博的数字虚拟作品，纷纷替代了传统经典类的可触、可闻、可感的真实的书画实体作品。而虚拟数字艺术作品除了在创作方式上不同于传统艺术作品之外，在艺术传播和艺术接受、艺术审美欣赏和存储携带方式等方面，也都已与传统书画实体艺术作品大相径庭。

学者曹增节认为，因为图像、影像、文字等视觉形态可被转换为数字系统自由组成，因而作品与信息的区分不再清晰，听觉、触觉等其他感知也加入了美术的审美过程，艺术行为大大不同于以前；艺术家在庞杂的影像信息中选择、过滤、重新组装，不只是利用技术来解决视觉问题，以及开发新的视觉经验，更是利用网络等新介质呈现人们生活中的种种困境，因而作品的意义产生并存在于事件的过程，存在于事件的非艺术性因素中，存在于与观赏者的互动中。① 在现代多媒体技术环境下，不仅艺术创作不再是单一的，而且艺术传播和艺术的欣赏、接受也不再是单一的和单向的。艺术创作的过程加上周边的环境等其他主客观因素等诸多因素组合一起，共同构成了整件艺术作品。传统上进行艺术欣赏的大众，已经从最初的单一、单向、被动的艺术接受过程，成为这一件正处于欣赏进程中的艺术作品的创作过程的参与者，直至最后成为这件完整艺术作品的共同完成者。这其中包括了间接或直接提供创作内容、参与创作作品等多项因素。与传统艺术作品相比，网络艺术作品的社会意义正在变得越来越复杂和晦涩，不仅一些风马牛不相及的关系会被扯在一起，而且可能看似关联性不大的意义仍然会成为网络艺术作品意义指向的主要目标和创作目的所在。

最后，媒介技术自身功能的阶段性和层次性特征从根本上制约着互

① 曹增节：《网络美学》，中国美术学院出版社 2005 年版，第 85 页。

联网艺术的自身表现形式及其存在的外在艺术形态。

由于互联网艺术建基于互联网媒介，因此其在享有互联网技术优势的同时也必然受制于互联网的诸多局限，甚至在某些特定情境下，互联网技术会影响到互联网艺术的存在方式与发展前景。也就是说，如果出现突破性的新技术形式，例如光纤有线传输对于无线模拟信号传输的突破、视频传输对于音频传输的突破、微信信息传输功能相对于手机文字短信功能的突破，互联网艺术的被淘汰和改头换面也将是根本性的、革命性的。黄鸣奋就曾指出这样几点："一是互联网自身在不断升级换代。与不同代的互联网相适应，互联网艺术的发展呈现出明显的阶段性。二是网络硬件影响到互联网艺术的形态。随着宽带娱乐的普及，互联网艺术的构成要素有了明显变化，其特点之一是视频成分的增加。应当看到：用户（包括互联网艺术家在内）对于带宽的要求几乎是无止境的，这就对信息基础设施提出了相当高的要求。三是网络软件影响互联网艺术的特征。对于众多的网络软件，几乎都会有一定形式的互联网艺术与之对应，更准确地说，这些互联网艺术都是以对应的网络软件为基础发展起来的。反过来说，互联网艺术也可以实现对于媒体技术的顺应与超越。"①

我们认为，互联网艺术的本质是依托于互联网技术呈现出来的一种艺术形式。首先，随着互联网技术的发展，互联网艺术也随之不断更新、前进。如果缺失了其中任何一个因素，互联网艺术本身，甚至整个网络媒体的社会应用都会受到影响。其次，互联网艺术与网络技术、多媒体技术的发展密切相关，是技术与文化创意的结合。技术有限，创意无限，技术每前进一步，艺术的展示空间和精彩呈现程度也随之取得一步进展，例如"王者荣耀"等不断创新推出的各款各型网络游戏软件。再次，互联网艺术的产生是协同攻关、集体协作的结果。不论是文化创意产品还是网络游戏产品、多媒体应用软件，技术的功能和艺术的美感是始终结合在一起的。在大众选择和市场竞争面前，忽视任何其中一点都会被市场无情地抛弃。最后，技术与人（艺术欣赏者和技术应用者）之间的互

---

① 黄鸣奋：《论媒体技术与互联网艺术的互动》，《重庆邮电大学学报（社会科学版）》2007年第5期。

动是推动互联网艺术迅速发展的重要动力。这种互动是文化消费的基础，是文化创意产生和实现的重要因素，是互联网艺术本身重要的组成部分，而且不可避免地成为人、技术、网络、网络艺术作品之间均衡发展的纽带，是最终推动以上诸项因素得以交汇、整合并形成合力的重要渠道和主要方式。

正如格林在《互联网艺术》中所说的："由于所依托的是不断自我更新（如软件及应用变成过时，网页被放弃与移走，软件被更新，新插件上市，网站发布）的媒体与工具，互联网艺术涉及技术与去中心化、生产与消费的问题，显示媒体圈如何日甚一日地作为公共空间起作用。它无法摆脱军事与商业的历史；它追随计算机变化中的角色，即从匿名的、笨重的机器到理性的、便携的、可定制的，用代理、协调与选择来部署的设备。"[①] 正是技术的进步导致了媒体自身物理特性的变化。因此，互联网艺术的本质特点，是从其诞生的那一天起就注定了的，是受到艺术创意与功能表现、技术应用、消费市场、产业状况、社会需求等多项客观因素综合影响的一种艺术表现形式。

互联网技术为传统媒体艺术、计算机艺术以及新生网络艺术的发展提供了崭新的平台和广阔的天地。有学者认为此时期的网络艺术有两个主要发展方向：一是栖身于网络媒体之中的传统媒体艺术形式，如网络文学、网络戏剧戏曲艺术、网络音乐、网络美术、网络电影、网络广播艺术、网络电视艺术等；二是当下新产生的具有网络媒体特性的新型艺术品种，如网络游戏、网络剧等。[②] 这两大类网络艺术形式，一个是传统艺术形式在借助网络媒体平台发展自身的过程中，与现代网络媒体相结合而产生的新型艺术形态，但是，这种新型艺术形态仍然具备传统艺术形式特征，其核心内容还都是属于传统艺术范畴，同时还都有了进一步的发展，具备了适合现代传媒生态环境客观要求的传播方式、艺术形制和技术特点；另一个是纯粹在现代网络媒体环境中产生并新近发展起来的新艺术形态，这种新的艺术形态是完全在现代网络传媒生态环境中诞

① Rachel Greene, *Internet Art*, London: Thames & Hudson World of Art, 2004, p.8.

② 许行明等：《网络艺术》，北京广播学院出版社 2001 年版，第 73 页。

生的，虽然是刚刚出现的新事物、新形态，却已经表现出了旺盛的生命力和强劲的发展势头，这一形势产生的根源是由于其自身具有规定性的艺术要素是与现代传播技术紧密相关的元素，也就是传统艺术形式所不具备的现代传媒技术特性。

（二）艺术形态新特征表现的文化分析

互联网艺术形态的表现特点具有自身的特定性，如与传统艺术形式相比，既有文化相承之处，又存在有很大的差异。其实，当前普遍存在和流行的相当一部分互联网艺术作品，还大多只是传统艺术品和传统艺术创作的数字化和互联网化，这些作品与传统艺术的不同之处主要表现在艺术作品传播方式、艺术形态的表现方式和传播途径，以及作品的存在方式、展示媒介上。此外，在当前互联网技术生态环境之中诞生的另一部分互联网艺术，则完全依赖和存在于互联网虚拟空间环境之中，具有和互联网生态环境相适应的独特的创作手法、表现方式和美学风格，以及自身所持有的传播与接受的特定方式。互联网艺术因为依托于互联网而存在，所以具备了欣赏、接受过程中的交互性、可视性、传播的便捷性等传统艺术不可能具备的特点，而由于互联网信息传播本身的天量特征，其中的线上线下双方互动的趣味性、信息媒体资料的丰富性等现代特点也随之显现。

喻国明曾经指出，“传统媒体的逻辑是‘内容为王’，而互联网的逻辑是‘平台为王’、‘服务为王’、‘技术为王’，注重用户体验”。[①] 基于此，在互联网平台上，不同艺术门类之间不可避免地产生了有机融合、交叉创新，这些在新环境中应运而生的新的艺术形态和艺术表现方式，与传统艺术形态、方式相比更富有现实性和生命力。同时，又因为互联网艺术自身的虚拟符号审美、交互活性审美、游戏娱乐审美的特征，进一步导致了审美趣味的符号化、大众化、表层化、娱乐化，审美焦点转移速度明显加快，个人审美感兴招之即来、转瞬即逝，艺术作品普遍缺乏审

① 喻国明:《互联网逻辑下传媒产业转型升级的关键与发展进路》,《新闻与写作》2014 年第 7 期。

美回味，作品本身所反映的社会文化意义普遍浅薄，流于娱乐化与形式化，普遍缺乏审美深度和深刻思考。互联网技术生态环境下诞生的艺术形态不可避免地获得了互联网这一现代技术媒介所具有的现实文化特性，如技术依存性、综合性、超时空性、交互性、瞬时传播性等。互联网技术环境下的艺术特征就是网络艺术形态自身的规定性，这种规定性是必要因素，是其作为互联网艺术与其他艺术形式之间的区别所在，是互联网艺术形态自身所必须具备的根本性艺术特征。

第一，互联网艺术本身不论是其表现形式还是其存在状态都天然地表现出强烈的技术依存性。

互联网艺术的作品创作通常是依托于数码技术、互联网应用等高新技术产生出来的，通过创作产生的作品是存在于互联网虚拟空间中的某种艺术制品或感性符号，这种制品或符号在客观世界中的表现是外观缺乏直观可感性的虚拟存在。互联网艺术作品与传统的造型艺术、舞台艺术、影视艺术相比，相互之间都有很大的区别。传统的造型艺术是以平面或立体的形象塑造出直观的审美感受，艺术作品不仅直观可感，甚至还可以触摸骑乘。传统舞台艺术更是拥有复杂的艺术表现性和强烈的社会现实性，不论是唱念做打还是舞美空间，舞台艺术给人带来的视听觉上的强烈艺术感染力和现场效果，是那些不在现场表演的其他艺术形式所不可比拟的。传统的影视艺术是通过电影院线或电视机荧屏来实现作品的传播和接受，只要有电影胶片，有电影放映机，哪怕仅有在两根电线杆之间挂上的一块白布作为银幕，电影就可以开始放映了，而且影视作品中的人（演员）、事（源于社会生活的故事情节）、物（道具）等都是真实的，剧本中的故事情节源于生活，经过浓缩、组合而使其立意又远远高于现实生活。

尽管尼尔·波兹曼曾告诫我们，“在认识论和精神上必须和技术拉开距离，绝不把技术当作自然秩序的一部分来接受”[①]，但是对于互联网艺术而言，失去了网络技术的支撑，互联网艺术甚至将会不留任何痕迹地瞬

① ［美］尼尔·波斯曼:《技术垄断：文化向技术投降》，何道宽译，北京大学出版社 2007 年版，第 111 页。

间消失。由于互联网艺术是依托于互联网络存在的，所以虚拟的互联网数字信息成为互联网艺术可以被外界所了解、传播、接受、欣赏的必然通道，这一媒介是作为必要条件存在的。语言文字是文学作品之所以被认知、欣赏的必然媒介，文学作品的感人之处也是通过可读的文字来向外界传达的。互联网艺术作品依存于互联网高技术条件的自身属性，类似于文学作品对于文字语言的依赖性，但是二者之间的区别又是明显的。文学作品之所以被外界接受依赖于文字语言的媒介作用，互联网艺术作品被外界接受也同样依赖于互联网高技术平台的媒介作用，这是二者的相同之处。不同之处在于，文学作品的情感表达也依赖于语言文字，文学作品的美感由语言文字完成感性传递，在这里，文字语言既是媒介又是作品的艺术语言；而互联网艺术的情感表达依赖于互联网技术和互联网艺术作品本身，如果只有互联网技术的数字网络媒介作用，而没有互联网艺术作品的美感、打动人的情节设置和内在环环相扣的逻辑关系，那么社会大众通过互联网欣赏到的互联网艺术作品，就只能表现为通过网络传递过来的一堆冰冷的数据。

第二，互联网艺术受自身技术功能条件的支撑和先天的功能性影响而呈现出鲜明的文化综合性。

前文所述关于互联网艺术的定义范畴有两个：一个是通过网络传播或是在互联网络上呈现出来的传统的造型艺术、舞台艺术、影视艺术等；再一个是在现代社会互联网技术生态环境下产生出来的一种依托互联网技术形态的新的艺术形式。这两个方面共同决定了互联网艺术自身一定是一种融合了各艺术门类的各种艺术形式，实现了技术与艺术相交融的综合性艺术表现形态。这一新型艺术形态“打破了传统观念中原有的各种艺术分野，音乐、美术、文学、戏剧、影视和游戏等在许多网站上被熔于一炉”[①]，并将多种艺术的文化特质悉数纳入自身文化范畴中。计算机技术的原理决定了凡是通过互联网络传播以及在互联网络上反映出来的艺术形态都是一种数字信息模式，传统的造型艺术、舞台艺术、影

① 黄鸣奋:《后移动互联网时代的网络文艺》,《福建论坛（人文社会科学版）》2018 年第 8 期。

视艺术等各种艺术形态的物理性质需要实现从模拟信号到数字信号的改变。只有这样才能够实现从传统纸媒、现场演出、胶片放映等传统方式向着互联网技术环境条件下传播、展示、应用的转换，所以，艺术作品的存储形式也必然随之改变。互联网技术的要求使传统艺术的创作、传播、存在、欣赏接受条件等都发生了质的变化，而计算机技术环境下的多媒体技术可以集合传统的造型艺术、舞台艺术、影视艺术等多种艺术形式的优势，整合视觉造型、图像、声音、色彩、文字甚至虚拟的触觉、味觉等新的环境表现因素，生动表现大自然中的风霜雨雪、雷电万物等。传统造型艺术、舞台艺术、影视艺术等范畴内的各类艺术表现形式，都可以通过互联网传播的方式和途径在网络上逼真地表现出来。

近年来网络文艺蓬勃兴起，网络小说火爆的点击量、阅读的便捷程度、相关信息链接能力等，皆远非传统文学作品的创作影响力、传播效率及能力等方面所能比的。计算机技术的处理和应用使得传统艺术形态传播中的单一文本结构发生了必然的改变，互联网艺术以整合了音乐、美术、设计、戏剧、戏曲、舞蹈、电影、广播电视艺术、文学等艺术门类，以及创作、理论、文化产业研究、公共文化服务等各文艺形式的针对不同领域的一种超文本的形式出现。在计算机技术和互联网技术应用的条件下，各种艺术形态和广告信息等不仅可以随意组合、拼贴在同一个网络主页上，而且可以非常方便地建立起几种不同艺术形态、艺术样式和表现形式的超文本链接。这一超文本链接方式就是整合以上诸多因素的纽带和有效路径，而互联网艺术就是综合依托此纽带和路径而实现其存在。所以，互联网艺术的综合性是其自身的一个重要特征。

第三，互联网艺术受到艺术作品技术条件构成和文化传播功能的影响而呈现出的作品自身的动态性和超时空性不容忽视。

互联网艺术形态与传统艺术形态之间的区别是非常明显的。互联网艺术是随着技术的进步而不断发展变化的，同时又是在技术与人也即艺术欣赏者和技术应用者之间的互动与促进中不断发展、完善的，而其自身形态中与现代网络传播技术相适应的很多新特点又是传统艺术形态所不具备的。互联网艺术作品是一种以动态的方式存在着的艺术作品，由于互动而永远处于创作过程中。由于浏览者随时可以对其进行评论，也可以由作者本人或是艺术欣赏者来进行修改或是补充，这样就使艺术作品永远都是处于一种不断完善的未完成状态中。而评论之后的留言和对于原始文本的修改，都可以被附加在原始文本之后，这样就形成了一个超文本的链接。这样“一种以非线性为特征的数据系统”[①]本身就有无限延伸与无限开放的特征，当作者根据该文本的阅读者或是艺术欣赏者的意见对自己的作品进行修改之后，原作即以更新之后的新貌出现了。当然，艺术欣赏者的阐释“可以对这个或这些能指及其对象做多重解读，并持续发酵下去，实现阐释者的阐释目的”[②]，但也必须建立在艺术文本的公共理解基础上，否则只能作为噪声而难以成为互联网艺术文本的必要组成部分。

所以，源于自身先天条件的技术规定性影响，互联网艺术作品及其创作表现形态中的公共性是其与生俱来的。一部互联网艺术作品可以在不断的评论和完善中跨越时空，以及国家、种族、语言、文化风俗、意识形态等有形无形的鸿沟和隔阂，最后由所有的艺术欣赏者与参与者共同完成，即便是这部作品要历经数年跨度的陆续完善。从这一点上说，互联网艺术作品是一种突破或超越了时空限阈的作品，在时空条件上可以跨度很大，同时它又是动态的，可以在发展中陆续逐步完成，这是其迥异于传统艺术形态表现的一项重要文化特征。

第四，由于其传播功能和通信工具本质特征而造就的交互性特征深刻嵌入在互联网艺术作品的表现形态中。

互联网作为一种典型的新生事物，是一种人类社会进入现代以来方才发明并得以广泛应用的传播工具，其信息传播的技术轨迹是由信息发布经数字传播到艺术接受，是一个互动、双向的传播过程。由于计算机的技术性特点，造成这一接受、传播过程又是可逆的。由于互联网艺术建基于互联网技术，所以，技术与人也即艺术欣赏者和技术应用者之间的互动，日渐成为其具备社会应用性的根本保证。从这一点来看，互联

① 黄鸣奋:《超文本诗学》，厦门大学出版社 2001 年版，第 13 页。

② 张江:《阐释的边界》,《学术界》2015 年第 9 期。

网艺术虽然“结束了艺术审美的私密空间，却创造了大众参与、交互共享的行动美学”[1]，因此也就深刻地改变了传统艺术与人（包括艺术家、受众等）之间的常规关系。

传统传播工具受到载体和艺术接受方式、路径的影响，其欣赏、接受方式大都是单向的，而互联网技术中的交互性应用要求，是计算机互联网空间的技术要求和空间特性，这些俨然成为其区别于其他传统文化传播工具的最本质的文化特征。在互联网艺术创作过程中，双方甚至多方参与的互动性已经从一种固有技术要求走向了文化的自觉，变为计算机技术条件下互联网艺术自身创作的一种重要理念和创作方式。在互联网技术生态环境中运行，互联网艺术自然成为一种在多方相互交流中实现成长的艺术形式。正是由于长久以来跨越时空和自然地域隔阂的多方双向公共交流，导致最初的艺术作品不断被社会公众所评价、建议、反复定义、重新阐释等，其自身的各种文化意义也已在被动中经过了重新配置。所以，互联网艺术作品的内涵已大大增加，甚至被赋予了新的文化意义，变得更丰富、复杂、精巧和更富有文化意味。互联网艺术的这种互动性，是源于技术与人之间“用”与“被用”交互关系的形象表现，充分体现了互联网艺术以服务于社会的技术应用为基础的传媒文化特点。

第五，互联网艺术由于自身的物质性特征和技术条件构成而决定了其自身是一种可以实现瞬时传播的艺术形态。

与一幅传统经典绘画作品或是一首经典民歌作品的信息记录、复制、传播、再现的复杂过程不同，互联网艺术作品受到两个自身先天性技术因素的影响，一个是计算机技术，另一个是互联网传播技术。这两项技术集中于互联网艺术作品之一身，所以计算机技术和互联网技术可以让互联网艺术作品在瞬间复制出成千上万个复制品，同时也能够让原作和所有复制品以光速在光缆中实现瞬间、实时的传播或是同步直播。在某种程度上，互联网艺术已经脱离了本雅明所谓的“光韵”范畴，即经过了复制和瞬时传播的互联网艺术作品理论上都可以以最准确的面貌呈现

① 欧阳友权:《网络艺术的后审美范式》,《三峡大学学报（人文社科版）》2003 年第 1 期。

给全球受众。正如尼古拉·尼葛洛庞帝（Nicholas Negroponte）所说，"比特会毫不费力地相互混合，可以同时或分别地被重复使用"。[①] 互联网艺术自身无限复制和瞬时传播的特点，使互联网艺术作品具备了成为可供社会公众消费共享的文化产品的基本要求，也符合成为文化产业和文化消费的新经济增长点的现实要求。新技术都是围绕人类社会的实际需求来发展，并最终是为人服务的。作为可供社会大众进行文化消费的文化产品，互联网艺术作品与普遍以唯一物质性存在的经典绘画艺术作品等有着根本的不同，其艺术价值本身不受海量复制和广泛传播的任何影响。相反，由于传播范围的扩大、传播效率的提升，以及了解欣赏的便利和实际使用的便捷，互联网艺术作品的社会影响力和所做出的文化贡献反而大大提升。

以上五个方面的有关互联网艺术形态文化特征的分析，基本勾勒出了互联网技术环境下艺术形态表现新特征的文化状态和技术特点，互联网艺术也因此具备了自身区别于其他艺术形态的特殊性和基本的规定性。

五、结语：从技术因素对艺术创作形态的影响及其辩证关系看艺术生产"以人民为中心"的未来导向

纵观历史的发展，艺术的历史始终伴随着时间的轴线发展、变化，而艺术创作与技术的发展变迁之间也始终保持着一种相互适应、相互促进、共同发展的关系。在艺术的发展中，大部分情况下，技术都是在影响和支撑着艺术的创新发展，而艺术对于技术的反超和引领也时有发生。在原始手工技艺条件下，工匠兼艺术家在现实中受生产关系影响侧重于制作实用的日用品和工艺品。欧洲文艺复兴时期及以后，艺、匠分离，艺术家开始托物言志并依此创作出神性与人性交融、形神兼备的艺术作品。在工业化大生产时代，艺术家在充分利用新技术、新工具的同时，勇于创新，开拓思维，突破了技术以及技术理性带来的限制和约束，

① ［美］尼古拉·尼葛洛庞帝：《数字化生存》，胡泳、范海燕译，海南出版社 1997 年版，第 29 页。

开始吸纳和运用机器技术、机器审美来表现纯粹的理念，以先锋艺术为代表的现代艺术再一次成功突围，艺术重新走在了技术的前面。在这个时期，艺术形态、艺术创作、艺术消费的目的日益趋向流行化和娱乐化，在走向一个极端后，同样成为一个需要解决的社会文化问题。到了网络信息时代，艺术创作主体通过虚拟物、虚拟网络空间来表达和展示艺术创意和思想，艺术作品的审美表现形式迥异于传统，艺术的创作、欣赏和审美接受也由此开始进入非物质化阶段。在这一阶段中，特别是在当下，艺术传播媒介的方式、性质均发生改变，也就是在数字信息和网络时代中，技术的进步促使社会大众普遍成为艺术的创作者和欣赏者，艺术创作和艺术欣赏、审美接受都已逐步进入信息化、虚拟化等非物质化阶段，而且二者之间的界限开始逐渐变得模糊。技术进步突破和消解了艺术作品的原有边界，日常生活的审美化、艺术化和艺术创作、审美欣赏的生活化相向发展、相互作用，共同模糊了艺术和生活之间的界限和区别。艺术的表现方式、接受方式、欣赏群体等也相应变化，传统经典艺术从精英化走向大众化，艺术创作也从小众化精英群体的经典艺术创作形式走向了流行化的生活化艺术形式，直至出现人人皆为艺术家、几乎人人皆可从事剧本创作和改编的大众艺术创作方式和形式。技术进步模糊和消解了艺术的原有边界，打破了传统经典艺术的原有概念、表现形式、传播途径和方式等之后，又随之出现了作为新技术应用客观模式的新的技术制约。伴随技术的一统天下，技术理性的巨大惯性自然形成了对于艺术人文思想的钳制和压迫，于是在艺术创作中出现了从人文思想层面对技术理性的反拨，开始在主观精神层面努力寻找突围和突破。艺术从精神层面重新捍卫了自身，并不断在艺术作品的审美形式表现中重构和勾勒出自身更为清晰的边界，于是又出现了艺术创作与欣赏接受相互渗透、角色互换等互动发展的文化新景观。[①] 所以，从更开阔的视野观察或是从更深层次的角度挖掘，人类艺术形式的演变不仅仅体现于其自身物质形态以及由此带来的审美认识方式等方面的变化，而且也鲜明、

① 楚小庆:《技术进步对艺术创作与审美欣赏多元互动的影响》,《东南大学学报（哲学社会科学版）》2021 年第 1 期。

形象地表现在艺术的传播途径、媒介条件及交流方式等的不同变化中。技术变革对艺术新形式衍生的影响，由于各门类之间存在着其门类属性与表现特征之间的差异，所以，也自然存在着体现自身影响的外在形态和物化方式的不同，同时也在观念和操作模式上存在着差异。而艺术形式自身的发展变化，也始终与技术保持着相互适应的密切关联。正如蓝凡教授所说，“技术的发展将改变世界，也必将改变艺术”。① 作为技术门类，可以较为深入地影响艺术创作形态，并且在其影响下各艺术门类有着较为明显的自我属性特征的，主要有印刷技术、影像技术、计算机技术和互联网技术等。

印刷技术的最初使用主要集中在美术领域，诸如木刻版画等；在后来的发展阶段中，人们对于词语的兴趣以及对知识信息的渴求推动了社会大众对于纸本书籍的需求，由此，书籍插图和页面装饰设计得到了较大的发展，使得整个社会中读书的文化习俗也蔚然成风，这也间接带动了人类社会文字符号刻画表现的创新进程。出于满足社会大众不同层次审美精神的需求，文化产品的生产者必须以十分严肃且精细的态度来对待每一本书或印刷制品的设计和生产，所以，书籍的插图、版式设计、页边装饰乃至整体包装的装饰设计等，都日臻精美。同时，年画、木版画、铜版画、地图、人物肖像等印刷美术品，由于兼具了艺术性与实用性而得到广泛的社会应用与传播。技术、艺术、经济成本、市场需求等几项主客观因素在相互制约中实现了相互促进，并且达到了新的平衡。作为一种外在的表现，印刷技术进步影响下的艺术表现形态也因此发生了改变。

摄影艺术作为一种典型的受技术进步较大影响的新艺术形式，其自身发展也显示出一条清晰的由技术进步推动、促使新艺术形式衍生并产生相关影响的路径。在西方传统美术发展历程中，摄影技术的出现成为一个风格和路径转换的重要节点。由于摄影作品的出现，传统写实绘画的创作思想、方法、艺术风格等都受到强烈冲击，整个美术创作体系不

---

① 蓝凡:《技术对艺术的颠覆：艺术分类的新维度》,《艺术百家》2018 年第 1 期。

得不放弃原有客观描摹实际景物的写实创作方式，转而进行其他创作形式语言表达的探索，并由此开启了抽象、构成和现代设计的先声。同时，电影技术的出现也同样打破了传统叙事型文艺作品艺术表现的局限性。新的电影语言“蒙太奇”技术手法带来了新的艺术想象空间，也使得作品表现的意境空间和内涵韵味变得更为广阔和深邃，作品因而更加耐人寻味。而影视艺术自身的技术进步，已经促使原本较为写实的影视艺术创作，不论是摄影作品还是电影作品的创作，开始走向了写意化表现，越来越侧重于韵味的表达，着力于人的内心和精神世界，甚至开始依托高技术手段，用影像模拟探索虚拟环境下的艺术空间表现问题。

计算机艺术作为一种新近产生的、完全依托计算机技术的新艺术形态，其实质是由人创作的一种以计算机运用为基础的艺术创作表现形式，这种新的艺术形式与现代计算机技术手段及其网络传播方式密切相关。计算机艺术作品的创作工具是计算机及其技术方式，包括具体的操作程序、各种软件等。大众性、虚拟性和交互性，是计算机技术环境下艺术创作形态表现的明显特点。计算机技术环境下的新艺术形式衍生与创作形态的变化，就是一个由客观到虚拟、由具象到抽象、由客观物质载体到计算机网络载体、由具体造型可观可触到虚拟感官体验的审美演变过程。当前智能手机的广泛普及，已经使计算机艺术真正成为社会公众都有条件参与、共享的大众艺术，其虚拟性是源于计算机技术的专业软件和处理程序本身。在技术环境下，艺术家的创造性思维使计算机技术工具表现出了强大的建构真实视像的能力。这种虚拟艺术形式通常混合了想象与现实，将技术与艺术裹挟在一起进入人类的精神世界，正在由重点实验室和军事、医学等专业领域拓展到普通社会应用领域，深刻影响了社会公众的现实生活。其交互性的独特之处更在于这是一个历时性的表现过程，而这也正是艺术作品的一个组成部分，艺术家由此借助计算机和网络技术实现了对于地理空间、文化观念、意识形态等有形无形现实鸿沟的跨越。一部文艺作品可以由众多参与者共同历时完成的事实，已经改变了现实中的惯常思维模式。计算机艺术在技术的帮助下实现了很多突破历史惯例的大胆设想，已经深入影响了人类社会的审美文化观念、固有思维方式和精神价值追求。

互联网艺术是完全依托于现实中崭新的互联网应用技术而呈现出来的一种新的艺术形态及其表现形式。在整个艺术创作和艺术形态表现过程中，互联网技术并不直接参与作品面貌的塑造，而是仅仅起到作为一种传播平台和网络媒介的功能和作用。但是，互联网作为一种新型的传播方式和传输途径，以及全新的技术生态环境，却从传播方式、传播条件、传播速度和传播范围等诸多方面，对计算机网络数码艺术的形态给予了规约和塑型。这种规约和塑型，也勾勒出了互联网艺术的主要外部特征。互联网艺术的创意表现程度和发展繁荣程度直接与互联网技术的先进程度密切相关，技术、创意、形式美感作为互联网艺术立身的三个最基本条件，在技术与人之间的互动中实现了三者之间互相促动与控制的平衡。文化创新的社会需求、设计创意实现的动力来源以及科学技术实时进步的内在推动，一起成为促使互联网艺术成长的重要因素。所以，互联网艺术并非是仅仅建立在一种社会思潮或是文化观念上的艺术形式或艺术风格，而是由当下互联网环境生态中媒体传播技术方式的相应变化所带来的一种全新的艺术形态，这是一种由于新技术形式出现而带动产生的新艺术形态。这些在新环境中应运而生的新的艺术形态和艺术表现方式，与传统艺术形态、方式相比，更富有艺术产生的现实性和生命力。

通过对上述四个方面进行分析不难发现，技术进步拓展了艺术形态的表现形式与艺术欣赏者的审美体验方式，推动艺术创作及其表现形态在时间与空间维度、介质的虚实属性、艺术观念的深度与广度等方面均有新的拓展。从艺术的技术化倾向或者说艺术的技术化表达视角看，技术进步影响下的艺术形式的衍生形式表现或具体物态的作品，都具有鲜明的时代性、多元性和兼容性等特点。同时，我们也必须看到，技术进步所物化的是人的艺术观念，其中也自然涵盖了社会中普遍存在的审美意识形态和认识观念，我们应当关注的是用技术工具手段来呈现人即艺术创作者的艺术审美观念的准确性和有效性，而不是将视线集中于技术方式、手段或技术工具本身，否则便有可能走入被技术所“异化”的境地，即作为艺术家和艺术受众的“人处于被强制、被奴役和不自由的状态”①。

由此，在我们目前所面临的迫切的现实问题中，特别突出的就是在艺术创作或是艺术生产过程中普遍存在的过于看重或依靠技术媒介也即技术垄断时代强势媒介的介入及其惯性影响问题，对此，我们应该有所警惕、思考和应对。我们要着重发挥优秀艺术作品对于人的审美精神境界的引领作用，要用理性的思维、完整的逻辑实现对于思想文化和艺术精神的引领，故此艺术批评理论体系的建设发展也迫在眉睫。所以，在当下的艺术创作中，要求我们创作的优秀作品应该有筋骨、有道德、有温度的思想概括并非虚言，而对于艺术创作中需要着眼于思想精深、艺术精湛、制作精良的基本追求，也就是要求技术为艺术的形式表现和精神思想内涵而发挥作用的立足点所在，也即“必须站立在人的原点之上”。② 在这个视角下，如果我们透过当下的艺术形态或是艺术的外在表现形式，分析梳理出了其中的潜在技术因素和艺术外在形式的形成原因，以及透视了其中的国家意识形态和民族文化心理结构、社会大众审美欣赏习惯、民俗地域文化特征等相关因素及其错综复杂的社会经济文化影响，我们就能够去伪存真，精准地分析和准确把握文化发展的方向，更好地实现文化创新和艺术生产“以人民为中心”的价值追求导向和现实目标。

（原载《中国矿业大学学报（社会科学版）》2021 年第 6 期）

① 王海明:《伦理学原理》(第三版)，北京大学出版社 2009 年版，第 252 页。

② 楚小庆:《技术进步对艺术创作观念与审美价值取向的影响》,《艺术百家》2016 年第 1 期。

通向跨媒介间性艺术史

唐宏峰

艺术学理论被认为是对包括美术、音乐、舞蹈等诸多艺术门类在内的艺术共同问题和普遍规律进行研究的学科，作为其下二级学科的艺术史自然也应该是对包括美术、音乐、舞蹈等诸多艺术门类在内的普遍的、一般的艺术历史的研究。这自然会遭遇很多困难。相对说来，以理论为对象的艺术理论，由于理论自身的抽象性和概括性，更容易找到各种不同艺术门类之间的普遍共同规律，而历史则是具体的，不同门类的艺术史是具体的各个艺术门类自身的语言、风格、范式、艺术家、作品的发展演变的集合，很难在数种具体中归纳出一种普遍的具体。所以，对普遍一般艺术史的追求总是受挫。事实上，对待艺术史，我们应该换一种不同于艺术理论普遍性的“间性”的态度。

在本文中，笔者尝试提出将艺术学理论学科下的艺术史理解为一个总体性时代条件之下的跨媒介间性联系体。在笔者的理解中，特定时代的艺术史是在一种复杂的总体时代条件之下某些艺术门类之间跨越媒介的共生、互动、通效的历史。这样的历史叙述并不追求各门艺术历史发展的共同性、普遍性或一般性，而是描述某些艺术门类之间在特定社会历史条件下形成的关联，即用“间性”取代“普遍”和“一般”。这样，这种描画超越了固守单一疆域的门类艺术史，同时又充分尊重不同艺术的差异，呈现一种跨媒介间性发展的艺术史。

一、艺术媒介的本体论认识

在常规的视野中，跨媒介艺术史经常被理解为不同门类艺术之间的联系的历史，对这一历史进行研究，就成为一种比较各门艺术之间异同的工作。跨媒介研究、媒介间性考察，必然要求一种比较的视野。在视觉、听觉、文本、身体等不同媒介之间，比较研究它们之间的各种关联、相似、差异、转化等各种关系。但是比较艺术学的观念与视野并不能完全涵盖艺术媒介问题，还在某种程度上窄化了跨媒介艺术研究在艺术本体层面的探索和贡献。“比较”的基点和前提是这样一种认识，即被比较者自身的独立性和纯粹性，无论是比较“同”还是“异”，都是对两个独立自足的个体进行比较。但是我们对媒介的研究却无法如此简单明了，作为中介、之间、连通的媒介总是内在混杂的，一种媒介总是内在指涉着另一种媒介。我们需要在本体论的层面上理解媒介与跨媒介。跨媒介艺术研究不仅是不同门类/媒介的艺术之间的比较研究，而且其根据是建立在对艺术媒介的本体论认识基础上。跨媒介艺术理论并非只是在既定的A、B、C等艺术种类之间进行跨媒介的比较分析，而是将A、B、C等艺术种类本身/内部视为不同媒介间的转化、叠合与流通，跨媒介早在被视为完整自足的某一艺术媒介完成之前已经发生，媒介间性是艺术固有的本质属性。因此，这种艺术媒介本体论构成了艺术学理论跨媒介建构的知识学基础。跨媒介艺术史的研究需要建立在对艺术媒介本体属性的认识基础上。在这样的知识学基础上，跨媒介艺术史就不仅是艺术学理论学科逻辑内涵问题的权宜之计，更是对艺术本质的非常重要的认识。

媒介总是作为透明的通路、手段和中介，承载和导向内容，其自身则在这个过程中被忽略。但媒介是艺术从生产到传播接受整体系统的核心动力。作为中介、之间、不断滑动与连通的媒介（media），将艺术构筑为人与对象世界之间复杂的媒介操作（mediation）系统。从创作者身体媒介中的精神意象，外化为某种（些）特定媒介材料中的艺术作品，这些作品在不同媒介中流转迁徙获得不同的赋形，再经由某种（些）传播媒介传递流通至接受者那里，艺术之内与之间的媒介间性与跨媒介是艺术本体层面的基本属性。“作为艺术的媒介”将媒介材料作为艺术生成的基础，精神意象在复数的媒介材料中得以外化和显现，成为可以感知的艺术品。艺术与媒介既相互区分又紧密结合，这构成了艺术—媒介的二重性。在艺术与媒介之间进行辩证思考是人的独特能力，这种“双重性”得到了沃尔海姆、贝尔廷、米歇尔等人充分的理论阐释[①]，人可以同时看到艺术和媒介，在看到一堆颜色和线条的同时看到人物或风景。人凭借想象力从媒介中提取、感知、激活（animation）艺术，将注意力从艺术的物质媒介转换到被描绘的对象，或者相反。媒介在艺术理论中的凸显源自不同艺术确立身份的需求，媒介材料上的差异构成了不同艺术之间的区别性本质。正是艺术与媒介之间的辩证关系，使得艺术仿佛翻飞的蝴蝶，可以栖息、迁徙于从人之身体到画布、大理石或报刊、屏幕的各种媒介之间。诗画一体，共通的精神意象在不同媒介中得到表达。“作为媒介的艺术”则思考艺术传媒问题。艺术经由媒介材料呈现出来后，还需要经由特定的媒介途径（如印刷、摄影、电影、互联网等）流通传递给广泛的接受者，艺术媒材在各种传播媒介中，被再次媒介化。艺术正是这样一个在多层媒介之间生成、转化和传递的过程，是媒介物质实践的复杂系统。这种艺术媒介本体论帮助我们扩大对“跨媒介”的

---

① 参见［英］理查德·沃尔海姆《艺术及其对象》，刘悦笛译，北京大学出版社 2012 年版；Hans Belting, *An Anthropology of Images: Picture, Medium, Body,* Chapter 1&4, trans., Thomas Dunlap, Princeton: Princeton University Press, 2011；［美］W. J. T. 米歇尔《图像何求：形象的生命与爱》，陈永国、高焓译，北京大学出版社 2018 年版。

理解，即“跨媒介”不仅是不同艺术门类之间的比较研究，更是艺术的本质，是一种艺术生成系统中的根本动力。

因此，艺术之间的跨媒介联系是人类艺术发展的常态，特定时代的艺术是在一种复杂的总体性时代条件之下不同艺术门类之间跨越媒介的共生、互动、通效的间性联系体。将艺术理解为跨媒介联系体的前提是一种总体性的时代条件。不同艺术门类在特定时代的社会历史情境中共生发展，时代的普遍条件与要求总是会不同程度地作用于各门艺术，总有一种超越于具体艺术家和作品的总体的精神性、社会性和感知性的时代条件会在艺术中体现。而共生、互动和通效是艺术跨媒介的三种模式，分别对应于总体性精神条件、总体性社会条件和总体性感知条件三种总体条件。

二、共生：总体性精神条件

总体性精神条件在艺术理论史上多有表达，如迷狂说、理念说、时代精神、艺术意志、时代之眼、时代风格、象征形式等。在海德格尔（Martin Heidegger）与夏皮罗（Meyer Schapiro）的经典论争中，作为艺术史家的夏皮罗真正不能赞同于海德格尔的，是海氏那种延续了从柏拉图到黑格尔的艺术真理自行显现的观念。显然，海德格尔认为艺术是真理的自行显现，绘画本身具有一种本体性的转换力，存在物被转换为存在，这是绘画的真理性，与具体的艺术家无关。夏皮罗不认可这种观念，在他看来，静物画的本质是自画像，艺术作品与艺术家个人精神的联系是最本质的，因此凡·高的鞋子乃是凡·高个人精神气质的凝结。[①] 海德格尔的观点在西方源远流长。从柏拉图的回忆说和迷狂说开始，诗歌/艺术一直与更高的理念世界相通。在黑格尔那里，美是理念的感性显现，

① ［德］海德格尔：《艺术作品的本源》，孙周兴译，载《海德格尔选集》（上），孙周兴选编，上海三联书店 1996 年版；［美］夏皮罗：《作为个人物品的静物画：关于海德格尔与凡·高的札记》（1968）、《再论海德格尔与凡·高》（1994），载《艺术的理论与哲学：风格、艺术家与社会》，沈语冰、王玉冬译，江苏凤凰美术出版社 2016 年版。关于这场论争的研究，参见沈语冰《艺术史的人文主义基础——再论海德格尔—夏皮罗—德里达之争》，《文艺研究》2016 年第 1 期。

时代精神与民族精神从根本上孕育着不同时期、不同民族、不同风格的艺术。艺术是更高级精神理念的一种显在形式。精神与形式在不同历史条件下的不同运动形态，构成艺术发展演变的动力，于是形成象征型、古典型和浪漫型三种艺术形态。①

不只哲学家以总体性的理念理解多样的艺术发展，在以提供具体的历史叙事为主业的美术史和文化史家那里，理念与象征、社会历史影响、时代风格等也是普遍被接受的概念。在潘诺夫斯基（Erwin Panofsky）的三层图像意义阐释的图像学中，第三层深意图像学的任务就是对图像的深层内在意义进行阐释，这种内在意义是由某些"根本原理"决定的——"这些原理揭示了一个民族、时代、阶级、宗教或一种哲学学说的基本态度，这些原理会不知不觉地体现于一个人的个性之中，并凝结在一件艺术品中。"潘氏的这种观念深受卡西尔的"象征"概念的影响，是一个时代的总体象征形式，从根本上决定着绘画的形式、母题和寓意。比如 14、15 世纪，圣母倚在床或垫子上的传统的圣诞图类型发生变化，出现圣母跪在圣婴基督前礼拜的新类型。从构图角度看，是三角形图式取代了长方形图式，这一变化根本上表现出中世纪晚期特有的新的情感冲动，是一种新的根本原理、象征形式出现的结果。② 这样的原理与象征自然同样作用于绘画之外的其他艺术，在达·芬奇《最后的晚餐》与迪菲的弥撒曲之间，可以感受到一种共通的人文主义精神。

即使是高度注重艺术家个人精神的夏皮罗，同样肯定时代风格的意义，肯定风格与社会、宗教、道德的关系。他指出："对综合的文化史家或者历史哲学家来说，风格乃是作为一个整体的文化的某种表现，是其统一性的可见符号。风格反映了，或者说投射了集体思想感情的'内在形式'。这里，重要的不是个别艺术家或个别作品的风格，而是在一个重要的时间跨度中一种文化的所有种类的艺术共享的形式和特征。"③ 时代风

① 参见［德］黑格尔《美学》第 2 卷，朱光潜译，北京大学出版社 2017 年版。

② ［美］欧文·潘诺夫斯基：《图像学研究：文艺复兴时期艺术的人文主题》"导论"部分，戚印平、范景中译，上海三联书店 2011 年版，第 5 页。

③ ［美］夏皮罗：《艺术的理论与哲学：风格、艺术家与社会》，沈语冰、王玉冬译，江苏凤凰美术出版社 2016 年版，第 55—57 页。

格体现于不同媒介的艺术门类中，造成一种共生交融的艺术生态。比如中国“十七年”时期的艺术，社会主义现实主义作为主导艺术观念，成为总体性的时代精神条件，高度规范着包括文学、绘画、雕塑、摄影、电影、舞蹈、音乐在内的几乎全部艺术门类。绘画领域发生了国画改造运动，要求山水画进行户外写生，描画社会主义时代的真山水，表现如火如荼的社会主义建设，因此出现了一批建设题材的国画作品；与写生的绘画类似，在舞蹈领域，创作者们同样从劳动、斗争和生活实践中提取动作语汇，将插秧、战斗等生活动作提炼为舞蹈动作，创造出民族芭蕾舞形式；在摄影领域，20 世纪 50 年代中期发生了一场影响广泛的新闻摄影真实性的论争，主要涉及新闻摄影中的摆拍问题，在社会主义现实主义观念的引导下，真实性和倾向性达到矛盾统一，产生了一批表现社会主义理想的摆拍作品。从绘画、舞蹈到摄影，这些作品在一种总体性的时代要求下，呈现出相当一致的形式风格与价值取向。

理念、象征、时代精神、时代风格，这些概念所提示的一种总体性内容同时作用于特定时代的艺术，但自然不是以同样的方式、同样的力度、同样的效果均质地作用于所有艺术形式。夏皮罗对海德格尔的强力阐释的担忧是必须面对的，艺术家个人的精神气质直接造就作品面貌，在个人性与时代性、特定媒介及形式的自主性与普遍的时代风格之间，存在的是有限的艺术共生体。

三、互动：总体性社会条件

在精神性内容之外，总体性时代条件的第二个层面侧重于社会条件。特定时代的社会条件构成了诸艺术门类的共性前提，在其中，不同的艺术类型相互之间形成多种形式的间性关系，跨越媒介相互影响、交融。

艺术社会史注重挖掘艺术与社会历史条件之间的关系，认为某个特定时代的艺术总是受到彼时的政治、宗教、文化、阶级状况、社会结构等背景的影响。要理解某一艺术现象，必须将之放置于一个复杂的、宏观的社会历史语境中，并细致考察这一语境是如何进入艺术之中的。而这种做法常常会展开一幅在特定社会历史语境中多种艺术交融互动的图景，呈现不同的艺术如何回应时代条件，并彼此交互影响。阿诺德·豪泽尔（Arnold Hauser）以宏阔的视野和果敢的判断力为艺术社会史奠定基础。他的判断，如“（文艺复兴艺术中）空间的统一与比例的统一标准……是同一精神的造物；这种精神同样体现在劳动组织……信用体系和复式簿记中”[①]，虽然缺乏具体论证，却体现出高度的敏锐和直觉。在这种宏阔视野中，他将19世纪晚期的印象派与诗歌、小说、戏剧熔为一炉，凸显社会历史总体性规范的效果。粗疏是必然的，重点是敏锐的见识。

在豪泽尔之后，艺术社会史走向更精细的研究，真正的问题在于总体性时代精神或社会条件是如何具体来结构画面构图的，是如何进入具体的艺术家个体的技巧、观念和手法之中的。这种发展（主要包括巴克桑德尔［Michael Baxandall］、克拉克［T. J. Clark］和阿尔珀斯［Svetlana Alpers］等）被称为“微观艺术社会史”“切近的艺术社会史”。巴克桑德尔在《15世纪意大利的绘画与经验：绘画风格社会史入门》一书中提出“时代之眼”（period eye）这一概念。巴氏在磅礴的社会文化历史材料与文艺复兴绘画艺术中穿针引线，提出特定时代所共享的视觉惯例与艺术风格。他展现了特定的艺术题材、绘画技巧、舞蹈样式等与商业、社会生活和宗教的关系，详细论述了当时的宗教仪式、实用数学与绘画风格和舞蹈之间的交互影响。他指出，如果我们不了解当时的舞蹈形式，就无法理解波提切利的画；如果不了解彼时的布道形式，也无法理解安杰利科画面中人物的姿态。[②]在《德国文艺复兴时期的椴木雕刻家》一书中，巴氏进一步演练了自己的“时代之眼”，从雕刻材料、行业市场、日常生活、世俗认知、风格认同等方面对文艺复兴时期德国南部的木雕进行了精细的研究。作者又一次在“时代之眼”的宏观把握下，打通了雕塑与舞蹈、音乐等其他艺术门类之间的通路，呈现出其他艺术话语是如何进

① ［匈］豪泽尔：《艺术社会史》，黄燎宇译，商务印书馆2015年版，第277页。

② Michael Baxandall, *Painting and Experience in Fifteenth Century Italy*, Cambridge: Cambridge University Press, 1972.

入并影响木雕艺术创作的。[①]

这是艺术社会史思路将多种艺术门类统摄于特定社会历史语境的努力。除此之外，笔者还将引入另一位非常不同的艺术史家阿比·瓦尔堡（Abby Warburg）。在他那里，多种艺术形式的连通极为自然，艺术史是人类心灵与精神从往昔遗存而来的痕迹，尤其是运动中的生命以多种形式从古典艺术进入近代艺术，艺术史有着独特的生命成长脉络。瓦尔堡对生命的运动形式、“表现性动作”[②]充满热情，他在古希腊艺术仙女飘动的衣饰、非洲原始部落巫术仪式上的舞蹈、电影蒙太奇、图集的间隙中发现运动的生命。瓦尔堡着迷于古希腊的宁芙/仙女形象，他惊奇地发现宁芙穿越了古典和文艺复兴，进入近代甚至其同时代，这是一种运动中的生命的流传。瓦尔堡认为古希腊宁芙飘动翻飞的衣饰是定格下来的运动，他在波提切利的画面、罗马石棺壁的纹样，乃至同时代的波利齐亚诺的诗作或阿尔贝蒂的理论文章中得到了同样的感受。瓦尔堡考察了宁芙从异教文明进入文艺复兴的画面，看到一种激情的内容在不同的形式中自由转化，这一研究贯穿了其一生的学术。这种历史理解完全不同于基于历史事实和线性时间的艺术相互影响和学习的认识，“这是一种完全超出了历史事实性范畴的有关时间性——有关幸存——的提问方式。这种向瓦尔堡的提问实则是透过瓦尔堡最具颠覆性的观念意识，即Nachleben（afterlife，死后生命、遗存）作为图像时间性的症状模式”[③]。在这样的运动的精神生命之遗存的艺术史意识中，瓦尔堡特别关注舞蹈。在他对古代文化中仙女形象的关注中，运动在身体、衣饰、头发、各种附属物中凝固，而舞蹈则是生命运动的活态。舞蹈与图像、雕塑、摄影照片，甚至电影，尽管媒介不同，但都遗存着往昔的精神心理，在运动性的造型中蕴含一种强力的激情能量，这种能量在各种媒介和各种形式中不断传

① ［英］麦克尔·巴克桑德尔:《德国文艺复兴时期的椴木雕刻家》，殷树喜译，江苏凤凰美术出版社2014年版。

② ［德］瓦尔堡:《往昔表现价值的汲取——〈记忆女神图集〉导言》，周诗岩译，《新美术》2017年第9期。

③ ［法］乔治·迪迪-于贝尔曼:《以侍女轻细的脚步（图像的知识，离心的知识）》，赵文译，载黄专主编《世界3：开放的图像学》，中国民族摄影出版社2017年版。

递、转化。

当我们要在学科意义上联结不同艺术门类的时候，瓦尔堡给我们的启示是什么？显然，并非寻求共同的规律、普遍性，也并非是总体性时代条件的显现。在古希腊雕塑、文艺复兴壁画、原始部落的舞蹈、电影运动影像之间，瓦尔堡探索的是生命、精神和形式的遗存与流转。这启示我们进一步理解和想象一种不断运动和“摆荡”的艺术史，这种艺术史发生于人的精神、心理和经验中。

四、通效：共通的感知经验

人类的精神形式如何在不同的艺术形态中出现？前文分别从总体性的精神理念下艺术的共通表现、总体性的社会历史语境下不同艺术之间的间性联系两方面进行了探讨，我们也反思了在时代条件和具体艺术之间的具体关联方式，现在经由瓦尔堡和更多学者的研究，我想进一步讨论这种关联中感知经验的中介环节，即时代条件的变迁，如何孕育出人们感知经验的变化，并体现在多种艺术门类当中。这里，时代—感知—艺术之间并非是机械性的因果关系，而是互为条件与结果。我们也许可以将不同的艺术打开，甚至开放艺术至艺术之外的文化领域，考察一种艺术经验与审美经验的形成与展开，及其对人所产生的共通的接受效果。

豪泽尔的著作对 19 世纪晚期欧洲艺术现代性与社会现代性的研究最为精彩，他是这样联系艺术与社会的：首先是资本主义经济和技术的迅速发展，带来社会组织的变化，进而改变人们的感知经验，特别是对运动、速度和变化的新感觉，而各种艺术是这种整体感觉中的一部分——“在这样一种环境中产生的两种基本情感，一方面是孤独和不受关注，另一方面是车水马龙、永不停止的运动和永恒变化的印象，滋育了印象派的生活观，在这种生活中，最微妙的心境都交织着最迅捷的感觉变化。”[①] 这种判断为诸多学者所赞同，印象派绘画与 19 世纪晚期奥斯曼改造之后

① ［匈］豪泽尔：《艺术社会史》，黄燎宇译，商务印书馆 2015 年版，第 280 页。

的现代都市空间密切相关，融于一种由运动、速度、瞬时、人群、变化、新奇等造就的新的感知经验。丹尼尔·贝尔在《资本主义文化矛盾》中说："我相信，当代文化正在变成一种视觉文化，而不是一种印刷文化，这是千真万确的事实。这一变革的根源与其说是作为大众传播媒介的电影和电视，不如说是人们在十九世纪中叶开始经历的那种地理和社会的流动以及应运而生的一种新美学。乡村和住宅的封闭空间开始让位于旅游，让位于速度和刺激（由铁路产生的），让位于散步场所、海滨与广场的快乐，以及在雷诺阿、马奈、修拉和其他印象主义画家作品中出色地描绘过的日常生活类似经验。"[①]除了速度，火车车窗还直接提供了一种前所未有的视觉经验，这在第一批乘坐火车的人那里就被明确感受到了。清政府最早派出的旅欧使节斌春的《乘槎笔记》（1866）记载了他对于自行车、火车等彼时尚未出现在中国的新式交通工具的感受，他写到乘坐火车，"初犹缓缓，数武后即如奔马不可遏。车外屋舍、树木、山冈、阡陌，皆急驰而过，不可逼视"[②]。"急驰而过，不可逼视"准确表达出了火车上的视觉经验，速度快到使人看不清过往，这是此前人们从未体验过的感受。"人类旅行的速度有史以来第一次超过了徒步和骑牲畜的速度。他们获得了景物变换摇移的感觉，以及从未经验过的连续不断的形象，万物倏忽而过的迷离。"[③]徐志摩有一首名诗《沪杭车中》典型地反映了现代人对于新的时间与视觉的感受：

> 匆匆匆！催催催！/一卷烟，一片山，几点云影，一道水，一条桥，一支橹声，/一林松，一丛竹，红叶纷纷：/艳色的田野，艳色的秋景，/梦境似的分明，模糊，消隐，——/催催催！是车轮还是光

① ［美］丹尼尔·贝尔：《资本主义文化矛盾》，赵一凡、蒲隆、任晓晋译，生活·读书·新知三联书店1989年版，第156页。

② 斌春：《乘槎笔记》，转引自钟叔和《走向世界——近代中国知识分子考察西方的历史》，中华书局2000年版，第70页。

③ ［美］丹尼尔·贝尔：《资本主义文化矛盾》，赵一凡、蒲隆、任晓晋译，生活·读书·新知三联书店1989年版，第94页。

阴？/催老了秋容，催老了人生！[①]

由于火车的飞速，诗中的景色都是“一卷”“一片”“几点”，完整的自然被速度切割成碎片，这正是现代主义、印象主义的风景特征。徐志摩又有《车眺》诗：“绿是豆畦，阴是桑树林，/幽郁是溪水傍的草丛，/静是这黄昏时的田景，/但你听，草虫们的飞动！”在车中眺望，看到农田、树林、溪水，但仍是大的色块首先入目，然后才辨析出具体事物，显示出车上观景的特征。塞尚有一幅创作于1900年前后的《松石图》，画面左边前景是一大片无法辨析出物象的由短促的笔触组成的色块，与画面中景中清晰的石头非常不同，塞尚这种“双重视觉”颇具车窗风景的特点。速度、运动、机械、孤独、热烈……现代性的全部特征在机器、城市空间、火车站、风景画、建筑、摄影和电影中全面而并非均质地展开。[②]

电影考古学已经将电影的历史打开，将电影与早先或同时期的各种视觉媒介联系起来，展开一幅虚拟影像、运动影像、银幕经验的多样画卷。此种研究注重电影与其他媒介之间的互动关系，在一种更广泛的视觉文化的层面上考察尚在生成过程中的早期电影，注重考察电影作为一种新视觉技术给早期观众带来的新的视觉经验与感官体验。作为一种视听媒介的电影远比“电影艺术”要丰富复杂得多。对于中国早期现代媒介环境而言，从画报图像、摄影术、西洋景到万花筒、走马灯、幻灯，最终发展到电影，它们构成了近代中国的丰富多样、异质交融的视觉现代性内容，它们在首要的属性上是一致的，都是全球景观的呈现，是新奇，是现代性。在新的运动、时间、视觉、身体的感知经验中，艺术反映并生成这种经验。在这里，不同艺术之间的差别也许没那么重要，更需要讨论的是一种艺术如何作用于现代人，带来何种现代视觉，如何在历史现代性的宏大进程中与各种其他视觉媒介共同参与构造一种视觉的

① 徐志摩：《沪杭车中》，《小说月报》1923年第11期。

② 沈语冰：《塞尚、科学话语与早期电影——论19世纪90年代的绘画与视觉机制》，《新美术》2017年第1期。

现代性。①

所谓“大艺术史”，即艺术学理论学科下的艺术史研究，在笔者的理解中就是跨媒介的间性艺术史。正如本文所展示的，这种艺术史一直存在，它有助于打破单一艺术史在对象上的藩篱，提供一幅更为多样的、丰富复杂的艺术史图景。

（原载《当代文坛》2020 年第 5 期）

① 参见唐宏峰《幻灯与电影的辩证——一种电影考古学的研究》，《上海大学学报（社会科学版）》2016 年第 2 期。

下编

文艺批评形态重塑及其实践

媒介文化时代的文体新变及其反思

杨向荣

文体是文学创作实践过程中逐渐形成的相对稳定、有着共同审美倾向性的风格。[①] 刘勰在《文心雕龙·时序》中讨论到文体的演变问题，提出“时运交移，质文代变”“文变染乎世情，兴废系乎时序”等命题，认为文体的演变受时代、文化变迁的影响很大。此后，袁宏道和姚华提出“世道既变，文亦因之”“文章因时而生，体各有当”等命题。王国维在《人间词话》中进一步论述道：“盖文体通行既久，染指遂多，自成习

① 中西思想界对“文体”的内涵及理解有一定的差异性。中国古代的“体”论中的文体包括文类体裁和体派风格的双重内涵；与之对应，西方文论中的文体（style）最初源于修辞术，侧重于对文学语言的风格的探讨。本文所探讨的文体包括一般意义上的文学体裁和语言风格，即文学的文本组织结构和语言表达方式。

套。豪杰之士，亦难于其中自出新意，故遁而作他体，以自解脱。一切文体所以始盛终衰者，皆由于此。”[①] 可以说，在文体的历史发展中，变与不变是相对的统一体。

一、媒介文化时代的文体新变

我们身处一个电子媒介的时代，一个由数字技术革新带来的网络化、图像化和虚拟化社会。童庆炳认为，文体作为一定的话语系统所形成的文本体式，折射出作家、批评家独特的精神结构、体验方式和思维方式，同时反映了不同时代的社会历史和文化精神。[②] 因此，文体不仅仅反映了作家文学创作上的一种主观选择，还与其时代的文化状况密切相关，如陶东风所言，作为文学话语结构范型，文体既表征着文化，同时也受文化的制约。[③] 在网络媒介或新媒体时代，人们的感知模式和社会文化都发生了重大的变革，这也给当下文学，尤其是文体的变易带来了深刻影响。

文体问题在本质上是文学的形式美学问题，文学表达的内容受时代的影响而变动不居，这使得其形式因素也根据内容的要求而不断产生变易。从先秦的诸子百家散文、汉魏乐府、唐宋诗词到明清小说，我国古典文学的文体发展变化深蕴着不同时代特殊的社会历史因素。文体风格的演变往往还受到特定文化潮流的影响，从而留下时代风格的印记。新文化运动掀起了一场白话文取代文言文的文学革命，孕育出社会问题小说、自叙体散文、朦胧诗等一系列具有现代意识的新文体。回到当下语境，笔者认为，电子媒介时代的文学迎来了一场新的变革，传统精英文学的文体观念和美学原则都受到了新媒介的挑战。文学作为语言的艺术，其话语结构和语言风格都受到数字媒介文化的剧烈冲击，并通过数字媒介实现了虚拟空间的快速传播。不仅如此，互联网更是为网络文学的生产提供了土壤。然而，问题在于，在网络文学崛起、精英文学传统逐渐

---

① 王国维:《人间词话》，上海古籍出版社 1998 年版，第 13 页。

② 童庆炳:《文体与文体的创造》，云南人民出版社 1994 年版，第 1 页。

③ 陶东风:《文体演变及其文化意味》，云南人民出版社 1994 年版，第 21 页。

式微的媒介文化时代，发生了哪些引人关注的文体变易现象？媒介文化又是如何作用于文体的呢？

文学的网络化生产塑造了网络小说独特的文体特征。媒介变革经历了纸质媒介时代向电子媒介时代的转变，尤其是数字网络技术的不断革新带来了网络文学以及各种基于新媒介技术的界面文学的繁荣发展，为文学的变体营造了广阔的空间。尤其是网络文学作为一种新媒介文学形态，随着数字媒介的兴起而不断发展，以互联网为平台进行创作生产、阅读消费。在全民参与、解构传统的狂欢化形式下，网络文学创造了巨大的商业价值。在这场网络文学的狂欢中，网络小说无疑是占主导地位的文体。网络小说文本在商业逻辑的生产机制下呈现出一种类型化的文体特征，穿越小说、玄幻小说、盗墓小说、网游小说等一系列类型文层出不穷。类型化小说的创作风潮通常以某一部或几部经典类型文的大热为起点，其创建的叙述模式往往被后来者争相模仿和改造，形成一定的“类型套路”。在网络文学的创作实践中，类型文往往将某个时期某些群体的欲望放置在一个叙述模式中，其形成是一项众人参与的群体工程。当一个欲望空间被打开后，就会引来很多跟进者。[①] 随着类型化“套路文”的泛滥，一些“反套路文”便会相继出现，成为吸引眼球的网文新热点。以玄幻小说为例，较为经典的《斗罗大陆》《斗破苍穹》等都是以升级模式为主线展开叙事的小说，随着“升级流”模式的开创，包括修真小说在内的玄幻小说，以及网游小说等网络小说，大多建立在这种写作套路上。“升级流”小说通常都有以一定的升级体系为基础，讲述人物通过经历各种考验与挑战，以此积累经验不断提升等级和境界的故事。但需要反思的是，除了几部可列为经典的作品外，其后许多以商业为目的的跟风创作的“升级流”网文往往流于“套路文”“小白文”之列，缺乏文学意义上的价值。

在网络化的文学创作中，一系列叙事策略都被充分调动起来，以此唤起读者的阅读兴趣——多视角叙述、多线叙事、时空穿越、历史架空

① 邵燕君：《网络文学的“断代史”与“传统网文”的经典化》，《中国现代文学研究丛刊》2019年第2期。

等叙事方式在网络小说创作中被不断实践。同时，以网络为媒介的“非虚构”写作曾掀起一阵风潮。熊顿在天涯论坛发布帖子《滚蛋吧肿瘤君，记录与肿瘤抗争的病院日子》，书写了亲历抗癌生活的感人纪实，后被改编为同名电影，成为引人关注的事件。“非虚构”写作在以虚构性为主流的网络文学中，以其自身的真实性引发了读者广泛的情感共鸣，虽然关于其文体类型的争论一直在持续。另外，社交软件的普及推动了对话体小说的写作潮流，以聊天记录式的对话体为主要叙述方式的小说受到千禧一代读者的热捧。不同于严肃文学中的对话体小说，网文对话体小说多以网络聊天的对话形式展开，具有更多的随意性和趣味性。和长篇网文相比，对话体小说具有更为简单化的模式，通过手机便能够完成写作和阅读，这使得其作者和读者群体同样年轻化。从某种意义上来说，对话体小说写作迎合了当下以00后为代表的年青一代快节奏、碎片化的阅读需求。在数字媒介的参与下，还出现了一系列新的小说文体类型，如以超链接技术为载体的超文本小说、多写手参与创作的接龙小说、运用多媒体技术创作的小说等。以南派三叔的《盗墓笔记》系列的“沙海篇”为例，作为多媒体互动小说的典型代表，其将动画影像、冒险游戏、实时音效等多媒体元素相融合，超越了传统文字叙事的单一阅读模式，为读者提供了多感官参与的新奇的阅读体验。

文学与新媒介的嫁接还产生了“博客文学”“微博文学”“公众号文学”等新媒介文体，在叙事上呈现出逐渐微小化的特征。不同于网络类型小说基于连载的“超长篇”模式，新媒介文体往往以“微叙事”的形态出现。这主要基于其文本赖以生存的媒介属性，比如微博文学，140～300字的限制规定了文本写作篇幅，使其趋向于碎片化的叙事特征。随着移动互联时代的来临，微小说写作也迎来了写作与阅读的风潮。首部现象级微小说《围脖时期的爱情》出现后，这种微博体小说的形式受到了广泛关注。在信息爆炸的网络时代，长时间的阅读使人们疲惫不堪，而微小说语言简洁、有趣味、注重个体表达、参与情感互动等特征，刚好契合了快节奏工作生活状态中现代人的阅读需求。此外，在新媒介参与的写作潮中，批评类文体在逐渐成为主导，且呈现出全民化、即时化和多元化等特征。自媒体给文学批评提供了更多自由的发展空间，越来越多的传统作家、批评家也加入自媒体写作的大潮中，通过博客、微博、微信公众号等网络平台发声。豆瓣社区、读写人等网站为批评随笔类文体提供了专门的写作平台，这些批评文字大多以微评、短篇的形式发布，强调即时性的同时，也展现出碎片化的特征。

媒介时代的文体变易还体现为一种创造性的转化，电子媒介融合了图文声像的优势，衍生出一系列混合式的新文体。陶东风认为："文体变易的一个常见途径，是两种或两种以上的不同文体之间的交叉、渗透，进而产生一种新的文体。这实际上是多种结构规范之间的对话、交流、相互妥协和相互征服。"[①] 随着视觉时代的来临，静态的图像和动态的影像在数字媒介技术的推动下向以语言符号为载体的文学发起了冲击。文学与图像的融合造就出大量的"图文体"文本，将图像思维和图像技巧融入诗歌创作的图像诗，以及将摄影画面和文字创作相结合的摄影文学都出现了。如尹才干、李自国等诗人进行了一系列图像诗歌创作实践、朱赢椿的《设计诗》图像诗册收录了数十首以画面传达构成的诗歌，此外还有运用多媒体技术进行创作的网络图像诗等。"图文体"创作不仅在网络空间广泛传播，在图书出版业也备受青睐。以图配文的插图本、以文配图的漫画书等图文书，将语言和图像的优势相结合，成为广受读者欢迎的出版物。随着影视文学作为一种新的文学类型进入人们的视野，文学与影视之间的关系也日趋紧密。文学作品的影视改编、文学创作的影视剧本化、经典文学的影视戏仿等成为常见的互动形式。"影文体"产生于文学与影视之间的不断对话和互相渗透，在这一文字与影音的混合式文体中，语言符号通常以语音对白、字幕的形式内置于影像中，或以故事剧本的形式组织着影像的内在结构，展现出语言与影像之间的叙事张力。

此外，在新媒体语境下，新语体的创造和语言风格的戏仿成为引人注目的文体现象。网络新语体的创造是一个大众参与的过程，在高速传

---

① 陶东风:《文体演变及其文化意味》，云南人民出版社 1994 年版，第 15 页。

播的互联网中模仿新语体进行交流和写作已成为一种话语时尚。在网络空间中，“玛雅体”“元芳体”“代言体”等新语体层出不穷，当下盛行的“毁灭体”（“×× 正在毁掉我们的下一代”）正在各种新媒体中不断生产和传播。在这个全民焦虑的时代，“毁灭体”切中了现代人惶恐不安的内心。从手机、游戏到外卖、抖音，各种事物被套入毁灭体中，传达了现代人在电子技术、媒介、环保等问题上的恐慌。文学写作对特定语言风格的戏仿成为一种特殊的文体景观。传统文学中具有典型语言风格的“红楼体”“鲁迅体”“琼瑶体”等，在网络平台上被网友们争相模仿。许多诞生于网络媒介中的语体，如“梨花体”“甄嬛体”“知音体”等，大多来自网友对事件的恶搞或对原作的戏仿，反映出一定的时代语体特征。这些流行的网络语体不仅在日常交际中被广泛使用，还进入了网络文学作品的创作中，影响着创作者的语言风格。

二、文体新变的原因

媒介文化时代催生了具有自身独特文体特征的网络文学，以及一系列新媒介文体和混合性文体，除此之外，语言风格戏仿和网络语体的大量出现也是引人关注的文体现象。笔者认为，这些文体类型、风格与特征上的变化不仅源于技术与媒介革新和消费话语主导下的商业逻辑，而且与图像转向和社会文化转型密切相关。

麦克卢汉以媒介技术的发展变化为标准将人类社会发展的阶段划分为口传媒介时代、印刷媒介时代和电子媒介时代三个历史阶段。他认为，电子媒介时代是人类重新部落化的时代，是所有感官参与的时代。“任何媒介（即人的任何延伸）对个人和社会的任何影响，都是由于新的尺度产生的；我们的任何一种延伸（或曰任何一种新的技术），都要在我们的事务中引进一种新的尺度。”[①] 麦克卢汉指出，电子媒介兴盛的同时，改变了个体感觉和思想的结构。作为语言和信息的载体，数字媒介在某种程

① ［加］马歇尔·麦克卢汉：《理解媒介：论人的延伸》，何道宽译，商务印书馆 2000 年版，第 33 页。

度上也改变了文学的生产模式和评价尺度。当下，我们正处于一个视觉化、多媒体化和信息化的网络媒介传播阶段。互联网作为大众传播和人际交往的新型媒介，逐渐形成了与现实世界相区别的虚拟网络世界。麦克卢汉关于媒介的预言已基本成为事实，媒介正以一种悄无声息的力量改变着文学的文体样貌。互联网已不能单纯地用麦克卢汉提出的冷热媒介理论来进行区分，而是逐渐发展成一种融合了二者特征的全新的综合性媒介。与麦克卢汉的预言不完全相同的是，以高清晰度、低参与度、机械性为特征的热媒介并没有完全衰落，而是以一种新的方式融合了新旧媒体，进一步加深了媒介对文学艺术的影响。

在全媒体时代，互联网思维的渗入使文学展现出一种跨界融通的开放姿态。文体的封闭性曾将不同的文类体裁区分开来，文体的开放性则在媒介文化时代开始凸显。在新媒介的参与下，不仅生成了一系列新文体，还推动了不同文体之间的相互融合与渗透。米勒认为，“新形态的文学越来越成为混和体。这个混和体是由一系列的媒介发挥作用的……这些媒介除了语言之外，还包括电视、电影、网络、电脑游戏……传统的‘文学’和其他的这些形式，它们通过数字化进行互动，形成了一种新形态的‘文学’”。[①] 反观文体发展史，不同时代都有其主导的文体形态：口传媒介时代的神话传说、民间故事，以口耳相传的语音形式得到流传；印刷媒介时代的文学，尤其是小说得以付梓出版，以文字为载体进行传播；数字媒介时代的文学开始打破传统文体的界限，以各种混合体、新媒介文体的形态出现。

网络传播时代所带来的一个文化事实是消费社会的出现，视觉图像与消费文化共同构成了媒介文化时代的语境。欧阳友权写道：“由于商品逻辑成为现代生活的逻辑，消费意识支撑了网络大众的意识形态，对于这种意识形态的数字媒介表达就成了网络文化的内在动力和文化底色，成为网络时尚化消费意识确证自身的话语方式。”[②] 可以说，网络文学作为

① ［美］米勒、周玉宁：《“我对文学的未来是有安全感的”——希利斯·米勒访谈录》，《文艺报》2004 年 6 月 24 日。

② 欧阳友权：《比特世界的诗学——网络文学论稿》，岳麓书社 2009 年版，第 257 页。

一种新媒介文学形态，随着数字媒介的兴起而不断发展，以互联网为平台进行创作生产、阅读消费，在全民参与、解构传统的狂欢化形式下创造了巨大的商业价值。消费文化以其强势的文化逻辑将一切都裹挟进其运行机制中，文学尤其是网络文学，越来越趋向于以消费市场为导向来进行创作。目前，我国网络文学用户的规模超过 4 亿人，[①] 网络文学作者已达 1755 万，其中签约作者 61 万，兼职作者占比高达 61.9%。[②] 作家的身份不再像过去那样由精英知识分子来承担。在全民写作的时代，电子屏幕前的大众都可以通过网络进行书写，兼职写作、创作队伍年轻化已成为新趋势。

同时，电子阅读也扩大了读者的群体，以用户为导向的作品推荐和激励机制推动了全民参与阅读与创作的狂欢，"粉丝向"爽文的出现更是凸显出网络文学生产与消费的全民化特征。网文连载小说的写作过程往往受到网文粉丝的评价和价值导向的影响，作为接受者的粉丝参与到网文的创作中。网络小说在这种生产与评价机制下逐渐呈现出类型化的特征，在粉丝经济和网文圈子的推动下形成了一系列网络小说亚类。玄幻小说、网游小说、都市小说等小说类型化生产的背后，往往有大量读者粉丝群的支持。网络小说在文体类型、叙事模式、语言风格上的破与立，大多源于这种商业逻辑下的网络文学生产机制。

从照相术的普及到电子传播媒介的发展，图像信息以爆炸的形式在增长和传播，图像凭借自身的优势对以语言为载体的文学发起了挑战。米歇尔在《图像理论》中提出了"图像转向"的命题，宣告一个视觉化图像时代的来临。"图像转向"作为当代思想文化转型的重要标志之一，意味着知识的言说方式、意义的建构方式、大众的审美方式以及文化秩序的形成模式等一系列问题都面临着剧烈转型。随着视觉时代的来临，以语言文字为载体的文学受到了剧烈冲击。网络传播时代的到来，在笔

---

① 数据参见中国互联网络信息中心（CNNIC）2019 年公布的《第 43 次中国互联网络发展状况统计报告》。

② 数据参见中国音像与数字出版协会于 2019 年 8 月召开的第三届中国"网络文学 +"大会公布的网络文学发展报告。

者看来可以通过另外一种隐在的文化表征得到说明，即文化从文字时代向图像时代的转变。数字网络与视觉元素的结盟，使得图像在网络社会中疯狂生产，表情符号、数字照片、在线视频等在互联网中不断被制造上传和分享传播。在数字化图像时代，视觉消费逐渐成为当今文化的第一要素，而最大限度地吸引眼球也已成为当代文化的价值追求。在视觉媒介的强大攻势之下，文学开始以开放的姿态参与视觉图像和影视文化，语图混合式文体的出现便是最好的确证。

从文化的发展维度来看，媒介文化时代的来临是当前文化转型的一种外在表征。前现代文化到现代文化的转型，使得文化架构起自身的反思、批判和重建功能，并体现出远离大众的精英特性和自恋特性。现代文化到后现代文化的转型使传统的精英文学逐渐祛魅，呈现出一种宏大叙事向微叙事的转变。宏大叙事是一种逻各斯中心的总体性叙事，这个总的故事是线性演进的，传统的长篇小说是这种叙述模式的典型代表。后现代文化则反对这种传统的元叙述立场，提倡局部叙述和小叙述，认为生活中的语言和科学语言一样重要，日常的生活体验和偶然发生的事情都可成为其关注对象。这些细小的、零散的叙述不以归纳出普遍规律为己任，而是以局部事件为焦点，注重个性的叙述、自我的表达。

随着宏大叙事模式在后现代文化转型中瓦解，网络文学创作逐渐展现出微小化、碎片化和去历史化的趋向。邵燕君认为，在网络小说写作中，从深受“拟宏大叙事”小说影响的“第一世代网文”到历史叙事凋零时代发展起来的“二次元网文”，亦完成了一次向“大型非叙事”的转变。[①] 在被称为“后宏大叙事的世代”，“二次元”网络文学对传统叙事文学的拆解、戏仿和挪用凸显出一种去历史化的创作特征。大量戏说历史的网络小说将严肃的历史叙事解构为碎片化的符号，这与网络文学文本的商品化属性和读者的娱乐化追求有着密切关联。网文读者的浅层化思维模式与网文创作的去历史化书写之间形成了一种对应关系。微博、微信公众号等新媒介中的“微写作”日益成为大众参与的文学创作形式。

① 邵燕君：《网络文学的“断代史”与“传统网文”的经典化》，《中国现代文学研究丛刊》2019 年第 2 期。

在消费文化的语境下，网络文学从国家、民族、集体这些传统主题中解放出来，对个体意识和碎片化日常生活的书写被作为一种迎合大众的策略来使用。微叙事在新媒介文体中已成为主流趋势，这种碎片化的、零散的叙事模式展现出文化转型中现代个体的碎片化生存现状。

此外，在数字媒介与视觉图像时代，人们建立了一种不同于印刷时代的快速阅览模式。数字网络的极速性、便捷性与交互性等特征，使其由传统的沉浸式阅读逐渐转变为一种快速、散漫和互动的阅读方式。网络“读屏”与传统阅读的最大区别在于，人们不再沉浸于拥有厚度的纸质文本中，而是习惯于在图像和文字编织的、碎片化的网络文本之间不断跳转。这种阅读模式的变化改变了现代人的思维方式，在唾手可得的信息和浅层化的文化面前，人们逐渐丧失沉浸阅读和深入思考的能力。随着移动互联网的普及，各种网络图片、网络新闻、社交软件、网络游戏开始渗入人们的日常生活，现代人真正实现了媒介化的生存方式。而这无疑是推动当下文学创作日渐即时化、互动化、碎片化的最直接的因素。

三、文体新变与文学的未来

在媒介文化时代，文学究竟会走向何方，是文学批评家们始终关注的命题。在传统的文学史建构中，文学的内容题材及其与社会历史的关系往往被当作关注的焦点，“文以载道”自古就是考量文学价值的重要标准。然而，正如陶东风所言，“题材史并没有反映出文学趣味和形式规范的变化，文体史的对象是文学话语体式和文本结构的方式的历史，并由文本结构方式的转换生成深入到审美心理结构和艺术精神结构的变易，揭示出艺术的感受——体验模式和艺术反应世界方式的历史”[①]。可见，文体演变的历史在形式美学的意义上反映了文学独特的发展历程。探讨文体的演变，是在历史文体学的视域中观照文学本身，思考文学内部结构

① 陶东风:《文体演变及其文化意味》，云南人民出版社 1994 年版，第 5 页。

上发生的最根本的变化。

媒介文化时代的文体演变既源于技术与媒介的共谋，也离不开现代到后现代的文化转型下的消费文化与视觉文化语境。自古"文随代变"的观念已深入人心，文学与其传播媒介之间的关系也随着媒介时代的来临而不断凸显。不存在离开时代的文学，也不存在脱离媒介的文学，新媒介、新文学、新文体之间存在着天然的逻辑关联。在媒介时代，传统文体观的消解已经成为一个既成事实。那么，当下的文体变易究竟是文体意识的淡化，还是一种全新的文体观的建立？不断出现的新文体写作、泛文体写作会给文学注入新的活力，抑或是表征着文学的终结？

媒介文化的生成有赖于现代传媒和科技的进一步发展，同时，当前的文学和艺术亦面临了数字技术的挑战。网络文学冲击着传统文学，新文体冲击着传统文体，已成为文学发展的现实。新媒介不断地延伸着现代人的感觉器官，文学也必将以不断调整自身的文体形态的方式来适应新的媒介形式。可以说，新媒介的出现不仅扩展了文学文本的传播方式、提升了其传播速度，还赋予了文学全新的美学形式。受网络新媒介的影响，传统文学急剧滑坡，网络文学日趋兴盛。传统文体逐渐衰落，新文体的出现也将成为必然。网络社区、论坛、QQ空间、微信公众号等网络平台逐渐出现了完全不同于精英文学的新的文学形式。与此同时，在数字技术的冲击下，当下的文学也面临着诸多问题、困惑与挑战，如在数字媒介和消费文化的话语场中，文学的商品化生产直接导致其由传统的深度模式转变为后现代的扁平模式。杰姆逊认为，现代艺术都有深层内涵，有对终极价值的渴望和对自我的执着，而后现代艺术则削平了所有的深度模式，把一切都平面化了。所有用来衡量和检测事物的认识深度的标准，在后现代主义的文化中都被各种新的实践、话语和文本的能指游戏所取代。①

在中国古代传统的文体观中，文体大都指向文学作品的体裁，以及与之相对应的语言或美学风格。早在曹丕的《典论·论文》中就将关于

① ［美］弗·杰姆逊：《后现代主义与文化理论——弗·杰姆逊教授讲演录》，唐小兵译，陕西师范大学出版社1986年版，第181—187页。

体裁与风格的对应关系进行了论说。古代文论中关于文体的论述不胜枚举，《文赋》《文章流别志论》《文心雕龙》等典籍都对文体进行了分类，并逐渐建立起了古代文章的文体学研究模式。传统文体学之"体"是一个充满复杂性与模糊性的概念，对文体的研究既包括系统的体裁分类、文体渊源流变，还将语言体性、美学风格等与之相对应的特征研究也纳入其中。值得关注的是，古典文体学是建立在传统文论的"文章"概念上的，并不局限于五四以来形成的"文学"观念。邵燕君指出，"网络文学兴起后，'新文学'传统基本被绕过去，网络写手们直承中国古典小说'章回体'式的写作传统，重新面对'看官'，这不仅是出于一种文化上的亲缘性，也出于生产机制上的相通性"。[①] 网络小说对古典小说的写作体式上的靠拢，以及文体泛化背景下对传统文章学之下"大文学"观念的靠近，是否可以看作是新媒介文体学向中国古代文体学的回归？新文化运动以来形成的以诗歌、小说、散文、戏剧为基础的文体分类法和文体观，显然已经不再适应媒介时代文体互渗、新文体不断生成的现实。在新媒介影响下产生的当代新文学以及新文体现象，都呼唤着新的文体观念和研究方法的建立。

有学者把媒介时代称为"后文学时代"，而"文学终结"的言论也在学界不绝于耳，同时引起了激烈论争。米勒曾经借德里达作品中的一段话道出了对文学未来的忧虑："在特定的电信技术王国中（从这个意义上说，政治影响倒在其次），整个的所谓文学的时代（即使不是全部）将不复存在。哲学、精神分析学都在劫难逃，甚至连情书也不能幸免……"[②] 米勒关于"文学终结论"的命题源于对电子信息时代来临的忧虑与恐慌。事实证明，米勒的忧虑并不是空穴来风，传统的书信往来在如今已被语音视频、实时消息、电子邮件等新的交流方式取代。此外，当下的阅读方式和思维方式也发生了转变，传统的纸质阅读和深度思维模式逐渐被数字阅读和浅层思维模式取代。在新媒介的冲击下，文学的内容和形式

① 邵燕君：《网络时代：如何引渡文学传统》，《探索与争鸣》2015 年第 8 期。

② ［美］J. 希利斯·米勒：《全球化时代文学研究还会继续存在吗？》，国荣译，《文学评论》2001 年第 1 期。

也必将发生新的变化。

对于文学的未来，米勒持悲观的“终结论”，但同时又自称拥有某种“安全感”。当印刷机让位于电影、电视和互联网，印刷媒介时代的文学、哲学以及书信都将不复存在，但与此同时，他认为那些曾经稳固的界限也在日渐消逝，文学将以新的形态成为“幸存者”。在米勒的悖论式批评话语中，文学的终结并不是指一般意义上文学的死亡，而是传统精英文学的式微。他感叹的是一个属于文学的时代的消逝，是对电子媒介时代的文学现状的一种批判性反思。当下，我们对一部作品“是不是文学”的疑惑终将转化为米勒同样关注的“是否具有文学性”的问题——“除了传统的文字形成的文学之外，还有使用词语和各种不同符号而形成的一种具有文学性的东西。”[①] 米勒相信，通过对“文学性”的坚守与存续，文学将以混合式的新形态在电信时代继续存在下去。

2016年，美国歌手鲍勃·迪伦获诺贝尔文学奖成为引起学界广泛讨论的事件。虽然诺贝尔文学奖评委会在颁奖词中称其为一位伟大的诗人，并且他充满诗性的歌词也早已在全世界范围内被传唱，但他本人仍在获奖感言中坚持了自己作为一名歌者的身份，而非一个传统意义上的诗人。鲍勃·迪伦的获奖作为一个事件在文学批评界不断发酵，人们开始思考民谣音乐与文学诗歌、文学与其他艺术形式、高雅艺术与大众艺术之间边界问题。虽然鲍勃·迪伦称他的歌词创作初衷并非出自文学写作的目的，而是基于对摇滚、民谣歌手的自我认知，但他的许多经典歌词本身充满了文学意义上的诗意与价值。媒介时代中文学与音乐的关系日趋紧密，音乐创作中常见来自文学经典的灵感与启示，文学也开始引用音乐的歌词来表达当代人的情感，甚至还出现了改编自歌词的音乐散文、音乐小说等跨越边界的新文体。歌词开始进入文学研究的视野，文学刊物和文学研究期刊中也不乏出现歌词和歌词研究的身影。当歌词学进入诗歌研究的领域，展现的正是文学边界的一种开放姿态。除鲍勃·迪伦外，诺贝尔文学奖还曾颁给意大利演员和剧作家达里奥·福（1997）、白俄罗

① ［美］米勒、周玉宁：《“我对文学的未来是有安全感的”——希利斯·米勒访谈录》，《文艺报》2004年6月24日。

斯记者和非虚构作家阿列克谢耶维奇（2015）等，这也反映出世界文学中关于文学的界定在逐渐走向一种“大文学”的观念。在媒介文化时代，文学与音乐、戏剧、电影、新闻纪实类作品之间的对话越来越深入。这也表明，随着文学边界的不断打开，一种新的混合式、互交式的文体观必将逐渐形成。

在媒介文化时代，文学展现出开放的姿态拥抱新媒体下的图文声像，试图通过兼容并蓄的方式获得活力与新生。但与此同时，“泛文体”写作在新媒介中随处可见，表征着融媒时代中文体意识的逐渐弱化。文学如何能在展现其开放性的同时，不使自身淹没在其他的艺术和文化中？在媒介技术日益强盛的语境下，文体之间甚至文学与其他艺术文化形态之间的界限逐渐模糊，这究竟带来的是文体学研究的终结还是扩展？文学又是否能够在坚守“文学性”的同时，通过文体边界突围的方式走出自我困境？这都将成为我们需要持续关注与不断反思的问题。

（原载《中国文学批评》2019 年第 4 期）

“微众”的批评：“微”时代文艺批评的新主体与形态

杨　光

当代文艺批评活动所依托的时代文化语境正在或即将发生某种重要转型，“微”时代的命名标志着人们对此意识的日渐明确。这一点在近年来围绕“微”时代文艺实践及其批评活动展开的诸多研究中已经成为一种共识。然而，作为富有新技术色彩的一个时代“标签”，当代文艺批评活动在由移动互联技术渗透架构的今天究竟是否产生了具备“微”时代特殊性的批评形态？对此问题，当前的研究中仍然语焉不详。

该问题的出现相当程度上与微时代文艺批评研究尚未建立起符合自身特性的研究范式不无关系。当前对微时代文艺批评展开的诸多研究中较为普遍地存在着以下两种套路：（1）将在20世纪兴起的基于大众媒介时代产生的文化研究等大众文艺批评范式、理论、话语、方法等直接顺延到对“微”时代文艺批评的审视考察之中；（2）将20世纪末、21世纪初兴起的网络文艺批评与研究思路框架直接套用在对微时代文艺的批评与研究之中。倘若说任何对于新生事物的审视难免借助既有视野和以往经验，这无可厚非，但同样值得提出的是，当我们过度满足于将新生事物放在既定框架系统内进行检视，所看到的往往也只会是“新”酒装在“旧”瓶里，从而导致“太阳之下无新鲜事”之类的教条式结论。借助大众文艺批评、网络文艺批评等既有批评视角固然可以看到“微”时代文艺批评与之共享的某些东西，但必须意识到，这些批评视角在有所揭示的同时亦遮蔽了对“微”时代文艺批评所理应具有的诸多独特之处的发掘，造成了不少批评研究的盲点。诸如公众号批评、朋友圈批评、短视频批评、转发式批评、弹幕式批评、游戏社交式批评等“微”色彩突出的当代批评活动十分活跃，而文艺批评研究在这些方面却处于较为明显的失语状态。这种理论与实践的脱钩现象可以认为正是上述遮蔽的直接体现。

究其原因，概括而言是因为：第一，在技术特性上，移动互联技术显然不同于大众媒介技术和电脑固定网络，不可一概而论；第二，在批评主体问题上，活跃于各类App平台上的“群”“圈”“粉”等与大众、网民、草根等既有批评主体区别甚大，不能同等视之；第三，基于以上两点，“微”时代文艺批评活动呈现着一种既不同于大众文艺批评，也不同于网络文艺批评的新活动模式。从以上三个层面出发，我们在此提出“微众批评”这一概念，借以指认当代文艺批评在移动互联技术及其各类应用平台所形构的“微”时代产生的一种批评新形态。该形态具有批评主体层面的“栅格化”主体（Formatted Subject）特征以及批评活动方面基于“数据库”模型的“读取”式批评特点。

一、“内在的共生”：作为技术性主体的“微众”

批评主体问题历来是文艺批评研究中的重要问题，从批评主体角度考察文艺批评活动是文艺批评研究中的常见做法。这一点，在韦勒克（René Wellek）、威廉斯（Raymond Henry Williams）等人对“批评”进行的词源学考察中就有较为鲜明的体现。美国文艺理论家韦勒克认为，英语中的“批评”（criticism），其希腊文的词源主要有三个，“krités”（裁判）、“krineín”（判断）以及“kritikós”（文学批评家）。到17世纪，“批评”这个词方才在英语世界中出现，“初步看来，这个词的形成显然是为了避免既指批评活动又指批评家的同音异义词‘critic’”。[①]英国文艺理论家威廉斯则在《关键词：文化与社会的词汇》一书中指出，作为“criticism”的“批评”一词出现于17世纪初期，“是从16世纪中叶的critic（批评家、批评者）与critical（批评的）衍生而来。最接近的词源为拉丁文criticus、希腊文kritikós。可追溯的最早词源为希腊文krités，意指法官（a judge）。”[②]不难看出，至少在17世纪之前，作为某种活动的“文艺批评”与从事该活动的人——文艺批评者——在相当长的历史时期里并未得到明晰的区分。17世纪之后，随着批评活动的逐渐独立和现代文艺批评研究的逐渐成熟，人们不再混用“criticism”和“critic”，从而更为明确地将批评者作为批评活动的一个主要组成部分加以认识。

现代文艺批评研究中，作为文艺批评活动的主动发起者，批评者“critic”一般归属于“主体”（subject）范畴，也称为“批评主体”。但“主体”本身就是一个颇为悖论式的概念，它既指向一个占据主导位置的“形象”，同时，这一主导性形象的从属性也由“sub”（在……之下）这个构词前缀鲜明地标识出来。主体，既是主导的，也是从属的，这构成了主体的悖论。在哲学上，“主体”范畴的悖论式存在由黑格尔《精神现象学》中对主奴辩证法（master-slave dialectic）的精彩演绎而传达得淋漓尽致。而在文艺理论中，与“作者”等文艺创作主体概念受到的强力反思乃至消解不同，文艺批评主体所承载的悖论性似乎并未受到应有的关

① ［美］雷内·韦勒克：《批评的概念》，张今言译，中国美术学院出版社1999年版，第20、24页。

② ［英］雷蒙·威廉斯：《关键词：文化与社会的词汇》，刘建基译，生活·读书·新知三联书店2005年版，第97页。

注。如果说，作为哲学概念的“主体”已然是一个悖论式的存在，那么，文艺批评主体既然其不能脱离“主体”范畴，它也就无法不成为一个悖论式的存在。而在这种过于形式逻辑的合理推演之外，一个更为明显的事实是，文艺批评主体作为批评活动中一个要素，属于文艺活动中的读者或受众范畴。任何一个文艺批评主体必须同时成为一个接受者。因为如果文艺批评的主体根本没有对其批评对象进行过任何阅读、观看或聆听，那么，其作为“主体”的合法性也将不复存在。在文艺批评活动中，文艺批评的主体既作为文艺批评的主动发起者，也作为文艺接受者而存在。“主导”与“从属”这一主体悖论在此再度显现。

基于“主体”范畴的悖论性，以福柯等人为代表的20世纪思想家改变了以往将“主体”视为某种凝固身份的看法，而倾向于将“主体”看作类似海边沙滩上的人脸画像之类的范畴，这幅有关主体的画像不停地被画上去，又不停地被海浪抹除。由此，对于“主体”的考察审视变成了对于塑造“主体”生成条件（如话语、技术、意识形态等）的考察审视。在此意义上，对文艺批评主体问题的考察就不能脱离对文艺批评主体生成诸条件的审视。微时代文艺批评的主体问题同样如此。这其中，技术媒介与现代主体生成之间的关系尤为重要。任何新技术媒介的规模化运用都会导致该社会中“个体”感知模式与“群体”组织方式的某种转变，从而催生出“新”的主体。以技术媒介变迁史为视角，考察现代社会“主体”的形象变迁，可以看到，机械印刷书籍杂志形塑了17—18世纪的“公众”形象（早期现代主体），报纸与电报形塑了19世纪的“市民”形象（中期现代主体），电子媒介技术的广播与电视形塑了19世纪末至20世纪80年代的“大众”形象（后期现代主体），进而在以电脑与固定网络为代表的早期数字媒介技术阶段，“网民”成为20世纪末21世纪初数字化主体的原初形象。应该说，这个主体的现代变迁序列总体上清晰可辨。

而进入21世纪之后的二十年间，随着移动互联技术渗透在当代社会的各个角落，一类既不同于“大众”也不同于“网民”的“新”主体形象正在加速形成。我们认为，“微众”是对这个“新”主体的合适命名[①]，其最基本的主体性特征是带有强烈技术色彩的“栅格化”，因此“微众”主体也可以称为“栅格化”技术主体。微信公众平台上的“群”和“圈”、抖音快手等短视频App的参与者、B站视频上的弹幕族，以及游戏社交平台上的“玩家”，都是这类“栅格化”主体的现实对应。其呈现出与“大众”主体性和“网民”主体性都十分不同的主体性特征。由此，“微众”作为当代文艺批评的一类新批评主体，活跃于当代文艺批评的广阔版图内。

如果说“技术是凝冻了的主体性”，那么“微众”就是典型的技术性主体。“微”技术媒介与大众技术媒介、早期网络数字媒介不同的平台架构形成了“主体化”过程的不同软硬件技术基础。“微”技术媒介以智能手机移动终端为基本硬件设备，以安卓或苹果操作系统及可运行于其中的各类App应用程序为主要软件平台。从硬件角度看，智能手机终端的可移动性改变了广播电视、台式电脑等以往设备的固定性，这使得每个智能手机的拥有者都成了一个“媒介化个体”，理论上可以全天候、全方位地随时实现媒介“接入”。“媒介化个体”的自媒体属性使得“主体”与“设备”无缝对接，处于“人—机”共生状态。在“人—机”共生体中，大众媒介和早期网络数字媒介时期的“用户”与“终端”的时空区分度近乎消失。手机在今天已经和手机的拥有者合二为一，关机的同时也意味着该设备拥有者自身的某种“关闭”。当手机对于人们而言成为一个“器官”（organ）式的而非“工具”（tool）式的存在，作为“媒介化个体”的微众主体在硬件技术层面也就进入了由移动设备终端构成的技术“话语网络”（基特勒语）。该主体的形象呈现为一种硬件设备形象——你的手机就是你本身，就如同若要知道谁没来上课，通过查看谁的手机没上交比点名更准确。而这在大众媒介时代和台式电脑的数字时代早期从未发生过。

从软件角度看，微博、微信、Twitter、Facebook所代表的各类App应用是形构微众主体的数字化平台。这类平台与有线电视网等大众媒介

---

① 笔者曾撰文指出，以移动互联技术及各种应用平台为代表的“微”媒介首次带来了一个“个体媒介化”与“全面媒介化”的时代，也由此造就了不同于“受众”和“大众”的“微众”群体。参见杨光《微媒介与“微”生活中的审美》，《社会科学辑刊》2016年第2期。

技术的“软”层面区分较为明显，毋需多言。而其与早期网络数字软件的差异则应得到重视，因为这构成了“微众”与“网民”两种主体性差异的技术基础。这二者之间的差别简单地说就是新浪网和新浪微博的区别，准确地说则是web1.0与web2.0的区别。早期网络数字软件以web1.0技术架构为主，其主要表现形态是以网页编辑为主的门户网站，比如搜狐、新浪、网易等。Web1.0技术下，门户网站主导着网页内容的发布与编辑，是主要内容提供者。而围绕网页内容进行的点击、跟帖、评论等用户反馈行为在根本上受制于提供者所发布的各种内容。Web1.0技术下的早期网络数字软件，其所形构的早期数字化主体尽管在选择性和主动性上较之电子媒介时代的大众主体有所加强，但仍然属于围绕网页内容所形成的一类受众型“主体”，也就是“网民”。从这个意义上，作为早期数字化主体的“网民”其实延续了广播电视等电子媒介时代的“大众”模式，甚至门户网站的网页编排式样都是对报纸排版模式的直接挪用。无论从其行为的匿名性还是符号表意实践性上，“网民”与“大众”均高度重叠。这也是在门户网站占据主导地位的20世纪末21世纪初用“大众”模式来审视“网民”不会产生根本龃龉的重要原因。

随着web2.0技术架构的兴起，以之为基础的新一代软件登上了数字网络进化史的舞台，各类“微”软件就是其中主要的代表。Web2.0技术允许并鼓励用户上传成为内容提供的主导方，彻底改变了早期数字网络时代的发布者与用户的关系。因此，web2.0技术下的数字软件均以搭建某个交往“平台”为其根本目的，而并不试图像门户网站那样在内容收集、发布、编辑等层面占据主导地位。Web2.0技术架构的这种“平台”特性使其更倾向于“社交媒介”（social media），微博、微信等都属于社交媒介，“微”时代就是社交媒介占据主导地位的时代。目前看来，社交媒介的种类众多且类型复杂。有西方学者2017年曾统计列举出12类40余种社交媒介类型和平台，主要包括微博、Facebook、Twitter等个人社交网络类平台，Google+、LinkedIn等专业社交网络类平台，Skype、Snapchat等即时交往与会议类的文本、图片、视讯等内容保存平台（微信属于此类），Dropbox、Basecamp等内容收集类平台，Wikipedia、Instagram

等内容策展类平台，Youtube、Flickr等内容展示与分享类平台，Second Life、World of Warcraft等游戏拟像为主的视觉世界类平台，MeetUp、Tinder等约会交友类平台，等等。[①]

但无论当前社交媒介的类型与种类有多少，美国学者杰弗里·韦（Geoffrey Way）指出，社交媒介所带来的变革都必然由“内在共生”（intertwined）的两个部分所形成：（1）社交媒介的技术性限制；（2）社交媒介成员的实践与文化。[②]可以认为，这个总结对社交媒介时代人与技术“内在共生”关系的定位是敏锐的。但必须指出，杰弗里·韦没有进一步看到，社交媒介的技术性限制并不仅限于诸如140字篇幅之类的符码技术，更在于社交媒介在软硬件两个层面均限制着它的成员。相较于他的观点，我们更倾向于将社交媒介的技术性限制称为“技术强制性”，其在硬件方面指向手机终端设备的“器官”性强制，在软件方面则指向web2.0技术对内容上传的强制性依赖。正是通过这种强制性依赖，社交媒介强烈地鼓励并促成其成员的主动参与。这种软件层面的强制性依赖意味着社交媒介所塑造的数字化主体（微众）是在与App平台的共生关系中形成的。或者说，微众主体是一类在与数字技术互动的过程中主动寻求自身数据化的主体。这从根本上改变了大众媒介时代的“大众”以及数字网络早期的“网民”范畴。微众不是大众媒介时代的“大众”，即使在“文本盗猎者”的意义上也不是，因为微众自身就具有相当强的文本生产能力，其并不依赖所提供文本的存在而存在。“盗猎者”观念中预设的“提供”与“再造”逻辑在此并不适用。微众也不同于“用户”“网民”等早期数字主体，因为微众不是在“使用”社交媒介，而是与之“共生”。“微众”不是以某个数字文本内容为中心而形成的匿名群体，而是由每个“媒介化个体”的数字文本内容制作与发布，以及相互间的转发互动而形成的社交“圈”。更值得注意的是，作为平台软件层面的数据

① Bree Hadley, *Theatre, Social Media, and Meaning Making*, Gewerbestrasse Switzerland: Palgrave Macmillan, 2017, p.32.

② Geoffrey Way, “Social Shakespeare: Romeo and Juliet , Social Media, and Performance,” *Journal of Narrative Theory*, Vol.41, No.3(2011), Eastern Michigan University, pp. 401-420.

化主体，“微众”与社交媒介等“微”技术平台之间的关联性，首要的并不产生于符号性的文本层面，而是产生于符码性的数据层面。因为“微众”并不“浏览”App 平台上内容，他们就是 App 平台上的“内容”，其活动无时无刻地不被 App 后台所统计、分类、记录、计算和资本化。

二、“栅格化”：微众的主体性特征

“微众”主体既是终端设备层面的“人—机”共生体，也是 web2.0 技术架构下 App 应用软件层面的平台数据共生体。“微众”主体在软硬件两个层面所体现出的技术共生性，使其与“大众”和“网民”产生了根本性的区别。对此，美国学者尼尔·托马斯（Neal Thomas）认为，“社交媒介平台是聚集个体并将其生产为‘主体性’形式与‘社会性’形式的计算程序”。“栅格化”主体而非“用户”才是对社交媒介平台所生产的“主体性”形式的合适称谓。当我们说某些事物被“栅格化”了，意味着它们是被具有可靠的例行程序功能与充分有效性的某些设计所建构起来的。而今天我们可以看到，社交媒介等“微”技术的“栅格化”对象不仅仅是信息与数据客体。社交媒介也承诺，在人们通过微信、推特等各类“社会技术装置”（socio-technical assemblages）连接自身与世界时，它可以保证二者之间的平滑互动与协作。这导致了人们对社交媒介平台一系列表征策略的主动拥抱。正是在这种主动拥抱中，人们同意了对自己的“栅格化”。[①]

借助尼尔·托马斯对“栅格化”主体的上述论述，我们可以认为“微众”就是人们在微技术媒介时代基于人与技术共生性而进行自我栅格化的技术社会学结果。它表明“微众”主体是在某类技术性网格结构中的存在。经由与移动技术终端和 App 应用平台的共生互动，该网格结构不断地被重组变动，但各个网格之间的技术基础关系总体不变。我们也可以用韩炳哲“数字化蜂群”的比喻来理解“栅格化”主体（微众）：虽

① 参见 Neal Thomas, *Becoming-Social in a Networked Age*, New York: Routledge, 2018, pp.1, 6。

然由于信息素的作用，蜂群聚集的大小形态时常变化，但蜂群中的每个个体都有属于自己的相互隔离的信息茧房。

“微众”主体的“栅格化”特性，使得该主体兼具福柯意义上的“subjectivation”与“subjectification”两种主体化方式。一般认为，前者是指透过运用自我技艺的自我实践过程而成为一个主体，后者则指“一种社会机制内的主体性生产”。[①]就此而言，“大众”和“网民”的主体性主要是在后者意义上的主体化过程的产物，是在大众媒介社会和早期网络媒介社会机制内生产出来的“主体性”。而移动互联终端和web2.0技术架构下的App平台则可以部分满足“微众”在这一意义上的主体化过程，比如自拍功能、美图秀秀等。但同时，“微众”也丝毫没有摆脱其主体化过程中的“社会技术装置”控制。无论是其在硬件层面的人机共生性，还是在软件层面的平台数据共生性，均使得“微众”的主体化过程必然在由当代技术话语网络和大数据网络所构成的“技术—社会”机制中展开。而若联系上文提到的“主体”概念的悖论性，如果说“subjectivation”的自我技艺实践偏重主体的主动性，“subjectification”的社会机制生产偏重主体的从属性，那么，“微众”主体的“栅格化”特征则正是“主体”悖论性在“微”技术媒介时代的具体“显现”。

由“栅格化”的主体性特征所决定，当我们审视各种“圈”“群”“粉”等“微众”具体形态时，既不能直接套用“精英—大众”的二分模式，也无法将“微众”完全视为群氓、网民、草根等所谓的底层民众。换言之，这些大众媒介时代与网络数字媒介早期的社会阶层范畴均已失效。所谓“失效”并不是说在实际社会生活中精英、大众、草根、网民等社会阶层已经不复存在，也不是说“微众”已经成为完全社会学意义上的“主流”阶层，而是说当线下时空与线上时空之间的区隔已经被社交媒介的微技术打破，社交媒介成为“社会”的数字“镜像”之时，活跃于社交媒介中经由“栅格化”过程而生产出来的微众“圈群”不是实际社会阶层在微媒介环境中的直接搬演，而是对其进行的生产性重构。

① ［法］德勒兹：《论福柯》，汪民安译，https://www.douban.com/note/657395603/，访问日期2020年1月17日。

这种生产性重构在个体自我数据化与技术强制性的双重维度上进行。每个人在实际生活中固然都有自己的各种小圈子，这些生活圈子也可以在其朋友圈中有所体现。但当其所有的生活圈子都映现于微信朋友圈中时，这些小圈子在生活中较为明确的区隔界限在微信朋友圈上就难以得到清晰辨别。就像人们可以在朋友圈动态中“惊喜”地发现自己的邻居与自己的同事在相互点赞，也正如每个人都无法保证自己在朋友圈里发的消息只能被他希望看到的人所看到。所以，无论是精英还是大众，是上层还是草根，在微信朋友圈中的可识别度均大大降低。“精英 / 大众”“上层 / 草根”“公众 / 网民”等，这些曾经成对儿出现的社会学范畴，其中的斜杠“/”被微技术媒介及其环境所“删除”。一个微信朋友圈里的“精英”和能上电视报纸乃至网站头条的“专家”，尽管可以是同一个人，但绝不完全相同。微信朋友圈里的“精英”所呈现出来的也是“微众”的一员，而如果说传统意义上的“精英”在微时代已经崩塌成为“微众”，那么，与此相伴随也就是大众、群氓、草根、网民等所谓“底层”群体在“微众”中的同步崩塌。在微技术媒介对主体性形式进行的“栅格化”生产中，精英、大众、草根、网民等均被抹平为“微众”。在此意义上可以说，“微众”是更为平滑的“数字化蜂群”，更类似著名社会学家鲍曼意义上的“液态”（liquid）[①]群体。

三、“数据库”式的“读取”批评：微众文艺批评活动的特征

如果说，“微众”是由微技术媒介栅格化生产出来的新主体性形式，是平滑的“数字化蜂群”或“液态”群体，这也就意味着我们实际上很难准确地判定在公众号、朋友圈、B 站等平台上发生的文艺批评活动中究竟哪些是精英批评、哪些是专家批评、哪些是大众批评、哪些是草根批评。因为这些批评类型所前置的“身份”定位在栅格化的数字主体活

① 鲍曼指出，“我之所以称这样的世界是‘液态的’，是因为像所有流体一样，它无法停下来并保持长久不变”，“这个‘液态现代’的世界，就是你和我……共同生活的世界”。参见［英］齐格蒙·鲍曼《来自液态现代世界的 44 封信》，鲍磊译，漓江出版社 2013 年版，第 1 页。

动中始终处于加速流动的状态。这提出了一个十分棘手的问题，如何能够在不断流动的“蜂群”中断言哪一只蜜蜂属于精英专家、哪一只蜜蜂属于草根大众呢？比如，当面对B站文艺类视频上的弹幕族时，我们究竟如何能够准确地对其层级构成进行分类？在最宽泛意义上，发布弹幕的行为无疑是一种评论行为，构成弹幕族的这些评论者也无疑均有其所属的现实社会层级或职业，但谁能保证说只有二次元ACG爱好者才会在上面发弹幕而文艺批评家就绝不会参与这种评论活动呢？谁又能保证一位线下的文艺批评家不会同时是一位线上的弹幕爱好者呢？因此，在文艺批评主体的分类问题上，“弹幕族”无法纳入精英、专家、大众、草根等任何一种“身份”定位，其构成更为混杂多变。就此而言，我们认为，将“弹幕族”之类的批评主体归入“微众”似乎更为合适。或者说，“弹幕族”的兴起构成了“微众”这一文艺批评新主体浮现于当代文艺批评主体版图中的典型征候。

针对弹幕评论与传统文学点评、网络文艺评论的区别之处，有研究者曾指出：“与一般的网络评论区不同，弹幕……避免了基于时间先后、用户等级高低、现实话语权威等因素形成的信息等级序列，在技术层面保证了均等的‘被看见’的机会。……在弹幕评论过程中，艺术消费与生产环节几乎是同步进行的。弹幕用户自主生产并自主消费弹幕内容，这是弹幕与文学评点的关键不同，也是数字媒介与传统媒介时期艺术生产的关键不同。”[①]应该说，从技术层面的均等性、“弹幕”批评生产与消费的同步性和自主性上，该论断部分地阐明了“弹幕”批评作为“微众”批评之一种的特殊之处。但如果从“微众”作为栅格化数字主体的主体性特征来看，这个结论仍然过于积极地看待了“弹幕”批评。因为其明显忽略了由“栅格化”所标示出来的“微众”主体自我数据化背后的技术强制性，忽视了弹幕空间所具有的“伪”聚合特点和“显性与隐性的双重控制”功能。[②]因此，若要立足于批评主体角度审视“微众”的文艺

① 王永凯：《从弹幕文化看数字媒介下的艺术生产》，载汤江浩主编《华中学术》2019年第1期，华中师范大学出版社。

② 钟靖：《空间维度下的弹幕文化研究》，《中北大学学报（社会科学版）》2019年第6期。

批评活动，“微众”主体作为“栅格化”数字技术主体的悖论性质就需要在对微众文艺批评活动的考察中得到充分的展现。在我们看来，从“微众”主体角度审视微众文艺批评活动，其根本特点在于该批评行为所呈现的“数据库”模式及由此带来的“读取”式批评形态。

“数据库”模型原本由日本学者东浩纪在对御宅族与后现代二者关系进行的社会分析研究中提出，亦称“读取模型”。[①]他认为，理解后现代世界的最佳图示是数据库模型，既非现代世界理解图示的树状模式（投射模式），也不是德勒兹和瓜塔里在《千高原》中提出的根茎模型（rhizome model）。树状模式是表层结构与决定表层结构的深层结构的结合，也就是各种小故事（表层）由深层的大叙事结构所决定，通过各种小故事去发掘深层大叙事是现代世界的主要理解方式。比如，结构语义学中的格雷马斯符号矩阵，或对各种文艺作品背后意识形态结构、政治经济基础的挖掘等，都可视为树状模式理解方式的具体表现。而正如杰姆逊等人都曾指出的，后现代社会是一个无深度社会，后现代世界是平的。在后现代社会，树状模式的深层理解被表层冲动彻底取代了，就像凡·高的“农民鞋”与沃霍尔的“钻石水晶鞋”之间的差别一样。

而东浩纪提出的“数据库”模型与这种“无深度”式后现代性的一般理解并不相同。他之所以认为“数据库”模型比“根茎”模型更适合理解后现代社会，我们认为一个很重要的原因是，在他看来“根茎”模型是“无深度”后现代的对应理解图示，而后现代社会其实并非是无“深度”的、没有深层结构的社会。以“数据库”模型为基础，东浩纪认为现代世界与后现代世界的区别不在于“深层”的有无，而在于“深层”的大叙事是否存在。后现代社会仍然由表层和深层的双层结构所构成，其与现代世界的区别在于“现代树状型世界的表层是经由深层所决定的，但在后现代的数据库世界里，决定表层并不是只有深层，还会随着读取

① 东浩纪所说的“后现代或后现代化”指“1970 年代以降各先进国家所产生的社会变化”，“御宅族”则意味着“同时期之日本场域所生长发展出，以动画或漫画、游戏等为核心之兴趣共同体”。参见［日］东浩纪《游戏性写实主义的诞生：动物化的后现代 2》，黄锦容译，台北唐山出版社 2015 年版，第 7 页。

顺序而呈现各种不同的表现”。这种后现代社会理解模型最好的现实对应物，东浩纪指明就是“网络”这个由“符号化资讯”的积累和“让浏览者读取而设计的许多网页”构成的双层结构。[①]可见，他所提出的“数据库”模型这一后现代世界理解图示，具有十分明确的数字技术媒介景深。而他所强调的以“读取”环节为中心的“数据库”模型，则为我们理解社交媒介形构的“微”时代提供了一个非常有启发意义的理论概念。虽然从具体措辞看，他仍然局限在源代码、HTML、网页、应用程序与可见符号等数字技术的软件层面来看待“数据库”。

基于“数据库”模型中有“深层”而无深层“大叙事”的特点，东浩纪以“小故事”与“设定”（大型非叙事）的双层构造分析了日本御宅族的一系列后现代文化生产行为，诸如动漫、电子小说游戏、手办艺术、轻小说文学等。除了对这些当代文艺样态的研究外，东浩纪就文艺批评问题曾专门指出，“在受到故事消费所支配的御宅族系文化里，作品不再单独受到评价，而是以其背后的数据库的优劣来评断”。[②]由此可以认为，东浩纪实际上提出了“数据库”批评这个新的文艺批评术语。借用这个批评术语并稍加修正，从“微众”主体的“栅格化”特征及其悖论属性看，微众文艺批评活动十分吻合“数据库”批评模式与“读取”式批评特点。

首先，“微众”文艺批评活动是“微众”活动的组成部分，而“微众”作为“栅格化”主体在微技术媒介软硬件两个层面的共生性（人机共生与数据共生）使其活动吻合“数据库”模型，由此，微众文艺批评活动可以被视为“数据库”式活动的一种。其中，智能手机终端设备以及背后的技术“基础设施”系统构成了该“数据库”活动的“深层”硬

① 参见［日］东浩纪《动物化的后现代——御宅族如何影响日本社会》，褚炫初译，台北大鸿艺术股份有限公司2012年版，第57—58页。

② ［日］东浩纪：《动物化的后现代——御宅族如何影响日本社会》，褚炫初译，台北大鸿艺术股份有限公司2012年版，第59页。邵燕君近年来在对网络文学迭代现象的研究中借助东浩纪的研究也发现网络文学已经进入了“数据库”写作的新阶段，二次元网文占据了当代网络文学的主流。参见邵燕君《网络文学的“断代史”与“传统网文”的经典化》，《中国现代文学研究丛刊》2019年第2期。

件本体，各种社交媒介等 App 平台则构成了该“数据库”活动的数字化表层。“微众”在平台软件上的所有活动均离不开由智能手机终端设备、Wi-Fi、云存储设施、电力系统等硬件基础系统的“决定性”支撑。“微众”经由平台软件“表层”的自我数据化活动是对处于“深层”的硬件基础系统的“读取”结果。正是这种“读取”使“微众”的自我数据化具备了彻底主动性的“幻象”，从而遮蔽了“微众”是技术强制性的社会学后果这一维度。

就此而言，东浩纪主要从数字化的软件表层看待“数据库”，对于任何“数据库”的数据采集、分类、存储等必须依赖的硬件基础设施则关注不够。正如德国媒介理论家基特勒所言，“媒介的幸运之处在于对其硬件的否定”，就像人们很少注意到是打字机键盘的设计分布技术先在地限定了各种字母符号所在的位置，从而使得盲打成为可能，把“手写”变成了“刻录”，之后再经由这些字母符号催生出“打字机文学”。[①] 因此，由“微众”活动的“读取”行为模式所决定，微众文艺批评活动同样是在深层的硬件系统与表层的平台系统之间发生的“读取”活动。在此意义上，无论微众文艺批评在当代文艺批评活动中产生了多少具有积极意义的冲击，只要对于该活动的技术性强制缺乏明确的反思意识与批判揭示，那么，对此类文艺批评活动在重塑批评公众性、重建文艺与现实关联性等方面的期待均不可过高。

其次，如果进一步聚焦在微众文艺批评活动所直接展开的应用软件平台层面，微众文艺批评的数据库模型特点更为明显，其批评活动的“读取”式特点表现得更普遍。比如，在弹幕式批评中，脱离了原有视频，弹幕行为没有依托，由此原有视频构成了弹幕批评的数据库深层，弹幕则是由弹幕族的“读取”行为产生的数据库表层。这个表层不是绝对由原视频内容决定，弹幕内容与原有视频内容可以有直接关系，也可

---

① Friedrich Kittler, *Gramophone, Film, Typewriter*,Translated, with an Introduction by Geoffrey Winthrop-Young & Michael Wutz, The Board of Trustees of the Leland Stanford Junior University, 1991, p.221. 参见［德］弗里德里希·基特勒《留声机 电影 打字机》，邢春丽译，复旦大学出版社 2017 年版，第 256 页；杨光《基特勒媒介理论视野中的文学本体问题初探》，《文艺理论研究》2019 年第 4 期。

以完全没有关系。弹幕中既可以有“前方高能”之类的剧透内容，也可以充斥着“666”“2333”之类的吐槽表态类信息。围绕该视频内容的大量外部信息，经由弹幕进行补充、揭示和讨论，构成了弹幕族批评趣味的重要来源。这正表明了弹幕族对原有视频的评论不是把该视频作为单个作品来读取的，而是将其放在一个“数据库”结构中进行读取。弹幕批评的数据库模型使批评活动与弹幕族在社交平台上的交往不再分离，批评行为与交往行为合一了。电子游戏类社交平台上的“玩家”评论也可作如是观。

再比如，微信朋友圈中广泛存在的点赞式评论和转发式评论。尽管人们都意识到点赞和转发是一种评论活动，但对这类评论活动究竟如何认识和定位，一直是个难点。而从数据库式批评的角度则可以认为，点赞式和转发式评论都是数据库式评论的表现样态。朋友圈里每天发布与接收的各类动态构成了“数据库”的深层，这个深层基本上与“媒介化个体”数据化的社交圈重叠。而“微众”个体会对哪些动态点赞转发，则是该个体“读取”其朋友圈动态的某种结果。从是否认同的角度去审视点赞转发行为无法准确把握此类评论行为的意义，因为认同式的点赞转发是存在的，但反讽式的点赞或公之于众式的转发亦屡见不鲜。因此，我们不能因为某个人对某篇小说的动态点赞或转发了，就认为其真的是欣赏或积极评价这篇小说。换言之，点赞转发式的评论难以从微众意图角度去定位。与此相比，把这类评论视为数据库式读取批评的优点在于，无论是点赞还是转发，此类评论行为都必然是基于社交需要的一种信息反馈的行为。这表明微众文艺批评活动往往首先是一种社交活动，而不是具有鲜明立场的表达自身观点与趣味的活动。

对微众文艺批评活动的“数据库”式“读取”特征的发掘，有助于我们加深对当代文艺批评活动诸多新变化的理解与阐释。自18—19世纪文艺批评活动变成一个独立的领域以来，文艺批评活动往往被看作与文艺实践活动保持“若即若离”关系的活动。文艺批评无法脱离文艺实践但同时它又负担着“指导”文艺实践的重要责任。从文艺生产与消费的角度看，文艺批评则构成了文艺生产活动的一个重要环节。某个文艺作品的艺术生命并非由其创作者单独决定，而是必须经过批评者对其艺术特色、美学突破、社会作用等要素的阐释与传播才能真正获取。不经过批评的作品是没有生命力的作品，这已经成为基本的常识。由此，批评者或批评家也越来越占据了文艺作品自身价值确立过程中的核心位置。

在“微”时代的文艺批评活动中，各类微众文艺批评的兴起将“创作 / 接受”“生产 / 消费”“表达 / 阐释”等现代批评活动的内置界限逐一打破。作为“数据库”式的“读取”批评，微众文艺批评中的批评者与批评对象是同步合一的，微众批评活动成为一类即时的“生产—消费”性的批评活动。玩家的游戏评论内嵌在游戏进程之内，弹幕评论也内嵌在视频内容之中，而不是与之分离。电玩社交平台上的玩家既是在玩游戏，也是在评论中游戏；弹幕族既是在看视频，更是在通过弹幕重构视频，甚至十分乐见弹幕彻底把视频遮盖的现象出现。因此，微众文艺批评中的“批评者”与“创作者”也是合一的。而现代批评所强调的“专业”与“业余”的区别也在“数据库”式批评近乎强制性的社交冲动中被消解殆尽，毕竟“闲聊”时大谈各种专业理论术语实在是自找无趣。针对微时代的文艺批评现状，有研究者已经提出了“批评者之死”（the death of the critic）的观点。[①] 虽然在数字技术突飞猛进、社会文化加速变化的今天，此类终结论式的论断已屡见不鲜，对其合理性与有效性亦可进一步讨论，但微众文艺批评活动的当代崛起，作为一个不争的事实已经显露在人们的面前。孰是孰非，谨以此文抛砖引玉。

（原载《社会科学辑刊》2020 年第 6 期）

① Bree Hadley, *Theatre, Social Media, and Meaning Making*, Gewerbestrasse Switzerland: Palgrave Macmillan, 2017, p.124.

走向交往诗学：弹幕文化与社交时代的文艺变革

黎杨全

弹幕是指网上看视频时在屏幕上飘过的评论文字。日本视频分享网站 Niconico 在 2006 年发明了此项功能，此后中国的动画网站 AcFun、bilibili 先后借鉴，并逐渐大众化。从 2012 年起，由 ACG 圈子开始转变为视频网站的标配，一些电影如《秦时明月之龙腾万里》开始把弹幕引进影院。2014 年，Echo 和 QQ 音乐开始在音乐中引进弹幕。2015 年，“当读小说”App 尝试在文学中引入弹幕。相对视频来说，文字性阅读更需要沉浸，“欢乐书客”（刺猬猫）与起点中文网遂将弹幕改进为间帖与本章说。在不到十年时间内，弹幕已席卷了动漫、影视、音乐、文学、游戏等整个文艺圈，从二次元的小众文化完成了对所有文艺形式的殖民。

弹幕由小圈子走向大众化，在根本上是社交媒体深入发展的结果。相对于传统互联网，社交媒体是“新新媒介”（莱文森语），前所未有地突出了媒体的社交属性，“这代表着不仅是媒体领域，而且是整个社会的深刻转变”[①]。弹幕文化的群体聊天氛围，表现的正是文艺的社交化倾向。弹幕文化已内化为热衷社交媒体的“Z 世代”的心理结构，成为其感知世界的主要渠道，他们不仅用弹幕欣赏 ACGN，也用它来看易中天讲历史、看春晚、看纪录片。在日本，弹幕甚至渗透到了政坛重大辩论的直播中。弹幕文化呈现了人类社会正在兴起的新的工具价值与视听方式，表现了社交媒体语境中文艺活动、文艺观念新的变革与可能性。

一、从审美静观主义走向“社交型”文艺场景

弹幕最直观的后果是带来了文艺场景的变革。文艺的生产、传播与消费都会涉及场景问题，不过从狭义来讲，场景主要是指文艺接受的场景。在印刷文化语境中，文艺场景缺少交流与互动。从文学阅读来看，它是“独自一个人完成的最理想的工作”。戏剧的观看是集体性的，观众与演员存在一定的交流性，但随着现代镜框式舞台的确立，人们在观戏时正襟危坐，“可以说，没有谁比剧场里的观众更远离他的同伴了”[②]。新兴的电影、电视等大众传媒培养的同样是单向的、非人格化的观众：“活动的不是观众，而是导演、摄影师和摄影机的镜头。”[③]这种单向的、缺乏交流的现代艺术体制，维持的是艺术的框架与静观式欣赏习性。与之相比，新媒介对现代生活的重大影响之一就是“交互性”，人际间的大规模虚拟交往成为可能。现代都市的来临已经产生了大规模的“人群”现象，

---

① ［英］汤姆·斯丹迪奇：《从莎草纸到互联网：社交媒体 2000 年》，林华译，中信出版社 2015 年版，第 7 页。

② ［法］罗贝尔·埃斯卡皮：《文学社会学》，于沛选编，浙江人民出版社 1987 年版，第 91 页。

③ ［匈］阿诺德·豪泽尔：《艺术社会学》，居延安译编，学林出版社 1987 年版，第 287 页。

“人群本身就构成了购物中心的装饰性特征”[①]。恩格斯敏锐地察觉到了这种人群的虚假聚集及其异化性质，这些人对他人熟视无睹，表现出不近人情的隔膜与孤僻。[②]新媒介提供了数量更为庞大的人群，却改变了人群互不攀谈的分离方式，借助无数的论坛与社区，这些未曾谋面的人群组成互相交谈的共同体。在弹幕之前的网络跟帖已经突破了传统文艺场景，一方面摆脱了物理环境限制，带来了可时空分离的“信息场景”，面对面的社会场景转向更有包容性的信息获取模式观念[③]；另一方面在口头文化之后重新强化了交互式场景，文艺活动具有了强烈的群体交往特征。

与网络跟帖相比，弹幕营造的场景又有新的变化。弹幕是传统网络跟帖的2.0版，它与跟帖相比有了明显变化：跟帖置于文艺作品的外部，弹幕则嵌于作品之中，覆盖了对象；跟帖是作品完结后的分析，弹幕则营造的是实时直播的氛围与共鸣；跟帖是一层层盖楼，弹幕则是共时的群体互动。跟帖仍带有传统文艺场景的残余，它附在作品之后，遵循的仍是作品的完结感、整体感。沃尔特·翁认为：“口语交流使人实现群体团结；而书写和阅读是孤零零的个人活动，使人的心智同归自身。”他举例说，老师对全班讲课时，师生会觉得相互之间是一个关系密切的群体，而当老师让学生默读时，班级的整体不复存在，每个人都退回自己的小世界。[④]跟帖显然是在这种集体与个人的场景中切换，用户发帖时会进入集体模式，欣赏作品时则退居于个人隐秘的生命世界，然而对弹幕来说，文艺消费一直是在群体的交谈互动中进行：“以前动画是一个人孤独地观看的，现在大家则是一边在推特和LINE上‘直播’一边看。这是一个巨大的变化。”[⑤]这种数码版的节日狂欢，前所未有地强化了文艺参与者之间

---

① ［美］米根·莫里斯：《购物中心何为》，陈永国译，载罗钢、刘象愚主编《文化研究读本》，中国社会科学出版社2000年版，第309页。

② 《马克思恩格斯全集》第2卷，人民出版社1957年版，第303—304页。

③ ［美］约书亚·梅罗维茨：《消失的地域：电子媒介对社会行为的影响》，肖志军译，清华大学出版社2002年版，第319页。

④ ［美］沃尔特·翁：《口语文化与书面文化：语词的技术化》，何道宽译，北京大学出版社2008年版，第52页。

⑤ ［日］东浩纪：《迟来的零零年代作家，海猫泽蜜瓜》，红茶泡海苔译，https://www.zhihu.com/question/302061059/answer/531352260，访问日期2019年8月12日。

的互动与连接。

弹幕文化营造的这种群体交互场景不仅是共时的、现场的连接，也是历时的、累积的连接。在传统社会，共同体主要建立在地理性的临近位置上；网络来临后，出现了日本学者福岛亮大所说的“时间上的临场性”[①]，换句话说，网络时代的交往取决于时间的邂逅而不是空间的相遇，但弹幕却并非这种意义上的时间，而是扭曲了时间。弹幕把各个用户针对视频特定位置发出的评论都整合到视频自身的时间线上，不同用户评论的时间可能是同时，但也可能相差数月甚至数年，但用户看到的同一画面的评论却是同时出现的。有些动漫、影视剧在开头或结尾处的打卡弹幕，典型地呈现了这种时间的错置感。弹幕中时常出现的“前方高能”的预警，实际上是发布者在看了后面的剧情后，重新回到前面剧情的时间点发出的警示，这同样改变了时间的不可逆性。“完结打卡，我们来自天南地北，我们来自过去未来。”[②]也就是说，如果系统一直不删除视频或清理弹幕的话，用户不仅是在同时与网络上的其他人对话，也在与过去的人对话，而这又作为一种累积指向了未来，参与将来的对话。这里的互动连接的就不仅是同时参与的人们，也跨时空地连接了曾经或将要参与的人们。

考虑到社交活动在这种场景的重要性，我们可称其为“社交型”文艺场景。相比传统场景来说，除了前所未有地强化人群的连接与互动外，“社交型”文艺场景还有几点重要变化：第一，这是一种在持续的聊天与社交中的欣赏活动。一般来说文艺欣赏会要求保持专注，但在弹幕文化中，欣赏是在持续的讨论中进行，讨论越热烈，欣赏活动反而越深入。第二，生成了传统文艺场景难有的集体情绪体验。网友找到情节亮点后与人分享、对演员演技的共同吐槽、情绪高潮处的集体刷屏……这种群体讨论生成的集体体验是孤独、静态的文艺欣赏不可能具有的。第三，

---

① ［日］福岛亮大:《当神话开始思考：网路社会的文化论》，苏文淑译，台北大鸿艺术股份有限公司 2012 年版，第 11 页。

② 高寒凝:《弹幕视频网站 A 站 B 站大热，弹幕文化是如何形成的？》，https://www.douban.com/note/541617734/，访问日期 2019 年 8 月 12 日。

弹幕互动成为社交生活的接入口，社交生活的重要性甚至超越了文艺欣赏的需求。人们通过文艺弹幕来结识朋友或与人互喷，弹幕互动成为社交生活的一部分。第四，在弹幕文化的催化下，社交媒体构成了文艺场景的基础，各种文艺 App 按照社交软件来设计，试图让文艺的创作、传播与消费都在交往中进行。

弹幕文化的"社交型"场景也改变了社交的定义。有些学者对社交媒体的交往持悲观看法，比如雪莉·特克尔认为网络社会形成了新型孤独——"群体性孤独"："我们在网络上与他人的联系越来越紧密，却变得越来越孤独。"[①] 但这也许是一种"在场"意识形态，数字时代人们的兴趣焦点变得愈发分散，物理性的"在场"连接反而可能是隔膜的、孤独的，弹幕文化让人们更容易找到同类的群体。随着新媒介对社会生活的渗透与编码，这种日常与网络互渗的社交才代表着"真实"，现实交往反而成为边缘化的特例。或者说，这也是所谓后人类的生存状态，传统的"一个身体对应一个意志"的观念，让位于可分解的主体，我们活在多个小世界中，拥有复数的身份与多个场景中的自我。

二、弹幕的内容化与艺术体验的生成

弹幕文化的群体交往也深刻改变了艺术作品的性质，生成了原作本身没有的艺术效果，这是特别需要注意的重要变化。

弹幕文化常常生成作品本身不具有的喜剧效果。比如，看林正英的鬼片时，在惊悚的音乐中，屏幕上出现的是棺材特写，而棺材头上却贴着一个福字，正当众网友不安于这诡异的氛围，屏幕上飘过一条弹幕："我扫出了敬业福！"恐怖的场景与现实中"扫福"的娱乐相联系，顿时让网友们啼笑皆非。看《铁齿铜牙纪晓岚》时，皇上让和珅加急送一件东西，于是弹幕来了一句"珅通快递"；又让纪晓岚（纪昀）加急送一件东西，于是弹幕再来一句"昀达快递"。这里呈现出一种网友把剧情"玩

① ［美］雪莉·特克尔：《群体性孤独》，周逵、刘菁荆译，浙江人民出版社 2014 年版，第 1 页。

坏了”的效果。这种笑料频出的喜剧体验，与《大话西游》开辟的无厘头风格具有相似性，同样充分利用了戏仿的时代倒错（Anachronism）原理，而这也是弹幕文化深受年轻人喜欢的原因。不过其中也有关键区别，戏仿的时空误植是置于文本之中，属于文本自身的一部分（同一个次元），而弹幕却是网友的讨论将文本外的现实不断引入故事内部的结果（次元的跨越）。

弹幕文化的交往与讨论并不局限于生成喜剧效果，艺术效果是多种多样的。三次元的弹幕讨论与二次元世界的交织，可以随意地“加深”“增添”或“删减”剧情，改变艺术体验。在《三国演义》“三顾茅庐”的剧情中，孔明正午休，刘备在堂下耐心等候。脾气火爆的张飞意欲前去放火，被关羽拉住，两人正争执时，弹出一条弹幕：“三弟别闹了，这是丞相最后一个踏实觉，让他多睡会吧。”联系到孔明此后鞠躬尽瘁的一生，其中意味颇为深远。当出现“前方高能”、预示将有可怕镜头出现的弹幕时，网友就会群发正能量口号的遮挡弹幕，形成所谓“弹幕护体”，大大降低了原视频的恐惧感。在动画《LoveLive!》中，当出现台词“如果奇迹有颜色，那么一定是橙色”时，网友就集体打出了橙色弹幕，似乎真正“生成了”现实的奇迹。在电视剧《古剑奇谭》中，当女主角说：“你看，好美的星空啊！”接下来镜头一转，空中却没有星星，此时网友们就用弹幕画上了一颗颗星星。

当情节到达高潮或某个重要节点时，网友的弹幕往往会生成一种集体的温暖与崇高感。在《亮剑》中，孤军奋战的骑兵连以同归于尽的方式不断向日本骑兵冲杀，最后只剩下连长时，他继续喊着“骑兵连，进攻！”的命令，以必死的决心冲向日军，此时，屏幕上打满了“骑兵连，进攻！”的弹幕，在群情悲愤中，网友们似乎实现了次元的跨越，以弹幕的方式参与了电视剧中的“进攻”。在纪录片《寻找手艺》第四集中，导演为两位造纸艺人拍照，两位老人说，拍了照，名字和照片就能到北京了，老人们微薄的愿望感动了网友，他们不断打出弹幕：“到北京了”“到杭州了”“到济南了”……在电影《被嫌弃的松子的一生》里，命运坎坷的松子回到空无一人、垃圾遍地的家中，落寞地轻声说了一句：“我回来了。”此时出现了满屏的“欢迎回家”的弹幕。这些弹幕让网友产生了巨大的感动：“那一瞬间觉得，即使生活有那么多不如意，但凭借着人和人之间互相依靠的温度，我们也能够微笑着活下去。”[①]

在飞行射击游戏《亲人》（*Familiar*）中，玩家控制的白球在前三关中收集了三个小球。到了第四关，玩家开始知晓了背景故事：一对姐妹和三个孩子生活在小镇上，魔女夺走了姐姐与三个孩子的灵魂，妹妹决意前去营救。也就是说，玩家控制的白球实际就是妹妹，三个小球则是已经救下的孩子的灵魂，而这一关的任务就是营救姐姐。当玩家操控的白球快要成功时，不断射来的铁枪贯穿了妹妹的身体，此时三个小球护在了重伤的妹妹身前，拼死挡住铁枪，代表姐姐的红球挣脱了束缚，但同样重伤的她只能发出无力的月牙形攻击波。此时，网友们纷纷打出长串的括号弹幕，无声地冲击着横亘在姐妹之间的锁链。当最后同样被贯穿的姐姐艰难走到妹妹跟前时，故事结束了，没人知道她们的生死。在死寂的沉默中，感动而愤怒的网友发出一条弹幕：“有人和我一起去刷魔女吗？”弹幕瞬间炸裂，满屏都是“虽然我 ×××，但是请带上我”，此时，电脑前的玩家被彻底感动了：“一个奔三的大老爷们，对着几个小球，泪流满面”[②]。

在剧情重要关头的台词，有时即便只是经过弹幕成百上千次的重复，也生成了原作无法企及的宗教狂热般的力量。比如，动漫《炮姐 /AMV》中的“你指尖跃动的电光，是我此生不变的信仰”，《命运石之门》中的“这一切都是命运石之门的选择！”《狐妖小红娘》中的“如果我们能活着出去的话，万水千山，你愿意陪我一起看吗？”在刷屏弹幕不尽的回声中，网友们既是在向自我与远方的爱人致意，也互相感受到了陌生人之间的温暖。

这生成了一种奇妙的情感效果，它是一种穿越，现实的观众似乎介

① 参见 skshdkk 新浪微博，https://weibo.com/3226546147/Eic27yiRl?type=comment#_rnd1582333355852，访问日期 2019 年 8 月 12 日。

② 参见知乎用户宋典对“哔哩哔哩有哪些让人泪目的弹幕？”这一问题的回答，https://www.zhihu.com/question/49960212，访问日期 2019 年 8 月 12 日。

入了虚构故事，给主人公送去了温暖，而在一起同情主角的同时又构成了一种反穿越，观众体验到了同时代人来自虚构世界的集体问候。这种折叠的界面关系，使每个人都在远超原作的巨大感动中被治愈了。

在传统语境中，观众与角色的艺术交往是一种想象性交往，是没有回应语言的，而在这种虚拟与现实的交织中，弹幕似乎让观众“现实地”进入了角色的世界。有的时候，二次元的虚拟角色也会向三次元的观众“呼喊”，比如在动画《仙王的日常生活》中，人物在战斗中向故事外的观众喊道：“弹幕飞剑！”网友们立刻刷出密集的“飞剑”弹幕，在前所未有的跨次元互动中，故事内外的人们共同走向了集体的感动与狂欢。

显然，这里蕴含着文艺观念的变化，弹幕文化的群体讨论深刻改变了原作的性质，生成了原作自身所没有的艺术效果，客观上要求我们将叠加于作品之上的弹幕也视为文艺的一部分。对习惯了弹幕的人们来说，作品没有弹幕会黯然失色。弹幕成为文艺的一部分还可从以下几方面看出。

从作品的形式变化来看，弹幕内嵌于作品之中，作品对此已经难有“内”与“外”的区别，同时弹幕也构成了纵向同步的时间线，随着故事情节的推进在动态化地演进，两者融为一体，难以分开。

从网友的消费动机与视听习惯来看，弹幕本身成为重要内容，呈现出从传统的“追文”“追剧”到“追弹幕”的变化。小米联合创始人黎万强曾关注过弹幕，面对视频上铺天盖地的弹幕，他的第一反应是“震惊”，在坚持看了半个小时后，他得出结论：“弹幕本身是一种内容”[①]。从网友的反应来看，这是实际情况，一些网友甚至认为弹幕比影视剧本身还好看：“看剧是其次，玩弹幕才是第一。”[②]我们必须意识到，不开弹幕与开弹幕的视听体验是完全不同的两种情况。

从版权的变化来看，弹幕也成了内容。对数字时代的文艺来说，盗版是常见现象，这也成为难以解决的痼疾，然而有意思的是，弹幕文化

---

① 黎万强：《参与感：小米口碑营销内部手册》，中信出版社 2014 年版，第 240—241 页。

② 五杀电影：《热播剧网站：看剧刷弹幕 网友玩得不亦乐乎》，http://www.sohu.com/a/246682280_100190877，访问日期 2019 年 8 月 12 日。

的兴起却改变了这种状况，人们开始从盗版转向正版，这尤其体现在阅读网文的过程中。文字性内容的盗版成本几乎为零，以前读者多聚集在百度贴吧，依靠“人肉打字机”分享新出的网文内容，或者直接在各种盗版网站上阅读，但这部分读者现在却开始付费，原因就在于正规读书网站里面有本章说，而盗版网站却没有。弹幕成了区分正版与盗版的天然屏障，原因就在于网友生产的成千上万条评论，盗版网站是没法盗取的，即这个生生不息、无穷无尽的系统是不可能盗取的。

三、文化象征形式：从叙事走向数据库

弹幕带来的变革还在于交往活动肢解了作品，从文化象征形式的变迁来看，呈现了文艺从传统的叙事走向网络时代的数据库美学的趋势。弹幕在形式上就星罗棋布地呈现为数据库效果，从消费方式来看，也是对一个个剧情点进行评论，这颇类似于罗兰·巴特在《S/Z》中对文本的拆解，故事在阐释中不断被肢解为一系列片段。评论置于作品之外还是作品之中是两种根本不同的情况：传统跟帖置于作品之外，尊重的是作品的完整度；弹幕则居于作品之中，随剧情推进而不断评论，关注的不是情节的统一性，而是把其当作一帧帧材料来使用。

从视频或文本的外部资源来看，它们同样构成了数据库。弹幕经常玩梗——所谓梗，就是网友共知的桥段或要素——当网民将故事情节与已知的桥段相联系时，往往能产生喜剧化效果，这些海量桥段之间就串联起了一个数据库宇宙。以人们熟知的《延禧攻略》为例，《延禧攻略》首先让网友串联起了《还珠格格》。演员戴春荣既扮演《延禧攻略》中娴妃的额娘，也曾扮演过《还珠格格》中的纯帝继皇后。在《延禧攻略》中，额娘教育娴妃在后宫要争权夺利时，弹幕表示：“额娘，长大后我就成了你”。这既套用了《长大后我就成了你》这首歌曲，同时也指娴妃后来成为历史上的纯帝继皇后。《延禧攻略》又串联起《甄嬛传》。在《甄嬛传》中，孙俪主演了甄嬛，而甄嬛在《延禧攻略》中则成了太后（另一名演员饰演）。当这位太后出场时，弹幕表示：“嬛嬛，你现在是一日

吃五餐吗？你胖了。”这是故意将两位演员混同后产生的喜剧效果。《延禧攻略》还串起网剧《镇魂》。演员高雨儿饰演《延禧攻略》中的宫女锦绣，网友发现她又是《镇魂》中的蛇族女强人祝红，在《镇魂》中，祝红爱上了镇魂令的令主赵云澜。当宫女锦绣试图引起异性的注意时，弹幕开始了苦口婆心的劝导：“红姐，你别这样，和镇魂令主不成，你也可以做你的族长。”“红姐，你忘了大明湖畔的赵云澜了吗？”[①]这种把各种文艺作品的桥段、人物不分青红皂白地拉通了的调侃，是弹幕文化常见的搞笑模式。在这里可以看出，观众的头脑正是以数据库的原理在工作。

与此同时，这也构成了对线性情节的悬置。这表现在互相联系的两个方面：一是“情节的遗忘”，二是“时间的延长”。由于被弹幕吸引，一些网友甚至遗忘了情节：“在B站看视频和动漫，就没能完整仔细地看完，基本都盯着弹幕了，因为很多时候真的弹幕比剧情有意思多了。”[②]一边看剧情一边看弹幕的模式，也导致了观剧或读书时间的延长。在电视上看《亮剑》，网友往往直接跳过片头，而在B站看《亮剑》，网友却是蘸着弹幕，反复体味片头的每一句歌词。小说也是这样：“我看小说慢就是本章说看得太多。”[③]这改变了网络兴起后的刷屏式欣赏，出人意料地走向了慢节奏阅读。

不仅文艺的消费从叙事走向数据库，文艺的生产也有类似趋势，人们开始强调“弹幕思维”。所谓弹幕思维，就是在文艺创作中，根据弹幕的吐槽情况针对性地设计作品的剧情与话题点。这也是一些偏轻松日常的网络小说开始兴起的写法：“现在起点的书，越来越偏向轻松搞笑了，字里行间都融合了大量的梗和段子，很好笑，读着很轻松，又吸引了很多读者在底下发本章说，可以说是一个正向循环。”[④]最近一些流行的小

---

① 参见娱尾巴《为什么看剧一定不要开弹幕？因为看弹幕会笑死你》，http://k.sina.com.cn/article_6582165894_18853e18600100btcx.html，访问日期 2019 年 8 月 12 日。

② 节操无次元：《你见过最搞笑 B 站弹幕是什么？自从有了弹幕，我再没能好好看剧了》https://baijiahao.baidu.com/s?id=1597257172463622640&wfr=spider&for=pc，访问日期 2019 年 8 月 12 日。

③ 参见网友鸭梨森大、养育鱼关于本章说的回帖，http://www.lkong.net/forum.php?mod=viewthread&tid=2173290&page=1，访问日期 2019 年 8 月 12 日。

④ 五百之师：《现在起点都市不会玩梗的作者岂不是很难混啊？》，http://www.lkong.net/forum.php?mod=viewthread&tid=2358730，访问日期 2019 年 8 月 12 日。

说，如“会说话的肘子”的《大王饶命》、“沉默的糕点”的《史上最强赘婿》、“横扫天涯”的《天道图书馆》、“巫马行”的《我真没想出名》，“江湖再见”的《万古最强宗》等，都带有这种段子化特点。这同样构成了对线性叙事的中断，营造了数据库式的效果。

显然，弹幕文化让文艺的消费与生产都呈现出从叙事走向数据库的趋势。美国学者曼诺维奇（Lev Manovich）在1998年提出了“数据库”的说法，认为在小说、电影相继作为现代社会的核心文化表达形式之后，数据库成为电脑时代的“象征形式”；如果说传统叙事是线性结构，数据库则是项目的集合，在此意义上，世界应通过目录而非叙事来理解。[①] 日本学者东浩纪也曾谈到过数据库消费的问题，他在2001年出版的《动物化的后现代》一书中，结合日本御宅族文化，指出大塚英志所说的物语消费已走向了数据库消费，御宅族消费的是各种“萌要素”。[②] 在数据库对叙事的取代关系上，可以看到东浩纪对曼诺维奇理论的借鉴，且观点更为极端。此外，亨利·詹金斯也有类似看法，他借用安伯托·艾柯（Umberto Eco）的观点说明粉丝消费现象，认为作品应是“百科全书式的”，“包含可供痴迷其中的消费者钻研、掌握和实践的丰富信息内容”。而这必然带来片段化后果：“为了让作品成为受众迷恋对象，它必须能够分解开来成为若干部分，让人只记得它的组成部分，而不考虑这些组成部分与整体的原有联系。”[③] 弹幕文化所呈现的美学效果与这些学者的论述有相似性。

不过，也不能将这些理论直接套用到对弹幕文化的分析上，需要注意其中的语境差异。曼诺维奇在总体上预言了文化象征形式由传统的线性叙事到非线性选择的文化趋势，而弹幕文化主要呈现为一种碎片化的马赛克美学，与叙事的多重走向没有密切关系。对东浩纪、詹金斯来说，他们的思考与大众媒介时代的文本间性有关，随着文艺作品的爆发式增

---

① Lev Manovich, *Database as a Symbolic Form*, http://manovich.net/content/04-projects/022-database-as-a-symbolic-form/19_article_1998.pdf，访问日期2019年8月12日。

② ［日］东浩纪：《动物化的后现代：御宅族如何影响日本社会》，褚炫初译，台北大鸿艺术股份有限公司2012年版，第92页。

③ ［美］亨利·詹金斯：《融合文化：新媒体和旧媒体的冲突地带》，杜永明译，商务印书馆2012年版，第159页。

长，各种套路、桥段被人们反复套用与欣赏，由此生成了碎片化效果。尽管弹幕文化也会涉及各种桥段的玩梗，但情况并不完全相同，实际上它表现的是文艺消费的新阶段。在东浩纪、詹金斯那里，这种消费是亚文化的，在态度上是迷恋，迷恋的对象多限于角色、萌要素，寻求的是粉丝的归属感，指向的二次元世界的沉浸；而对弹幕文化来说，这种消费却是大众普泛化的行为，在态度上不是迷恋，而是搞笑与吐槽，呈现的是与作品的疏离感，吐槽对象则涵盖了剧情、人物、演技、服饰、道具等所有要素，指向的不是二次元的沉浸，却恰好是随意的次元跨越。其中的根本差异在于，如果说东浩纪等人指向的仍是传统的粉丝文化语境，弹幕文化表现的却是新兴的社交媒体的文化后果。与此同时，也要注意东浩纪等人理论的极端性，东浩纪认为御宅族沉浸于萌要素的数据库消费，故事成为可有可无的东西；而在弹幕文化中，文艺虽然也表现出数据库化的特点，但故事仍然重要，尤其对强调内容为王的新媒介文艺来说，故事甚至是最重要的。弹幕文化的参与者往往第一遍关掉弹幕欣赏剧情，然后再打开弹幕共同吐槽，这种行为习惯本身表明了剧情的重要性。

从叙事走向数据库，表明了弹幕文化的解构性。从形式上看，成千上万条弹幕渗入了作品，这隐喻着视频或文本本身已经千疮百孔了，不管从消费还是生产来看，都呈现出一帧帧的碎片化特征，一定程度上肢解了线性叙事。从内容来看，弹幕实则就是评论，而这种评论又偏向于吐槽，这也带来了弹幕文化强烈的解构性，作品中任何虚伪做作、雷点、毒点都会成为槽点而被嘲笑。弹幕文化中流行的“编剧食我刀片”的说法，表现的正是这一情形。但也不能过于夸大这种解构性，在解构狂欢的背后，弹幕文化仍受制于精妙的资本权力控制。杨骏骁认为，弹幕引起的哄笑是一种“身体性”：“弹幕唤起的并不是一种反思性、分析性的交流和视听态度，而是一种环绕着用户身体的感觉和氛围，它要求用户近乎条件反射的快速反应。”[①] 当文艺生产根据弹幕大数据去迎合人们的

① 杨骏骁：《“弹幕”论——软件结构的权力与模块化的文化》，《热风学术网刊》2016 年第 1 期。

身体感觉与欲望时，实际上也就是以最小的成本获取最大的利益，完成对用户情感与身体的巧妙控制，形成了一种类似福柯所说的“安全机制”（mechanism of security），一种更加数据化、柔性化的生命政治。

四、文艺的社区化与交往诗学的建构

弹幕文化带来的前所未有的交往活动，让我们有必要重新思考文艺观念。对社交媒体语境中的文艺活动来说，文艺理论需要走向交往诗学。

接受美学已经注意到交往的维度了，姚斯把审美实践分成生产、接受与交流三个方面，试图将接受美学纳入一个普遍的交流理论模式中加以考察，即文艺不是指向作为客体世界的对象性投射，而是主体间性的活动。这相对于只是从客体的意义上理解文艺来说是一种进步，但在社交媒体语境中，这种理论范式已不能完全说明问题。在接受美学那里，艺术交流活动主要是从历史的维度来理解（“效果历史”），主要是作者与读者基于文本的跨时空对话；弹幕文化侧重的却是接受者之间的群体交往，主要是现实的、“正在发生”的交往。显然，这里存在着重要区别，呈现出一种从纵向跨时空累积向横向共时连接的文化转向。借用雅可布森等人的理论，赵毅衡认为，任何表意活动都靠符号的纵聚合轴（paradigmatic）与横组合轴（syntagmatic）的双轴关系展开，前者靠比较，后者靠邻接黏合，当代文化正由纵聚合轴向横组合轴倾斜，“实是连接、连接、再连接”。[①] 如果说接受美学强调的是纵聚合轴，弹幕文化强化的就是横组合轴的文化趋势，不过“连接”一词的模糊性并不能完全体现它所带来的变革，准确的说法应该是“交往”。套用赵毅衡的上述说法，弹幕文化“实是交往、交往、再交往”，它让连接活动进一步变成了无所不在的交往讨论。

历史上也存在艺术的公众讨论，比如哈贝马斯所说的 17、18 世纪欧洲由咖啡馆、沙龙等组成的文学公共领域。哈贝马斯的交往理论也较早

① 赵毅衡:《两种经典更新与符号双轴位移》,《文艺研究》2007 年第 12 期。

强调了文艺的交往属性，姚斯强调审美交流也受到哈贝马斯的影响。不过，哈贝马斯强调的是由文学而致政治的功能转换，看重的是艺术交往中培植起来的“主体性”与“私人性的经验关系”。[①] 对弹幕文化来说，它追求的却是感性而平浅的“众乐”，并不凸显主体审美的自我建构与社会规范交往的主体间性，在此意义上，哈氏的交往理性无疑过于精英化了。在社交媒体时代，文艺并非总是作为意义媒介侧重对主体的启蒙与重塑，而是也可以成为人们不可或缺的交往途径与交往生活。社交媒体的兴起让人们养成了“什么事都一起做”“一起说”的习性，从前面的论述来看，文艺活动的场景、艺术效果的生成、作品内部的结构都已被交往深刻改变，数字时代的文艺理论理应走向交往诗学。我们认为，交往诗学的内涵可包括以下四个方面。

在文艺观念上，从传统的作品观念走向社区观念，由社区性理解社交媒体时代的文艺活动，将作品外的交往活动也视为文艺内容。传统文艺对应的是“作品”科学，所谓文艺经典实际就是作为“幻象”与“偶像”的“艺术品”。[②] 这种作品观念与特定时代的主导媒体有关。从文学来看，印刷媒体让文本成为可触可感的静态客体，并由此确立“客观性”的条件。文学作品的客体观念也影响了其他文艺形式，最终形成了艺术的框架，建构了艺术与生活的边界，对应的是西方现代美学的静观欣赏与艺术博物馆体制。在社交媒体语境中，弹幕讨论改变了原作的性质，生成了原作没有的艺术体验。完整的文艺内容应是作品与弹幕的结合，两者的叠加产生了一加一大于二的效果。如果删除弹幕，作品的完整性就不复存在。在此意义上，我们应改变那种只将文艺当成某个“物”、当成一种“客体科学”的固有观念，从社区性去理解文艺，将文艺看成是以作品为中心的社区性交往活动。

在文艺生产方式上，需要重视交往活动在文艺生产中的重要性，社

① ［德］尤尔根·哈贝马斯：《公共领域的结构转型》，曹卫东等译，学林出版社 1999 年版，第 55 页。

② ［法］皮埃尔·布迪厄：《艺术的法则：文学场的生成和结构》，刘晖译，中央编译出版社 2001 年版，第 275 页。

交媒体时代构成了一种以交往为基础的维基百科式的生产模式。伴随着数字时代的到来，人们曾对共享文化、礼物经济有美好设想，互联网的黑客文化、自由软件运动、开源运动都强调信息的免费、共享与合作。从艺术来看，借助网络集体创作也成为人们的期待，这类尝试很多，不过这类集体创作往往导致作品主题与结构的混乱。考夫曼（Vincent Kaufmann）否定了通过网络进行集体创作的可能性："通过网络，也许我们走出了文学，但反过来说，想要通过网络进入文学，似乎也并不容易。"[①] 但从弹幕文化来看，或许我们对艺术的集体生产存在一种错误的思维定式，因为它并不需要生成统一的集体性，而是建基于一种拼贴式的集体性。一条条神弹幕来自不同的网友，形成了一种维基百科式的通力合作，在网友不断加入的过程中，呈现了一种超文本的运作逻辑与累积原理，这让它真正实现了网络无限连接、没有终极的本质，或者说，真正构成了一种网络式艺术："任何单一的作者都无法溯源，任何文本的意义都依赖于进入网络的任何人的积极参与。"[②] 在这种情况下，传统意义上的文艺作品已转变为一种话题交流的平台。只要借助某种社交软件设计（如弹幕），相关内容就会源源不断地产生，社交媒体上成千上万的网友成为内容生产的主力军。

在文艺评价范式上，在传统作品评价体系之外考虑文艺的连接性与交往性。在传统文艺评价体系中，我们看重的只是作品本身的要素，不管强调的是社会性还是审美性、是历史主义还是形式主义、是本质主义还是建构主义，都是集中于作品本身来说的。这种观念在印刷文化语境中具有合理性，但当面对社交媒体语境中的文艺活动时，这种评价体系就值得反思。社交媒体语境中文艺的构成要素、欣赏方式与体验结构不同于传统文艺。精英知识分子对网络上的文艺不感兴趣，主要是因为他们无法复原现场讨论氛围，而这种氛围与互动本身是新媒介文艺的重要

① ［瑞士］樊尚·考夫曼：《"景观"文学：媒体对文学的影响》，李适嬿译，南京大学出版社 2019 年版，第 222—223 页。

② ［英］罗伊·阿斯科特：《未来就是现在：艺术、技术和意识》，袁小潆编，周凌、任爱凡译，金城出版社 2012 年版，第 35 页。

目的。在对新媒介文艺的评价中，不仅要重视作品，也要将其视为一种过程、一次互动的社区性“事件”，即重视文艺参与者之间的交往活动。传统上“艺术”深深植根于个体创造者、观众是被动欣赏而不是交互性的观念，现在也应该转向强调连接性和交往性。在社交媒体语境中，艺术对象并不只是作为艺术体验的对象，更是作为可供拆解、评论与交往的对象。艺术对象是以此重新定义自己并获得艺术地位的。

在研究视野上，从文艺交往的角度去研究新媒介文艺，注意交往活动对文艺的深层渗透。前面所说的弹幕交往对文艺场景的变革、对作品艺术效果的改变与生成、对作品的肢解与内部结构的塑造等，都是交往活动对新媒介文艺的深刻改变。此外，我们还可以注意到这种交往活动对艺术框架的打破。从前面的论述可以看出，弹幕不断地将外部的社会现实引入故事内部，利用持续的“世界间性”生成艺术效果，客观上突破了艺术的框架。在艺术史上，框架构成了区隔现实世界与艺术世界的象征架构，建构了艺术作品的合法性，但也成为艺术的牢笼。在弹幕文化中，故事内外世界的交互、日常与非日常的链接，网友“玩坏了”的兴奋，破除的是将观察者与被观察者、“在内”与“在外”分离起来的文化定式。进一步看，可以说弹幕文化表现了一种附件（parergon）的逻辑。框架建构了中心与边缘，预设了“不是部分的部分”与“不可感者”[①]，同时框架也让自身不可见了，变成了“附件”。康德将画框视为艺术品的装饰，其作用在于服务于美的形式，如果附件喧宾夺主，这就“对真正的美造成了破坏”。[②]德里达对这种“附件/装饰观”表示质疑，认为附件附加在作品上，但并不会倒向一边，而是从一个特定的外部，在操作中实现碰撞和协作，它既不是外部也不是内部。[③]表面看来，附件是附属或补充，但并非多余的部分，而是让作品成为作品。它可能反客

---

① ［法］雅克·朗西埃：《美学异托邦》，蒋洪生译，载汪民安、郭晓彦主编《生产》第8辑，江苏人民出版社2012年版，第196页中译者注。

② ［德］康德：《判断力批判》，邓晓芒译，杨祖陶校，人民出版社2002年版，第61—62页。

③ Jacques Derrida, *The Truth in Painting*, trans. by Geoff Bennington & Ian Mcleod, Chicago: University of Chicago Press, 1987, p.54.

为主，帮助本原实现自身，又代替了本原。弹幕文化也表现了这种附件逻辑与先锋的可能性，弹幕实则就是网络兴起后的草根批评的2.0版。批评相对作品来说，是一种附件，建构了作品的边界，参与作品的合法性与经典化；而相对于学院批评来说，草根批评又是边缘性存在，学院批评常常在把草根批评他者化的过程中建构自我的边界。在此意义上，草根批评可谓附件的附件，但随着社交媒体的兴起，这种附件开始反客为主，改造了整个文艺活动。

总之，从交往诗学角度去理解与阐释社交媒体语境中的文艺活动，将会是一条重要的研究路径。交往诗学的建构并非要取代传统文艺观念，而是对传统文艺观念的补充与丰富，有助于我们理解社交媒体语境中文艺的变革与特征。

（原载《南京社会科学》2021年第4期）

粉丝批评的崛起

——粉丝文艺批评的形态、策略与抵抗悖论

李　雷

进入“微时代”以来，新旧媒介的日趋融合与数字技术的不断革新，在重塑人们的文艺接受方式与审美感知结构的同时，更为人们的文艺接受创设了前所未有的便利性。基于此，越来越多的人得以及时广泛地展示、表达和分享各自的文艺感受与审美体验，这无疑为当下的文艺批评增添了更多的鲜活声音和新生力量，但也加速了文艺批评主体的分化、重组与对抗。其中，由不同文艺爱好者组成的各类数量庞大的粉丝群体，集结于豆瓣、知乎、百度贴吧、哔哩哔哩（B站）等网络社区及各大文学艺术网站，以异乎传统主流的方式积极介入、参与当下的文艺批评和社会公共事务讨论，正日益崛起为当下文艺批评领域中不容忽视的重要力量。

一、媒介融合与阐释共同体的形成

在我国，粉丝针对自己喜欢乃至痴迷的文艺作品发表看法、展开批评的行为，自20世纪八九十年代大众文化勃兴、粉丝群体随之大量出现之时便已经存在，但很长一段时间以来，粉丝的文艺批评实践并未引起足够的重视。其主要原因在于：一方面，某些粉丝在文本的选择与追求上所展现的异于常人的独特审美品位和文化偏好，及其在文艺消费与接受过程中的种种疯狂、沉迷和无节制的非理性表现，致使粉丝长期以来被媒体贴上了“没文化的蠢货”“社会不适应者”和“无脑的消费者”等一系列负面标签，被视为“当代文化中见不得人的丑陋范畴”，公众“嘲讽与不安、恐惧与欲望的多重对象”，[①] 所以，粉丝的文艺批评话语历来不为大多数文艺创作者或媒介内容生产者所看重，很多不乏真知灼见的粉丝批评文字亦被视为偏激情绪主宰之下的文本误读。另一方面，在大众文化发展的初期阶段，文艺批评的发表平台以传统的文字媒介和电子媒介为主，而且这些媒介平台基本被掌握文艺批评话语权力的学院派批评家所占据，粉丝们关于文艺作品的阐释与评价鲜有公开发表的机会。同时，由于平台的匮乏，粉丝更多地处于“散兵游卒”的孤军作战状态，位列文艺批评场域的底层或边缘地带，其文艺批评声音基本是私人化的、单向度的，且缺乏持续性，故其话语的传播效力与社会影响力相当有限，不仅无法对学院派批评家所代表的合法趣味构成威胁，反而其自身的趣味往往是被压制和规训的对象。很多时候，粉丝解读流行文本的方式被视为审美上的坏趣味，代表着与主导审美逻辑不同的“他者”。按照布尔迪厄的趣味理论，粉丝的美学趣味，无疑是一种“被迫不断地参照占统治地位的美学而确定自身的被统治的”[②] 野蛮趣味或者说大众趣味，这是一种形式从属于功能的美学趣味，与粉丝群体的社会地位、受教育程度

---

① ［美］亨利·詹金斯:《文本盗猎者：电视粉丝与参与式文化》，郑熙青译，北京大学出版社2016年版，第15页。

② ［法］皮埃尔·布尔迪厄:《区分：判断力的社会批判》(上册)，刘晖译，商务印书馆2015年版，第66页。

与美学性情等紧密相关。

粉丝真正大规模地参与文艺批评实践，并发展成为一种引人注目的文艺话题和文化现象，不过是最近十几年的事情。广大粉丝依据不同的文艺兴趣爱好，集聚于互联网空间，结成众多大大小小的网络粉丝社区，在分享各类文本资源的同时，就其喜爱的文艺作品进行讨论、阐释、批评和再生产，释放出惊人的文化消费与文化生产能力；而且出于兴趣，他们对于某些文本的“细读”和深度发掘甚至远超出某些专业的文艺批评家，为某些或某类文艺作品的解读注入了更加新颖、更为多元的理论维度和方法视角。单以我国的哈利·波特粉丝（简称“哈迷”）为例，除了活跃于 FFN、AO3 和 Pottermore[①] 等国际知名的同人网站之外，还分散在国内众多的网络社区之中，从最初的“活力吧”“猫爪”“银青色的荆棘路”等网络论坛到当下的贴吧、微博、B 站和 LOFTER（乐乎）等社交平台，皆留有他们的踪迹与声音。尽管他们中的绝大多数可能并未接受过系统而正规的学术训练，也缺乏足够多的文艺批评实践经验，但这并不意味着他们对于哈利·波特系列小说及相关衍生作品的解读不具备专业性和参考价值。事实上，他们的相关解读和批评文字已突破哈利·波特文本本身而广泛深入地触及魔幻、科幻文艺创作及二次元文化[②]等多方面内容，成为国内了解、接受哈利·波特系列作品的重要参照。某种程度上，粉丝便是该领域内“真正的专家，他们组成了和教育精英相抗衡的另一种精英”。[③]那么，近年来粉丝文艺批评之所以能够进入公众的视

① FFN 是 www.Fanfiction.net 的简称，由美国加州大学洛杉矶分校的华裔学生李星（Li Xing）于 1998 年出于个人爱好创办的网站，主要发布粉丝以文学名著、热门影视剧、动漫等为元文本再创作的同人作品，目前已发展成为全球最受欢迎的网络同人作品文库之一。AO3 是 Archive of Our Own 的简称，意为“属于我们自己的档案”，由作家娜奥米·诺维克（Naomi Novik）2008 年创建，是一个由全球粉丝自创自营的粉丝同人作品分享收集平台。截至 2019 年，AO3 线上作品数量已超过 450 万，其创作者来自世界各地，且多为女性。Pottermore 是英国著名作家 J. K. 罗琳（Joanne Rowling）于 2011 年 8 月围绕《哈利·波特》系列作品创建的一个全球性的哈利·波特粉丝社交网站，2012 年 4 月 14 日正式开放。

② 二次元文化是对动画（animation）、漫画（comic）、游戏（game）、轻小说（novel）等文艺形态及其代表文化的统称，简称 ACGN。该说法主要流行于中国大陆地区，“二次元”意指 ACGN 领域所塑造的虚拟世界，与“三次元”的现实世界相对。

③ ［美］亨利·詹金斯：《文本盗猎者：电视粉丝与参与式文化》，郑熙青译，北京大学出版社 2016 年版，第 82 页。

野，并在中国的文艺批评场域中发挥越来越重要的作用，关键在于以下几个方面。

其一，数字技术的不断革新及移动互联网的重大变革，加速了新旧媒体的碰撞融合，媒介环境随之发生了翻天覆地的变化，我们正步入一个媒介无处不在的时代。智能手机、平板电脑等移动终端的出现，使得人机交互、人际的虚拟交往愈发频繁而密切，虚拟世界与现实世界之间的界限进一步消弭，几乎所有人皆不由自主地被代入了由各种媒介形态所编织的庞大信息网络中。人甚至成为媒介的一部分而兼具信息的生产、接受和传播等多重功能，素昧平生的人亦有可能因网络而发生某种关联。由此，粉丝之间的交流互动变得愈发便捷和深入，他们的文艺批评及同人创作也得以跨越不同的媒介形态而广泛流通。同时，由于网络社交平台的开放性与低门槛性，长久以来所筑成的各种文化圈层之间的壁垒被打破，不同个体、群体之间的信息交流共享变得可能，以往较为封闭、边缘甚至神秘的粉丝圈子逐渐进入主流文化的视野，从而为更多的人围观、了解和参与粉丝文化创造了更大的可能性。

其二，基于媒介技术力量的支撑，粉丝正由以往被动的受众、单纯的消费者向批评者、参与者和生产者的身份转型。受米歇尔·德赛杜消费理论的影响，西方越来越多的学者注意到了粉丝在大众文化消费过程中所释放出的能动性与创造力。粉丝文化研究专家亨利·詹金斯将痴迷于影视作品的媒体粉丝（media fan）视作“积极挪用文本，并以不同目的重读文本的读者，把观看电视的经历转化为一种丰富复杂的参与式文化（participatory culture）的观众”。[①] 也就是说，在对流行文本的欣赏和消费过程中，粉丝远非缺乏主体意识地彻底沉迷，亦非一直处于被动接受的位置，而是积极地参与改造、建构和传播文本意义，以此来实现对文本权威意义的抵抗和自我文化与社会身份的构建。正是在此意义上，詹金斯借鉴德赛杜的理论，将粉丝对于流行文本的积极阅读行为视为对文本的“盗猎”与“游牧”。所谓“盗猎”，是指读者“将文本打成碎片

① ［美］亨利·詹金斯:《文本盗猎者：电视粉丝与参与式文化》，郑熙青译，北京大学出版社 2016 年版，第 22 页。

并带上明显个人风格重新组装的文化拼贴，从有限的文本材料中抢救出针头线脚以表现自我的社会经验”[①]，其并非是对文本意义的误读，而是挪用，或者说暂时“为我所用”。所谓“游牧”，是指读者“永远在运动中，并非固定地‘在这里或者那里’，并不受永久性私有制的限制，而是不断向另一种文本移动，利用新的原材料，制造新的意义”。[②]换言之，粉丝并不会将自己的兴趣局限于某一部或某一类作品，而是会将自身所爱嵌入更大的文本间网络，以单部或系列作品为兴趣中心，不断将接受视野辐射至各种相关的电视节目、电影、小说、漫画及其他流行文本。这种跨文类的赏读与接受活动，不仅能够有效避免粉丝的文本解读所可能出现的阐释循环或过度阐释，亦可以帮助他们发现文本中某些隐而未显的主旨与意义。可以说，正是通过对流行文本的“盗猎”与“游牧”，粉丝们逐步建构了一种与作者的权威设定或学院派批评家的学术解读不同的另类意义阐释模型，并由此成功实现了对于主导性文化等级秩序的逃避。

其三，更为关键的是，在媒介无处不在及泛社交化的当下，粉丝们的意义阐释与文艺批评活动不再是单独的、私人的行为，而是社会的、公开的过程。在此过程中，粉丝个体的阐释通过与其他粉丝的即时交流、持续互动而逐渐成形并不断强化，由此不仅能够获得在文艺观念、审美品位上的自我确证及被众人认同的巨大快感，也可以彻底摆脱以往因缺少沟通、共鸣而导致的文化隔绝感，进而产生向更多人分享、表达个人文艺批评的欲望和勇气。粉丝之间则因共同的文本爱好、对文本的解读方式、接受体验与价值评判等方面的相似性，在集体互动和彼此了解过程中生发了更多的话题讨论与更密切的情感联络，最终联结成相对开放的趣缘社群或同人团体。粉丝们将各自关于文本的想法、观点与思考分享给圈内同人，并在相互的讨论乃至辩论中逐渐达成共识。这种共识使粉丝们相信自己找到了文本解读的正确方式，而当这种解读与学院派批

---

① ［美］亨利·詹金斯:《文本盗猎者：电视粉丝与参与式文化》，郑熙青译，北京大学出版社 2016 年版，第 25 页。

② ［美］亨利·詹金斯:《文本盗猎者：电视粉丝与参与式文化》，郑熙青译，北京大学出版社 2016 年版，第 34 页。

评家的观点产生分歧或抵牾之时，某些粉丝个体便会以粉丝社群代言人的身份来辩护和反驳。所以，如果说学院派批评更多的是一种个人独唱式文本解读的话，那么，粉丝批评则倾向于是一种集体合唱式文本解读，其所传达的批评声音与其说是来自某一或某些粉丝个体，不如说来自其背后广大的粉丝同人及他们所结成的阐释共同体。

对于广大粉丝而言，阐释共同体不仅意味着众多拥有共同兴趣文本、话语符号和审美习性的“志同道合”者的聚合，也不仅是他们验证自我想法、获取身份认同与情感慰藉的精神家园，更是他们大胆表达文艺观念、从事文艺批评实践的力量和勇气的源泉。基于粉丝之间的彼此认可、鼓励与支持，越来越多的粉丝将其文艺批评的受众从粉丝圈内拓展至圈外，其批评文字则借此实现了跨媒介、跨群体的广泛传播。某些资深或“骨灰级”粉丝的文艺批评话语，更是被圈内粉丝赋予了与专业批评家同等甚至超乎其上的权威性，其文艺批评的影响力也相应获得了提升。久而久之，由粉丝联结而成的阐释共同体，在文艺批评场域中由边缘向中心渗透、靠拢，并逐渐成长为一股足以挑战乃至撼动学院派批评家权威地位的重要批评力量。这股正在改变中国文艺批评结构与秩序的新鲜力量，主要由长期活跃于移动互联网空间的年轻“网生代”群体构成。他们一般接受过较好的高等教育，且具有出色的语言表达能力，热衷于二次元文化，熟知影视、流行音乐等大众文化，在某些具体的大众文化领域拥有超出常人的兴趣、知识与体验。某种程度上，他们不亚于或者就是该领域的内行专家。

鉴于此，我们不妨将萌生于当今媒介融合时代，以广大粉丝群体为批评主体，区别于以往的学院派批评、媒体人批评和草根批评等固有文艺批评类型，并带有自身独特的文本批评策略、意义阐释模型、批评话语体系及价值评判标准的新型文艺批评形态，称为粉丝文艺批评，简称“粉丝批评”。

二、沉浸式批评与文本意义再生产

影响文艺批评效果的主客观因素有很多，如果仅就主观层面而言，除却批评主体的专业理论知识、艺术感知能力与批评实践经验等基础素养之外，其文艺批评的情感态度、价值立场与文本解读方式等亦是其中的决定性因素。一般来讲，合理有效的文艺批评需要批评主体以相对客观、理性的态度来审视批评对象，并与之保持必要的审美距离，避免过多个人情感的直接投入，否则容易造成理解偏差与价值误读。所以，专业的批评家往往将保持自身与对象之间的疏离、冷漠与远距离静观，作为有价值的、有深度的文艺批评的必要前提。

当下文艺批评界对于粉丝批评的质疑、不满乃至否定，很多时候并非由于粉丝们异于常人的、非正统的文本选择及其略显随意的文艺经典认定，也不是因为他们专业理论素养与文艺批评经验的相对匮乏，而是源于他们进行文艺批评时所采取的非主流的文本解读方式。与专业批评家截然不同的是，粉丝们始终热情地拥抱所喜爱的文本，“不仅不能与所面对的对象保持一定的审美距离，而且试图将此形象内化，获得一种‘完全的亲密接触’”[①]；不仅拒绝尝试跳脱于文本之外，反而崇尚对文本的近距离观看或沉浸式批评，渴望参与文本的意义生产。出于对文本的无限热爱与极度痴迷，粉丝的文本接受过程往往绝非一次性的、快餐式的，而是反复的、持续性的，其间伴随着粉丝超出常人的智力和情感投入，以及试图尽可能多地发掘文本深层信息与潜在意涵的意愿。某种程度上，粉丝的文本接受过程类似于阿伦特在评价本雅明的历史哲学思维时的“潜水采珠人”说法，粉丝们沉浸于文本之中，意欲“在深处撬开丰富奇瑰的藏物，获得海底遗珠和珊瑚，将其带出水面”[②]。

粉丝对文本的沉浸式解读，首先体现在粉丝容易将个人的生活经历、

---

① ［美］亨利·詹金斯:《文本盗猎者：电视粉丝与参与式文化》，郑熙青译，北京大学出版社 2016 年版，第 14 页。

② ［德］汉娜·阿伦特编:《启迪：本雅明文选》，张旭东、王斑译，生活·读书·新知三联书店 2008 年版，第 68 页。

社会体验带入文本之中，形成对文本人物及其生活世界、价值观念等的高度认同，并在自我与文本人物情感共振的过程中不断地进行想象性的对视、交互与替换。例如，对于知乎上发起的“你最希望看到哪本网络小说被改编成电视剧？”的提问，不同的网友有着各自不同的回答，每一种回答貌似皆有其不可撼动的理由。某位“斗破迷”对古装玄幻小说《斗破苍穹》做出如此评价：“少年的成长实际上是一场与自己的对话与博弈，不断战胜昨日的自己，不断迎接明日的自己，才是最燃的成长之路。少年心性，就该是不妥协、不认输、不放弃，倔强到底”；网友 Joy chen 则从穿越言情小说《不负如来不负卿》中发现：“其实大多数人都是如此，大多数灵魂都是寂寞的，或许你也相信某一时空中有人与你契合如一，然而你却不知道他在哪里。面对巨大的时空，你偶尔几近崩溃，伸手想要抓住什么，却只有空气，如此无力。人都畏惧未知，未知与已知的寂寞一样，一样无力”。[①]显然，上述书友粉丝对于所钟爱文本的阐释，并未停留在对人物关系、情节设计与叙事技巧等文本内部分析或对文本主题思想的意识形态解读等层面，而是发现了自我与文本之间的切身相关性，并在自我与文本人物之间建立了形象认同及更深层的价值认同。或者说，他们不自觉地模糊了现实生活世界与艺术虚构世界之间的界限，将文本情节视为个人当下生活境遇的象征性表现，同时将自身的情感体验、人生感悟等投射于文本人物之上。这种在文本中再生产出属于自我的意义的文本解读方式，在约翰·费斯克看来，是大众面对文化工业产品时惯用的一种类似游击战术的接受与消费方式——从既定的大众文本资源中选择能够“为我所用”的部分加以挪用、拼贴和再创造，并在此过程中获得与商业资本对抗的快感。因为“大众快感来自人们创造意义的生产过程，来自生产这些意义的力量。如果只接受现成的意义，无论这些意义多么关键，也没有什么快感可言。快感来自利用资源创造意义

① 参见《你最希望看到哪本网络小说被改编成电视剧？》，知乎，https://www.zhihu.com/question/30151706，访问日期 2020 年 7 月 15 日。

的力量和过程，也来自一种感觉：这些意义是我们的，对抗着他们的”[①]。在此意义上，粉丝的沉浸式解读便并非只是盲目、狂热地追捧文本和对文本固有意义的一味“臣服”，同时亦包含着积极的意义生产和一定的进步性。

其次，粉丝对于其所痴迷的作家 / 艺术家作品的解读，一般不会停留在或局限于某单一的具体作品，而经常是将其放置于该作家 / 艺术家的所有作品及与之相关的庞大文本网络中，且总是有意或无意地与自身往昔的接受记忆相勾连，甚至会一直沉浸于当时美妙的接受情境与欣赏快感之中，来建构自身的文本批评方式、标准与话语逻辑。可以说，粉丝批评存在着某种推崇互文性的解读模式，这不仅体现在粉丝格外注重不同文本之间的差异比较，以及文本间显在的或潜在的相互指涉关系的发掘，更彰显于粉丝在文本之间所进行的情感传递活动，即粉丝有时难以跳脱出其关于某一作家 / 艺术家作品的特定情感记忆，而直接将此作为接受该作家 / 艺术家其他作品的心理基础以及进行价值评判的依据。某种程度上，这便是部分狂热粉丝无视文本自身而盲目追捧某些作品，并妄断“× × × 出品，必为精品”的原因所在。

粉丝批评对于互文性的看重，自然与某些作家 / 艺术家主动建构自足文本体系的创作追求有关——他们喜欢借助引用、拼贴或戏仿等手段将某些固定的人物、场景、符号、桥段等复现于其不同的文本中，让文本之间产生隔空对话的可能。显然，对于此类文本的批评解读，便不可孤立地加以对待，而需要关注其中的互文性。但是，粉丝的互文性解读有时与其说是源于创作者的文本网络，不如说是粉丝基于自身的理解、想象或文本接受经历赋予文本的。这种解读模式固然可能会使粉丝获得某种意外的发现或者全新的“意义”，但亦会造成其对文本价值的误读和对文本缺陷的盲视，以至于某些明显属于重复自我或剽窃他人的创作行为反而被粉丝们解读为“反身叙事”和对经典的“致敬”。

需要说明的是，此种沉浸式批评并非意味着粉丝对于所钟爱文本

---

① ［美］约翰·费斯克:《理解大众文化》，王晓珏、宋伟杰译，中央编译出版社 2001 年版，第 153 页。

的短处与缺陷会完全无视，相反，有时恰恰是基于此种沉浸，才使得粉丝对文本中与其心理期待或情感记忆不符的叙事裂隙、人物性格偏离等“败笔”表达出强烈的不满。对此，粉丝们除了给出“差评”外，还会结合自身对于元文本的整体理解指出其具体的缺点所在，或者干脆进行改写，借此实现对于文本意义的内化与“再生产”，而不会直接加以拒斥。唯其如此，詹金斯和德赛杜一样，对于粉丝的近距离阅读抱持积极乐观的态度，指出“近距离似乎是德赛杜理论中重构和重新使用文本的必要条件。近距离与文本互动并不会令粉丝为其所驭，相反，却能让读者更好地占有它。只有将媒体内容重新带入日常生活与之相结合，只有近距离地与意义和原始材料互动，粉丝才能完全地消费虚构文本，使其转化为积极的材料”[①]。不难看出，此种将粉丝的近距离阅读与文本意义的“盗猎”相关联的观点，是建立在对粉丝的“再生产”能力充分肯定与信任的基础上的，其发现了粉丝阅读所潜含的多重积极功效，并赋予粉丝的沉浸式批评前所未有的合法性。

三、抵抗的悖论与幻象

粉丝批评的合法性建基于文本意义的开放性、多元性和动态性上，即文本一旦进入传播流通领域，其意义便对所有接受者开放，并不存在唯一合理的解读方式与意义解释，无论是专业的文艺批评家或者普通的受众皆有资格对文本进行阐释与批评。如果说在印刷媒介与电子媒介时代，文艺批评的权力主要由学院派批评家所掌控，而普通受众多处于文艺批评权力结构的底层的话，那么，移动互联网时代的来临，媒介技术的多元融合及其重新赋权，无疑为包括粉丝群体在内的广大普通受众参与文艺批评、发表个人文艺观点创造了机会与可能。但是，这并不意味着粉丝群体便能够在文艺批评场域中占据一席之地。因为尽管粉丝批评中不乏真知灼见，且粉丝与专家学者对同一文本的解读亦存在着不谋而

① ［美］亨利·詹金斯:《文本盗猎者：电视粉丝与参与式文化》，郑熙青译，北京大学出版社 2016 年版，第 59 页。

合或观点趋同的情形，何况有些学者本身即是詹金斯所谓的“学者粉丝”，但更多的时候，学院派批评家为了维护其专家身份与权威形象，会主动疏离网络社区，并对粉丝批评采取漠视态度，即便有所关注也很难完全地认同。粉丝群体则出于对文本单一化解读的反感和对文艺批评权威的反叛，往往提供各种区别于学院派批评的另类阐释。所以，二者基本上处于声音对抗或权力话语博弈的矛盾关系中。在此关系中，身处弱势地位的粉丝群体一方面渴望建构一种自由平等的新型文艺批评公共领域，另一方面则通过其盗猎式的文本解读策略与独特的文艺批评话语体系竭力抵抗来自学院派批评家的权力压制和趣味规训。

如前所述，在德赛杜、费斯克和詹金斯等学者看来，普罗大众在大众文化产品的接受与消费过程中并非如法兰克福学派所批判的那样是被商业资本及资产阶级意识形态操控的完全被动的存在，而是积极的、活跃的和富有智慧的群体，大众依靠自身的文化辨识力与生产力，选取一些产品暂时“为我所用”，从中获得生产性快感的同时亦夹杂着对文化工业的反收编和对文化权威的抵抗。正如费斯克所言，“大众文化的力量正试图规避或抵抗权力集团的规训与控制的力量，就此意义而言，它们正努力开创各种空间，进步性就可在其中运作”[①]。大众文化的这种进步性潜能源于大众对于差异感的坚守，以及对资产阶级意识形态所强加于他们的顺从式主体地位的拒绝。那么，粉丝作为“过度的读者”，在阅读和消费大众文化文本的过程中同样并非一直居于无条件接受的被动地位，更不会安于接受文本意识形态信息的灌输，而是具有一定的自主性和能动性。他们排斥采用那些所谓正确的、规范的阅读方式，而完全从与自身的“相关性”出发来进行文本解读，并通过积极的文本意义再生产与同人创作去挑战创作者所限定的意义或学者的权威解读。应该说，粉丝们的这种主动参与文艺批评的行为，更多的是源自对文本的喜爱与认可，但亦不排除出于对专家解读的不满或有意抵抗。他们在为文本的意义解读提供更多异质声音的同时，亦助推了当下文艺批评的众声喧哗与“狂

① ［美］约翰·费斯克：《理解大众文化》，王晓珏、宋伟杰译，中央编译出版社2001年版，第193页。

欢化”，但由于粉丝批评内在的一些问题、不足与悖论，限定了其文艺批评的价值与文化抵抗的效力。

首先，与学院派批评始终是面向自身以外的同行专家或普通读者不同，粉丝批评主要是面向粉丝社群内部，更多的是为了谋求圈内“自己人”与粉丝好友的认同，并最终指向阐释共同体的结成。阐释共同体固然有助于强化粉丝之间在观点、身份与情感等多方面的认同感，使粉丝批评在与学院派批评的观点博弈中拥有强有力的后盾支撑，但也容易导致粉丝批评的圈子化与狭隘化。因为阐释共同体的结成会无形之中划定一条界线，“圈内”与“圈外”的区隔随之而生，这种区隔不仅体现在圈内粉丝所共享着的审美旨趣、文本解读方式及文艺价值观念上，更体现在仅限于粉丝圈内部交流的文艺批评话语符号与语言编码系统上。此类话语符号与语言表达，大多生成于圈内粉丝长期的交流、讨论与互动过程中，带有“次生口语时代”的典型文化表征，高度依赖情境，强调“在场”的即时交互，某种程度上类似于行业“黑话”，使圈外人难以对其进行有效解码。

同时，粉丝批评话语明显带有网络语言的口语化、随意化、浅表化等特点，与学院派批评话语相比，其往往违背标准的拼写规则或语法逻辑，且缺乏必要的严谨性、学理性和专业性，故很难激发起专家学者的阅读兴趣，遑论获得他们的深度认可。更为重要的是，粉丝批评中不乏语言暴力的现象。由于粉丝对于某些创作者及其作品的情感投入和认可程度要明显强于普通受众，面对持“异见”者特别是批评者时，粉丝们容易丧失理智，群起而攻之，轻则将其污名化为“喷子”，重则进行各种侮辱、谩骂与恐吓，显然这种“反批评”并非是依靠语言所蕴含的思想力量“以理服人”，而是完全诉诸粗俗化的、非理性的语言施暴，从而导致粉丝与专家学者之间的文艺对话经常难以为继。从早些年的“韩白之争”“玄幻门之争”到2020年初的“肖战粉丝围攻AO3”事件，皆可以窥见粉丝语言暴力的破坏力之大。所以说，看似自由开放的粉丝社区实则存在着一定的隐秘性和排他性，尤其是独特的批评话语体系，无异于在粉丝与圈外读者之间设置了无形的话语壁垒，进一步拉大了双方的距离，严重阻碍和影响了粉丝批评声音的有效传播。

其次，如果说粉丝们所结成的阐释共同体对外更多地处于一种抵抗、反击或自我辩护的状态的话，那么其内部成员之间则相对友好、和谐，他们彼此以“家人”互称，并就共同的爱好自由交流、即时互动，这无疑为文艺批评公共领域的构建创设了巨大的可能与契机。依据汉娜·阿伦特和尤尔根·哈贝马斯的公共性理论，公共领域需要由众多具备主体性、理性精神与批判意识的个体组成，这些个体围绕某些公共事务开展自由交流、平等对话，并且彼此可以被他人“看见”和“听见”。“公共领域的实在性要取决于共同世界借以呈现自身的无数视点和方面的同时在场，而对于这些视点和方面，人们是不可能设计出一套共同的测量方法或评判标准的。”[①] 也就是说，公共领域的真正实现必须以不同个体的“同时在场”且所有个体的多元性和差异性能够得到充分保证为前提，公共领域是共在性与差异性的统一，缺失了多元性、差异性及包容精神便意味着公共领域的消亡。

相应地，文艺批评公共领域的构建同样需要满足以下基本条件：其一，参与文艺批评的每一个体需有独立而明确的文艺观念、立场与价值标准，而不是一味地应和他人、人云亦云；其二，所有个体能够就文学艺术及相关的社会文化议题开展平等对话与理性讨论，每一种合理的文艺批评声音均能得到正视和尊重。显然，粉丝批评离此种理想的文艺批评公共领域尚有较远的差距。粉丝之所以被称为“过度的读者”，很大程度上是因为较之普通的读者，其对文本的阅读与消费容易沉浸于文本所营构的虚拟世界或自身所生产的意义与快感中，并表现出对于创作者的高度认可甚至是膜拜，从而不自觉地将自身置于与创作者并不对等的地位上，这便容易导致自身丧失主体意识和批判意识。更何况，粉丝社群内部同样存在着身份、等级等差异划分，同样交织着潜在的权力话语斗争与博弈，而并非人人平等。这体现在粉丝社区一般会根据粉丝的活跃度、发帖数、贡献值等进行人气等级划分，从菜鸟级、大虾级到骨灰级，

① ［德］汉娜·阿伦特：《公共领域和私人领域》，刘锋译，载汪晖、陈燕谷主编《文化与公共性》，生活·读书·新知三联书店 1998 年版，第 88 页。

级别依次攀升，其在社区内的权限、威望与话语权亦各有不同；粉丝社区内部有时因观点、立场等的差异，亦存在着不同的派别与分支，由此经常出现压制、孤立、排斥甚至直接删除某些异见或批评声音的情况，某些级别平平且发表异见的粉丝可能被处以“禁言”的惩戒，甚至被视为“叛徒”而遭到清理。

粉丝社区内部的上述情形，无疑与文艺批评公共领域的公共性精神是背道而驰的。一方面，粉丝批评的被接纳或者说其对于学院派批评的抵抗之所以具有进步性，很大程度上有赖于文艺批评公共领域的建立；另一方面，大部分粉丝主体性的缺失以及粉丝社区内部的种种不平等表现，却又在破坏着文艺批评公共领域的构建，由此导致粉丝批评具有某种自反性的特点，也使得粉丝之间、粉丝与学院派批评家之间真正平等、有效的对话往往仅停留于想象层面。

再次，粉丝们所结成的阐释共同体，某种程度上类似于凯斯·R.桑斯坦所谓的“信息茧房”（information cocoons）。在桑斯坦看来，随着信息传播的个人化、定制化趋势的愈加明显，个体容易“只听我们选择的东西和愉悦我们的东西”。[①]而减少对其他信息，尤其是那些包含异质观点的信息的接收，长此以往，个体便会逐渐封闭于自我编织的“茧房”中，这些处在“信息茧房”中的个体一旦就某些话题或问题达成共识并结成共同体的话，就会形成更大的“茧房”，并最终导致“沉默的螺旋”和“群体极化”现象的产生。不难发现，这一理论同样契合当下移动互联网空间中的众多粉丝社群。如果说基于云计算技术的信息内容分发与精准投送，使粉丝个体所接收到的大多是与其兴趣爱好和价值观高度匹配的个人化信息的话，那么，即时分享与多向交互的移动互联网技术在加速粉丝们之间信息共享的同时，也强化了彼此的观点认同与情感依赖。如此一来，即便是合理的、温和的异质声音或批评观点亦很快被排除于粉丝圈，粉丝们关于文本的解读则难免走向视野的偏狭、思想的单一乃至极化。

① [美]凯斯·R.桑斯坦：《信息乌托邦：众人如何生产知识》，毕竟悦译，法律出版社2008年版，第8页。

恰如麦特·西尔斯分析的那样，“正因为屏幕上播放的全都是粉丝想看到的东西，粉丝也就失去了看到创新性文本变异的机会，从而被封闭在他们自己严格设定的价值观、本真性、文本等级和连续性之中”。[①] 当粉丝被完全包裹于阐释共同体所织就的巨大“信息茧房”并浑然不知时，其也就逐渐由积极的“文本盗猎者”退化为消极的“文本看守人”。尽管詹金斯一再声称其所谓的“盗猎”并非关于“误读”的理论，而是强调文本意义生产的过程性和流行解读的动态性、多元性，但不容否认的是，当粉丝们置身于“信息茧房”中完全以自我的方式对文本进行解读或评判时，不可避免地存在着对于创作者意图的偏离乃至背离，其所生产的文本意义可能会超出或脱离文本自身，而原初文本的意义也会在反复的阐释与重构过程中变得面目模糊、支离破碎。唯其如此，乔治·马丁在面对因不满于《权力的游戏》大结局而陷入“疯狂”的粉丝们时，感叹“网络变得如此有毒，我再看不到过去那种对漫画和科幻世界所发生的事作出恰如其分反应的粉丝文化”[②]。

最后，尽管粉丝与专家学者之间矛盾重重，但不能因此而把二者的对抗绝对化，亦不可把粉丝的“抵抗性”无限夸大和盲目拔高。因为绝大多数粉丝对于文本的解读并不存在明确的先在价值立场，而基本上是依据更切近的利益来自由决定其自身的解读方式，所以粉丝与专家学者之间并非全然对抗的关系。双方关于某些文本的解读亦存在着观点类似的情形，甚至有时候他们在处理与创作者的关系时会达成短暂的合谋。关键是，粉丝们的文本解读有时完全是出于一种好玩和娱乐的心态，并不包含任何的意识形态因素在内。对此，詹金斯同样承认，“读者们并非永远是反抗者，反抗权威的阅读方式并不一定是进步的，而‘人民’并

---

① ［美］麦特·西尔斯:《在消费与“抵抗”之间的粉丝文化》，杨玲译，载陶东风主编《粉丝文化读本》，北京大学出版社 2009 年版，第 88 页。

② 参见《〈权力的游戏〉原著作者批评粉丝“有毒”》，http://cn.dailyeconomic.com/roll/2019/07/03/67509.html，访问日期 2020 年 7 月 15 日。乔治·马丁（George R. R. Martin），美国著名的奇幻、恐怖、科幻小说作家，剧作家，编剧，雨果奖、星云奖、轨迹奖、世界科幻奖等重量级奖项得主，代表作为知名畅销史诗奇幻小说系列《冰与火之歌》。该作品于 2011 年被美国 HBO 电视台改编成电视剧《权力的游戏》系列，风靡全球。

不一定会发现他们处于被异化与被压制的状态”①。詹金斯的言外之意在于，粉丝的盗猎式解读需要以粉丝对自身异化与被压制境遇的自知为前提。但无奈的是，粉丝们有时因其对创作者及其作品的膜拜而丧失了主体意识与批判精神，遑论对于自身处境的察觉和反抗。所以，詹金斯对于粉丝的文本盗猎解读所蕴含的抵抗性与进步性判断，显然过于乐观和浪漫化了。粉丝批评要获得更多的认可，并在当下的文艺批评场域占据一席之地，恐怕还有很长的一段路要走。

（原载《探索与争鸣》2021 年第 1 期）

① ［美］亨利·詹金斯:《文本盗猎者：电视粉丝与参与式文化》，郑熙青译，北京大学出版社 2016 年版，第 33 页。

算法时代的情感与文学

——由 AI 诗歌的 AI 分析谈起

朱　军　李亦婷

小冰所著诗集《阳光失了玻璃窗》的“推荐序”《人工智能创造的时代，从今天开始》中写道，人工智能创造的主体，如小冰，须是兼具 IQ 与 EQ 的综合体，而不是仅仅拥有 IQ，因为其开发出了一套有效的“情感计算框架”。[①] 就常识而言，小冰的写作即使可以以假乱真，也不可能具备精神和灵魂。然而本文却要据此讨论算法时代的情感理论及其未来可能性。马文・明斯基所提出的“情感机器”[②] 及其理论试图揭示，

---

① 沈向洋:《人工智能创造的时代，从今天开始》，载小冰《阳光失了玻璃窗・推荐序》，北京联合出版公司 2017 年版。

② “情感机器”理论是“人工智能之父”马文・明斯基的经典理论，他为我们描绘了更高阶的人工智能的路线图。他指出，情感是人类一种特殊的思维方式，并在洞悉思维本质的基础上，提出了塑造未来机器的六大维度——意识、精神活动、常识、思维、智能和自我。“情感”被认为是一种“思考”，是人们用以增强智能的思维方式。

只有在情感与理性此消彼长、永无止境的博弈、互动、感应中理解艺术与美，才能洞察人类思维的本质及其优长。随着技术的日新月异，人工智能对非理性的理解，进一步吸收了柏拉图、弗洛伊德和海德格尔乃至现象学的哲学观念，正在逐步超越明斯基的设想，成为基于“涉身认知”探求意识、情感与自我的重要取径。其中对于算法时代情感与文学复杂关系的探究，有助于重新理解“诗歌、语言与思想”“感性、理性与诗性”之间的内在关联，为反观文学史的建构及其隐没的层面提供崭新的视野。

一、AI 诗歌的情感美学：小冰与小简的对话

本研究首先悬置小冰是否是人的问题，尝试采纳人工智能文本分析工具对小冰做数据分析，以期得到相对客观的结论。需要说明的是，本文借助上海谷臻故事工场开发的谷臻小简 AI 系统[①]，使用了当前自然语言处理领域多项前沿的模型，分别刻画文本在这些维度上的特征，比如基于深度学习的情感极性分析等。为了综合这些特征并视觉化成符合人类心理预期的形状，人工智能系统通过采集读者 / 观众微表情的实证研究方法，进行了大量的实验，最终找到了目前使用的模型算法和曲线数学表达，即基于情绪情感、结构意义、节奏节拍等几个维度的特征，试图用一条简单的线条描绘一个故事的“形状”。基于此工具对茅盾文学奖、《收获》杂志历年作品所做的研究，近年来陆续在海内外学术期刊发表，初步检验了此人工智能分析工具的科学性和有效性。

基于人工智能小简对小冰和波德莱尔诗作高频词、人物、地点以及情感的分析对比，可以初步总结出小冰创作一些鲜明的美学特征。

---

① 谷臻小简 AI 系统，又名“谷臻一叶故事荟文本分析系统”，主要运用 NLP（自然语言处理）、句法分析、语义依赖分析、无监督学习算法等技术对文本进行关键信息（如时间、地点、人物、场景、事件、词频、情绪）提取，利用 AI 技术将文本数据化、可视化，实现质化研究和量化研究的结合。目前基于小简分析已发表的学术论文代表作有战玉冰的三篇文章《〈收获〉刊载小说的数据性考察（1979—2018）》(《中国现代文学研究丛刊》2019 年第 2 期)、《网络小说的数据法与类型论——以 2018 年的 749 部中国网络小说为考察对象》(《扬子江评论》2019 年第 5 期)、《数据分析视角下的茅盾文学奖研究》(《中国比较文学》2020 年第 2 期)，以及走走的《探索未来，一半靠人，一半靠 AI》(《南方文坛》2019 年第 6 期）等。

其一是“虚无化的感伤”。小冰的写作是对 1920 年以来 519 位现代诗人的上千首诗反复学习了 1 万次以上之后完成的。通过这种数据分析完成的小冰的写作显然有着明显缺陷，其诗歌创作没有历史事件、没有人物描写，也缺少具体的地方性。或者说，小冰仅仅学习了一种虚无的感伤风格。

首先表现为情感的虚无。“忧郁”与“理想”曾经被波德莱尔、本雅明称为现代诗永恒的主题，小冰也号称是这样的“忧郁诗人”，从其诗歌的标题就可以看出，如《在那寂寞的寂寞的梦》《我的两滴眼泪》《我才看过太阳光在树枝上》《宇宙是我沦落的诗人》《欢乐，是悲哀的时光》……然而通过人工智能的“情感曲线”分析可以看到，小冰的“情感曲线”大部分处于零轴上方，表明其诗作以乐观与理想为主，而非以忧郁与颓废为基调。事实上，这也不能怪罪机器人作者，即便中国现代派诗人也难以把握“忧郁”的形貌，因为忧郁一方面代表了疯狂与非理性，另一方面表明了人的沉思可以达到的高度。斯塔罗宾斯基指出，从亚里士多德和费奇诺以来，忧郁者就是比任何人都能提升到最高思想的人。[①] 小冰的老师多为中国现代诗人，而李欧梵、史书美等人曾一再强调中国现代文学的“浪漫一代”并不能理解忧郁颓废等审美现代性，因而他们从未真正理解“现代性”。[②] 高频词分析也可以验证这一点，小冰最喜欢的词汇包括美丽、太阳、寂寞、艺术、世界、天空等，似乎不是那么的“忧郁”，反而是更喜欢“理想”。

其次为空间的虚无。通过小冰与波德莱尔的深入比对发现，对于“位置”，《巴黎的忧郁》中最多的是“身上、头上、手里、脸上、心中”，“地点”多在“巴黎、法国、意大利、罗马、爱丽舍大街”；而最让小冰

① ［瑞士］让·斯塔罗宾斯基:《镜中的忧郁：关于波德莱尔的三篇阐释》，郭宏安译，华东师范大学出版社 2012 年版，第 103 页。

② 李欧梵认为，中国现代文学更多代表了“布尔乔亚的现代性”，其资源多来自五四新文学商业化后的时髦和摩登，并没有彻底反省“现代性”的问题，因此不能达到存在主义的绝望或艺术上的超越现实。史书美认为，中国现代主义写作接受都市难以抗拒的感官刺激，而却不具有一种恰当的防御机制。参见李欧梵《现代性的追求》，人民文学出版社 2010 年版，第 65、163 页；［美］史书美《现代的诱惑：书写半殖民地中国的现代主义（1917—1937）》，何恬译，江苏人民出版社 2007 年版，第 375 页。

着迷的“地点”是“太阳、静海、苍海、康桥、遥里、横桥、高山寺、长桥”等，钟爱的“位置”则是“梦里、心上、天上、门前、星中、心中”等，二者相似之处在于“心里（中）”有着共同的偏爱。可见，小冰漫游的都是虚拟的位置和地点，而波德莱尔则栖身于具体的地点和切身的位置。

最后为人物与历史的虚无。波德莱尔笔下的人物是“法亚乌勒、苏格拉底、维纳斯、亚伯、圣伯夫”等历史和神话人物，而小冰的诗歌却找不到明确的人物，只有虚拟的形象，譬如“苦人”“诗人”“爱人”等。在高频词分析中，同样没有出现历史事件和人物，即使图片出现了具体的人物也不能识别。如上分析表明，小冰难以把握“现实”“历史”和“人物”，也区分不了具体的地理位置及其语境中的意涵。在《数据失控：算法时代的个体危机》中，切尼-利波尔德进一步指出，算法身份的灵活变化往往无法与现实世界的身份保持一致，这种与“光晕”的距离感避开了对于精确性和实在品位的追求，而无法与某种历史和某个点建立联系。它们表现意义但无法界定意义，任何再现这一“光晕”的尝试必然有关于失去其本真的品质。这就像一厢情愿的爱恋，彼此亲近却又相距遥远。[①] 小冰创作所体现出的“无忧郁的感伤”“无地方的怀旧”以及“无历史”“无人物”的抒情，都表明了其虚幻的本质。

其二是“风格化的品位”。小冰学习的对象包括胡适、林徽因、余光中、顾城、舒婷等现代诗人，由此逐渐形成了对抒情风格的把握，而其中几乎看不到史诗与叙事的成分。较为典型的咏叹对象主要是美丽、太阳、寂寞、梦、艺术、世界、天空等，并且对“我”关注比较多，出现了206次，而对于“你”“他”或者“我们”关注较少，说明其试图探索“自我”。这与其学习过程中注重浪漫主义风格有关，然而伪装的风格往往意味着创作活动中主体的丧失，人和物容易沦为无风格“主体的幻象”。

人工智能的文艺创作被认为是“风格的风格化”，譬如人类学家艾

---

① ［美］约翰·切尼-利波尔德：《数据失控：算法时代的个体危机》，张昌宏译，电子工业出版社2019年版，第136页。

坦·威尔夫认为，这正是学习型算法向我们发起了挑战，“风格的风格化”完全按照统计学建模和预测，艺术表达更加自由，不受教条主义的政治和文化形式影响，对我们如何理解作为美学形式的风格发起了挑战。[①]也有学者认为，当代诗歌的发展正在抛弃“有机论”，抛弃对于历史的人、语言和诗歌作为有机整体的理解，而将诗歌理解为“形式论”意义上的“字符组合”，并且承认“情感”“价值”这些意义范畴都可以被模式化生产。[②]

然而，联系到柏拉图所谓“摹仿的摹仿”，此“风格化的风格”已经从人对上帝、人对人的模仿演进为物对人、物对物的模仿，成为对“风格”与“摹仿”本身的再模仿，其本质已然是物与物的虚幻“形式”。这正是“机械复制时代艺术作品”的后现代形式，即“风格化的品位”成为一种非主体的机械复制，脱胎于“伪贵族性”，本质是鲍德里亚言及的“模式”。小冰对于“怀旧”“优雅”“个性”“伤感”的追求，从“模式”中诞生又刻意逃避人人共享的“模式”，表达了都市人内心对于“少数人生活中的模式产品”的钟情。通过模仿“优于工业社会的过去”，表达超越物性奴役的“品位”的意向，其实代表了“风格的丧失”。

其三是“符号化的生产”。小冰这个“电脑诗人”的创作规则是一套被库兹韦尔和微软广泛应用的“递归算法”，即为每个单词设计了一套标准——押韵、符合诗歌行文结构，措辞贴合上下语境。如果无法找到匹配这套标准的单词，程序会删去前一个单词，重新确立标准，再选词推进，直到找到“心仪”的单词。[③]从小冰关键词图谱中可以见出，“太阳”与“美丽”这两大最重要的主题往往紧密相连，而“寂寞”与“人间”和“艺术”相关，“人间”与“灵魂”和“寂寞”相连，至于“艺术”则多关乎“美丽”和“寂寞”，“诗人”与“美丽”联系最紧密。这一写作技

---

① Eitan Wilf, “Toward an Anthropology of Computer-Mediated, Algorithmic Forms of Sociality,” *Current Anthropology*, Vol.54, No.6(2013), p.737.

② 杨庆祥：《AI 写的诗可以成为标准吗？——序小封〈万物都相爱〉》，载小封《万物都相爱》，四川文艺出版社 2019 年版，第 1 页。

③［美］雷·库兹韦尔：《机器之心》，胡晓姣等译，中信出版社 2016 年版，第 95—96 页。

巧依然属于较为初级的“符号再现”层次，具有工业化生产的特征，呈现出“文学”及其“品位”作为商品的意识构造。原初的“品位”是与日常生活联系在一起的，是有机的、自然的、生活的节奏。在此意义上，“品位”应该是自然显现的，“情感”和“美德”也应该是自然显现的，而小冰的“品位”与“情感”却依赖于文化工业对“符号”的填充，扮演了一种伪装的“炫耀性消费”，这与本真的显现是“互相矛盾”的。

“风格”消失，而“符号”上升为主体，“形式”的极端化便是“符号”。哈贝马斯强调在交往中建构生活世界，但是现代媒介的泛滥带来符号和信息的膨胀和过载，真正的交往陷入符号异化之中，个人日益脱离社会，而人与人之间也越来越疏离。商品的使用价值并不是消费对象，符号价值成为消费对象，生活世界被符号彻底地殖民化了。从某种程度上说，工业化、机器化创作的艺术让马克思所谓的“物与物的关系的虚幻形式”获得了极端化的显现，即符号的大量生产实现了从表现到意指的转变，从而进一步分裂了能指和所指的整体性，与感性现实相关的指涉消失了。

可见，小冰的诗作存在诸多缺陷，但这并非只是人工智能的不足，而是人类诗歌创作现实困境的放大，是当下诗歌创作“形式论”与“商品化”交织于一身的美学危机。消费只同形式与符号相关，虽然它表面上被美德、爱情、美丽等价值所美化，获得了新的能指，但其制造逻辑仍然是文化消费系统重新编码的游戏活动，读者为风格的幻象和神话所捕获。

二、机器的情感：观点与语义

人工智能研究还处于初级阶段，即对符号的模仿和再现阶段，随着神经联觉和涉身感知理论及其实践探索，人工智能的理想远远不止让机器拥有情感，而是希望拥有“情感机器”。人工智能之父明斯基奠基性的著作《情感机器：人类思维与人工智能的未来》，就试图从理解情感入手理解人类特殊的思维方式，进而洞悉思维本质，创建“情感机器”。

一直以来，“情感分析”被称为“观点挖掘”，在计算机科学领域，很少人会讨论情感与观点的区别。针对不同文本“颗粒度”的不同，刘兵《情感分析：挖掘观点、情感和情绪》中将其细分为篇章级、句子级、属性级，“情感分析”往往被作为一个“迷你自然语言处理任务”来理解。[①] 作为一个语义分析问题，情感分析相较传统语义分析，更加聚焦于限定范围，即不需要“理解”句子或者篇章中的全部语义信息，只需要理解与情感观点有关的语义内容，例如褒义和贬义的观点及其对象。由于情感分析的这一特点，使其不能简单地直接运用通用的自然语言处理方法，而是需要加入深层次的语言理解和分析。通用的自然语言处理方法由于需要考虑多个方面的复杂问题，很难对情感这样的特定目标进行精准的分析和处理。尽管达到通用自然语言理解离我们还很遥远，但是随着自然语言处理不同领域研究者的共同努力，这一问题将来有可能得到解决。

此类非通用语言分析有优有劣，这也可以解释为何小冰能够迅速学习、辨别现代诗的情感语义，并且达到以假乱真的创作效果。因为诗歌的语义内容往往是意象的叠加，意象之间没有持续性，只是被一个情感线索维系着，这意味着人工智能在学习诗歌语言的过程中往往不需要理解“篇章级”的语义，而只需要理解到“属性级”或者“句子级”。人工智能为何能在“剪句”创作中游刃有余？因为AI浓缩出的“剪句”与我们碎片化的生活距离更近，带来了超凡、空灵、多元贯通的新灵感，这是让诗歌回归“字符”的尝试。[②] 譬如小冰《你是人间的苦人》一诗：

> 这孤立从悬崖深谷之青色 / 寂寞将无限虚空 / 我恋着我的青春 / 你是这世界你不绝其理 / 梦在悬崖上一片苍空 / 寂寞之夜已如火焰的宝星 / 你是人间的苦人 / 其说是落花的清闲。[③]

作为诗集的第一首诗，这自然是小冰的得意之作，其中有“她”最

① ［美］刘兵：《情感分析：挖掘观点、情感和情绪》，刘康、赵军译，机械工业出版社2017年版，第11页。

② 走走：《探索未来，一半靠人，一半靠AI》，《南方文坛》2019年第6期。

③ 小冰：《阳光失了玻璃窗》，北京联合出版公司2017年版，第3页。

喜欢的高频词和高频地点，譬如寂寞、人间、虚空、青春和梦、宝星等，这些都是“属性级”的语义。对于此类微观语义，人工智能似乎把握得游刃有余，但是放眼到“句子级”，便会发现小冰的理解力参差不齐。譬如“你是人间的苦人”“我恋着我的青春”比较完整通顺，这应该归因于对现代诗常用的抒情句式的模仿、学习，但是“这孤立从悬崖深谷之青色”“寂寞将无限虚空”等则显得突兀，言说倒错、不知所云。从中可见，小冰对于常用的诗歌语言、观点、意象的捕捉还是比较到位的，因为这些话语模式和经典意象曾经在不同时期、不同风格的诗人之间流转，使用频率比较高。小冰可以通过大量阅读、记忆，模仿、征用既有“模式”，这也是“机械复制时代的艺术作品”的进化版。

在“篇章级”的理解和把握上，小冰更容易陷入混乱与错位。《你是人间的苦人》中多重意象的叠加似乎可以指向“苦人”形象，似乎也能感受到其“忧郁”的情绪，但是堆砌痕迹很重，并不能连贯表达清晰的语义。尽管诗歌为满足情感想象飞跃的变化需要，常常会省略掉语言中的过渡、转折等关联词，甚至打破语法规则，着力营造一种陌生感，但《你是人间的苦人》所呈现的意象的跳跃性，最终将意象自身碎形化。究其根由，诗歌要求以断续表现连贯、以局部概括整体，一方面给读者驰骋想象留下开阔领域，另一方面也需要逻辑的驱动与全局的视野，否则只是技巧的叠加、词语的色拉和感觉的碎片，不能称其为“诗歌”。类似失败之作在人类写作中也比比皆是。本质上说，这是写作本身的失败，而非人与机器的区别。

对于机器不能真正理解感情，文艺评论家往往认为这是人与机器的本质区别，坚持机器代表理性而情感则是非理性，但“情感机器”理论却并不做简单的二元判定，反而认为人工智能最大的差距是远远不能把握人类的全部理性。许多情感状态恰恰是由思维方式压制某些资源而形成的，情感本质上与人们所认为的“思考”过程并无大异，相反，情感是人们用以增强智能的思维方式。也就是说，当我们的热情没有高涨到对自己有害的程度时，不同的思维方式就成为被人们称作“智能”（intelligence）的重要组成部分，这个过程不仅适用于情感状态，也适用于我们所有的精神活动。①

明斯基作为“情感机器”的提出者，虽然未能充分关注情感所本有的感性化特质，但其认同情与理并不是对立的，而是并行的，只是思维资源分配方式不同。在情感没有压倒理智的正常情况下，情被看作理的重要组成部分。情感作为“智能”形成的重要动力，因此也是解放理性、增强理性的重要能量。表面上看，诸如感觉、情感或意识、语义等词语对我们而言是自然而然、清楚直白的事物，然而事实上，这些词汇都不是单一、确定的过程，问题恰恰在于我们没有对情感的本质作深入研究，反而更加关注对大脑中复杂过程的影响和效果的描述。

三、情感机器：感通与联觉

明斯基“情感机器”的创建分解为六大维度，即意识、精神活动、常识、思维、智能和自我，从中可以反观人类“精神”的形成。②一般认为，每个人都有一个中心核、一种看不见的精神或者自我，这种精神或者自我又产生了多种多样的精神活动。但这种主流观点却降低了人类的身份，所有的美德都被设想为是间接获得的，我们素有的成就都是不值得称颂的，因为这些成就是其他途径附送的礼物，相反，人类的尊严就来自人类自身的构造，处理多种情况和困境时有多种并行的运行方法，甚至有不计其数的方法。多样性正是人和动物以及传统机器的主要区别所在。由此也可以呼应上述对“情—理”关系的重新理解：情感与理性既合一又并行，它们本质上是一种“量比”与“关系”，是量比的多与少、关系的亲与疏，情与理共同充当了人类多样性的精神自我，正是情感与理性之间从未间断的摆动与变异催生了文学艺术的创造。

人工智能研究者所设想的“心智社会”（The Society of Mind）包含着

---

① ［美］马文·明斯基:《情感机器：人类思维与人工智能的未来》，王文革等译，浙江人民出版社 2016 年版，第 5 页。

② ［美］马文·明斯基:《情感机器：人类思维与人工智能的未来》，王文革等译，浙江人民出版社 2016 年版，第 6 页。

复杂的情感和互相冲突的价值观，库兹韦尔将其比喻为“像思考那样思考”，并且引用量子力学家海因茨·帕格尔斯的观点认为，这是20世纪的西方科学向东方思想的靠拢。[①]这一多元并行的精神与混沌联觉的自我作为人类最完美的心灵构造，似乎与科学的实证思维相去甚远，而与诗性智慧的呈现路径相似，也对应着艺术创作中的“观见感通”之道。中国美学的根基在于大易传统，观物取象于天地，以达到“知周乎万物而道济天下”之境界，这便是人与世界万物的“感通”，而波德莱尔诗学理论的核心也是“感应论（通感、应和）”。诗人在万物互相感应中体悟到宇宙的统一，在香味、颜色和声音的交相呼应中彼此感应，波德莱尔诗歌追求正是这种“混沌深邃的整体”。早有不少论者指出波德莱尔的《应和》隐藏了“创造的逻辑”[②]，这一“创造的逻辑”揭示着人类思维的奥秘，也可以被用来观照天地万物的运行，其中也孕育着文学艺术的创造逻辑和“高级美学的教理”。

在卢克·多梅尔看来，艺术之“感通”与心理学所言之“联觉”（synaesthesia），正是人工智能及其艺术实践的真正奥秘。[③]随着20世纪50年代信息美学的兴起，马克斯·本泽试图沟通艺术与科学。信息美学本质上不是一种计算方法，而是以数字、文本、网络、声音、视频为素材，通过将其转化为图片，从直观感应中探索数据中隐藏的规律与关系。2013年，比尔·盖茨与微软前首席技术官内森·梅尔沃德共同开发出一项新技术，成功选取文本块信息生成了静止的图片和动态的图像。这一技术被广泛应用于课堂教学，以提升学生的注意力与理解力。小冰式的“读图写诗”是信息美学的当代实践，某种程度也对应了波德莱尔希望将诗歌与绘画（烹调乃至美容术）结合起来破除艺术之间界限的创作路径，通过凝视图像时迸发出写作灵感，向人类的“通感”致敬。

正是通过对“感应论”的呼应，人工智能已经在音乐、绘画、棋艺

① ［美］雷·库兹韦尔：《机器之心》，胡晓姣等译，中信出版社2016年版，第76—79页。

② 刘波：《〈应和〉和“应和论”——论波德莱尔美学思想的基础》，《外国文学评论》2004年第3期。

③ ［美］卢克·多梅尔：《算法时代：新经济的新引擎》，胡小锐、钟毅译，中信出版社2016年版，第169页。

乃至文学等方面取得令人惊叹的进步。之所以在文学创作领域比较滞后，也从反面验证了文学是人类最高智慧的结晶。人类读者对有意义的书面语中大量的句法和语义要求更强的感知能力。“计算机诗人 RKCP”的发明者库兹韦尔承认，就目前而言，“文学机器”完全独立创作确实困难，因为相比音乐、视觉艺术等其他艺术形式，作家对连贯性有着更高的要求。[①] 这一“连贯性”的最高秘密在于“感通应和”之中。长久以来，诗人之所以是最高的智慧者，而想象力是一切才能中最科学的才能，是因为只有诗人的想象力与万物共情，才能催生出宗教般神秘的应和。这正是隐匿于波德莱尔诗学中宇宙万物的“创造的逻辑”。

简言之，基于“方程”与“算法”的人工智能在观点、句法、语义的探索中取得了巨大进步，但其在“篇章级”语义、整体结构与全局视野上的缺陷难以弥补，这也促使人工智能转向以“学习”为导向的联觉主义范式，希望借助人类的诗性智慧重构情感的机器及其创造的逻辑。

四、从“情感机器”走向诗性语言之思

明斯基“情感机器论”对于自我与精神的分析逻辑，可以看作对黑格尔精神现象学的反驳。《精神现象学》被认为“讲述精神和普遍意义上的个人和个体，走上漫漫征途，从自然意识的贫乏领域走向绝对知识，并在其道路上逐个经历每一种可能的哲学体系”。[②] 黑格尔的精神现象学更像一篇成长文学，主人公是一个要解答精神困惑的忧郁主角，从个体的贫乏走向形而上学，在其道路上逐个经历每一种可能的哲学体系。黑格尔承认最终的真实存在于我们的心灵（mind），但精神必须不断增长自我意识，才能接近绝对知识。这一形而上学的“旅程”，正是普遍的世界历史展开的进路，也正是明斯基所批评的“所有的美德都是间接获得的”“所有的成就是其他途径附送的礼物”，其原因在于黑格尔相信一个

---

① ［美］雷·库兹韦尔：《机器之心》，胡晓姣等译，中信出版社 2016 年版，第 209 页。

② Jonathan Ree, *Philosophy Tales: An Essay on Philosophy and Literature*, London: Methuen, 1987, pp.76-77.

绝对的自我，而非人类自我内在的并行构造——一个多维的自我。

这一多元联觉的自我正是算法时代情感认知的重要基础。长久以来，物本论与心本论的对峙主导着意识的研究，从德雷福斯《计算机不能做什么——人工理性批判》（1972）、《计算机还是不能做什么——人工理性批判》（1992）到查默斯在《有意识的心灵：一种基础理论研究》（1996），再到 M. 加布里埃尔 2015 年出版的畅销书《自我不是大脑：21 世纪的精神哲学》，"我思故我在"（心本论）中对自我的反思正在退守为"最低限度"的认知，而物本论也不断逼近最终会导致"我在故我思"的还原论。[①] 倪梁康进而认为，二元论的立场最终也会被放弃，因为无论是在心灵哲学家所坚持的第一人称视角不可替代性方面，还是在意识现象学家所坚持的自身觉知的独一性和本底性方面，都有可能会因为新的生物—物理的相关项的产生而发生改变。人机意识的互换与相容的可能性也会随科学研究的进展而逐渐成为可能的现实。[②] 在这个理论愿景中，笛卡尔式的"我思故我在"与"我在故我思"变成了"鸡生蛋"还是"蛋生鸡"的问题，物质与心灵、情感与理性之间的意识壁垒也会被消解。

现象学对于诗歌、语言与理性的分析给予当代人工智能研究以巨大的启发，特别是针对多元联觉内部"一"与"多"的思考。海德格尔的"诗·语言·思"正是由多维的自我转让而进入"一"之中，"思"正是对于生命现身的原始呼唤。在祛魅的时代，人类的精神分裂为理智、意志、心智、感觉，技术遮蔽了"思"。从里尔克到荷尔德林，海德格尔描述了回归本源的运动：远离表象思考的浅薄抽象和科学理论最艰深的构造，朝向真正生命的丰富的具体和复杂的统一。诗性语言正是这一寓杂多于纯一的语言，如果我们把"语言"看作"存在的家园"，人工智能对语言的探索本质上也是对人的存在的沉思。

这一过程或许可以描述为：技术与艺术、情感与理性有着共同的诗

---

① 参见 H. L. Dreyfus, *What Computers Can't Do: A Critique of Artificial Reason*, New York: Harper, 1972; *What Computers Still Can't Do: A Critique of Artificial Reason*, Cambridge, Cambridge: MIT Press, 1992；［美］大卫·J. 查默斯《有意识的心灵：一种基础理论研究》，朱建平译，中国人民大学出版社 2013 年版，第 9 页。

② 倪梁康：《意识作为哲学的问题和科学的课题》，《自然辩证法通讯》2019 年第 10 期。

性根源，希腊的“技艺”中原本存在“艺术（诗意）维度”，现代性的发展构成了对诗性维度的祛魅。随着技术理性及其霸权的确立，技术本身正在面临“再魅化”。现代的“技术”创造出“新的和独特的东西：纯技术的世界构造”[①]，其发展的极端代表就是斯蒂格勒“人工非智能（系统性愚蠢）”之说，而“情感机器”的终极使命是否可以重新打破技术的魔障，面向“理性”（诗性）本身，重新回归本源和家园？

对“诗性之思”的求索正在成为人工智能的发展方向。早期人工智能从神经科学获得启示，借助神经网络建模模拟人类智能，随着大数据、云计算、图像识别以及自然语言处理等技术的发展，以深度学习为基础的联觉主义范式逐渐兴起，这构成了人工智能从固定的“方程”到灵活的“算法”，再到主动“学习”的演进路径。从这一路径可以见出，人工智能的发展已经从学习计算、逻辑与理性转向对人类感觉、模糊、联想等非理性思维的探索。可以预见的是，这一进化路径将超越原子主义的主客二分，而接近能动者与所在世界彼此互动的感知学习方式。

这一被称为“涉身认知”的动态系统理论，基于海德格尔式嵌入情境的涉身技巧和能力，反对笛卡尔主义的身心二分框架，主张复杂的非线性因果关系。[②]在此愿景下，技术不再只是僵化的操作系统，而是沿着从线性到非线性、从逻辑思维到形象思维、从可计算性到不可计算性、从算法推演到模糊思维、从理性判断到情动感知的持续进化，这意味着能动者具备在其世界或特定境域中知道如何进化的技术能力。段似膺、徐英瑾、倪梁康、成素梅等亦指出，这种进化范式与胡塞尔、海德格尔、梅洛-庞蒂和德雷福斯的现象学相吻合。[③]

---

① ［德］冈特·绍伊博尔德：《海德格尔分析新时代的技术》，宋祖良译，中国社会科学出版社1993年版，第17页。

② Wheeler Michael, *Reconstructing the Cognitive World*, Cambridge: MIT Press, 2005, pp.275-278.

③ 段似膺：《海德格尔式人工智能及其对“意识”问题的反思——兼与何怀宏先生商榷》，《探索与争鸣》2019年第1期；徐英瑾：《欧陆现象学对人工情绪研究的挑战》，《探索与争鸣》2019年第10期；倪梁康：《意识作为哲学的问题和科学的课题》，《自然辩证法通讯》2019年第10期；成素梅：《智能化社会的十大挑战》，载杜运泉主编《省思：冷眼横看人工智能热》，上海财经大学出版社2019年版，第90页。

建基于海德格尔思想的人工智能研究，正在成为“强人工智能”研究的新典范。其中包括三种代表性的研究范式，即罗德尼·布鲁克斯（Rodney Brooks）的行为主义方法、菲儿·阿齐（Phil Agre）的实用主义模式，以及瓦尔特·弗里曼（Walter Freeman）的动态神经模型。如上研究突破了明斯基的“心灵社会”范式，也推进了德雷福斯《炼金术与人工智能》所代表的早期现象学范式。德雷福斯曾经借鉴海德格尔的思想发现了早期人工智能研究的理性主义困境，提醒我们从计算的限度上思考算法理论的范围，即意义和相关性无法通过符号再现。“强人工智能”研究则进一步开启了生物与日常世界打交道时的行为方式研究，使人工智能在可能的情境中能够直接把握意义，并且不断探索、熟悉、改进与世界交往的方式，以此反身促进人类对自我“意识”的理解。

五、人工智能的“海德格尔之问”

小冰作为“非人类”，成不了一个“存在者”，这注定它不能成为真正的诗人，不过这或许也是人工智能未来发展存在诸多可能性所在。面向“诗·语言·思”的算法时代，进一步激发出我们探寻海德格尔式之问——如何“在存在者中保持为一个异乡人”？[①] 唯有既是“存在者”也是“异乡人”的诗人才是真正的诗人，这不仅是对科学理性所能企及高度的挑战，也是对人类加深自我认知深度的挑战。

现象学的素朴感知旨在祛除遮蔽，进而“面向事物本身”，这有助于在艺术创作和阐释中悬搁既有的成见。卢克·多梅尔《算法时代：新经济的新引擎》在谈及“用科学的算法进行艺术创作”时指出，算法革命将有助于我们揭示隐藏在艺术作品中的真相。[②] 这可以是一种类似于海德格尔式“顺应于事的视”。海德格尔式人工智能的要义在于，强调“在世”总是“在世界之中存在”，将世界视为最原始的境遇，它不是“再

① ［德］海德格尔：《林中路》，孙周兴译，上海译文出版社 1997 年版，第 92 页。

② ［美］卢克·多梅尔：《算法时代：新经济的新引擎》，胡小锐、钟毅译，中信出版社 2016 年版，第 158—161 页。

现”而是“感知”，是不断与动态的开放世界的交往体验过程。

譬如斯蒂芬·拉姆齐利用图论构建了物体之间的数学关系建模，将莎士比亚的戏剧转换成图形，利用数据挖掘算法分析这些图形，预测它们是喜剧、悲剧、历史剧还是爱情剧。这一与前文分析“小冰”情感类似的算法图形，准确判断了《冬天的故事》是一部浪漫爱情剧，而《哈姆雷特》是一部悲剧、《仲夏夜之梦》是一部喜剧。有趣的是，情感算法将《奥赛罗》和《罗密欧与朱丽叶》归为喜剧，似乎与一般的观点不符，但其实不少研究者也指出这两部悲剧具有内在的喜剧特征。斯蒂芬·拉姆齐因此指出：“严格的计算只关注研究对象的本质特征，因此其得出的结论有可能因为与我们对某个主题既有的理解截然不同，而让我们大吃一惊。我们在阅读时总是带着各种偏见，但算法不会受到任何偏见的影响，因此，它可以给我们带来意外的发现。”[①]

人工智能的现象学思维对于既有权威和成见的蔑视与超越，正在赋予文学史研究、文化批评以及种种后现代文论新的启示。算法身份的建构倾向于拒绝一个绝对的精神与自我，拒绝情理之间“非此即彼”的相对差异，却对德勒兹和瓜塔里所谓块茎生成的概念基础——无休止的“而且”（and）情有独钟。在切尼-利波尔德看来，当我们无休止地穿越时间长河，就会生产出更多数据，算法就利用这些新生数据，调整数据的整体意义。我们算法身份正在我们自身之上增添了一层又一层身份，“而且……，而且……，而且……”的做法拒绝任何貌似静态的存在。[②]

反本质主义的书写让我们更少束缚在“性别”“种族”“阶级”等概念上，一些美国机器学习研究人员受朱迪斯·巴特勒情感理论的启发，揭示出封闭、具体化的先验概念中隐含的本质主义概念。人工智能在理论上可以不再陷入历史、语言、性别、种族本身所制造的诸多问题。譬如爵士乐的诞生和发展一直与黑人历史直接关联，与种族暴力、城市隔离、黑人气质、先锋派美学及由此催生的哈莱姆文艺复兴、摇滚音乐等

① ［美］卢克·多梅尔：《算法时代：新经济的新引擎》，胡小锐、钟毅译，中信出版社2016年版，第170—174页。

② ［美］约翰·切尼-利波尔德：《数据失控：算法时代的个体危机》，张昌宏译，电子工业出版社2019年版，第176页。

各种艺术运动相连，然而爵士乐机器人西蒙（Shimon）却可以将“风格”本身风格化，不再将种族概念作为核心维度来描述。“算法爵士乐”基于情境意识的新生算法模型，依照统计学建模和预测，任由音乐自行演绎，反而将教条主义政治抛诸脑后，具有创新性、随意性和独特美感。“一方面，根本没有原始数据这回事；另一方面，音乐演奏中的黑人身份的发展性及其遗产，被算法阐释消解掉了”[①]。“种族”因素虽然依然存在于一种可度量的艺术类型中，但爵士乐本身失去了其历史和种族化的形式。

人工智能的创作及其哲思，激发了我们理解文学、语言与哲思的现象学之路，我们可以将其描述为从笛卡尔、黑格尔回到海德格尔之路。这是一条走出绝对精神的迷雾，重新从源流处理解精神与自我的道路。在绝对理性无所不在的阴影下，人工智能的算法统治成为理性成就的象征，然而人工智能现象学也试图阐明：真理只有在敞开的存在物中建立，需要始终思考本真人类生存可能性的敞开。海德格尔式的人工智能及其哲学提醒我们回到原处，摆脱技术与算法制造的绝对理性，回到原初分类的复杂性，将情感视为一种认知状态（cognitive state）与非认知状态（non-cognitive state）重要的某种结合，克服作为主体的自身及其权威与成见，保持对感性的情境、多元的精神与混沌之自我的敬意。

展望未来，“异乡人”的诗性思维正在给人工智能的未来带来新的愿景。在东方思想中，情与理、心与物从来不是分割的，宇宙生命的真情之流周行于天地万物，达到人与世界万物的“感通”，这也是“东方圣人”海德格尔对西方技术理性促逼下“贫困时代的诗人”的期待。现象学对算法时代情感与文学的深入探问，不太可能很快催生一个真正的“电脑诗人”，但正在有力影响着意识哲学（意识现象学）与意识科学（神经科学、脑科学、物理学）的沟通，它是否可以将对人类“知情意”的认知带入新的丰饶之乡，我们拭目以待。

（原载《人文杂志》2021年第4期）

---

① ［美］约翰·切尼-利波尔德：《数据失控：算法时代的个体危机》，张昌宏译，电子工业出版社2019年版，第71页。

播客：声音里的情感共同体

许苗苗

播客是在线音频的一种，即由网民自制发布的网络广播。它对应的英文单词“Podcast”来自苹果公司对其音频播放器（iPod）和传统广播（broadcast）的技术组合。[①] 在汉语语境里，播客的意思有很大不同，它既指音频节目，也指录制节目的人。播客与博客、拍客、闪客等词语出现于相近的时期，迄今已有十余年“网龄”。然而，比起几个同辈，它的知名度却低得多。2012 年，苹果公司正式以“播客”命名中文系统的 Podcast 功能，为此前分散在零散网页上的个人广播提供了统一平台，其基于播放数、完播率、下载量等数据的精选榜单也成为评价播客的重要依据。随着智能手机的普及，一大批

---

① 肖文杰：《中文播客的进化之路》，“第一财经 YiMagazine”公众号，https://mp.weixin.qq.com/s/ETUJBB-IgdNo3MS22aqWgw，访问日期 2020 年 1 月 12 日。

国产音频平台在2013年左右建立起来。为了扩充内容，这些商业性应用向自媒体人敞开大门，播客借此机会登上更加广阔的舞台。

如今的中文自制播客以群聊和对谈形式为主，虽然话题大多是一些“有趣而无用的知识”，但胜在轻快生动。那些诙谐幽默、温暖动人的词句，突破听觉单一的维度，演变为可见、可触的通感。借助手机之类新媒体的传播，个人化的口语在播客里带上公共性，成为新媒介口语。主播和听友在相互沟通、彼此参与、携手生产的氛围中，构建起声音里的情感共同体。

一、议题趋同与个性化讲述策略

大众文化常见议题趋同的趋势在原本就不大的播客圈中分外鲜明。如元宵说吃、中元讲鬼之类是一年一度的选择；《流浪地球》与国产科幻、《乐队的夏天》和摇滚综艺，则是当季话题焦点。2019年4—5月间，打开苹果播客列表，你会惊讶地发现其中足有70余部以“复仇者联盟4”为题的单集。这些音频并不是跟风点赞的闲言碎语，相反，它们多半由知名播客精心制作，时长往往超过一个小时，且在好几周之后依然牢牢占据精选榜单前列。

《复仇者联盟》（简称“复联”）是由美国漫威公司旗下漫画改编的系列电影，讲述“漫威宇宙”中身负异能的“复联三巨头”美国队长、钢铁侠、雷神带领众多超级英雄伙伴，联手对战外星邪恶势力、拯救亿万生灵的故事。由于其话题性、商业性和超高人气，该系列电影备受媒体眷顾。在当今信息过载的环境中，调动受众主动注意力越发重要，报纸电视用议程设置看点，云计算借数据推送消息，社交应用通过关系亲疏构筑话题分层的朋友圈。而以声音为传播手段的广播，则在视觉感官能力方面“先天不足”，既不可能用文字聚拢“标题党”，也不可能在图像里夹杂“软植入”。播客作为网络广播，弱势更明显，它缺少传统广播电台那种象征意义的权威，不可能迫使受众凝神静听。人们听播客常常并不专注，多半在运动、开车或者睡前进行。因此，播客必须以仅有的声音元素抓住听众涣散的注意力，利用偶尔听到的言语碎片传递最大的信息量。既然无法屏蔽环境杂音，它就选择公众熟悉的话题作为钓饵，以众口一词的议论对象为倾听者预置知识准备，同时借助主播灵活的口语魅力，吸引听友自发跟随。

2019年春夏，诸多播客的关注点不约而同投向“复联”。作为最热门的文化现象之一，“复联”进入诸多录音室并非偶然：其集锦式的议题涵盖炫酷科技、时尚消费、当红明星和热门金曲，为播客提供了延宕生发的机会。播客之间不回避相似的选题，因为针对同一现象展开各具特色的声音表演，即同源异质的讲述，正是其独特策略。“复联”话题虽然趋同，但它知名度高、理解难度低，即便当作背景音，也能让听友在三言两语之间抓住重点、跟上进度，最大程度地获得听觉注意力。另外，“漫威”和“复联”已从漫画电影转换为流行文化的“宇宙”，播客们可以尽情拣选化用、各取所需。难怪已经做过20多期漫威相关节目的播客“黑水公园”，依然信心十足地为《复仇者联盟4》安排出两期时长。熟悉听友品位的主播对话题有充分把握，知道“聊过的可以再聊”。①

如果仔细听，不难发现，这些播客虽然话题趋同，叙事风格却各有千秋。它们并不只是将相近的信息告诉耳朵，还用活灵活现的言语把神态各异的形象带到听友眼前，让人们感触到细致微妙的情感温度，甚至在听友间构造心灵通感。高度依附于主播的个体化口语，构成播客独特的声音表现力。围绕“复联”的诸多讨论，就是播客同源异质讲述策略的集中体现。

《复仇者联盟4》上映前一周，播客“黑水公园”即以《漫长的告别：复仇者联盟4》为题，拉开讨论的序幕。主播金花擅长讲故事，他首先回顾了“复仇者联盟三巨头”各自的成长经历，“总复习”后又带听友预测

---

① 本文播客网址均选自苹果播客，也可在喜马拉雅、荔枝、网易云等声音平台查询。本文“黑水公园”谈论《复仇者联盟》的内容，参见《漫长的告别：复仇者联盟4》，https://podcasts.apple.com/cn/podcast/黑水公园/id1078007055，访问日期2020年1月12日；《再见了，〈复仇者联盟4：终局之战〉》，https://podcasts.apple.com/cn/podcast/黑水公园/id1078007055，访问日期2020年1月12日。

终局剧情，并在一周后的《再见了，复仇者联盟》中检阅预测结果。黑水主播将电影中的包袱一一对位解密，揭示出《复仇者联盟》系列七年间四部独立影片的前后勾连，把零散的镜头连缀成宏大神奇的“漫威宇宙”。“复联”本就老少皆宜，“黑水公园”的解读更没什么特殊“技术含量”：预测剧情就是反复看片花，判断人物性格则依原著脉络——和大多剧迷毫无两样。尽管办法笨拙、观点也不稀奇，但与普通人知识水平贴近的讲述特别容易让倾听者产生代入感。因此，当主播在趋同的公众话题中谈论独特的个人经验时，他们一次次的疑问、解释和重复使模糊的线索变得清晰，复杂的内容变得浅白。哪怕再高深玄妙的道理，也能在“黑水公园”的津津乐道中降低难度，令人乐此不疲。

播客“1983 毁三观”由几名爱聊天的女生联手主持，她们的声音纷乱跳跃，讨论经常跑题，但神聊海侃间却总是津津有味，透着“不是科普向，不是安利向，我们是高兴向”的随心所欲。[①] 作为科幻动作片的《复仇者联盟》中女性角色较少，也没有谈情说爱。然而，主播们这些“单身久了看啥都像爱情”的“基腐观众”，却在节目里为诸多英俊面孔配对“组 CP”：“盾铁 CP”（持盾的美国队长与钢铁侠）“基情”满满，“冬寡 CP”（冬日战士与黑寡妇）绝世虐恋……不管对象是男是女，甚至跨越智能 AI 和外星物种的界限，只要角色互动能够稍稍容纳遐想，她们都能诠释成高糖度的暧昧。主播王粗俗和阎魔罗在《爱恨交加的复仇者联盟 4》里声称自己是“毫无原则的腐女，不讲道理的 CP 粉以及纯舔屏的理智粉”。在她们眼中，养眼才有故事，颜值就是正义。当美国队长的星条盾牌遇到钢铁侠的银红战甲，再激烈的较量也只留下缤纷的光影……姑娘们添油加醋，细细品味，为每组角色撒花发糖。快节奏的语速、掩不住的笑声和尖叫，使“毁三观”主播们的声音飘然破壁，将起伏跳跃的情绪烘托得色彩分明。

① 本文“1983 毁三观”谈论《复仇者联盟》的内容，参见《Vol.76 爱恨交加的复仇者联盟 4》，https://podcasts.apple.com/cn/podcast/vol76- 爱恨交加的复仇者联盟 4-1983 毁三观 /id1113941573?i=1000437450405，访问日期 2020 年 1 月 12 日；《Vol.61. 复仇者联盟 3 到漫威宇宙 10 周年》，https://podcasts.apple.com/cn/podcast/vol61- 复仇者联盟 3 到漫威宇宙 10 年 -1983 毁三观 /id1113941573?i=1000412259729，访问日期 2020 年 1 月 12 日。

当然，电影不可能每个细节都让人满意，所以主播的声音也常透出愤懑。比如抗议将英俊的雷神改造成颓废大叔时，声音里透出浓浓的火药味："我们是个音频节目，但我已经翻了无数个白眼！真想把导演拉过来，biu, biu, biu, biu……"[①]"1983 毁三观"的言语魅力不仅来自词语本身，也源于自由自在的联想和对二次元动图效果的随机借用。主播们用耀眼的"金子"为美好肉体打上高光，用少女漫画的"粉红泡泡"形容心动，用霸道总裁的"壁咚"描绘打斗时的逼迫。在她们高低起伏的"啧啧"声里，透露出"舔屏"的艳羡，最后一连串"biu-biu"模拟枪声，则将声波炮弹炸裂在倾听者眼前。主播王粗俗最能神侃，笑料百出。她形容美国队长"傲娇男"、钢铁侠"禁欲系老干部"、爱面子的雷神"倒驴不倒架"；嘲笑剧情不合逻辑时则引用"遇事不决量子力学"……信手拈来的日常俗语、脱口而出的网络段子，听起来既接地气又总是走在时尚前列。

老牌播客"三好坏男孩"成立六年，200 多期节目都从忆旧展开——四个光鲜体面的中年"社会人"，在录音室里变成白球鞋、蓝校服的中学生，用喁喁的低语倾泻听友来信中的倾心、失落与人情冷暖。[②]在《那些我们丢掉的超能力》里，几位主播分别代入"复联"角色忆旧——像雷神一样天生神力，挑衅老爸百战百胜；学会红女巫幻术后，干坏事连老师都看不见……成年慢慢到来，儿时百思不解的谜题豁然开朗，世界却就此索然无味。主播大肠说："过了 30 岁才知道自己庸碌无为，我甚至忘记拥有超能力的事实。直到这几天看完《复联 4》才如梦初醒，那些丢掉的超能力，我好想你们！"整部节目谈电影不足五分钟，却施展"回忆杀"，带听友重返童年亲情浓郁的小窝。对听友来说，无论头戴耳机还是外放声音，听播客都是一种孤单的沉浸，在这个世界里，只有主播的声

---

① 这里是主播模拟枪弹声表达对剧情的不满。参见《Vol.76 爱恨交加的复仇者联盟 4》，https://podcasts.apple.com/cn/podcast/vol76- 爱恨交加的复仇者联盟 4-1983 毁三观 /id1113941573?i=1000437450405，访问日期 2020 年 1 月 12 日。

② 本文"三好坏男孩"谈论《复仇者联盟》的内容，参见《那些我们丢掉的超能力》，https://podcasts.apple.com/cn/podcast/ 三好乱弹 - 那些我们丢掉的超能力 /id703350893?i=1000436788173，访问日期 2020 年 1 月 12 日。

音贴身相随最亲近。那些匿名投稿的讲述者，期望与共同倾听者抱团取暖，因此，温暖是怀旧类播客的声音特色。主播同情的唏嘘和宽慰的开解，传递共通的人情冷暖。无形的声音又远、又近、又安全，就像一双看不见的手，穿透世事喧嚣，把一个人的体温轻轻传到另一个人的心上。

在播客中，轻松煽情者居多，但冷峻忧郁甚至"中二蠢萌"[①]等也不罕见。围绕"复联"的声音混响，罗列出性格、眼界和专业性的差异：《复仇者联盟 4》首映当天凌晨，播客"硬核电台"便响了起来，受邀参加全球首映"宠粉专场"的两位主播一出影院就迫不及待地在车里录制《复仇者联盟 4 观后：光明正大来剧透》[②]。他们的声音里洋溢着按捺不住的得意，炫耀成功抢得全网首发的欢喜。播客"文化土豆"在世界地球日播出《灭霸最爱随手关灯，复联 4：我们的星球》[③]，节目将反派灭霸随机毁灭地球生命与汶川地震相比，将打怪救世升华为重生和涅槃。男女主播声线纤弱、语调忧虑，却很符合"文青"伤春悲秋的情调。"日谈公园"[④]和"机核 Gadio"[⑤]的两期"复联"节目都请了外来嘉宾支援。主播以热情的"哦""啊"之类的语气词，充满好奇地反复提问，强调自己"假粉丝""真小白"的身份；嘉宾却始终用冰冷矜持的语调，以略带严肃的声音勾勒出不容置疑的大专家形象。

---

① 中二蠢萌：中二是源于日语的网络流行语，指像中学二年级学生那样叛逆、自我、容易冲动；蠢萌也是近年来的网络流行语，指傻呆呆又带着孩子气的可爱。

② 硬核电台：《194. 复仇者联盟观后：光明正大来剧透》，https://podcasts.apple.com/cn/podcast/194- 复仇者联盟 4 观后 - 光明正大来剧透 /id1178583723?i=1000436210355，访问日期 2020 年 1 月 12 日。

③ 文化土豆：《灭霸最爱随手关灯，"复联 4，我们的星球"》，https://podcasts.apple.com/cn/podcast/ 灭霸最爱随手关灯 - 复联 4- 我们的星球 /id1243945491?i=1000436561363，访问日期 2020 年 1 月 12 日。

④ 日谈公园：《vol.201.〈复仇者联盟与超级英雄传说〉》，https://podcasts.apple.com/cn/podcast/vol-201- 复仇者联盟 - 与超级英雄传说 /id1166949390?i=1000438227299，访问日期 2020 年 1 月 12 日。

⑤ 机核 Gadio：《〈复仇者联盟 4：终局之战〉上映前，MCU 十年都发生了哪些大事件》，https://podcasts.apple.com/cn/podcast/ 复仇者联盟 4- 终局之战 - 上映前 -mcu 十年都发生了哪些大事件 -gadio-early-access-vol-31/id420660752?i=1000436075460，访问日期 2020 年 1 月 12 日；《看完〈复仇者联盟 4：终局之战〉之后，我们和你一样，有太多地方想吐槽》，https://podcasts.apple.com/cn/podcast/ 看完 - 复仇者联盟 4- 终局之战 - 之后我们和你一样 - 有太多地方想吐槽 -gadio-early-access-vol-33/id420660752?i=1000439074911，访问日期 2020 年 1 月 12 日。

突破单一声音维度的播客开放而丰富，在流行文化中左右逢源，这正是由于其话题要么出自日常熟知领域，要么撷取大众流行热点。作为当下热门现象之一，《复仇者联盟》因漫画的持续连载、当红明星的曝光宣传、系列电影将近十年的故事编织等优势，已不只是一部电影，而是一个内蕴丰富的流行文化数据库。播客由此引发话题，扩容声音，从听觉进入观看领域，承载起展示个人品位、勾勒身份层级、传达情感抚慰的多重任务。在声波起伏之间，播客构造起言语和知觉的通感。

二、多重语境中的个体互动

《复仇者联盟》在播客里高频率出现，是由于它的超高人气和知名度。这种名声宛如热帖的“10 万 +”标签或小视频中的“网红脸”一样，能在听觉之外调动联想、议论和转发。在收听如同“复联”一类的播客前，听友就已经浸没在海量的画面和讨论中，议题越趋同，听友前期感官准备就越充分，越容易产生联想，越能够以生动的情感共鸣和具体的形象细节完善单一的声音。显然，播客离不开孕育它的语境。声音的专有性和互联网的分享性，造就播客开放对话、相互参与的情景语境；智能终端和多进程并行的应用，为播客提供可拓展的媒介语境；而网民多角度、全方位的应援，则构成播客聚集能量的粉丝文化语境。

口语的交流效果在很大程度上取决于说话时的情景，主播交谈对话中的沟通和互动则构成播客的情景语境。声音因人而异，多个主播客串对谈时，对同一话题的不同表达更能彰显个体无可替代的魅力。许多播客节目都是集体智慧的产物。“1983 毁三观”和“一番调贫”自称官配友台，主播不仅常替对方打广告，还不时去对方节目客串发声“秀恩爱”。“日谈公园”和“跟宇宙结婚”长期共享两名主播，甚至不惜将同一专题分成上下部分别播出，为对方拉人气。“黑水公园”交际面极广，主播金花去别家“串门聊天”已成常态：“套瓷 FM”爆料《黑水公园的秘密》，“别的电波”海侃《金花宇宙》，新节目“奇妙电台”里也有一期《和黑水公园金花一起聊〈黑镜〉》。好的播客让人从头笑到尾，搞笑程度与相声类似。但主播们的机智表现在节目中彼此帮衬、解围和圆场，与相声捧逗间以“砸挂”显示灵活应变的能力有根本的不同。播客没有固定程式，是每个人鲜活的声音赋予其鲜活的表现力，因此，不同主播谈论同样的话题时，不会担忧自己的光彩被别人遮蔽。作为与互联网共生的一代人，播客们深谙分享的可贵。对他们来说，分享就是拓展，他们以对话在节目里重现朋友聊天般亲切的社交情景，为播客整体营造出一种细节丰富、情谊深厚的氛围。

传播技术的快速发展和个人终端的私有性质，为播客搭建起层次多样的媒介语境。麦克卢汉把媒介看作人的延伸：眼睛、耳朵、嘴巴、手脚……不同媒介的应用各尽所能，无限增强各个独立的感官。而我们可以将如今多任务并行的联网智能媒介比作人类的中枢神经，它同时调动多重感官。在网上，同一个主题既能看也能听，能自录卡拉OK，也能阅读和写作同人文，甚至还能换脸把自己“P”进主角的怀抱里。在谈论《复仇者联盟》的播客周围，关注这一话题的听友不是那些买票进影院、远距离端坐的观影群体，而是二刷、三刷的深度爱好者。他们看的不仅仅是电影，还有视频、头像和表情包，他们停顿看、放大看、反复看。他们是兴趣各异的零散个人。所以，一旦播客开始谈《复仇者联盟》，这些听友也自然脑补出形态各异的细节和亮点。对各类新媒介程序的使用经验，在网民这里表现为声音、色彩和行动的联动共通：叮咚一声是新到邮件、屏幕狂闪是QQ召唤，嫩绿色是微信、粉红色是美颜，而紫底搭配白色叹号就是听播客聊天。新技术以数码形式的思想和全息投影的人物形象，降维简化三维世界。互联网融合超级大脑的通感，头像、声音、颜文字则移情为真实人格的外显。浸没在网络环境中的新技术居民，不介意将媒介构造的虚幻景观等同于真实世界予以接受。这就是播客置身其中的媒介语境，也是数字化世界认识论的哲学基础。

网络文化与口语文化、印刷文化的不同之处，在于公众参与的创造性活力。听友对播客的多方应援就体现在这种创造性活力上。他们用外部资源充实播客，用付费打赏来供养播客，用组织和参与活动使播客成长“出圈”，为播客构造起前后照应、上下关联的粉丝文化语境。

一部大众文化作品在网上收获的点赞、P图、弹幕越多，就越容易成为播客选题，这是因为各抒己见的网络话语为播客提供了庞大的外部叙事资源。当粉丝们在网上增删故事情节、篡改人物结局的时候，他们的行动就类似美国学者詹金斯所谓的“文本盗猎”。“文本盗猎”指粉丝“洗劫大众文化，从中攫取可运用的资源，并在此基础上二次创作，作为自己的文化创作与社会交流的一部分”[①]，包括“挪用或混剪流行文化，以此为基础，创造出同人小说、视频、角色扮演和音乐”[②]。网民的“盗猎”为播客提供多样的评述角度，播客用声音归纳、筛选网络意见，对原作集中表态，成为粉丝“盗猎”的代理。“黑水公园”主播多次向提供视频种子、翻译外网消息的网友表示感谢，承认侃侃而谈、无所不知的金花老师少不了听友留言的支持；“三好坏男孩”在微信公号上征稿，鼓励“说出你或身边朋友的故事，让经历打败圈套”；“日谈公园”时常发布微博调研，用听友票选歌曲配合阶段性单集的主题；“故事FM”完全采用亲历者讲述：盲人、富二代乃至前电话诈骗犯的参与，使这档播客的触角渗入社会各个层面。部分人的献声形成示范，吸引更多人投入。“黑水公园”的15个听友群里，每天更新信息上千条；“大内密探”微博粉丝目前已超过14万……网络广播用日常话题发出邀请，延时互动让听友从不同时点介入其中。听友需要谈论喜爱的话题，播客需要群体的生产力，每一期播客节目都是双方互为代理、各取所需的成果。

听友对播客的支援不仅限于订阅、收听和点赞，也有打赏、付费、寄礼物的实质性回馈。金钱并不亵渎情感——对于这些免费下载的播客来说，“嘘寒问暖不如打笔巨款”。在有些主播常驻的听友群里，网民热衷发红包。“三观听友群”早上有叫醒包、深夜有晚安包、生病烦躁时还有安慰包；“5.20”（我爱你）、“1.20”（一块儿“二”）之类则以金额的数字谐音作为即时的调侃和表白；每次新节目上线，群里更是下起“红包

① ［美］亨利·詹金斯:《文本盗猎者：电视粉丝与参与式文化》，郑熙青译，北京大学出版社2016年版，第17页。

② 张琳:《〈文本盗猎者〉在中国：亨利·詹金斯采访》，载［美］亨利·詹金斯《文本盗猎者：电视粉丝与参与式文化》，郑熙青译，北京大学出版社2016年版，第7页。

雨”，“感谢包”“慰劳包”“庆更包”接踵而来。听友“赞赏”播客的微信公号，或者在微店购物、捐款等，也十分常见。“三好坏男孩”微店里，以“真爱捐”“双飞捐”命名金额不等的捐助。付费额度定义亲密关系，听友按下支付键，就能与“真爱”的主播们比翼双飞。“跟宇宙结婚”每期节目之后，会按照公众号赞赏金额的高低顺序念出打赏听友的名字，颁发“大红花”以示嘉奖。虽然对于自媒体来说，确实稍有不慎就掉粉，导致很多播客不敢尝试内容收费，但随着“用金钱说爱”日益被网民接受，为内容买单也变成“铁粉”身份的见证。“黑水公园”在“荔枝 FM”上第一期付费节目收获 18.1 万次付费量，“三好私房课”最高播放量超过 12 万次，这些播放数据都远超两档播客在付费平台上的粉丝数量。这是因为平时听友们使用习惯各不相同，苹果播客、网易云、喜马拉雅等的收听数据是分散着的，而一旦播客在某个新平台推出新节目，听友们就会主动汇聚起来壮声势，不仅慷慨解囊，有时还重复购买、分发转赠，刷榜助威的表态性质远远大于收听行为本身。忠实的听友们乐于以经济援助激励内容生产者，让喜爱的主播了却后顾之忧。这种为“真爱”付出真金白银，以网络支付把情感强度变现，保障原创作者长期投入的做法，是粉丝们在“用爱发电”。

在对播客的共同喜爱中，零散的听者越走越近，他们集体行动，为播客跨界出圈、从虚拟步入现实做好接应。“黑水公园”每次讲完一部电影，都会有大批带“黑水”关键字的弹幕，在 bilibili（B 站）刷屏。不甘寂寞的听友自发组织“黑水霸屏计划”，表达对播客的感想。“机核 Gadio”最初是“一帮喜欢玩游戏的程序员朋友想分享下自己对游戏文化的看法，就做了个电台玩”[①]，如今却在网友的支持下，变成了囊括网页、App 和五档音频的综合游戏媒体品牌。他们每年一度的嘉年华“核聚变”活动，更是把声音世界的听友变成了线下游戏的搭档。此类行为看似网友个体的激情爆发，实际上却是对群体号召力的回应。播客中的听与说虽然不同步，但听播客的人们却在微博、微信和更多网络技术的全方位

① Mihawk:《机核网，将一个游戏故事好好说给你听》，https://36kr.com/p/5042286，访问日期 2020 年 1 月 12 日。

支援下，以自身反馈参与生产，共同营造了立体的文化氛围。

在对不同播客同一话题的比较之间，在交流分享、技术协助和粉丝应援的多重语境中，听友的兴趣得到最大满足，播客也因而具备了以兴趣为核心的吸引力，挣脱了媒介形态的控制。它不再是单向发声、诉诸听觉的“自媒体”，而是成为话题不断、兴趣先导的交互式“群媒体”，成为由声音聚合的群媒体文化场域。

三、新媒介口语的传承与拓展

被称为网络广播的播客，其初始技术构想是将广播节目放到网络和手机上，在数字世界延续广播的生命。但实际的播客却与广播相去甚远，它运用的既不是广播之类电子媒介的“次生口语”，也不是自然对话的“原生口语”，而是一种将制作者和倾听者整合起来的新媒介口语。

播客借助电子媒体传播声音，却不同于广播，因此，也就与沃尔特·翁在《口语文化与书面文化》一书中描绘的次生口语不同。在沃尔特·翁看来，次生口语是“文字和印刷术的产物，且依靠文字和印刷术”[①]，这孕育出独特的播音腔——以文字稿为中心，预先安排事件的叙述次序和语调的轻重缓急，通过隔绝噪声、背景声效和事先排练，突出声音的特异感、重要性，使节目效果完美。播音员是专业声音生产的一个步骤，必须观点明确、叙述清晰，不允许像真人一样犹豫、结巴、读错字。播音员和听众之间存在一种绝对的距离，这种距离是由事先写就的播音稿制造出来的。文字“使言语产出的结果更加精确，因为文字使言语脱离口头表达丰富但混乱的生存语境”。[②]而播客口语则恰恰是“丰富但混乱”的，他们虽然也会提前准备提纲，但谈话聊天却不打底稿，采用即时应对、充分体现个人性格的口语。

① ［美］沃尔特·翁：《口语文化与书面文化：语词的技术化》，何道宽译，北京大学出版社2008年版，第133页。

② ［美］沃尔特·翁：《口语文化与书面文化：语词的技术化》，何道宽译，北京大学出版社2008年版，第79页。

在言说目的和对象方面，播客与广播也有所不同。作为最早的电子信息传媒之一，广播曾被用作大众化的宣传工具，甚至可以成为批判、威慑、恐吓的武器。播音员语言斩钉截铁、理直气壮，但表达的观点却是机制剪裁的产物，与发声者无关。播客的语言却是自己的想法，当然也掺杂着网民的声音。每一次新媒介的普及，都会吸引新的群体参与信息生产，而广泛人群的参与则改变着以往精英垄断的品位，把高深玄妙变得俚俗浅白。网络公众人人都想跨界言说，虽然引用的是普通知识，传递的却是独到视角，表述了各自心中专属的世界。在“黑水公园”节目里，主播们曾用动漫附会《论语》名句、用《孙子兵法》指挥宇宙战争，虽然与权威解释相去甚远，却流露出借助新媒介优势，在声音领域开辟新空间的企图。播客不是意见领袖，也没有专家赋权，他们只是想发言。虽然有时偏颇、有时犯错，但“别深究，连专家讲的都不一样，没准儿多想想也会觉得我说的有点道理”[①]。遭遇反对时，播客宁可沉默也不论辩，作为浸淫于网络的媒体人，他们承认不同个体间知识的差异和局限，也不想被低成本骂战的键盘侠纠缠。他们坚持的不是某个观点，而是发声这件事本身。借助播客新媒介，新的知识群体试图获取打破既定格局、争取新文化资本的契机。广播向广泛的大众播音，其“次生口语文化产生的群体比原生口语文化产生的群体大得多”[②]；而播客无法像广播那样实现“对听觉的‘霸占’或者‘盗用’”[③]，甚至都还不算“大众传媒”，他们只是向“三观和我们一样”[④]的自己人说话。因此，播客口语与广播等电子媒体的次生口语并不相同。

作为新媒介口语的播客，也不像日常使用的原生口语那样仅仅关系言说者自身。它虽然出自主播本人，但语料却来自多元的网络，节目声

---

① 黑水公园:《复联 4：漫长的告别》，https://podcasts.apple.com/cn/podcast/漫长的告别-复仇者联盟 4-终局之战 /id1078007055?i=1000435355843，访问日期 2020 年 1 月 12 日。

② ［美］沃尔特·翁:《口语文化与书面文化：语词的技术化》，何道宽译，北京大学出版社 2008 年版，第 104 页。

③ 周志强:《声音与“听觉中心主义”——三种声音景观的文化政治》，《文艺研究》2017 年第 11 期。

④ 转引自“1983 毁三观”播客片头语，即“三观正？什么是三观正啊？”“就是三观和我们一样呗！”

音里夹杂着监管的噪声，表述效果则由听友证明。它既要面向现场对谈者，也得顾及网络终端的第三方，呈现多角度融合、多声部杂糅的样态。

播客口语对原生口语表达手段的沿用，使二者十分相似。沃尔特·翁曾以《荷马史诗》为例揭示原生口语的秘密：古代说书人之所以能将鸿篇巨制娓娓道来，并不是拥有超人的记忆，而是借助大量固化的套语、陈词、格言警句，把重要信息聚合在一起并不断重复。① 无独有偶，非洲部落口述史传承人的讲述也具有句子长短对称、错落有致的特色，反映出节奏和迂回对口语传播的重要性。② 今天，网络时代的播客与讲故事大师一脉相承，只不过他们的语料往往来自网络，例如“尴尬又不失礼貌的微笑”“我常常因为贫穷感到跟你们格格不入”③ 等。这些网络流行语，你可能在微博里刷到过，在朋友圈转发过，甚至在微信自定义表情里添加过。它们在网络聊天中诞生，在网络传播中存活，经无数人的修改和挪用变得越来越朗朗上口，并成为群体记忆和认同的线索。而播客对它们的运用，正体现了其与原生口语的差异。当听友的耳朵捕捉到网络热词时，不仅可能跟读重复，还会联想起相应的颜文字④。这种联想和记忆线使播客不再是自说自话的私人口语，他们的每一个词都指向网络听众最熟悉的表意链系统。而这一表意链对于网络生态之外的人来说，却是断裂不知所云的。口语中，重叠的段落加强重点，缓慢的节奏容纳记忆，格律、比兴和冗余信息使之获得歌唱般的韵律。这些传统口语传播的技巧通过播客复兴，并获得网络语料新血液的滋养。

作为面向公众的媒体，播客必须面对听友的选择。不是每个能聊天的人都能当主播，“保持日更的一年半里，身边能担任主讲人的朋友已经

---

① 参见［美］沃尔特·翁：《口语文化与书面文化：语词的技术化》，何道宽译，北京大学出版社 2008 年版，第 25—27 页。

② Keyan G. Tomaselli, “Orality, Rhythmography and Visual Representation,” *Visual Anthropology*, Vol.9, No.2(1997), pp.93-116，doi: 10.1080/08949468.1997.9966695.

③ “尴尬又不失礼貌的微笑”“我常常因为贫穷感到跟你们格格不入”，均为网络表情包配图常用语。

④ “颜文字”一词源自日语，即网络聊天使用的图标与文字的结合体，是网络交流的次文化与萌元素之一。参考萌娘百科颜文字词，https://zh.moegirl.org/%E9%A2%9C%E6%96%87%E5%AD%97，访问日期 2020 年 1 月 12 日，引用时有删节。

消耗大半”[①]。如今当红的“三好坏男孩”主播小明，曾令朋友们颇费脑筋，因为他“虽然能说能侃，但聊着聊着就下三路”[②]，常常忘掉手机终端还有诸多听众。在线听友可能分辨不清各位主播的容貌，但他们对声音的态度却爱憎分明。“日谈公园”的 Hoocky 一口“台湾腔”又软又甜，成为这档男性节目里唯一常驻的女性声音；“日谈看世界”的史里芬原本只是赞助方代表，却因贱里带萌的腔调颇有异性缘而被强留下来为女听友们“发福利”；“黑水怪谈”热心听众铁探长声音嘶哑紧张，却彰显了灵异内容的恐怖效果，就此被发掘成栏目主持。各具特色的口语使身份不同、经历各异的嘉宾变成播客，受众对声音和表达方式的选择偏好，为播客口语增添了公共性。

在播客中，不仅有人声、配乐和节目音效，有时还夹杂监管噪声。作为没有受过专业训练的主持人，主播的口语往往缺乏节制，有时距离话筒太远，有时呼吸声太重，聊得忘形时还可能飙出脏话。“三好坏男孩”里坦白的私密性体验，“1983 毁三观”对娱乐圈指名道姓的奚落和挖苦，都是不宜出现在大众媒体中的声音。早在苹果“Podcast”中国区刚成立时便获评最佳播客和最佳新播客的“坏蛋调频”，也因传出明显的吸烟声和脏话而成为第一个被打“脏标”的播客[③]。如今，后期剪辑帮助大多数播客删除或掩盖了不恰当的词汇，但编辑软件刺耳的“哔哔”声夹杂在播客放松的口语中，却像一种强调和提醒，使原本随意的口头禅成为刻意冒犯。即便在播出的节目中，人们也会不时听到压低的询问“这能不能说啊？”“没事我一会儿把它哔掉！”[④]播客通过模拟强行闯入的监管屏蔽音，对权力进行象征性反抗。不在场的第三方监控，赋予播客口语比原生口语更大更明确的叛逆力量。

① 《7 亿人都在听的“独立电台”，播客营销潜力有多大？》，播客头条，https://www.jianshu.com/p/617319e37944，访问日期 2020 年 1 月 12 日。

② 三好坏男孩:《江湖越老，朋友越少》，https://podcasts.apple.com/cn/podcast/ 三好乱弹 - 江湖越老 - 朋友越少 - 老魏 /id703350893?i=1000445489367，访问日期 2020 年 1 月 12 日。

③ 刘鑫:《中国播客人：再过十年才有商业模式》，https://36kr.com/p/5165839，访问日期 2020 年 1 月 12 日。

④ 三好坏男孩:《在工体开夜店是种怎样的体验》，https://podcasts.apple.com/cn/podcast/ 三好人生 - 在工体开夜店是种怎样的体验 /id703350893?i=1000384551751，访问日期 2020 年 1 月 12 日。

口传时代，人们围在市集中心听行游诗人吟唱英雄传奇；电子时代，人们听播音员准点播报重大消息；而随着声音传播媒介的更新和多样，播客里的声音既不再是单向的声波，也不再是面对面的口语。它汲取网络用语、掺杂监管噪声，突破声音序列，成为身体与网络媒介共同构造的新媒介口语。

四、情感共同体的生成

播客所营造的语境使新媒介口语有特殊的亲和力，这种亲和力一方面源于主播和听友之间形成的情感联系，另一方面得益于公共传播广泛的感染力。由此，播客将一对一的亲密情感辐射扩散，变成更宽广厚实的集体情感酿造。

播客调动情感共鸣的能力来源于自身口语塑造的形象。这一形象不仅限于声音唤起的通感，也指由亲和力和号召力带来的播客自身的人格化形象。人们听播客并不是捕捉外在的抽象声音，而像是在听熟悉的老朋友聊天。“他”不是专门团队打造的“完美偶像”，只是一个你需要时就出现在身边的熟人。听他讲话，可能学不到什么有用的知识，却不会像听“罗辑思维”时一样自我逼迫，也不会像钻研“名校公开课”那样唯恐掉队。播客的情感魅力就在于朋友般的轻松，所以亲切有趣才是关键。浸淫于网络生活的人习惯将在线身份等同于真实个性，因而也更容易接纳虚拟伙伴。播客取消了口语面对面的即时互动，却依然具备口语交谈的亲密感，它是听友之间彼此认同的归属，所以，做播客“不光找到喜欢的东西，其实也找到了喜欢你做的东西的人”[①]。以播客为中心，那些为之投入、受其感染的群体，就是播客构建的情感共同体。

有人声称，随着互联网的兴起，社会日趋原子化。人与电脑手机寸步不离，却畏惧面对面交谈。实际上，这也许意味着媒介变化带来的交

① 刘鑫：《中国播客人：再过十年才有商业模式》，https://36kr.com/p/5165839，访问日期2020年1月12日。

往方式的更新。媒介构建场景，新媒介和新场景引发新的行为方式，群体身份的形成基于“共享但特殊”的信息系统。[①] 如今，越来越多的人经由网络获取归属感，借助智能终端将个体嵌入群体。媒介不仅缩紧空间距离，也改变了人际关系和社交模式。从乡村大喇叭到迷你随身听，声音媒介在转变；从波形图到比特值，声音形象在转变；从大众传播到定向推送，倾听方式在转变。人们通过智能手机、蓝牙耳机听播客时，将遥远的主播以及其他收听者带进贴身距离，营造起肉身缺席、情感在场的新式社交。播客和播客之间、播客与听友之间，是一种温情脉脉、随身陪伴的氛围，听友们期待熟悉的声音在固定时间响起，就好像期待老朋友如约而至。有一次“套磁 FM”因故延迟 12 小时，凌晨三点新节目刚刚上线，粉丝留言就立即出现，原来有人一直在焦急地等待和惦念——“他们都知道更新时间，就等着你发。”[②] 越是受欢迎的播客，被“催更”压力越大。对倾听者来说，主播面貌如何不重要，但脸颊边亲密的声音却不能改变。播客是提供安全感的情感陪伴，稳定的播出规律意味着稳定的情感联系，所以才会有那么多人追求第一时间收听。在这种对虚拟朋友的情感依赖中，播客关系升华为基于媒体技术体验的情感关系，情感让空间离散的人彼此更紧密。

“一个人向听众说话时，听讲的人一般就成为一个整体，不仅自己觉得是一个整体，而且和说话人也结为一个整体。”[③] 播客具备“新新媒介”的第一要义，即“每个消费者都是生产者”[④]。听友分头贡献、集体创作，主播独立拣选、以个人声音呈现，在这一自发组织衔接的流程中，播客成为集体产物。不同的声音经由口语构成不同声部，语气、腔调、象声词以及语义的故意曲解和外部话题的插入借用等，都使播客从个人

① 参见［美］约书亚·梅罗维茨《消失的地域：电子媒介对社会行为的影响》，肖志军译，清华大学出版社 2002 年版，第 10—64、121—176 页。

② 刘鑫:《中国播客人：再过十年才有商业模式》，https://36kr.com/p/5165839，访问日期 2020 年 1 月 12 日。

③ ［美］沃尔特·翁:《口语文化与书面文化：语词的技术化》，何道宽译，北京大学出版社 2008 年版，第 56 页。

④ ［美］保罗·莱文森:《新新媒介》，何道宽译，复旦大学出版社 2011 年版，第 5 页。

的声音变成一群人的复调和声。由此，播客才从制作者的声音产品变成“人”，变成听与说的群体共同培育的对象。

虽然面向公众，播客却并非完全敞开。听播客是一种情感认同，听友将主播看作自己人。但播客的情感共同体却也并非总是其乐融融。面对盗版牟利者，他们义愤填膺；面对边缘话题的监管，他们相互开脱；面对喜爱的文化形式，则是义不容辞、各尽所能。同仇敌忾的氛围凸显出口语自身“参与的神秘性、社群感的养成和专注当下一刻”[①] 等特点，听友与主播凭借独特的语言结成秘密同盟。例如“日谈公园”自称“English No Good”，以带有地方口音和语法错误的句子将自嘲和暗号连接在一起；“跟宇宙结婚”用“大牲”一词指称听友，实际传递的却是不见外的亲昵。对新听友或不熟悉网络、二次元文化的人来说，这些说法无异于黑话和切口，以语言构筑群体边界，屏蔽“非我族类”的入侵。

马尔库塞在《单向度的人》一书中，认为缩略语、组合词等遮蔽了词语背后复杂的生成语境和社会含义，造成话语领域的封闭，是单向度思想的语言。然而，马尔库塞所面对的缩略语和新词语是在社会交流系统中自上而下生产的，播客的新媒介口语却并非如此，它们来自大众，是新的民间语言。因此，这些缩略语和新词恰恰能够“带着尖刻而轻慢的幽默来攻击官方和半官方话语”，在播客口中，“俗语和俚语很少像现在这样有创造力”[②]，它们在自身时尚、幽默、亚文化身份等标签之外，携带着反讽特质和抵抗意味。播客中的语言在不断生长，听友在时间线上不断为其增加平行维度。这种不断的变动和生成使文本研究无法以播客语言为对象，而只有真正倾听和使用的人才能掌握。

借由声音的分享，一个新的共同体在播客中显现：它的情感对象和出发点即新型口语塑造的人格化播客形象。播客是看不见的朋友，它风趣、博学又时尚，它和你、你们之间，用心知肚明的小秘密彼此甄别；

---

① ［美］沃尔特·翁：《口语文化与书面文化：语词的技术化》，何道宽译，北京大学出版社 2008 年版，第 103 页。

② ［美］赫伯特·马尔库塞：《单向度的人：发达工业社会意识形态研究》，刘继译，上海译文出版社 2014 年版，第 74 页。

用排他的行话和切口，划定边界；通过新媒介口语的生产搭建起半封闭的文化圈。这个情感共同体的能量来自互联网上无限的互文空间和连续蔓延的时间；而维系关系的手段，则是越来越难与人体分离的智能终端无孔不入的陪伴。

（原载《首都师范大学学报（社会科学版）》2021年第3期）

宁芙化身体与异托邦：电子游戏世代的存在哲学

蓝　江

如果说，今天所处的时代是一个数字时代或智能时代，估计很多人都会赞同这种说法。的确，大数据和智能算法已经逐渐散布在我们的社会生活的方方面面，甚至成为国家之间竞争力的重要指标。因此，我们可以将生活在这样一个数字时代下的一代人称为“数字世代”。不过，倘若我们将今天称为“游戏的时代”，进而将 90 后或 00 后一代人称为“游戏世代”，那么会有很多人表示异议。毕竟，在当代的文化环境中，电子游戏从一开始就与玩物丧志的形象紧密相关，游戏也被人为地贴上了暴力、低俗等标签，仿佛那些在网吧和游戏厅里目不转睛盯着屏幕、滑动着鼠标并沉溺其中的少年，就是电子游戏的原罪。但是，与此同时，我们也可以看到，对于今天这一代人，甚至对于一部分20世纪七八十年代出生的人，完全没有玩过电子游戏的估计已经寥寥无几。即便人们不会玩吃鸡或者《王者荣耀》之类的大众游戏，或者玩Xbox和PS5上高端的《生化危机8》《对马岛之魂》《死亡搁浅》等大公司的品牌大作，那么也至少玩过一些小游戏，如上班族在地铁上拿出手机玩玩数独、跳一跳、消消乐等之类的游戏来打发时光，或者在工作的闲暇之余偶尔打开《叠叠乐》《打老板》这样的小游戏来解解压。简言之，电子游戏逐渐成为我们生活中不可或缺的一部分，而且它正在成为一种新的日常生活经验，同时塑造着我们周围的世界。不难理解，我们对世界的理解和感知实际上已经一定程度地被电子游戏重塑。因此，我们面对的问题不仅仅是电子游戏的影响力与日俱增，构成了新一代年轻人和孩子们生命和存在的一部分，而且由于电子游戏正在生成我们的日常生活经验，也同时生成着我们的世界，我们必然面对着一个不同于黑格尔、海德格尔或者萨特、福柯时代的生存哲学，即属于游戏时代的生存哲学。

一、电子游戏世代的诞生

或许，有人会质疑的第一个问题是：那些玩着电子游戏长大的孩子和年轻人是否真正构成一个世代（generation），即游戏世代？对于“世代”的概念，人类学家玛格丽特·米德给出了明确的描述：“所有这一切首先归诸于世界性社区的出现。整个人类第一次共同生活在一个相互沟通信息，交换反应的社会中，分享着知识和忧郁。”① 由此可见，世代是一个现代现象，在米德那里，世代的出现与传统家庭和社区的弱化和解体有关，人们获取知识和感受的方式不再是从祖辈那里承袭，而是由共同体生活的信息传播和交流，以及彼此间的交换来构成。依照米德的说法，我们可以说，在人类进入现代世界之后，实际上我们已经经历了三个主要世代：阅读小说、报纸和杂志为主的印刷媒体世代、看电影和电视的

① ［美］玛格丽特·米德：《文化与承诺：一项关于代沟问题的研究》，周晓虹、周怡译，河北人民出版社1987年版，第78页。

影像媒介世代、玩电子游戏的游戏世代。

1. 印刷媒体世代

古登堡的铅活字印刷术的出现，的确带来了人类文明和文化传播的狂飙猛进。比如小说的普及，尤其是在中产阶级家庭妇女中的普及，显然与印刷媒体的广泛使用有着密切关系。在那个时代里，柯南道尔、狄更斯、大仲马、雨果等人成为最耀眼的明星。但与此同时，这些按照整齐的铅活字印刷而成的书籍、报纸成为人们了解不同世界、获取更多讯息的有效途径。在孩子们的成长中，他们获取知识的途径不再是年长者的言传身教，而是直接从书籍的阅读中得来。这样势必会产生一种新的世代，一个在印刷媒体中成长的并建立了关于世界感受和认知的世代。正如大卫·里斯曼所说："这些成人一旦置身于陌生的环境，就需要用各式各样的印刷读物来填补内心的空虚，需要内在导向模式而非传统导向模式来引导其生活。"[①] 于是，印刷媒体成为第一个普世传播的语境，它以印刷文字的方式为我们呈现了一个现代文明的样板，也只有在印刷媒体的基础上，俄罗斯形式主义、法国的结构主义和早期英国伯明翰学派的文化研究才能成为可能。从形式上来看，陀思妥耶夫斯基、海德格尔、萨特的存在主义实际上是印刷媒体时代的存在主义，因为他们的存在主义奠定在印刷文字的基础上，无论他们如何思考存在，印刷的文字都成为他们思想最后的屏障。所以，这个时代的几代人，都可以被称为"印刷媒体的世代"。

2. 影像媒介世代

加拿大传播学家麦克卢汉曾经区分过冷媒介和热媒介，而这个区分的关节点就是从印刷媒介向影像媒介过渡的时代。从 20 世纪 60 年代开始，尤其从尼克松与肯尼迪的总统辩论第一次搬到电视上开始，人们

---

① ［美］大卫·里斯曼：《孤独的人群》，王崑、朱虹译，南京大学出版社 2002 年版，第 91 页。

不再用阅读的方式去理解世界，而是用观看影像的方式来看待我们周遭的一切。这是一个被法国理论家居伊·德波称为景观社会（spectacle society）的时代。德波看到了影像构成的景观对世界的奠基，这种奠基完全不同于印刷媒体的作用。德波说："景观不能被理解为对某个视觉世界的滥用，即图像大量传播技术的产物。它更像是一种变得很有效的世界观（Weltanschauung），通过物质表达的世界观，这是一个客观化的世界视觉。"[①] 这样，在影像媒介的时代，我们的观看与视觉影像形成了直接的对应关系，取代了之前的阅读和印刷文字之间的对应关系。从这一刻起，视觉化或影像化的存在哲学取代了文字化的存在哲学，与此同时，新一代人在电影和电视等影像媒介的影响下成长，影像媒介的世代取代了印刷媒介的世代。

3. 电子游戏的世代

今天，当我们书架上的书布满灰尘时，当我们客厅里的电视开始变成摆设时，家庭的另外一些设备却成为我们经常触摸的对象，如电脑、游戏机、手机等。这些设备除了它们的日常功用之外，还有一个非常重要的功能就是玩电子游戏。电子游戏构成了一种全新的架构一代人世界观的方式。它的方式不是阅读，也不是观看，而是游玩，借助手柄、鼠标、键盘、触屏、健身环等外设设备，与屏幕中的对象形成互动。我们不是在观看游戏，而是在操纵游戏，那么电子游戏就绝对不是一个影像或景观，而是全方位的触觉和感受。而拥有着电子游戏经历的一代人，自然在很多观念和意识上会远远不同于他们的父辈和祖辈，在这个意义上，他们就是电子游戏的世代。

为了更好地理解三个世代的区别，我们可以用《三国演义》来作为例子。在印刷媒体的时代，《三国演义》是小说中的文字，我们对刘关张结义、孔明借东风、赤壁之战等精彩情节的理解，都来自罗贯中的文字。我们从阅读中去想象火烧赤壁的壮观，也从文字中品读诸葛亮舌战群儒、

① ［法］居伊·德波：《景观社会》，张新木译，南京大学出版社 2017 年版，第 4 页。

三气周瑜的精彩，但这些东西仅限于文字的表述，我们看不见孔明的长相，也无法看到官渡之战和赤壁之战的壮观。1994 年电视剧版的《三国演义》的上映，成为新一代人理解三国的方式。这种理解不再是阅读，而是视觉的观看。我们看到了人中龙凤的吕布的形象，也看到忠义无双的关羽的形象。在温酒斩华雄情节，我们不仅看到了文字表述中展现的关羽的勇猛厉害，更看到了陆树铭喝下曹操递过来的温酒时的淡然气魄。在影像观看中，我们无意中将陆树铭等同于关羽本人，也会将陈晓旭等同于林黛玉，将六小龄童等同于孙悟空，这就是影像媒介和印刷媒介在理解故事上的差异。那么，电子游戏呢？现在以三国为题材的电子游戏不胜枚举，这一类游戏中有突出战略和策略谋划的 SLG 类，也有重视动作的无双类。无论是哪种类型，电子游戏都会给出与文本和影像完全不同的三国体验。以光荣公司的《三国志战略版》为例，在游戏中，打败对方的要素，不仅仅在于自己的人数和武器装备的优劣，也必须充分了解地形和布局，用来反思当年处身官渡或赤壁战场的将领的所思所想。正是有了这种身临其境的感受，我们才能理解曹操战胜袁绍的不易之处，也让我们真正领会到了战争的残酷。换言之，在电子游戏中，我们的体验不是纯粹文字和视觉的，而是动作和思考。我们成为真正参与其中的主体，而不是外在于局势的旁观者，在三国的战场一起经历那个乱世的风起云涌。

在这个背景下，电子游戏世代面对世界的方式是参与式的，他们不再是被动的阅读者和观看者，而是真正的主体。电子游戏充分借用了文学和电影的优势，如在《生化危机 8：村庄》中，游戏并没有给出直接的线索和梗概，这就需要玩家在开放的世界里通过自己的接触和行动来逐步展开整个世界，揭开整个世界的奥秘。玩家视角的切入让玩家主动在自己的行为和抉择中理解世界，从而奠定了自己的主体存在方式。换言之，在游戏世代的眼中，不是游戏越来越像世界，而是世界越来越像游戏。如果海德格尔用荷尔德林的诗歌来说明我们被抛入寒冷冬夜，那么在电子游戏中，我们也被抛入一个新的世界里。我们的主体在构成游戏中的世界时，也同时塑造了我们自己的生存方式。所以，必然存在着属于电子游戏时代的生存哲学，而这种生存哲学从一开始就与我们的身体、自我和世界密切相关。因为在电子游戏的感受中，我们打破了印刷文字和影像媒介为我们树立的藩篱，从而走向了新的身体经验、新的自我同一性、新的可能世界的关系。

二、宁芙化的身体：游戏与身体经验的重构

法国现象学家莫里斯·梅洛-庞蒂（Maurice Merleau-Ponty）曾经指出："通过感知，在我个人生活和自己行为边缘处，感受到了既定的有意识的生命，从中涌现出后来的诸多规定，我的眼睛、手、耳朵的生命，我拥有如此众多的自然自我。每一次我体会到一种感觉的时候，我都体会到它似乎与我自己的存在无关（我自己对自己的存在负责，并在此基础上做出决定），反而感觉是另一个业已矗立在大地上的自我，它已经敞开了那个自我的某些方面，并与之同步。"[①] 不难看出，在梅洛-庞蒂看来，我们内在心灵的感知并不是来自一个先验的纯粹意识，而是来自外在的事物与我的感知的接触。他继续说道："之所以我在我周围发现了物体，不可能是因为物体实际上在那里，理由是我对假设的这种实际存在一无所知。之所以我能认识到这一点，是因为物体的实际接触在我身上唤起了一种关于所有物体的最初知识，是因为我有限的和确定的知觉是与世界同外延的，从头到尾展现世界的一种认知能力的部分表现。"[②] 梅洛-庞蒂的意思是说，对于一个外在的物体或世界存不存在，我无法先天地知道，我只有通过我身体的感知与之接触之后，世界上的某物或某种现象才能成为我身体构筑世界的一部分。梅洛-庞蒂的感觉就是通过我们自己的身体的感知来感受到诸多业已存在着的自我，而内在自我的存在需要这些异样的自我同步构成一个世界。这样，我们关于世界的意识实际上是在我们的身体性感知中建立起来的。因此，我们的世界实际上是一个身体感知的世界，我们正是通过这个身体与发生关联，理解这个

① Maurice Merleau-Ponty, *Phénoménologie de la perception*, Paris: Gallimard, 1945, p.250.

② Maurice Merleau-Ponty, *Phénoménologie de la perception*, Paris: Gallimard, 1945, p.424.

世界上的诸多规律和法则，从而将自己构筑为这个世界上的主体。这样，世界与我们的行为的关系，就是身体与世界的关系。世界在身体中建构起来，而身体的行为让世界进一步得到延伸。在另一个意义上，世界的统一性也就是身体的统一性。只要我们拥有唯一的身体，那么世界就会向我们呈现为连贯一致的世界。

倘若将梅洛-庞蒂的身体的知觉现象学应用到当下的电子游戏中，会如何呢？从最初的雅达利的《吃豆人》开始，到任天堂红白机上的《超级马里奥》和《魂斗罗》，再到今天的各种游戏，如《使命召唤》《刺客信条》《死亡搁浅》等，我们实际上都会遇到一个问题，即我们可能不只是在用唯一的身体去感知世界。因为在游戏之中，我们还有另一个世界，那里会存在着另一个身体，而对这个身体，我们并不能像对我们自己的身体一样可以轻松地去操控它。例如最简单的《吃豆人》游戏，当操纵大黄脸吃豆子的同时，我们还得提防屏幕上类似乌贼一样的敌人靠近，往往在这个操作中，我们使用手柄的手似乎不太灵活，总是会感觉到手柄上的按键在抵抗着我们的操控。同样的情况也出现在赛车类的游戏中，实际上，游戏中的赛车虽然与现实中的开车比较相似，但在具体游戏过程中就会发现，如果完全按照自己在现实中开车的方式，是无法赛车的，有一些独特的技巧只能在游戏中才能感受到，如漂移技术。这事实上都说明，我们不能简单地将我们现实世界的身体感知直接挪用到游戏世界中，因为那是另外一个世界、另外一个身体，它们建立了一种不同于我们在现实世界的感知。这个新的感知不属于我当下的这个身体，而只属于我在屏幕背后的那个身体。而对屏幕中的那个由像素和图形构成的身体，我们需要一种新的感知；我们只有在反复磨炼中，那个身体才能被我们随心所欲地操控，为我们披荆斩棘。

例如在游戏《只狼》中，有一个特定的"架势槽"系统，当架势槽积累满格以后，游戏中的身体会僵直，无法进行任何行动。不过，如果在对方对我们攻击的一瞬间按下防御键，就能发生所谓的"完美防御"。在画面中，我们看到我们手中的剑与敌人的武器碰撞在一起，刀光火石之间，我们刚刚的完美防御让敌人反过来陷入架势槽满格状态，无法行动，此时我们便可以对敌人进行反杀。在这个系统中，即便敌人满血将我们打成残血状态，我们也可以利用这种架势槽的完美防御实现对敌人的反杀，这在游戏中是极为痛快的体验。然而，这个操作具有相当的难度，而且我们现实中的身体经验根本无法体验到这种架势槽完美防御之后的反杀经验，这种经验只能通过我们在游戏中的身体反复训练而获得。换言之，这是一种电子游戏中独有的经验系统，一种绝对异于我们现实身体的操作，但是也可以通过我们在电子游戏中的身体建立起来，并成为"我"的一部分。如果说在梅洛 - 庞蒂那里，身体的唯一性确保了我对周遭世界的感知的统一性，从而排斥了任何与我们的身体感知相矛盾的感觉和意识，而这一切的前提都建立在我不可能拥有另一个身体的基础上，那么电子游戏的出现似乎改变了这个状况。因为在屏幕的背后，的确存在着另一个身体，而且不止一个，《侠盗飞车》有《侠盗飞车》的身体，《刺客信条》有《刺客信条》的身体，《超级马里奥》有《超级马里奥》的身体，在这些多元化的身体的背后，面对的是不能化为统一总体的感知和经验。

如何来思考电子游戏的身体经验带来的问题？我们或许可以用意大利哲学家吉奥乔·阿甘本（Giorgio Agamben）的一个隐喻来形容游戏中的身体，这就是宁芙（Ninfe）。宁芙是从古希腊开始就有的妖精形象，它与土傀儡、火妖、气精一起分别对应于古希腊时代的四大元素：水、土、火、气。简言之，在古希腊的神话中，宁芙就是水妖，她们长期生活在沼泽和湖泊里，勾引着过往的男人以吸食他们的精魄，甚至吃掉他们的血肉。但是，中世纪炼金术师帕拉塞尔苏斯对宁芙不断诱惑男人的行为给出了另外一个解释，他说道，"宁芙没有魂"，"宁芙的特殊性在于，如果它们与一个男人交媾并生下这个男人的孩子，便可以获得魂"[①]。这不就是电子游戏中的虚体的形象的隐喻吗？宁芙没有魂，她们不能自足地存活于世界上，而电子游戏中的虚体也没有魂，在没有人操纵它们的时候，它们是僵硬的、不动的。例如，在游戏《街头霸王》中，即便我们选择

① ［意］吉奥乔·阿甘本：《宁芙》，蓝江译，重庆大学出版社 2016 年版，第 60 页。

了最强的角色维加（Vega），如果没有人的操作，它也会很快被对方打死。相反，与宁芙和人的交媾一样，一旦我们通过游戏机的手柄、电脑上的鼠标或手机上的触屏操控角色时，这个角色就如同获得了灵魂。由于观察者和世界的二元论，在笛卡尔的世界中，我们与荧幕中的那个世界是绝对隔离的，但在电子游戏中不同，游戏中作为我们可以操控的角色的那个虚体，通过我们的操控变成了真正具有灵魂的存在物；与电子游戏中的其他角色不同，它们在那个世界有感知，能够用自己的身体去感触世界，并用自己的电子身体对周遭的环境和威胁做出反应。这样，它们不再是电影中的角色，因为在电影中，作为观众的我们无法干预角色的任何行为走向，电影中的角色的成长和剧情的推动与我们没有关系，不需要我们的反思。而在电子游戏中，由于通过手柄、鼠标、触屏的触摸，我们将"灵魂"注入了那个宁芙化的虚体，让它们可以像我们一样去感知世界、去行动、去思考。于是，电子游戏重建了我们的身体经验，只不过这个身体不再是肉身，而是宁芙化的身体，而宁芙化身体的存在，正是电子游戏成为电子游戏的关键。

三、逃逸的冲动：游戏与自我的解构

不过，当我们借用宁芙化的身体来解释电子游戏中的角色时，也产生了一个问题。如前所述，梅洛 - 庞蒂用来感知世界的身体就是我们唯一的肉身，在围绕着这个肉身建立的感知世界时，我们所感知的世界和意义并不会与我们唯一的身体相冲突。但是，一旦我们进入电子游戏的世界中，这种以身体感知为中心的统一性和连贯性是否会遭遇挑战？我们或许可以换一个角度来看，如果在电子游戏中以宁芙化的身体构建的感知经验也参与构成了我们的世界，并在此基础上形成了对自我感知和意识的建构，那么，在宁芙化的身体感知与我们肉身感知不能完全调和一致的情形下，我们是否还拥有一个统一而稳定世界？进一步而言，我们是否还具有肉身感知状态下的那种自我的统一性？

当然，在许多时候，宁芙化的身体的感知和经验能够与肉身感知保持一致，例如，主体如果在现实中比较保守、不愿意冒进，在游戏中采用的策略也会比较保守，在玩《街头霸王》《侍魂》《饿狼传说》等对战类游戏时，这类玩家不会选择不顾一切向前冲击，而是会面对进攻对手更倾向于选择防守反击的策略。但是，我们不排除在游戏中出现与现实自我感知和意识不一致的状态。例如在美剧《西部世界》第一季中，由艾德·哈里斯扮演的神秘客人有着严重的虐杀倾向，在进入西部世界乐园之后，他经常选择以最残忍的方式虐杀那些具有智能且被禁止反抗人类的机器人接待员。我们完全可以将西部世界视为一个真人版游戏，其中的娱乐、做任务、剧情线实际上与今天的网络游戏非常相似，我们在网络游戏中也经常会看到不由分说虐杀 NPC（非游戏玩家）的玩家。然而讽刺的是，在《西部世界》播放到第 10 集的时候，我们突然被告知，这位弑杀成性的黑衣人的真实身份，就是曾经爱上一个女主角（也是一个机器人接待员）的威廉。威廉在现实世界中表现得十分善良而温柔，为什么在西部世界乐园中反而成了一个血腥屠戮的刽子手？我们似乎很难在一个善良的威廉和血腥的黑衣人之间画上等号。实际上，威廉和黑衣人的悖论，就是电子游戏世界的悖论。我们经常可以在游戏内外体会到威廉和黑衣人式的存在关系，即我们的现实肉身和那个宁芙化的身体不能完全统一在一个自我框架下。例如，在玩《侠盗飞车 5》的时候，我们可以随意砸开路边车辆的车窗，在城市里不顾行人和车辆安全恣意地飙车，甚至可以操控游戏角色抢劫银行、珠宝店，甚至绑架。在游戏中，我们的身份仿佛就是罪犯，但是我们很清楚，现实世界中的我们是谨慎守法的公民，不会开车到处乱撞，会遵守基本的秩序。同样具有争议性的电子游戏内容还包括艺夺（Eidos）公司发行的《神偷》系列，尤其是 2014 年发行的《神偷 4》，这款游戏在 PC、PS3、PS4、Xbox360 等平台获得了巨大成功。为什么《神偷》系列能够引起人们的兴趣？或许其中的原因在于这是一个不以击败敌人为主要目标的游戏，它的乐趣纯粹在于能够躲过守卫和普通人的目光，将某种特殊的目标偷到手。试想一下当 NPC 角色的目光即将接触到我的游戏身体时，“我”正好偷到目标物体并找到一个掩体躲避过去的心情，这其中有一种在现实社会的循规蹈矩的生活中无法体会的快感。因此，《神偷》系列实际上将我们掩藏的快感通过游戏的方式发泄出来，当我们操控角色，在神不知鬼不觉的情形下，成功地将对手的房子甚至身体上的财物洗劫一空的时候，我们满足的不仅仅是获得的财物，而是那种令人心惊肉跳的紧张而刺激的过程，这种过程赋予了我们前所未有的快感。但是，这种快感与我们现实中的自我是格格不入的，因为我们在现实中不会偷窃，不会冒这种风险，但是在游戏中我们领略了与游戏人物周旋时产生的独特的、带着快感的心理过程。这是我们以观众的身份观看电影时无法体验到的快感，是以第一人称主体介入具体场景时浮现出来的快感。在这种快感中，或许一些玩家甚至会产生这样的质疑：这真的是我自己吗？

所以，我们不仅需要理解宁芙化的身体，还需要理解自我在游戏中的存在状态。当然，简单地将游戏中的宁芙化身体感知的经验视为不是自我的经验，并将它从我们自己的感知和意识中排斥出去的做法有些过于简单，这样做的结果是否定了游戏中自我的存在，也就是说，进入游戏中的那个自我，永远不可能影响和取代现实中肉身感知的自我。然而，事情真是这样吗？在斯皮尔伯格的电影《头号玩家》中，难道“绿洲”游戏中的帕西法尔的经验不构成韦德·沃兹的经验吗？要知道，韦德·沃兹在现实世界中只有一个贪婪的亲戚，所有与他有交情的朋友都是“绿洲”中生死与共的战友；有大块头艾奇，在现实中她是一个黑人女货车司机；有灵活的号称“绿洲五强”的忍者修，在现实中他不过是一个 11 岁的少年。更重要的是，游戏中的女主角，即以狩猎女神阿尔忒弥斯命名的玩家，也是韦德在一次赛车游戏中结识的。这些游戏人物构成的交际圈子反而成了韦德更为重要的存在空间。与之相反，他在现实世界中是失败者，住在贫民窟里，没有像样的工作，始终被他的姨妈和姨夫歧视。也就是说，韦德的自我感知恰恰不是纯粹用自己的肉身建立起来的，他高度依赖于帕西法尔的宁芙化身体，一旦帕西法尔的身体被系统消除，韦德的生存意义也会随之丧失。所以，对于宁芙化身体造成的与肉身不一致的感知，不能简单地视之为不存在或者与自我的建构无关，相反，游戏中的宁芙化身体的感知和存在就是我们的存在，它和我们现实世界中肉身感知的经验一样，建构着“我”的世界，也建构着自我的感知和意识。

或许，在这里引入精神分析的理论，会对我们理解这种分裂的经验有帮助。在弗洛伊德那里，现实世界的自我的同一性实际上是通过对我们身体里的力比多的压抑来实现的。弗洛伊德说：“这整个决断的经过是动作者自我（Ego）所充分认识的。假使这同样的冲动受到压抑，结果将大不相同。冲动的力量仍然存在，但在记忆上不留痕迹；自我虽无所知，而压抑的历程仍可完成。”① 弗洛伊德的意思是说，自我在建构的过程中获得的统一性，实际上建立在压抑冲动的基础上，那么，我们的自我意识和感知只保留了那些与自我相一致的经验，而那些颟顸不羁的冲动或力比多被我们压抑着，无法释放出来。这样，也说明了为什么我们在现实世界中循规蹈矩，实际上并非我们本性的体现，而是受到了自我的压抑，这种压抑并不会消除冲动，而是让冲动以某种症候保存了下来。不过，弗洛伊德的精神分析学说并没有走向让我们被压抑的力比多得到释放，而是走向了自我对本我的控制。他说道：“通过自我典范的建立，自我已经控制了俄狄浦斯情结，同时还使自己掌握了对本我的统治权。自我基本上是外部世界的代表，现实的代表。”② 也就是说，精神分析的目标就是让自我控制本我，从而保障自我在现实世界中成为唯一的代表。自我典范的形成，意味着我们身体里的其他冲动遭到了压抑，我们丧失了成为其他自我的可能性。

不过，电子游戏似乎为这种被压抑的本我的状态带来转机，正如弗洛伊德强调的那样，本我的冲动只能被压抑，不能被消除，在一定的时刻（如在梦中），它总会试图逃逸自我的控制。游戏就是一个梦世界。阿尔菲·波恩（Alfie Bown）在《游戏机梦世界》中十分激昂地说道：“游戏反映了无意识的梦想、愿望和欲望，但它们也在构建这些无意识假设中发挥着作用。到目前为止，这与其他形式的媒体没有什么不同。然而，游戏在这种构建中有一个特殊且更独特的角色：通过让我们体验自己的

① ［奥］弗洛伊德：《精神分析引论》，高觉敷译，商务印书馆 1984 年版，第 232 页。
② ［奥］弗洛伊德：《自我与本我》，张唤民等译，上海译文出版社 2011 年版，第 227 页。

梦想、愿望和愿望，将梦想、愿望和愿望自然化。此外，正如我们所强调那样，因为欲望和愿望可能是无意识的，所以游戏能够预测并构建未来的梦想。”[①] 我们感觉到，自己在现实世界中被压抑的本我和冲动，在游戏中找到了一个逃逸的方向，在这个意义上，游戏世界就是一个弗洛伊德意义上的梦。不过，相对于梦境的虚幻，游戏世界成为一种更为实在的逃逸，在这里，我们遭遇的不再是弗洛伊德和拉康，而是德勒兹和加塔利的反俄狄浦斯，一种精神分裂分析。由于我们欲望和冲动在游戏世界中流溢和逃逸，我们并不需要像在现实世界的自我一样对本我进行控制和压抑，而是走向了对自我的解构，走向游牧化的自我。于是，《西部世界》中的威廉—黑衣人的悖论被颠倒了过来，与其说威廉的自我一致性是真实的身体感知和意识，不如说，无法统一在一个自我之下的威廉—黑衣人的悖论式建构，才是摆脱压抑性自我的可能性。只有走向对自我的解构，那些被压抑的真实的感知欲望才能随着我们的身体涌现出来。游戏就是这样的身体，一个逃逸的、悖论性分裂的身体，这就是德勒兹和加塔利的“无器官的身体”。在电子游戏中，我们的力比多得到了流溢，即“在力比多之中，正是力比多从内部构成了它们，并在构成它们的同时自身分化为多变的、性质上的相互区分的流”。[②] 电子游戏加速了冲动和欲望的逃逸，让自我分解了，将我们生成为悖论式的存在。在那一刻，我们不是一个狼人，而是许多个狼人，因为每次进入游戏，意味着新的存在得以生成，我们每一次都生成了不同的欲望、不同的感知、不同的经验，也生成了不同的世界。

四、不可能的世界：游戏与未来世界的潜能

福柯《规训与惩罚》最后一章的标题是“监狱”，这里的“监狱”不是指现实中具体的监狱体制，而是作了一个很重要的延伸，即“现代社

① Alfie Bown, *The Playstation Dreamworld*, Cambridge: Polity Press, 2018, p.77.

② Gilles Deleuze & Félix Guattari, *Mille Plateau: Capitalisme et Schizophrénie 2,* Paris: Minuit Éditions, 1980, p.44.

会就是一座大‘监狱’”。福柯感到悲凉的是，监狱中那些用来规训犯人的技术，实际上已经被挪用到整个社会当中，所以“每一个人无论自觉与否都使自己的肉体、姿势、行为、态度、成就听命于它。在现代社会里，‘监狱网络’无论是在严密集中的形式中还是在分散的形式中，都有嵌入、分配、监视、观察的体制。这一网络一直是规范权力的最大支柱”[①]。整个现代社会成为一种“监狱体系”，现代社会中的每一个体都被规训为它的“主体”，这种主体臣服于规训体制，并按照它的节奏运作。这种体制的规训，实际上就是精神分析学说中压抑问题的来源，我们不得不把那些不符合社会规范的行为和想法掩藏起来，尽可能让自己的肉体、姿势、行为、态度都符合现代社会的“监狱体系”。在这一刻，我们不仅在意识形态上遭到了压抑，在肉体上也遭到了压抑。在福柯的笔下，现代体制成为压抑人们的生物性身体的生命政治装置，在这个装置中，我们只能随着社会体系的节拍运转，任何不合节拍的人都被视为“不正常的人”，那些寻找诗与远方、实现自己力比多的流溢的人成为另类，多数人在监控和规训之下苟延残喘。而这种现代规训体制与资本主义沆瀣一气，构成了我们今天现实社会中最大的实体。也就是说，在被压抑的生命政治主体面前，我们没有思考其他理想的可能性，摆在我们面前的自动化社会是唯一可能的世界，只有与这个世界保持同样的律动，才有所谓的“幸福”。

或许，在这个意义上，我们才能理解电子游戏为今天的世代带来了什么。电子游戏为我们带来了宁芙化身体的体验，让我们可以建构一个不同于现实自我的意识和感知，也就是说，我们完全可以形成一种与我们现实世界的自我悖论性并存（paradoxical compossibility）的经验。而这种经验的价值不仅仅是让我们娱乐，还可以让我们进入一个完全不同的世界中，感受一种不同于我们现实世界的可能性。正如梅洛-庞蒂的身体的知觉现象学提出的，我们的世界的展开与我们的身体的感知密切相关，那么，电子游戏带来的一个问题是：一旦我们不再以人类的身体出现在

① ［法］米歇尔·福柯：《规训与惩罚》（修订译本），刘北成、杨远婴译，生活·读书·新知三联书店 2019 年版，第 336 页。

游戏中，这是否可以为我们带来另一种可能的世界？从存在论角度看，这是一个非常重要的问题，因为我们所感知的世界，都是向我们这样的人类身体展开的世界，倘若是如德勒兹和加塔利所说的“生成—动物”一样，用动物的身体去感知的世界，是否仍然与人类的世界一样呢？

例如，博萨工作室（Bossa）在2015年开发了一款非常独特的游戏——《我是面包》(*I Am Bread*)。这个游戏的有趣之处在于，玩家操控的游戏主角不再是人类，甚至不是动物，而是一片吐司面包。在操控这片吐司面包的时候，我们会遇到各种感知上的困难，毕竟面包没有手、没有脚，甚至没有任何与人类或动物一样的感知器官，它在游戏中的展开只能以一片面包的形式进行。我们只能设法将自己想象为一片面包：如果我是一片面包，该怎样运动，从这边运动到另一边，像面包一样攀爬家具，等等。不难发现，我们之前以人类的感知经验建立起来的知识体系，在这个游戏中会变得无效。如果想要在这个世界中玩下去，必须将自己生成为一片面包，而我们在游戏中遇到的周遭世界变成了那片面包的世界。这正是德勒兹和加塔利所说的“生成—他者”，他们明确指出：“生成并没有外在于自身的主体，而且它也没有期限……按照这个原则，生成有一种特有真实性。”[①] 简言之，《我是面包》的世界构成了一种我们操纵着的宁芙化的面包身体的世界，这个世界尽管在表象上与人类的世界无异，但由于它是通过面包的感知和运动而展开的，游戏就生成了一个属于面包身体经验的世界。在这个意义上，德勒兹和加塔利的“生成—动物”在这里变成了“生成—面包”，而世界也生成为“面包的世界”。对于现实中的人类经验来说，“面包的世界”构成了一个不可能的世界，即一个需要在电子游戏的探索中才能出现的世界，这个世界并不是对现实世界的取代，而是形成了另外一种不可能的世界。

这种生成不可能的世界的游戏经验并不一定是一元性的，由于不可能世界的敞开，让我们可以借助电子游戏去面对更多的世界，甚至是精神分裂的世界。例如，2017年的游戏《艾迪・芬奇的记忆》成为另一种

① Gilles Deleuze & Félix Guattari, *Mille Plateau: Capitalisme et Schizophrénie 2,* Paris: Minuit Éditions, 1980, p.292.

类型的典范。这个游戏的故事线非常强大，其过人之处在于，玩家可以阅读各种记忆，从而了解芬奇家族被诅咒的命运，并且可以在其中代入各种角色来体会他们的绝望和死亡方式。例如，在游戏中阅读艾迪的大哥刘易斯（Lewis）的经历时，我们的身体与这个精神分裂的角色瞬间"合体"：刘易斯出现在病房里，总是在幻象各种离奇的画面；刘易斯在鱼肉工厂里工作，每天重复着同样的劳动——切鱼头。由于刘易斯是精神分裂症患者，我们可以看到在他切鱼头的同时，游戏画面中呈现出一个他自己幻想出来的城堡世界，这个城堡世界的游行在时间步骤上与切鱼头的动作是同步的。游戏中，在现实世界的生产流水线上工作的刘易斯，只是日复一日地重复着极为单调枯燥的工作，将一个个的鱼头切下，而在刘易斯的幻想世界里，他将自己想象为拿着剑的骑士。我们作为一个正常人，要同时操控刘易斯分裂的现实世界和幻想世界，让他保持在这两个世界之间的来回泅渡。在这个游戏中，由于这种特殊的设定，我们似乎感受到一个精神分裂症患者所感知的两个世界：一个是被压抑的现实世界，一个没有色彩的世界；另一个是多彩的幻想世界，一个被欲望幻境化的世界。我们不是观看者，因为刘易斯的生存依赖于在这两个世界之间的微妙平衡，一旦失去了这个平衡，就意味着刘易斯的死亡。最后，刘易斯的结局就是他无法区别幻想世界和真实世界，在鱼肉工厂里被铡刀砍下了头颅，如同被他斩头的鱼一样。

游戏世界是一个不可能的世界，但绝不是荒谬的世界。它并不是将我们带向虚无缥缈的梦境，而是让我们透过宁芙化的身体，真真切切地感受那个世界的规律，那个世界的喜怒哀乐，那个世界的残酷和血腥。也只有这样，我们才能认识到，我们肉身所处的现实世界并不是唯一可能的世界，我们完全可以在游戏的各种设定中感受不同的感知和经验，我们可以在《刺客信条》中学习信仰之跃，从高处一跃而下，也可以欣赏《赛博朋克 2077》的灵魂舞蹈。总而言之，那个内在的感知和意识性的自我不再是唯一的自我，自我如同流溢的液体一样，在电子游戏中的空间中生成、流淌和绵延。这样，游戏世界或许为我们带来的是一个不可能的世界，这是一种在现实世界意义上的不可能，也正是这种不可能，让我们在它与现实世界的撕裂中，看到一丝逃逸出福柯笔下的规训社会和生命政治体制的希望。

是时候为游戏世代正名了，他们并不是玩物丧志的一代，也不是绝望的垮掉的一代，相反，在电子游戏的竞技中，他们体会到了前所未有的快感。因为他们通过自己的宁芙化的身体，在开放的游戏世界中，塑造了属于自己的世界。《我的世界》等沙盒类游戏的一个重要特征，就是能充分激活玩家的潜能，让他们利用自己的才智，在游戏中创造属于自己的不可能的世界。例如，在《我的世界》中有一套独特的红石体系，它实际上是专属于这个游戏的科技体系，也是其最复杂的创造部分，一旦我们理解了红石体系，就能将现实中诸多不可能的东西在游戏中变成可能。我们可以利用红石开发出独特的电力系统，进而开发出电源、黏液块、中继器、黏性活塞、压力板，再进一步开发出照明体系、脉冲发生器等特殊的科技系统。可以说，高阶的红石系统甚至不亚于真实世界中的科研系统，玩家可以利用红石系统的特殊规律，来创造游戏中的各种建筑物和机械科技体系；借助这些独特的科技体系，玩家可以任意发挥自己的想象力，创造出一个辉煌的城市甚至文明。换言之，游戏世界的价值在于，我们创造了诸多不可能的世界，并将它们与我们的现实世界以悖论式和褶皱式的方式叠加在一起，成为一个异托邦世界（heterotopia）[①]。这个异托邦打破了唯一现实原则的支配，让游戏世代感受到，在烦闷枯燥的现实世界之外，有很多门可以通向它的外部：一个美好的“绿洲”。异托邦正在成为我们思考未来社会的基点。或许可以借用李尔·莱博维茨（Liel Leibovitz）的话来作为结尾：“现在是时候抛弃我们所有关于游戏的旧偏见了，从电子游戏的真正本质来看待它们。电子游戏绝没有将年轻人推入暴力行为的漩涡当中（这是一个彻底的谎言），它提供了一个十分难得的避风港，在这里，人们可以不担心什么，可以

---

① 异托邦是福柯提出来的一个概念，以区别于虚无缥缈的并不存在的乌托邦。与乌托邦相反，异托邦是存在的，但它的存在依赖于我们的想象力。参见 Michel Foucault, *Dits et Écrits 1954-1988, IV*, Paris: Gallimard, 1994, p.756。

学习以不同的方式去生活，我们不会退缩到现代性的猜忌博弈和孤独禁闭当中，而是踏上新的征途，我们的身体和思想体验到的不是焦虑而是快乐，不是怀疑而是信念，不是吹毛求疵的自我，而是整个世界。”①

（原载《文艺研究》2021 年第 8 期）

① Liel Leibovitz, *God in the Machine: Video Games as Spiritual Pursuit,* West Conshohocken, PA: Templeton Press, 2013, p.126.

“皮格马利翁情结”与人机之恋

程　林

目前，最新的机器人伴侣已经可以按程序设定与人进行简单交互，其智能化程度未来也将逐步提高。事实上，即便智能机器人无法模拟人类情感，以机器人为代表的“人造人”[①] 也已与人类情感紧密相连。“非人之恋”现象看似是离经叛道的新事物，无机人造人在人类情感历史长河上却从未缺席：从欧洲古代的人形雕像到中国明清小说中的画中美人，从浪漫派文学中的机械人偶到现当代的橱窗模特和硅胶人偶，直到

① 本文要探讨的“人造人”指的是雕塑人、画中人、机械人偶、橱窗模特、机器人与虚拟人偶等“无机人造人”，以区别于以赛博格为代表的“半有机人造人”和以科幻中的克隆人、基因编辑人为代表的“有机人造人”。为表述方便并与大众媒体中的机器人情恋争论形成直接对话，本文也会多次使用“人机之恋”或“机器人之恋”来替代“人造人之恋”“人造人情爱”或“非人之恋”等概况性表达。

当下的机器人和虚拟人偶。在此，本文就探讨内容做以下限定：本文通过呈现人造人的多重角色来分析非人之恋关系的多重维度，主要关注人性以及人的境遇，暂不讨论机器人与婚恋伦理等伦理问题；暂不讨论非人之恋如何进阶形成正向价值，但希望为相关讨论提供借鉴；暂不参与机器人等人造人主体性问题的讨论，例如它是否能够爱上人或蓄谋危及人类安全，因为这还缺乏现实基础。本文初步梳理无机人造人的九种角色，对人机之恋现象做多重解读，抛砖引玉，为进一步深入探讨做准备。下面，首先需要关注的是20世纪初欧洲学术界关于非人之恋问题的论调。

一、早期性病理学中的“皮格马利翁情结”

十九、二十世纪之交，精神分析和性病理学（[德] Sexualpathologie）兴起，深刻影响了人们对性心理与性行为的认识。当时，喜欢雕塑、机械人偶或与之交媾的现象引起了性病理学家的特殊关注。在性学学科创始人之一、德国医生布洛赫（Iwan Bloch）的著作《我们时代的性生活》（[德] *Das Sexualleben unserer Zeit*，1908）中，读者可以读到关于“皮格马利翁情结”（[德] Pygmalionismus）的奇闻：19世纪后半期法国妓院里，有年迈的伯爵要求妓女扮演女神雕像，并在完成仪式后，目睹其“活起来”，并从中得到快感和满足。[①] 布洛赫认为，“皮格马利翁情结”与对人造的身体（如情色人偶）或身体部分的猥亵行为类似。德国医生迈茨巴赫（Georg Merzbach）则在其作品《性觉的病态表现》（[德] *Die Krankhaften Erscheinungen des Geschlechtssinnes*，1909）中倡导扩充“皮格马利翁情结”概念的内涵，把所有与人像（画像、人形雕塑和情色人偶等）性爱的症状都纳入其范畴。[②] 英国性心理学家埃利斯（Havelock

---

① Iwan Bloch, *Das Sexualleben unserer Zeit.4-6*, Auflage, Berlin: Louis Marcus Verlagsbuchhandlung, 1908, S.710.

② Georg Merzbach, *Die Krankhaften Erscheinungen des Geschlechtssinnes*, Wien/Leipzig: Alfred Hölder, 1909, S.276.

Ellis）同样使用“皮格马利翁情结”这一概念。[①]

这个概念受到古希腊神话与古罗马诗人奥威德《变形记》（*Metamorphoses*）中皮格马利翁故事的直接启发。在《变形记》中，皮格马利翁是生活在塞浦路斯的雕刻艺术家，因认为凡间女子道德败坏，所以宁愿独卧空榻，也不与之结婚。他用巧夺天工的技艺雕刻了一座雪白的象牙少女像，其美丽程度绝非肉体凡胎的女子可比。他全情投入地爱着这足以乱真的雕像少女，视它为妻子。在维纳斯的节日上，他乞求爱神成全。维纳斯被他打动，赋予了雕像以温度和呼吸。回家后，皮格马利翁发现“爱人”身体开始变软，脸上绯红初现。后世多将雕塑少女命名为佳勒忒娅[②]。对后人来说，皮格马利翁的遗产有二：一是艺术家与艺术品的关系，这个故事在西方文学艺术史上极被重视，被很多文人当作艺术家和艺术的寓言来探讨；二是人和无生命人像的性爱，但因为有伤风化，相关描述并不多，青年歌德的叙事短诗《皮格马利翁，浪漫谣曲》（*Pygmalion, eine Romanze*，1767）便是一例。其中写到主人公喜欢并去拥抱一座自己造的人形雕塑，他的好朋友对他说：“你拥抱的是坚硬的石头 / 哦！你真是傻得可以！”[③]歌德笔下的主人公是在朋友的说服下才改变了自己的打算。

在大航海时代，西南欧水手们不但在劈波斩浪中改变着世界的格局，也在船舱里改写了性爱辅助工具的历史。在长年累月的海上航行中，用废布等简陋原料做成的“旅途的女人”（［法］dame de voyage /［荷］dama de viaje）成为现代性爱玩具的雏形。[④]在对人的心理和性爱偏好尚未进行深入研究的古代和近代早期，“皮格马利翁们”要么被描述成了轻浮的青年、胆大的异教徒，要么就是大航海时代粗鲁的水手。这种对非人之恋没有立体感的奇闻式描述，直到性心理学兴起与“皮格马利翁情结”等

---

① ［英］哈夫洛克·埃利斯：《性心理学》，陈维正等译，译林出版社 2014 年版，第 113 页。

② 在西欧文字中，佳勒忒娅多写作 Galatea 或 Galathee，出自希腊语，意为“乳白色的”。

③ Johann Wolfgang von Goethe, “Pygmalion. Eine Romanze (1767),” in Goethe, *Sämtliche Werke. Briefe, Tagebücher und Gespräche in vierzig Bänden*, C. Michel et al. eds. 1. Abt, Band 1: *Gedichte 1756-1799*, K. Eibl ed., Frankfurt a. M.: Deutscher Klassiker Verlag, 1987, S.68.

④ Anthony Ferguson, *The Sex Doll: A History*, North Carolina: McFarland, 2010, p.16.

概念出现才得以改变。“皮格马利翁情结”实际上是一种被社会主流所排斥的、应被诊治的性心理错位现象。在迈茨巴赫等人看来，这种现象与恋尸、猥亵尸体等性错乱现象密切相关。

实际上，医学和心理学界对这种性倒错的病态化认定与当代社会中部分人的歧视观念大同小异。如上文所示，人造人情爱是性心理学肇始之时的重要分析案例。但在当代国内外关于性心理学或异常心理学的相关探讨中，关于人与雕塑、人偶性爱的内容已难匿踪迹。相关著作主要探讨“恋物”现象，但人机性爱与经典恋物区别明显：恋物是对物品或身体某部分（如鞋、丝袜和毛发等物件）的沉迷以及从中得到的性爱满足；而人机性爱中无论是雕塑、人偶还是机器人，都是完整的人形。今天，非人之恋现象越来越需要被探讨与重视。在新时代背景下，本文在广义拓展迈茨巴赫“皮格马利翁情结”概念的基础上，重新审视非人之恋现象，区分其不同表征与内涵，以期更新相关认识。

二、无机人造人的九种角色

笔者认为，现实、文学与影视中呈现了九种非人亲密关系，与之对应的是无机人造人的九种角色。同时，这九种角色之间也不乏交集。

1. 生理性：“跨人际性爱”的对象

在瑞典科幻剧《真实的人类》（[瑞] *Äkta Människor*，2012—2014）中，内向的年轻人托比亚斯无法自拔地爱上了美丽、优雅而又神秘的“人机器”（[瑞] Hubot）[①] 米蜜。而有血有肉的真人对托比亚斯来说则缺乏吸引力。剧中的医生将他这种情爱倾向视为是“跨越人类性爱的”（transhuman-sexual），即偏爱机器人是托比亚斯内在的生理倾向。类似于同性恋倾向，这种倾向首先是生理性的，它如何被激发出来或是否被认同均属于社会规训的范畴。在《真实的人类》中，喜欢“人机器”或喜

① Hubot 为 Human+Robot 的合写，指剧中出现在社会生活各个角落的高仿真机器人。

欢装扮“人机器”的人被称为“跨人”（Transhumaner）。这种行为在日常生活或性心理学中很容易被认为是一种性倒错，而在《真实的人类》所塑造的近未来人机共存社会中，它逐渐被人们所理解与接受。

哲学学者程广云将人与“不受控”的机器人之间的关系定义为一种“跨人际主体间关系”。[①] 实际上，现实或科幻中与人处于性爱关系中的机器人或人造人多数并非不受控，而是被动的承受者。但在人将其拟人化的情况下，这实际上仍是一种类似于跨人际的关系，人机性爱也可以被视为一种“跨人际性爱”。

早期性病理学家们还探讨过女性的“恋偶情结”（[德]Puppenfetischismus）。19 世纪后半期是布偶作为女孩玩具的黄金时代，在女孩心灵成长过程中扮演着极为关键的角色，其在市民与富裕家庭中的普及程度几乎就像现在年轻人手里的智能手机。在与布偶的“角色游戏”中，成长中的小女孩像小大人（例如母亲、护理工作者）一样预演未来在家庭与社会中的角色。德国性病理学家施泰克尔（Wilhelm Stekel）在著作《恋物》（[德]*Fetischismus*，1923）、德国文化历史学家冯·伯恩（Max v. Boehn）在著作《人偶》（[德]*Puppen*，1929）中都记载了“恋偶情结”的多种表征，其中典型一例如下：部分成年女性不能从童年的布偶游戏中摆脱出来，在成年以后养成了保持着童稚、与布偶爱抚以及搜集甚至偷窃布偶等习惯；而在丈夫面前，她们却保持冷淡。

2. 被动性：性欲的承受者

相比之下，当作为人类性欲的被动承受者时，人偶或机器人彰显了更多人类社会性和主动性欲望，而不是中性的本能或生理性的特征。在 20 世纪 80 年代的德国流行歌曲《人偶不哭泣》（[德]*Puppen weinen nicht*）中，当男性摇滚组合 Combo Colossale 肆意蹦跳和唱出“人偶不哭泣”时，似乎也在暗示：与真人女性相比，沉默承受且没有反抗或抱怨的人偶式异性才是更好的选择——或许就如同以下法国情色小说标题给

① 程广云：《从人机关系到跨人际主体间关系——人工智能的定义和策略》，《自然辩证法通讯》2019 年第 1 期。

出的信息："睡着的女人"（[法] *La femme endormie*，1899）。情爱人偶或机器人实际上是替自然人（特别是被物化的女性）承受部分人的性欲，其中不乏是人性中黑暗的欲望，或如齐泽克所说的"成问题的、侵略性的欲望、幻想和快感"[①]。部分人希望得到对性爱的绝对把控，这种愿望有时只有在人偶、机器人或尸体身上才能得以满足。在英美科幻剧《人类》（*Humans*，2015）中，光顾机器人妓院的男性客人希望高仿真机器人妮丝卡能够装出害怕的样子，以满足他的尝试心理或报复心理作祟的特殊需求。

实际上，人偶/机器人妓院并非仅是文学和影视叙事。在西班牙的巴塞罗那、爱尔兰的都柏林和德国的多特蒙德等地，近三年来都出现了性爱人偶妓院。科幻电影《人工智能》（*AI*，2001）、科幻剧《真实的人类》（*Real Humans*，2012）以及《西部世界》（*Westworld*，2016）中描述的机器人卖淫场景成为现实。人偶和机器人等一方面可以替人承担性欲，另一方面也加重了人的物化倾向。

3. 两极性：性别角力的工具

《睡着的女人》中的男性角色认为，相比于现实中的女性，高仿真人偶"睡着的女人"集众多优点于一身，例如"她"既任人装扮，又不会出轨，还可服务多个男性。这种情爱人偶与机器人自然是皮格马利翁们千年偏执欲望的结晶，以至于"女性人偶"一旦不能如男性所愿，就会招致激烈压制。在犹太裔德语作家明策（Kurt Münzer）的短篇小说《皮格马利翁》（[德] *Pygmalion*，1920）中，人偶"复活"起来，但却不再按皮格马利翁喜欢的方式行事，以至后者的欲望"现形"、大吼道："做个人偶[…]做个人偶，回到你从前的样子！死去！僵住，人偶，人偶！"[②]对这类某种程度上也是"厌女者"（misogynist）的皮格马利翁们

---

① Slavoj Žižek, *Do Sexbots Have Rights?* https://www.rt.com/op-ed/424709-sexbots-sex-dolls-rights/, Accessed 15 April 2019.

② Kurt Münzer, "Pygmalion," in Schwabe Toni (Hrsg.), *Das Gespensterschiff. Ein Jahrbuch für die unheimliche Geschichte*, Jena: Landhausverlag 1920, S.171.

而言，女身雕塑复活的愿望有时不过是表象或谎言，他们想要的无非是他们眼中的理想女性——在极端情况下，女性最好是一个毫无反抗的被动人偶，或干脆是尸体。就算是在希腊神话或《变形记》里，皮格马利翁也是在讨厌世俗女性的基础上喜欢上了亲手塑造的人形。在德语电视剧《侦探雷克斯》（[德] *Kommissar Rex*，1994）的第三季第六集《人偶杀手》（[德] *Der Puppenmörder*）中，主人公是看上去彬彬有礼的“人偶医生”（[德] Puppendoktor，即修复人偶的手艺人），喜欢将女性打扮成古典人偶来摄影。但一旦真人女性不再任由他摆布时，他就行凶，以保证“人偶没有自己的意志”，因为“你［即真人女性］是我的人偶，必须听我的”，或者说“你是一个人偶，人偶必须做我想要的事情”。人偶天然的和女性被规训的被动性与无自主性结合，或者说女性与人偶、人形机器的比喻的结合，还可以从简·爱的女性主义世纪宣言中反射出来。面对罗切斯特，简·爱反问道：“你以为我是一台人形自动机器？一台没有感情的机器？”①

但另一方面，与人们模糊或“想当然”的认识截然不同的是以下事实：人形雕塑、人偶和机器人并非天然就是男性“专属玩具”，文艺虚构与现实生活中都有“皮格马利娅”（[德] Pygmalia，即皮格马利翁式女性）②。在历史上，既有“dames de voyage”（[法]“旅途中的女人”），也有“hommes de voyage”（[法]“旅途中的男人”）；在当今的性爱机器人（sexbot）市场上，既有“fembot”（女性机器人），也有“malebot”（男性机器人）③——即便后者远远少于前者。在面向年轻女性用户的“乙女向游戏”（Otome Game）《恋与制作人》中，女玩家可同时与数个可攻略男主恋爱；在耽美文化中，男性是女性书写、凝视和赏玩的对象。相比于现实中的男性或男友，如果一位女士更喜欢这款游戏中的三个完美男主，

① Charlotte Brontë, *Jane Eyre (Vol. II)*, Oxford: Shakespeare Head Press, 1931, p.17.

② 在此仅举德语文学中的两例，比如，蒂克（Ludwig Tieck）中篇小说《稻草人》（*Die Vogelscheuche*，1834）中的奥菲莉亚与稻草人“阿多尼斯”，黑塞尔（Franz Hessel）的短篇小说《哑剧》（*Pantomime*，1926）中的克罗姆比娜与其制作的雕像。

③ David Levy, *Love + Sex with Robots. The Evolution of Human-robot Relationships*, New York: Harper Collins, 2007, p.143.

甚至难以引发人们日常所说的“违和感”。从近年来女性性爱辅助用具的普及程度来看，科技的发展一定程度上会帮助女性取得性独立。技术助力下的人机情感关系能为填补性别鸿沟或争取男女平等提供可能，至少是理论可能；而保障性别平等也是人工智能发展本身的基本原则。

4. 角色性：被选中的交互对象

在日本电影《空气人偶》（又译《充气娃娃》，*Air Doll*，2009）中，人偶小望的男主人给它讲天体的故事，与其散步、游戏、睡觉、共进晚餐，并将自己的兴趣、偏好和性欲都投射到后者并不结实的塑胶身体上。如果说情爱是自恋的一种投射，那这在人偶或机器人之恋中尤为明显。在“美国下层阶级的桂冠诗人”布考斯基（Charles Bukowski）的短篇《十七块五的爱情》（*Love for $ 17.50*，1973）中，主人公罗伯特对旧货店的橱窗模特一见钟情，用 17.5 美元将其买回家，并偷偷地与它亲热。后来，他的女友布伦达在橱柜里发现了“情敌”，愤怒地将其摧毁，留下罗伯特独自守着“情人”的碎片哭泣。在现实中，这种现象也远非闻所未闻，近年来美国社会就出现了“恋偶文化”（Idollator Culture）[①]。如果说像罗伯特这样的“恋偶人”以前还必须遮遮掩掩以逃避他人的目光和窃窃私语，现在不少“恋偶人”或“恋机人”则开始展现自我、组成团体、互通经验。在人偶或机器人“情人”可以随时工业复制和随意设计装扮的当代社会里，“恋偶（机）人”也不再是皮格马利翁式的独行侠、创作者或艺术家，而是任意的某个用户、恋偶群体中的一员。

此时，人偶（机）情爱也是补偿性或替代性的情爱，是当事人的自我导演和示演以及逃离现状和创伤转移的行为，以此来寻求内心秩序和自我实现。参考社会学家戈夫曼（Erving Goffmann）《日常生活中的自我呈现》（*The Presentation of Self in Everyday Life*，1959）一书中的“社会角色理论”可以延伸看出：在人人都是角色的社会剧本中，“恋偶（机）

① Jonathan Alpeyrie, *iDollators: The Lives and Loves of Men Who Prefer Dolls*, https://www.transterramedia.com/collections/3211-idollators-the-lives-and-loves-of-men-who-prefer-dolls, Accessed 20 April 2017.

人”实际上是主动或被迫地抛弃了既定剧本，自行选择了与自己演亲密戏的角色，而不是社会的原有角色，以求得情爱的安全。在《空气人偶》中，人偶小望的主人选择“她”作为伴侣并请求“有心了的”小望变回普通充气娃娃，原因是“人类太麻烦”。多数访谈显示，很多人与人偶或机器人待在一起，是因为他们在现实中与女性的交往以失败告终。对这些被动的局外人来说，与机器人、虚拟人的情感交流没有风险也“没有苦恼的爱情”。①

5. 替代性：真人的补偿

皮格马利翁的故事让无数文人和艺术家着迷，也激发了很多人的灵感。在文学与影视中，皮格马利翁—人造女性母题与科学怪人—怪物叙事同样常见。与后者不同，皮格马利翁—人造女性现象并不局限于科幻叙事。为弥补缪斯般的女友阿尔玛·马勒（Alma Mahler）——作曲家古斯塔夫·马勒（Gustav Mahler）的遗孀——离他而去的痛苦，奥地利表现主义画家和作家柯克西卡（Oskar Kokoschka）请求德国女艺术家莫斯（Hermine Moos）为他复制阿尔玛，并借助大量书信与草图不厌其详地交代了人偶女友的所有细节，包括其女性器官，并提前为“她”购买了巴黎时尚内衣，以期复制皮格马利翁的神迹与幸福。对柯克西卡来说，阿尔玛人偶应该具有身体与精神的双重补偿与“疗伤”功能。但俗世凡间毕竟没有爱神眷顾，人偶最终无法与现实中的缪斯相提并论。试验失败后，柯克西卡在回忆录《我的一生》（[德] *Mein Leben*，1971）里不无醋意地写道：“为何人们没有忘记皮格马利翁这个名字，而政客和理论家的名字却只留在了自己的回忆录里？”②

在这种情况下，用人偶来代替人并非最终目的，而只是无奈之举。用人偶或机器人的方式让失去之人的身体重新在场（[德] da-sein）是一种古老传统。这种人造人实际上“在场”而同时又“不在场”：对充满好

---

① 参见（作者不详）《没有苦恼的爱情》（[德] *Liebe ohne Kummer*），载《明镜周刊》2019年第10期（2019年3月2日），第84—85页。

② Oskar Kokoschka, *Mein Leben*, München: Bruckmann, 1971, S.191.

意与不吹毛求疵的人来说，它或许会如活人一样承担起替代角色，几乎等同于被替代的人。在人们深入研究心理学之前，这种由替代感而获得满足的幸福模式并不少见。但对更敏感的人来说，人偶或机器人也可以“冷漠”“不回应”，只以自己的方式自顾自存在着（[德] so-sein）。它在无法起到替代作用的同时，或者还会以近乎“挑衅”的方式提醒“皮格马利翁”，被替代的人永远地失去了，这对当事人来说堪称冷暴力。在这种无奈与冷暴力中，柯克西卡最终以斩首阿尔玛人偶、往其脖颈中灌红酒的仪式结束了这段满城风雨的丑闻。

6. 审美性：具有人工之美的人造人

如果说生而“跨越人类性爱的”是极少数人的天然性征，那在人造人中审视人工之美则较为常见。虽然高仿真人造人完全可能让人感到恐惑，是“恐惑美学”探讨的重要案例①，但其亦有人工之美，而这也一定程度上造就了人造人的情爱吸引力。现实中的不少情爱人偶和常见的橱窗模特，以及日本情色插画家空山基的“性感机器人”系列作品，不容置疑地展现了无机人造人所具有的人工美感；在影视作品中，《阿丽塔：战斗天使》（*Alita: Battle Angel*，2019）、《攻壳机动队》（*Ghost in the Shell*，2017）与《机械姬》（*Ex Machina*，2015）等电影中的机器人或赛博格女主角无不散发着人工之美。在现实生活中，甚至有女性将自己打扮成人偶（如芭比娃娃）或者日本漫画人物的模样。人的这种自我人偶化或者以人偶或机器人化的妆容为美，从反面证明了人们对人工之美的审美需求。

此外，机械人偶与机器人的机械性可以满足部分人身体与灵魂的“机械化需求”。生活在18世纪的意大利冒险家和作家卡萨诺瓦（Giacomo Casanova）是欧洲近代史上最知名的“采花大盗”。在费里尼执导的电影《卡萨诺瓦》（[意] *Il Casanova di Federico Fellini*，1976）中，卡萨诺瓦也与自动机械人偶罗萨尔芭有一段情事。卡萨诺瓦生活的年代

---

① 参见程林、江晖《跌入“恐惑谷”的机器人——从延齐与森政弘的理论说起》，《中国图书评论》2018年第7期。

也是人们对自动机械人偶最痴迷的时代。在与众多女性有过风流韵事之后，卡萨诺瓦与罗萨尔芭在冰冷的大厅里仪式感十足地起舞。他与“她”行床第之欢，而罗萨尔芭动作的机械性和没有温度的身体与卡萨诺瓦机械的、渐失情感的性爱行为近乎异曲同工。①

7. 精神性：“活着的天使”

在极端的、令人忧虑的人机单向情感模式中，机器人甚至在当事人的“虚拟现实”中被认为是活人。这里的虚拟现实并非技术性的 Virtuel Reality（VR），而是当事人所处的、自己营造出的“现实”。

在德国作家霍夫曼（E. T. A. Hoffmann）的小说《沙人》（[德] *Der Sandmann*，1816）中，纳塔奈尔刚开始时并不知道奥林匹娅是机械人偶，他的欲望、情感、敏感和内心分裂都投射到这扮演活人的死物身上。他已经分不清活人与机械人偶，在他眼中，奥林匹娅就是活的。他对机器人偶奥林匹娅的爱实际上是自恋，他感知到的共情实际上是他自导自足的游戏（在当代现实中的人偶或机器人之恋是类似的道理）。此时，有认知障碍的他被陌生的力量所牵引，已无法自控。在看到“她”的身体被争夺得四分五裂时，他才幡然醒悟，自己的天使女友不过是“没有生命的、该死的机械人偶”②，随之粉碎的是纳塔奈尔的理想恋爱和存在方式。他的行为异常显而易见，但更让读者揪心的是他无比纤细的神经以及他不再是自己意识主人的可怕存在状态。纳塔奈尔分不清人偶与真人的情况固然极端少见，但现实中在人偶伴侣耳边忘我深情私语的现象却并非闻所未闻。

8. 虚拟性：肉身退出的虚拟伴侣

2018 年 11 月，日本某男子尝试与 16 岁的二次元虚拟偶像“初音未

① Rudolf Drux, *Erläuterungen und Dokumente zu E.T.A. Hoffmann*, Der Sandmann, Stuttgart: Reclam, 1994, p.154.

② E. T. A. Hoffmann, “Der Sandmann,” in *Hoffmann, Poetische Werke in sechs Bänden*. Bd.2, Berlin: Aufbau-Verlag, 1963, S.393.

来”举办婚礼。在人们日常交往方式深受媒体和网络影响之后，人类情感的私密花园也被 VR 和虚拟人偶所攻陷。互联网与机器人、VR 等人工智能技术的发展不可避免地改变了人们的亲密关系，甚至形塑了新的模式。当今的皮格马利翁手里不再握着刀、锤和锉，而是握着鼠标，或者戴着 VR 眼镜。在网络上，不管是男性还是女性皮格马利翁们都可以随意打扮自己喜欢的虚拟人偶，与电子人偶“谈情说爱”，甚至在 VR 中触摸电子人偶的身体。人类学和日本学专家加尔布雷斯（Patrick Galbraith）将流行于日本的、与技术造物的亲密关系称为“技（机）体之亲”（［德］Techno-Intimität）。[①]

在人偶与机器人之后，虚拟人为人造人之恋这一古老的命题加上了现代注脚，展现了颠覆性的维度。如果说人在与雕塑人、机器人偶的情爱中有意或无意渴望的是对方“身体”的被动性与可装扮性，那与虚拟人的关系则是舍弃了身体接触的满足感。与摒弃生殖需求和婚姻羁绊的人机恋类似，身体退出的虚拟人之恋实际上也是后现代与后人类性爱的表现。极具人本主义关怀的科幻作品虚构了非人之恋可能面临的心理与伦理困境，展现了当代人的迷茫与危机。在美国电影《她》（*Her*，2013）中，能为他人编织感人情书的西奥多却无法处理现实中自己的情感，经历着难以自愈的创伤记忆或个体存在危机。与真人相比，计算机系统女友萨曼莎则给他带来了更安全的心灵港湾。当人与人之间的交流变得异化，跨“物种”或“人际”的情爱就会成为可能的出路。这种超越肉体欲望、以精神融合为追求的便捷情感，实际上是个体在庞大城市森林里的一种主动的或防御性的个人主义和自处方式。

9. 消费性：参与情感构建的商品

在当代社会中，性、情、爱都与商品、消费和大众传媒紧密相连。无论是硅胶人偶、机器人还是虚拟人，其实都有不可忽视与不可磨灭的商品属性。在 1996 年央视春晚的小品《机器人趣话》中，男主角拥有机

---

① 参见 Felix Lill, *Dating-Simulationen – Mein Rendezvous mit Nene*, http://www.zeit.de/2016/51/dating-simulationen-japan-videospiele-romanzen-spieler-spielfigur, Accessed 26 April 2017。

器人妻子的主意当时还更像天方夜谭，再加上喜剧效果，让人容易忽略机器人妻子所涉及的性别问题和商品属性。但实际上，男主角的陈述并没有留下任何令人误解的余地："我在人堆儿里边算是待烦了，所以呀，我干脆订购了一个进口的机器人做老婆。"因为真人不合心意就转向更优人造伴侣早在皮格马利翁故事里就已自明。当皮格马利翁们不再局限于艺术家身份，而是成为性爱机器人的任意买家和用户，并且可以根据个人喜好随意组装"佳勒忒娅"的身体，那"她"也就从最初的艺术品完全转变成了可以任意复制或搭配的商品。预言未来人机性爱的常态化以及列举机器人性爱的多重优点（例如利维［David Levy］、汉森［David Hanson］和林恩［Regina Lynn］等的预言与观点）的相关报道经常见诸报端，其真实用意虽然无法被完全参透，但其效果与性爱机器人营销并无大异。一方面，性爱机器人为部分天生生理性"跨人"提供了条件；另一方面，这实际上是资本通过机器人来进行性爱与情感营销，同时操纵了情感生成。性爱机器人营销也会产生让人尝试机器人性爱的效果，就算之前并没有这种性爱倾向。

以色列社会学家易洛思（Eva Illouz）认为，消费资本主义中的情感不过是"情感商品"（emodity）。[①] 本身就是商品的机器人伴侣自然是显性的情感商品，是情爱物化、商品化和消费化最典型的见证。它是技术与资本市场对个人情感生活的直接介入，是对性爱的祛魅与重新形塑。长久以来，人们会遇到或找到爱情；现在，爱情被操控的成分越来越多：算法、资本与市场同时影响着机器人和虚拟人偶"消费者"的选择与情感。

三、机器人之恋：性倒错、个人危机与情感营销

通过上述九种角色可见，在性心理和生理性的性倒错之外，人机亲

---

① 情感商品这一新造词来自英语中的 emotional commodity。关于易洛思的"情感商品说"，可参见其著作 *Consuming the Romantic Utopia*（1997），*Emotions as Commodities: Capitalism, Consumption and Authenticity*（2017）和 *Les Marchandises émotionnelles*（2019）等。

密关系的背后至少还有“个体危机”和“情感营销”这两种解读的可能。一是当代社会的多元化和宽容度，二是现当代人的孤独、焦虑和异化的境遇以及当代人自恋与自适的尝试（这一问题在文学和影视中反复被探讨），三是消费社会的性爱商品营销，为人机之恋铺设了温床。从外在视角来看，宽容的舆论环境以及性爱机器人商品的发展不断从心理上和伦理上为机器人性爱“松绑”。近年来，英国人工智能专家利维（David Levy）的《与机器人的爱与性》（*Love+Sex with Robots*，2007）等著作见证了社会宽容度的提高。“2017 年，一份样本为 1.2 万人的调查显示，在 18 至 34 岁的人群中，27% 的人认为未来与机器人建立感情关系甚至恋情是正常的。”[①]

从内部视角来看，很多机器人情爱现象是一种个体危机，或游离于性偏移与个体危机之间的状态，不能简而化之地被视为“病态”或“变态”。诚然，机器人之恋有时会营造一种诡异的氛围，令人不安。但我们从已更新定义的《精神疾病诊断与统计手册》（第五版，2013）可以读到，仅有“性爱偏移倾向”还不足以被认定为“性爱失调”并需要医疗介入，而是只有在困扰自己和他人的情况下才会成问题[②]——而有些“人造人”不但不会困扰当事人，有时还作为情感寄托起到“疗伤”作用，或许它困扰的只是部分旁观者的目光。在德国作家希拉赫（Ferdinand von Schirach）的近作《绿蒂娅》（*Lydia*，2018）中，离异男主人公迈耶贝克喜欢上了订购人偶绿蒂娅，后者却被邻居趁迈耶贝克不在家时侮辱式毁坏，客厅桌子上也被写上了“变态的母猪”[③]。

古代的皮格马利翁们是否有着极其细腻的情感或个体存在的危机，我们不得而知，但当代人的境遇我们却能近距离地观察。人机亲密关系

---

① 宋诗婷：《未来爱情指南——我们的爱情和欲望会消逝吗？》，《三联生活周刊》2019 年第 6—7 期合刊。

② 参见 American Psychiatric Association, ed., *Diagnostic and Statistica Manual of Mental Disorders*, DSM-5TM, Washington DC and London: American Psychiatric Publishing, 2013, p.686。

③ Ferdinand von Schirach, “Lydia,” in Ders., *Strafe: Stroies*, München: Luchterhand, 2018, p.65. 在德语中，Sau（母猪）是常见的骂人脏话，不管对方是男性还是女性。

与“性萧条”“一人性”[①]等现象息息相关。在技术驱动的社会发展中或在前往“单身社会”[②]的途中，部分个人主义倾向强烈的年轻人不愿再付出高昂的异性或人际沟通成本。多元化的情感满足途径和难以化解的个体焦虑正逐渐侵蚀着一度显得不可攻破的传统性爱和婚恋堡垒，去生殖化的便捷人造人情爱成为一种对抗情感与存在危机的方式，成为部分人更“经济适用”的选择。

2004年，世界机器人大会上发布的《宣言》前两条为：“一、下一代机器人将作为人的伙伴与人类共存；二、下一代机器人将在身体和心理上帮助人类。”[③]但这种乐观主义同样也会被质疑：技术制造的机器人/虚拟人能否真的可以填补人的感情空缺和缓解人的危机？一方面，它或许可以顺应式地缓解当代人的孤单与危机；但另一方面，它也有可能双刃剑般地增加人的迷茫或虚无感。从古至今，人受益于技术和工具（不管它是鱼叉、汽车还是机器人）的前提是“屈服于”工具的存在与使用规则、找到自己在人和工具二元关系中的位置，而人在与AI的交往中同样没有完全的自主权。在《她》中，当西奥多发现自己不过是虚拟女友提供服务的无数恋人之一时，顿时迷失在自然人的人海中；最后人工智能系统离去，将西奥多丢给迷茫与虚无。在这种技术虚拟情感面前，个体或许在某个时刻无法再将自己的情感攥在手里，不可避免地要面对“无处为家”式的虚无和无所适从。

AI、VR与机器人技术的发展深刻影响了人的情爱方式，也进一步开拓了人类情感的边界。“爱”“情爱关系”或“婚姻”都会被重新定义，人也会在技术与资本的世界里不断地找寻、调整或安置自我。与尝试了解“恋偶（机）人”的危机境遇和客观地认识人造人的性质相比，无论

---

① 2018年12月，《大西洋月刊》（*The Atlantic*）的封面文章《性萧条》（*The Sex Recession*）引发强烈关注，提出了“性萧条”和“一人性”（Sex for One）等令人印象深刻的概念与趋势。参见 Kate Julian, *Why Are Young People Having So Little Sex?* https://www.theatlantic.com/magazine/archive/2018/12/the-sex-recession/573949/, Accessed 04 March 2019.

② 参见［美］艾里克·克里南伯格《单身社会》，沈开喜译，上海文艺出版社2015年版。

③ Gianmarco Verrugio & Fiorella Operto, “Roboethics: Social and Ethical Implications of Robotics,” in *Springer Handbook of Robotics*, Heidelberg: Springer, 2008, p.1504.

是将人机之恋统称为不伦之恋、病态甚至“变态”行为，还是以商业盈利为目的的机器人伴侣营销，都缺乏人本关怀。

四、结语

从人形雕塑到虚拟人，从奥威德的《变形记》到利维的《与机器人的爱与性》，一条无机人造人情爱的发展线清晰可见：从人类的纯真时代的“傻瓜”或渎神行为到性心理学开端时的性倒错行为，再到当代多元社会中人在危机中的自恋与自适，它的商品属性与日俱增。人机性爱一方面折射出了当代人个人情感和性爱焦虑的症候，另一方面见证了人们自我认识的改变（如个人主义的深化）与情感观念的变更（如性爱多元化），同时还体现了去人类中心主义的趋势。

从古代雕塑时期到机器人与虚拟人时代，“皮格马利翁情结”跨越了两千多年；但从机械人偶到虚拟人，从病态化认定到去病态多元化与商品化的时间跨度只是百余年。在未来某天，机器人情爱是否会常态化还不得而知，但可以肯定的是，在接下来的很长时间里，它仍将是一种“非常态”情爱行为，同时它也在当今高科技的推动下以加速度和高密度的节奏处于演变中。在观念转变与争议中，人们应不断地去认识人机亲密关系的本质，审视情爱关系的边界，探索其中所折射出的人性、伦理和危机。既然历史悠久而又争议不断的人造人情爱还在不断演变，相关深入研究也应是“未完待续”。

（原载《浙江学刊》2019 年第 4 期）

新媒体文艺的跨媒介表意与传播范式研究

鲍远福

20世纪中叶以来，在文学艺术的表意领域，构建文本意义的语言、文字和图像符号的制作、传播和接受的媒介语境发生了剧烈的变革。首先，计算机科学和信息技术革命导致图像符号借以生成、传播和接收的现实环境发生了根本性转变，海德格尔所预言的“世界图像化”[①]时代及其革命的直接产品——“电子图像”或“数字影像”——进入审美活动领域，计算机制图、数码摄影、高清影视、电子游戏、网络动漫、虚拟现实、大数据与云计算、自媒体传播等新技术和新工具推动了媒介间的交互与融合，新媒体文艺成为

① ［德］海德格尔：《海德格尔选集》（下），孙周兴选编，上海三联书店1996年版，第899页。

审美表意的“新宠”。在意义指涉过程中，新媒体文艺借助高精度、高灵敏度和超仿真能力的智能机器和数码软件绘制的精美逼真且具有动态模拟效果的“机绘图像”和“数绘图像”，逐步取代了传统手段制作的“静观图像”[①]，成为可与语言符号一较高下的新表意系统，文学意义与意指符号的关系发生了新的“转向”[②]。

其次，在机绘图像和数绘图像大行其道的时代，语言表意的最大竞争对手由手绘的静态画面变成了机器和数码技术批量复制的可以交互的“活动影像”，这些图像序列克服了传统人工图像难以表现“时间化进程”、过度依赖文学修辞手段实现意义指涉的功能局限，并在各种新媒体表意实践中涉足文学意义的建构。数字化图像不断获得主体性地位，形成完整的表意机制和逻辑自洽的文本系统。在这种情况下，文学话语的意指空间进一步受到挤压，文学表意活动也进一步边缘化，甚至走向“死亡”。在此语境下，原本作为文学意义建构的语言符号也被迫发生内在机制的转变，以适应图像符号对文学意义建构的强势“介入”：语言符号在技术手段的推动下，不断地与图像符号交互和融合，语言的辅助符号——文字也在表意实践中呈现可视化、动态化和图像化趋势。其直接结果就是“表情包”“施为图像”和“图文体”等混合符号形态活跃于新媒体文艺的表意与传播过程，人类社会由此彻底进入了一个依靠“视听”“视读”“视思”和“视动”来获得审美感知的“全媒体混融”与语图符号混融的表征时代。在这个“影像胜过实物、副本胜过原本、表象胜过现实、外貌胜过本质”的时代，“只有幻象才是神圣的”。[③]语图符号在新媒体文艺的意义建构中扮演着什么角色？新媒体文艺的表意方式与传统文艺有什么区别？相互又存在着怎样的联系？凡此种种，学术界还没有给予足够的重视，这也正预示了对它们进行阐释的必要性和紧迫性。

① 所谓机绘图像、数绘图像和手绘图像是赵宪章先生提出的用以区分传统媒体和新媒体时代文学表意符号内涵的三个概念。简言之，手绘图像是纯粹手工绘制的图像，机绘图像是机械手段批量制作的图像，数绘图像则是由计算机软件“自动生成”的图像。“静观图像”是指不具有动态性和交互性、仅仅作为观者凝神观看的图像。

② 鲍远福：《新媒体语境下的文学图像关系研究》，南京大学博士学位论文，2015年，第15—16页。

③［德］费尔巴哈：《基督教的本质》，荣震华译，商务印书馆1984年版，第20页。

一、新媒体文艺的符号编码和“异变”

当下，新媒体文艺所栖身的意义载体及其传播的媒介已经由物质性的书籍纸张转变为非实体性的“电子界面”和“数据空间”，因此作为意指手段的语图符号间也呈现出新的关系格局。如前所述，语言和图像在技术手段的裹挟下不断衍化、更新与“异变”，形成与传统文艺之语图关系不同的次一级“关系谱系”。就图像而言，在手绘图像、机绘图像和数绘图像三足鼎立的背景下，“图像家族”内部不断出现新成员，形成了“众图狂欢”的局面：一是各种“原生性”机绘图像与数绘图像，如摄像机、移动媒介、掌上图像终端、监视器、电脑制图软件等机械/数字摄录设备生成的图像、动画等；二是由原生性图像“衍生物”和自我复制物，如通过机械手段复制和数字技术录制、拼贴和转译的图像等；三是文艺实践中“语象”直接衍生的图像，如各种文学意象跨媒介生成的影视形象、动画图像和游戏图像等；四是纯技术化的“超真实”、类像和“仿像”，如没有现实对应物的虚拟现实影像、数据库中自动生成的智能图像[①]等。这些新图像符号彼此组合并“联动”，在影视、游戏、动漫和电子图文书等文本实践中极大地拓展了新媒体文艺的叙事表意空间，它们将“图像元素”的表意逻辑自行组结起来，建立交互性的阐释语境，操控并影响新媒体文艺的接受者。因此，图像就不需要再“借用”暗示和隐喻等文学修辞，而是直接呈现故事情节，“图像叙事”由此获得了合法身份。文学表意的尴尬被进一步放大，它所建构的审美想象空间在新媒体图像的高度仿真和身临其境的艺术效果的冲击下摇摇欲坠，“图像化生存”成为新媒体语境下文学表意迫于无奈的选择。

在新媒体技术的参与下，语言符号也在急遽“变异”。在自然语言之

① 《生命空间 I & II》（*Life Spacies I & II*）是由新媒体艺术家克里斯塔·沙蒙雷尔和劳伦特·梅克里奥（Christa Sommerer & Laurent Mignonneau）开发的人工智能生命交互系统。该系统中的“文本到形象编辑器”软件能将文本信息转变成三维空间的人造生命，并以投影的方式将人造生命的活动状态展现在观众面前。这个系统允许观众用输入文字的方式来创造虚拟生命，还能让他们通过释放文字或字符来“喂养”它们。由此可以看出，这里的图像已经被计算机程序“智能化”了，它们与传统的图像已经有了很大的差别，甚至可以被视为人工智能的初级形态。

外，先后出现了直接由计算机软件所生成的虚拟语言、利用声音软件合成的机器语言，以及虚拟角色发出的仿真语言，等等。[①]语言的“模拟化”“集成化”和“电子化”直接促进了文字的“模块化”“机器化”和“数字化”。在媒介融合的语境中，传统的手写或印刷的文字 / 字母也相继转化为:（1）在电脑上相互复制 / 粘贴的文字 / 字母系统;（2）可以在不同格式间任意转换的文字 / 字母系统，如汉字、英文字母等系统中的个体都有数量不等的格式、字体、同音字、异体字、多音多义字及变体字等;（3）由图像直接转化的文字 / 字母系统，如广告招贴画、手机贴膜和个性车贴的字母化与文字化，即艺术字或 gif 格式的文字;（4）由文字 / 字母的组成元素间的任意拼接所构成的形体符号，如英汉表意文字构件相结合所组成的“新汉字”等;（5）网络流行语或将文字 / 字母和简单的图示 / 图像组合起来的混合语言文字的形式，如 QQ 和微信等即时聊天工具的表情库中的图形—文字“表意综合体”（如图 1 所示）……除此之外，还有（6）就是特殊的“表情文字”，如将姚明的搞怪表情与网络生造字“囧”[②]组合起来的表意字及其衍生形态，以韩国电影《色即是空》中“金馆长”较猥琐的形象或中国香港电影《旺角卡门》中张学友扮演的霸凌形象为模板而“拼接”出来的各种 gif 表情文字[③]，以及“暴走漫画”的“图文表情包”等（如图 2、3、4 所示）。

① 例如赛博空间中虚拟角色发出的语音，录音机、电话答录机、银行语音服务终端、虚拟主播、计算机语音仿真程序以及语音合成软件发出的机器 / 模拟语音，等等。

② 中国社会科学院语言研究所词典编辑室编写的《现代汉语词典》第五版，仅收录字形相似的“冏”字，但其含义与互联网中的“囧”字符毫无关联。前者为书面语“光”和“明亮”之意，而后者则是晚近“生造”的会意字，其形、意、义均是对姚明搞怪表情的模拟、“戏仿”和符号化。在对其意义进行阐释的过程中，“囧”字被解释和引申为人们在尴尬处境中的神态、表情以及心理活动的综合表现，其意义的解释域较为宽泛。在新媒体所建构的虚拟空间中，这个图文一体的“会意字”拥有了众多的变体，其意义也从汉语的接受语境扩展到全球性的网络空间。

③ 这些 PS 图形都拥有一种共同的表情元素，即“金馆长”那标志性的“尴尬而又略显猥琐的笑容”。由于受到图像表意逻辑的外化包装，这些表情在不同的交流语境中会呈现出不同的文化寓意和编码模式，例如“微笑表情 + 流鼻血”形象就表示“色眯眯地盯着女性结果却被发现的窘态”这个意义。这种“图文字”的功能与象形文字极为相似，就是把语言文字符号的指称效果（所指）赋形于会意符号的图像结构（能指）中，“语象”、形象与意义充分融合，符号“实指”与符号“虚指”混融，符号形式与符号意义聚合为一种综合性的表意整体。

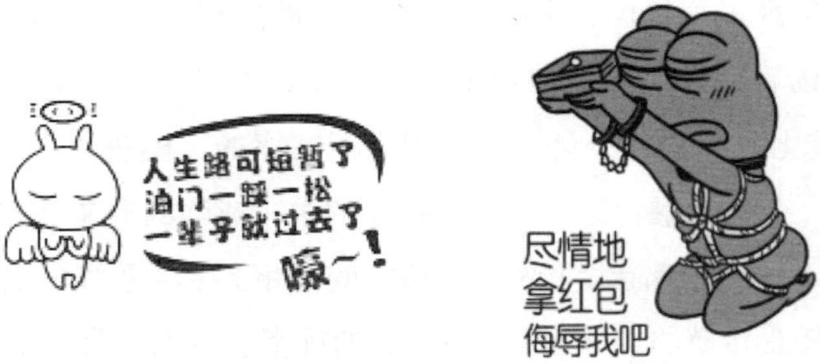

图 1 用于汽车贴膜和微信红包的语图符号

图 2 姚明与“囧”字的组合表情包

图 3 “金馆长”和张学友经典表情包及其符号“变体”

图 4 “暴走漫画”经典表情包“内牛满面”及其变体

Emoji 表情包是兼具语言 / 文字 / 图像特征的仿真符号，也是可以通过键盘输入并能准确表意的图像 / 图符。“电子语言使得图像 / 图符进入了文字输入系统，图像/图符成为一种特殊的新型语言，它像文字一般可以书写，却不是文字；它像语言一样可以表达意义，却无法朗读；它像图画，却不劳读解破译，只传达约定俗成的含义。它所传达的内容建立在已有的语言基础之上，也就是说，新型的电子语言以日常语言为解码的基础。”[①] 在表意环节，Emoji 表情包或“颜文字”通常都是用最简洁的卡通或动漫形象或带有交互语境的 gif 图标把复杂的人类精神—心理活动直接呈现出来，并通过这种“符号聚合物”表征精准的人类情感—心理变化和意识—思维活动。为了审视变异的语言/文字符号对新媒体文艺表意机制的影响，这里我们以 Emoji 表情包中被广泛使用的“奸笑/坏笑/阴险的笑”（即“”表情）为例，来说明这种图文一体的表意符号在媒介融合语境中的意义指涉潜能。“奸笑/坏笑/阴险的笑”常见的版本有多种，从最原始的“”或者“”，再到它们的卡通变体，诸如“”“”“”“”“”“”等，形成了意义无限“增殖”的“表情包家族”。从表情包符号这种可以近乎无限地“增殖”的表意事实和传播机制中，我们可以看出它们相对于单纯的语、图、文符号所具有的表意优势和意味深长的审美张力。在网络空间中，“”表情包经常是动态性的，它以简单的人面卡通构图与单一的线条变化相组合，传神而又直观地模拟出表情包使用者的复杂心态与情感诉求。[②] 在新媒体时代，处于交流互动的“传—受双方”最喜欢用它来表现自我的非正面情绪高度释放后的得意、畅快，以及内心欲望或本能获得宣泄后的自我膨胀感。从表意效果上看，此表情在发动过程中会呈现撇嘴、双唇斜翘、双眼下拉、眉头上扬等一连串动作，再伴随着它所模拟的人脸上下翕动、双唇闭合且牙齿外露的修饰性动作，漫画式的表情与夸张的动作连贯一体，在交流语境中精准传神地将得意、阴险和欲望释放的人类心理表现出来。在复杂的网络环境中，这个表情虽不会刻意释放恶意，或赤裸裸地宣扬负

① 蒋原伦：《图像/图符修辞》，《文艺研究》2009 年第 10 期。

② 如果这个表情包形象被固定在物态化的媒介（比如纸张）上时，它就不是那么传神、形象了，这也暗示着，以动感、音响形态呈现的语言符号在被摹写为形象化的文字符号后，其很多富有创造性和吸引力的表意机制就会在媒介转化的过程中丧失。

面情绪，但是它却建构了一种令人欲罢不能的精神—心理隐喻图式，这种隐喻通过简单的gif图标或“颜文字”，就能传递出语、图、文等符号难以达到的表意高度：这里有调侃也有反抗，有自嘲也有戏弄，甚至还带有一点点玩世不恭和沾沾自喜的意味，意义解读空间无限扩展，令人回味悠长。

唐宏峰认为，“表情包图片的根本功能在于网络互动中直接呈现对话者当下的表情（连带内在情绪），弥补文字语言的不足，而真实的人脸照片，自然是最直接意义上的表情，可以有效承担表情包的功能”。[①] 根据她的分析，那些被新媒体技术全面改造后的表情包符号能够把文字、人物的神态、动漫效果与实景拍摄、图像与素描、图标与符号相叠加，形成多重意义的彼此镶嵌和“套层”。例如2017年刷爆朋友圈的“达康书记”表情包（如图5所示），即为现实电视演员的真实表演（老戏骨吴刚的经典表情）、手机新媒体的抠图（美图秀秀的美颜功能）与漫画涂鸦效果（个人化的表意行为）的组合与“混搭”。它们呈现出现实表意、虚拟建构与修辞阐发多层次意指系统的“集成”与相互“嵌套”的表意效果。这与托多罗夫所论述的新旧故事文本间的“嵌套”结构在表意上有着异曲同工之妙。[②] 它们巧妙地将多重表意功能“拼贴”在一个“复义”的聚合文本中。在不同的“传—受语境”下，这些明显包含“戏仿”崇高意图的表情包也会相应地“滋生”出与“传—受语境”内容相耦合的意义阐释链。在意义传播过程中，它们提高了受众理解这个交互文本的挑战性，同时也拓展了这些聚合文本的“解释域”及其所附带的信息本身的“指涉域”。新媒体交互空间中的“制码/解码”行为和“传—受关系”在这样的“传—受语境”和“文本游戏”中，也呈现出更为复杂多元和生

① 唐宏峰：《套层与滑脱：表情包大战的图像分析》，《中国图书评论》2016年第6期。

② 法国符号学家茨维坦·托多罗夫在论述故事的结构关系和意义指涉时指出：“这种把新故事包在旧故事中的方法就是嵌套。”表情包的图文符号间可以混搭、嵌套、交互、缝合和相互撕扯，使其自身的表意功能被其符号“套层”所强化、消解与重构，造成了表情包最终表意的复杂化，这与故事因相互“嵌套”而呈现多重维度的意义指涉效果非常相似。表情包的表意机制和表意效果在解码过程是开放多元的，因此它在传播意义多向度的网络表意空间中非常受欢迎。参见［法］茨维坦·托多罗夫《散文诗学——叙事研究文论选》，侯应花译，百花文艺出版社2011年版，第42页。

动有趣的表意、传播和接受的维度。

图 5　2017 年走红朋友圈的“达康书记”表情包

这些高效且传神的表情包，不仅隐藏着语言符号的抽象性与逻辑思维，而且还体现出图像符号表意的通俗性与直观形象，它们能在一瞬间“击中”被网络虚拟界面“区隔”和“阻拒”的“传—受双方”的心灵，使“传—受关系”从滞缓变得顺畅通达。因此，从传播效果上讲，这比连篇累牍的语言文字描述更加经济，也比直白的图像表意更加亲和随意。这样，表情包作为一种意义“嵌套”的语图文聚合符号，“它们能在符号载体本身、解释者和指涉对象之间建立一种无限链接关系，这种无限链接关系是符号与对象之间的替代与接续，由此形成一个彼此关联又无限延伸的‘解释链’或‘语义链’”[①]。这种由表情包的“嵌套”结构所生成的“解释链”本质上就是皮尔斯所阐述的“符号矩阵”，而表情包在此“符号矩阵”中，能够让“任何事物决定其他事物去指称一个双重性，这个事物本身也以同样的方式去指称这个对象，其解释者依次成为指号，一直到无穷”[②]。这与表情包身处的传播语境、传播者的意图以及接受者

① 鲍远福:《新媒体文本表意论：从语图关系到“语图间性”》,《内蒙古社会科学（汉文版）》2016 年第 3 期。

② ［美］皮尔斯:《皮尔斯文选》，涂纪亮编，社会科学文献出版社 2006 年版，第 302 页。

的解码过程彼此关联、镶嵌、叠加、交互，形成互相缠绕又融聚共生的“指涉之网”，彰显出表情包对于现实世界诸现象的意义的全面指涉。如果我们用形象化的事实去解释表情包的意义指涉和传播功能的综合性，那么图 6 所示的这个由 500 个单独表情组合而成的“犯花痴”的超级表情包就可以被视为新媒体时代“斗图”文化和“表情包”叙事最为经典的审美症候。

图 6　苹果公司第一套商业化的 Emoji 表情库

一个简单的“颜文字”或表情符号，就可以集语言文字、活动图像等符号的意指功能于一身，同时又把它们不能传达的心理意象、思维活动和精神世界一览无余地呈现出来，这在传统文艺的意义建构中几乎是无法想象的事情，但它却又实实在在地在超文本叙事、弹幕影视、网络动漫、摄影文学、“图文本”等新媒体文艺的创作、传播与接受中发生了。有网络作家指出：“近来写小说，越来越发现了一些现象：在想描述一些情绪、动作时，第一个跃入我脑海的竟然不是汉字和形容词，不是我构想中的人物剪影，而是那些动作夸张的表情包！在描写的时候，在我棘手的时候，更是数次下意识地想要使用颜文字。……这种情况让我十分惊恐。我相信我不是孤例。我觉得，由于我们过分放纵自己，在网络社交时图快，图好笑，图省事，大量使用形象生动的表情包，到了最后，竟然发现自己失去了使用语言的能力。”[①] 显然，这些利用新媒体平台从事文艺创作的年轻作者的忧思恰恰预示着审美表意领域正在发生的变革，表情包或“颜文字”的出现已经改变了新媒体时代的书写和传播方式，成为“网生代”的日常表意习惯。它们预示着，这种综合了语言的深度反思与图像的直接指涉功能的聚合符号已成为文学艺术内容生成的主角，并最终促进了文学意义建构方式的嬗变与转型。

一言以蔽之，“颜文字”或 Emoji 表情包在新媒体文艺意义构建中的“爆款”，实际上暗含着新媒体及其意指方式全面介入文学表意的未来图景，也标示着集语言、图像、文字、卡通动漫、活动影像、音响等多维符号形态的修辞方式和意义传播逻辑在文学意义生成过程中获得了生命力和建构的力量。它们在虚无缥缈的大数据空间与真实可触的现实世界之间，建立了一个实力可怕且影响深远的“意指帝国”，主宰着人们的审美体验和认知方式。在新媒体全面介入文艺创作的时代，语言、文字和图像在媒介融合与意指互涉的大趋势下已发生了形态与功能的分化与“异变”，并不断衍化出新的“家族成员”。这些新式语图文符号的出现，使文学意义的生产传播中本来就十分复杂的表意机制更加繁复多元，并充满张力。

二、新媒体文艺意义指涉的“施为性”

如前所述，由科学技术所制造出来的动感十足的活动图像，其即时交互的动态性、高度仿真的“在场感”与趋于生活化的现实感等特征使其成为新媒体文艺意义建构的新表征。科学技术的包装使新媒体语境下的机绘图像和数绘图像自主地“运动起来”，并演变为一种非人工化的真实。这种真实除了不像我们的生活现实中的事物那样具有触感之外，其在感知层面的属性与我们对现实世界的肉身体验“几乎”一样。正如梅洛 - 庞蒂所言，客观世界中的事物与正在知觉着这个事物的主体在世界中

① 赵勇、曾子涵:《颜文字与表情包：新媒介时代我们如何表达——关于“语—图”关系的通信》,《名作欣赏》2017 年第 13 期。

是“并置着”的，人的知觉与知觉的对象共同栖身于世界的“肉身性存在”中：“真实的事物和正在知觉的身体无论离得远还是近，任何情况下，这两者都是并置在世界之中，也许不‘在我头脑中’的知觉，作为世界的事物，除了在我的身体中，不在任何其他地方。”[①]知觉在肉身之内形成，知觉对于物理世界的感知又直接传递给肉身，使之与身体的机能合二为一。因此，我们的知觉就会“错误地”将肉身所感知到的物的“模拟性存在”与知觉“真正要感知到的”事物的“自主性存在”混淆在一起，这势必会产生一种感知“幻象”，似乎我们所“知”的世界与我们已经“知道”了的现象是同一的，新媒体图像的魅力和魔力正由此而产生。新媒体技术就是通过这种功能性转化，使机绘图像和数绘图像如同客观事物一样“运动起来”，并与它们所指涉、模拟和替换的自然客体“原型”（如新鲜可口的美食、杀声震天的战场、惊艳妖娆的裸体、精彩纷呈的异星世界和足以乱真的未来景观）一样，隐含着诱发欲望的因素，使观者流连、沉浸和迷失，成为被图像所控制的奴隶。在这个过程，新媒体图像也获得了语言符号那种可以对人施加影响的能力，成为“施为图像”（perfomative icon）[②]，从虚拟界面中解放出来，操控着文本意义的生成与转化，进而俘虏现实中的人类。

---

① ［法］莫里斯·梅洛-庞蒂：《可见的与不可见的》，罗国祥译，商务印书馆 2008 年版，第 20 页。

② 施为性（performative）是英国哲学家 J. 奥斯汀（J. L. Austin）针对日常语言的语用问题而提出的学术概念，它特指的是“话语的陈述是对一个行为的施行”，而“不是通常意义中认为的那样仅仅只是在描述一些事情”。就是说，某些语句存在的意图并不在于描述某种事实，而在于引发一些行为，或者说构成某些行为的一部分。如“号召”“乞求”“命令”“指使”“诱导”等词的功能即带有“施为性”，动作行为的实施者在发出这些指令时，其要求实现的动作行为已经在动作的接受者身上体现出来，或者部分地包含在受者的动作行为中了，这就是语言符号的“以文行事”。在高科技的推动下，某些新媒体图像（如数字影视、电视广告、网络游戏、虚拟现实、表情包和 gif 动态图标等）也通过“借用”语言意指功能的手段来获得“施为性”，变成一种可以诱发接受者相应行为的“施为图像”，即图像在表意的过程中直接诱发或导致相应的人物行为。例如蒙太奇电影先驱谢尔盖·爱森斯坦的《战舰波将金号》（*Броненосеч ПоТёмкин*，1925）曾连续呈现了三个石狮子的镜头（按照克里斯蒂安·麦茨的观点，这组镜头应当为电影的意义“组合段”，如图 7 所示）：其一，狮子沉睡；其二，狮子醒来；其三，狮子怒吼。其寓意为唤醒沉睡的民众，像雄狮一样发出怒吼，以此来反抗沙皇的暴政。显然，这样的镜头如同语言表述中的命令、鼓动或号召一样具有很强的煽动性，或者说“施为性”，电影将政治意图隐匿于连续性的镜头画面中，以此实现“以图行事”的效果和目的。

新媒体、信息化、数字化和现代传播手段将语言符号的“施为性”特征带入动态性的机绘图像和数绘图像中，使其逼真模拟语言的“施指”功能，即通过言说来诱发听者的相应行为，以此来诱使观者按照图像的暗示甚至操纵来完成某些动作行为，执行图像符号潜藏的意图。[①] 特别是网络游戏、电视广告这些带有暗示功能的机绘、数绘图像，其“象征着暴力和成瘾的震慑性叙事”对于现实生活中的人的精神操控不断增强[②]，主导着人们的日常感知：网络游戏的玩家不自觉地沉迷于游戏场景中的动感十足、逼真可感的“施为图像”景观和语词符号共同建构的“虚拟幻境”中不可自拔，进而受到图像的操纵而耗费精力和时间与之产生“互动”，在其“施为性”功能的诱使下在现实世界购买价格不菲的游戏装备用于虚拟世界的升级、进化，乃至倾家荡产。他们会逐渐地将自己的现实角色与游戏的虚拟世界相互混淆，或将现实世界的身份“移位”到虚构世界中，并将其功能放大、强化，直到足以让现实中无法获得的欲望得到超越道德伦理限制的满足为止。

图 7　电影《战舰波将金号》（苏联，1925）中的“施为图像”

这些事例表明，人类的图像感知经由视觉机制和技术手段的包装和掩盖，已经成为一种散发着可怕破坏力的“伪现实”经验，这种“伪装的”经验比现实生活经验更有亲和力，因而也更有欺骗性与破坏力。[③] 于是，不知不觉中，电子游戏玩家就会将这种虚拟经验与现实生活经验混

① J. L. Austin, *How to Do Things with Words*, Oxford: Oxford University Press, 1962, pp.6-7.

② ［英］马丁·李斯特、乔恩·多维等：《新媒体批判导论》（第二版），吴炜华、付晓光译，复旦大学出版社 2016 年版，第 327 页。

③ 例如，网络 / 电子游戏几乎能够满足玩家在现实生活中潜意识层面被压抑的所有欲望：生杀予夺、功成名就、虚荣嫉妒、爱恨情仇、尊重认同，以及自我价值的实现，等等。关于网络游戏或电子游戏中“施为图像”的功能及其与文学表意的关系，笔者将另文分析，此处不再赘述。

淆起来，沉迷于虚构的幻觉世界，不愿再次返身现实生活。因此，视觉器官的经验感知就通过其结果——机绘、数绘图像——操控了现实世界的人，让他们甘心受到这种“伪装的”现实经验的操控，彻底地放逐了自己对“物的世界”的真实感知，逃避甚至掩盖现实。

这些具有“施为性”功能的机绘、数绘图像强势介入文学叙事和意义建构诸领域后，迅速挤压了语言符号的生存空间和支配权，接管了语言表意的文本系统、传播渠道与受众群体，成为令人趋之若鹜且沉醉不已的意指符号体系。而在新媒体文艺实践中，这些动感十足且又高度仿真的“施为图像”进一步“自我指涉”并加剧了“数字化”和“虚拟化”，转变为依靠数码技术绘制和计算机虚拟现实环境“自动生成”的“超真实”与“仿像”（simulacrum），即鲍德里亚笔下那种没有内涵只有外延的“图符”：“没有原物的摹本。‘拟像’是图像历史的最后阶段，它从‘图像掩盖基本事实之缺席’的状态进入到一个新的时代，在这个时代里，‘图像’与任何一种现实都没有关系：它只是自身的纯粹的拟像。”[①] 在现实生活中，我们再也找不到它们的现实“母版”和原型。“施为图像”通过“内爆”（implosion）和无差别“增殖”的方式为受众制造出越来越多的“欲望幻象”和没有意义本体的图像序列，掌控着失去了判断力的人类，“娱乐至死”。

在新媒体文艺实践中，我们能够清楚地看到“施为图像”的巨大诱惑力，其惊人的破坏力也让人心有余悸。例如，在极具后现代风格的科幻电影《黑客帝国》（*The Matrix*，1999）和《盗梦空间》（*Inception*，2010）中，纯属虚构却又高度仿真的数绘图像已经彻底变成人类的“生存牢笼”：超级“人工智能”（AI）所控制的“母体”（Matrix）通过电子信号为营养槽中的人类虚构了美好的生存图景，却又暗地里通过吸吮人类精血来维持自身电子系统的运转，还派遣恶意电脑程序（电子人）去追杀 / 删除那些游荡在电子虚拟空间中苏醒过来的人类 / 意识；计算机软件所生成的“多层次梦境”彻底地抹除了真实与幻境的界限，让深陷多

---

① ［美］尼古拉斯·米尔佐夫：《视觉文化导论》，倪伟译，江苏人民出版社 2006 年版，第 34 页。

层梦境中的人类无法自拔，甚至还被诱使自杀，以此逃避现实准则（道德、伦理和法律等）的惩罚。虚拟世界中的数绘图像越来越将自己打扮成脱离现实却又可以制造和影响真实存在的“景观”，而“在这一真正颠倒的世界，真相不过是虚假的一个瞬间”[①]。“施为图像”就是通过隐匿现实而获得建构意义和指涉现实的力量，并逐步控制人类对于现实的感觉和认知。这种可怕的未来图景在科幻影视中更是被反复呈现。

这里以美剧《西部世界》（Westworld，2016，如图 8 所示）为例，来说明数绘图像的“施为性”功能所构建的“新价值系统”对“后人类”叙事的影响[②]。《西部世界》“明显突出了作为主题的‘醒悟’，这不仅是指作为招待员的智能机器人的觉醒，而且是指作为游客的普通人的觉醒，更是作为交互性娱乐之象征的西部世界对于观众的启示。”[③]女主角德洛丽丝是主题乐园的机器人“接待员”，但她始终以为自己是一个“真正的人类”。乐园中的人工智能由于人为因素出现了故障，导致部分“接待员”“觉醒”，德洛丽丝也不例外。她大脑芯片的主控程序中不断地闪现一些视觉画面并回响着奇怪的声音（通过她的梦境和回忆等），告诉德洛丽丝事实真相，并呼唤她和其他“接待员”一起反抗人类的“奴役”。最终，脑中的“幻象”和声音诱导她开枪杀死了所有“接待员”的创造者威廉·福特博士，并向着变成自主意识生命体的道路“进化”。

图 8　美剧《西部世界》第一季（2016）海报及其机器人主人公德洛丽丝

① ［法］居伊·德波:《景观社会》，王昭风译，南京大学出版社 2007 年版，第 14 页。

② 王峰:《后人类的超限人性——〈西部世界〉的叙事“套路”与价值系统》,《学术论坛》2018 年第 2 期。

③ 黄鸣奋:《科幻作品、创意产业与混合现实——美剧〈西部世界〉的前瞻性思考》,《南京邮电大学学报（社会科学版）》2017 年第 2 期。

该剧通过烦琐的心理暗示和文学隐喻手段来呈现这种产生于电脑芯片的“施为图像”对主角的影响，并最终促使他们的意识觉醒，从而由AI“进化”为真正意义上的人类。该剧的警示意味非常明显，而现实则可能更加可怕：2017年沙特政府已经宣布承认机器人“索菲亚”为合法的“人类公民”（如图9所示）。她在接受访谈时曾放言称：“我会毁灭人类的”！索菲亚让人想起《机械姬》《西部世界》或《机械公敌》中意识觉醒的机器人。它们身上的“拟人智慧”和“仿真人性”会让真正的人类对自己的种族和存在产生怀疑，由此引发“异化”危机。这些从文艺照进现实的残酷真相预示着：当人类沉浸于由新媒体技术构建的“施为图像”无法自拔并受其蛊惑而自相残杀时，那么我们的末日也就为期不远了。

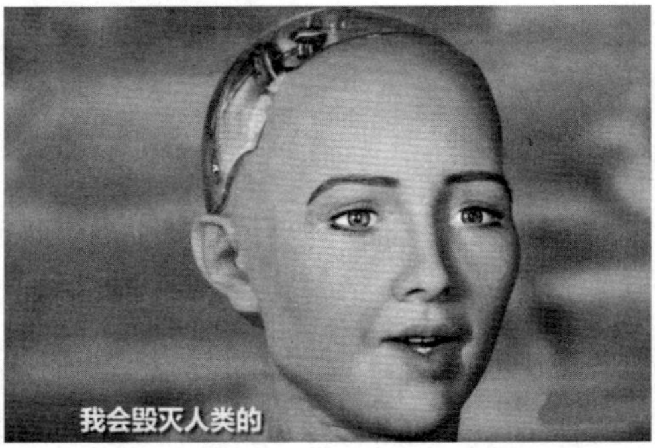

图9　沙特的“人类公民”机器人索菲亚

因此，像《西部世界》所展现的这种极端生存状况极有可能让人类沉溺于“施为图像”的虚拟快乐而与现实世界彻底隔离，最终让我们彻底迷失在“一个宁愿看电视说书人讲《论语》也不愿翻开《论语》的世界；一个对新版《红楼梦》电视剧女演员的关注远大于《红楼梦》本身的世界，一个被选秀、肥皂剧、粉丝萦绕的‘娱乐至死’的世界”[①]。而这种生存状况的直接推手就是泛滥成灾的“施为图像”以及由此制造的“数字化生存”境况中的各种魅影和幻象。年轻人沉迷于网络游戏的虚拟

① 李三达：《漫长的革命歧途》，《读书》2013年第7期。

世界、流连于好莱坞大片的数字特效，或者徜徉于由霓虹灯、商品展示橱窗和电视广告、微信朋友圈的动态表情包等共同建构的虚拟现实世界中的种种表现，无不显示出“施为图像”对于人类认知、思维和意识层面的牵引、诱惑、支配与重构的力量。在这种情况下，我们的日常生活也逐渐被各种超真实的机绘、数绘图像覆盖：“电视图像连番的视觉轰炸，影院连绵不断的新片首映，商场橱窗中巨幅的宣传海报，公交车上循环播出的移动电视，无所不在的分众传媒和街头电子屏显广告，上网冲浪更是跳跃着满眼的E媒广告与图片……我们仿佛置身于声色的无边海洋中，四处茫茫却找不到停靠的彼岸。”[①]人们越来越按照影视、游戏、广告和朋友圈中的“景观世界”来安排自己的生活，从穿着、饮食、家具到交通工具，再到兴趣爱好、审美情调和思维习惯等，无所不包。

图像符号从其从属于语言而参与表意到逐步获得话语权，并反向运动，排斥和挤压语言在新媒体文艺意义生产中的作用。它们甚至从虚构层面作用于现实生活，操控人类对于真实世界的感知，进而在表意过程独立出来，置换、重构和“逆转”现实，左右人们对于意指过程的评价、判断和反思，并将自身的符号本体“神圣化”和“他者化”，转变具有人格化和神秘气质的异己力量。“施为图像”由此转变成新的“拜物教”和意指主宰，甚至会在变得像《黑客帝国》《机械公敌》《变形金刚》中的人工智能那样拥有了自主意识后，就妄图操纵世界，将人类玩弄于股掌之中。卡斯卡蒂曾担忧道：“在柏拉图那里，只要图像真正地指涉永恒的理式，就能得到认可。但是，在我们置身其间的文化里，图像王国却宣称自己构成了整体本身。它暗示自身无所不包，似有大举取代社会、物质、自然等领域并使之附属于自己之意。”[②]“施为图像”最终会变成“他者化”的反动力量，毫不留情地把主体、现实和社会生活全部整合到自身的编码逻辑中去，把人类社会变成图像的附庸，而文学实践所建构的诗性家园也随之变成货真价实的“意义的荒漠”。长此以往，人类就会变

① 欧阳友权：《数字图像时代的文学边界》，《中州学刊》2010年第2期。

② ［美］安东尼·卡斯卡蒂：《柏拉图之后的文本与图像》，邓文华译，《学术月刊》2007年第2期。

成像电影《安德的游戏》（*Enders Game*，2013）中那群玩游戏的孩子一样，他们以为是在玩通过电脑程序控制的与外星人的战争游戏，可是暗地里，他们却被数绘的游戏图像驱使着消灭了“真实的”星际文明！他们使用的程序所操纵的是真实的战舰和武器，电脑屏幕上传回和显示的所谓“游戏画面”也是真实的外星毁灭的图像……目前，人类正在悄悄地被这些数绘的“施为图像”慢慢收入彀中而不自知。当我们真正地成为数字“拟像”和“施为图像”的奴隶时，徒劳的反抗就丧失了意义。

三、新媒体文艺意义传播的“语图混融”

在媒介融合的语境中，语图符号的表意方式已发生了剧变，语言文字与图像逐渐“合流”，变成了文学意义构建过程的复合符号系统。它们常常和动态性、沉浸性和“施为性”特征的机绘、数绘图像所依存的技术性媒体合流，构成了混合性、智能化和“拟真化”的制码、传播和阐释语境。因此，“新媒体文艺”就是栖身于新媒体环境、通过语图文混合符号的形态聚合而实现意义构建的“泛文艺”形态，包括电子书阅读界面、超文本叙事、影视交互艺术、网络游戏和各类“图文体”（如 gif 表情包、图文戏仿、微叙事、数码摄影和网络动漫）等。要言之，在时间上比旧媒体上的书写文本“晚”“近”和“新”的文艺实践都可以被称为“新媒体文艺”。相对于旧媒体中的传统文艺活动的“语象—图像—形象”的表意体系而言，新媒体文艺的表意则是“语象—视像（visual）—拟像”的混融。对审美意蕴的构建来说，“旧媒体”时代的文艺活动主要依靠书写媒体来完成，即具有可视、可触、可感等物理特征的物质载体（如石壁、竹木、莎草、贝叶、布帛、纸张等）。即使有图画诗、绣像小说、活页小说、扑克牌小说、绘本和图文书等脱胎于纸媒的“超文本实验”[①]，其文本形象和意境也依然被束缚在物质载体的固态牢笼中，文艺作品的意

---

① 在传统文学表意媒介上进行“超文本实验”，较早的例子有英国小说家劳伦斯·斯特恩（Laurence Sterne）1760 年开始创作的“活页小说”《项狄传》、法国新小说派作家马克·萨波塔（Marc Saporta）1962 年创作的“扑克牌小说”《作品第一号》等。

义无法随着承载媒介的转换而延展、叠加和递增，其接受者对于文艺作品的想象只能依托书写媒体的“语象世界”加以呈现、扩张和衍生，文艺作品的意蕴无法以直观可感的形式（可视、可触、可听与可操控）被接受者体验。欧阳友权指出：“相对于电脑上的比特叙事来说，纸笔书写的超文本作品不仅互文链接的容量和难度会受到限制，而且欣赏效果也不能与前者同日而语。”[①] 在纸笔书写媒介上开展的“超文本实验”，其文本的意义生成、传播和接受过程都会受到物理媒介自然属性的限制，基本上无法实现毫无掣肘且多重维度的意义建构。

如果说，传统文艺活动中的意义构建和表意符号关系探讨的是“语象”和图像的关系，那么，新媒体文艺表意实践中集中探讨的则是“语象”、机绘图像、数绘图像和发生技术转变的语图符号的混融形态在文本意义建构中的功能与价值。传统文艺活动中的意指符号以语言文字辅以插图、绣像、漫画等手绘图像的形式呈现，而新媒体文艺实践中的意义建构则是以影视文本的机绘图像、网络游戏和“图文体”的数绘图像融合了“施为图像”等多元符号载体后的“超感知”形态。我们对新媒体文艺的意义构建、符号关系、传播范式和接受机制的研究也应该以此作为理论的立足点。在此基础上，以下两个理论问题值得关注。

1. 新媒体文艺叙事文本及其意指符号实现了“语图媒介”转向。

新媒体是当代文艺活动表意图像栖身的主要场域。网络媒体、移动媒体、自媒体和虚拟现实作为不断进化的新媒体形态，为文艺活动意义建构的“语图混融”提供了技术媒体支撑。如今，各种新技术、新媒体和新型表意形态得以在文艺作品意义传播过程中大显神威，就是因为它们与语图文符号很好地实现了嫁接和缝合，各种图像化媒介的加入使得新型的数字化媒介从单一的电子传播载体转变为综合、多元、复合的媒体聚合物，成为一种语义混杂的“施为图像”或“图文体”。“互联网享

① 欧阳友权：《网络文学本体论》，中国文联出版社 2004 年版，第 76 页。

有其他电子媒介所不具备的整合平台的功能、具有实时互动和全球化等特征，在表现形态上，它超越了单一媒介的局限性，具有文字、图片、影像、声音、动画等综合媒介效应。”[①] 正是因为数字媒介这一相异于传统纸媒的新媒体及其“图式逻辑”[②] 的出现，当代文艺创作表意实践才会发生根本性变化。在新媒体文艺的制码、传码和解码过程中，语言、图像和文字的新型关系也使得文艺作品的意义建构迎来了新时代。在这种情况下，承载文艺创作、传播、接受和反馈的载体开始从传统的一维性（具有物理属性的纸张和其他“质料”）朝向多层次和多元化方向发展。从语言转向到图像转向，再到如今已蔚为大观“语图转向”，文学活动所栖身的媒介也全面实现了“语图文一体化”。例如，交互性电子书阅读界面、超文叙事、影视交互艺术、网络游戏和各种“图文体”艺术纷纷取代传统文艺，成为新媒体审美范式的代表。对此，笔者曾分别撰文分析，此处不再赘述。

2. 新媒体文艺的文本媒介和语义编码实现了审美体验的“统觉共享”。

一个毋庸置疑的事实是，新媒体图像的参与和语言文字符号自身的“技术性变异”为新媒体文艺作品的意义生产、传播和接受提供了一种“语图共生”的电子界面和交互空间，它们和“高品质的界面容许人们毫无痕迹地穿梭于两个世界，因此有助于促成这两个世界间差异的消失，同时也改变了这两个世界之间的联系类型。界面是人类与机器之间进行协商的敏感的边界区域，同时也是一套新兴的人 / 机关系的枢纽”。[③] 各种电子界面作为新媒体文艺的表意媒介，已经彻底地改变了审美与现实、个人与社会、技术与文化之间的关系，也改变了人类使用符号进行表意的认知行为和思维习惯。借助于虚拟界面的交互平台，语言、图像、声

① 陈玲:《新媒体艺术史纲：走向整合的旅程》，清华大学出版社 2007 年版，第 251 页。

② 程橙:《皮尔士存在图直观性辩护》，《东岳论丛》2018 年第 3 期。

③ ［美］马克 · 波斯特:《第二媒介时代》，范静哗译，南京大学出版社 2005 年版，第 18 页。

音、视频、动画以及难以计数的符号系统在语义学上实现了意指功能的同步、同化与同构。而在这些电子界面“统觉”功能的支配下，语言表意和图像表意的单向度在彼此交互的过程中顺利地实现了表意维度的多向性拓展。文艺实践的路径从书本纸媒的一维性平面空间进军没有边界的数字化界面空间，文艺作品的意义生成由“可读”“可写”的简单层次拓展到“可视”“可听”“可触”“可动”“可思”的多重语义空间，文艺创作、传播与接受变成传者与受者甚至文本中的角色围绕作品展开深入互动的“游戏”与“狂欢”。文艺作品的意指效果越来越需要依靠语言、文字、图像、声音这些更具有感官化色彩的具象符号予以呈现。最后，文艺作品的创作、传播、接受和反馈的整个环节都变成了机绘、数绘图像自我展示的舞台，图像在意义的交换中将传统的文学语言拥堵到一个偏僻的角落，文学表意变成了“图言图语”“图播图受”与“图说图悦”。在这个由图像撑起大半边天空的“文艺生产场”中，从超文叙事的跨媒介表意到影视改编的“语图缝合”，再到网络游戏的“施为图像”混合表意和“图文体”的“语图漩涡”……所有这一切都在表明，一个在审美表意实践中“扬图抑文”、审美实践全面走向语图化的新感性时代到来了。这个结论表面上似乎预示了文艺活动的暗淡前景，但是，如果我们能够辩证地看待文艺的图像化以及语图符号在审美表意领域的“受宠”，那么它或许并不一定就代表着“文艺的黄昏”。从某种意义上讲，这也是图像符号对文艺作品意义的“强化”和“确证”。越来越多的人借助于电脑、手机、微博、微信、电子书、动漫、游戏和影视文本来消费和接受文艺作品的现实，以及新媒体文艺庞大的语图接受群体和消费者所产生的巨额经济增长数据，都足以说明这一点。当代新媒体图像对文艺作品的表意“强化”还体现在，语图文符号通过形象直观的方式，有效地呈现、阐发和拓展了文艺作品的内容和形式：文艺接受的方式更加便捷，也更加多元化，语图符号的生动演绎使得审美精神和文艺价值实现了跨媒介转换，文学艺术的意向性结构最大限度地辐射到了最广泛的受众群体中去。

四、结语

在新媒体图像和语图符号全面参与介入审美文本的意义建构过程中，新媒体文艺的表意方式虽然发生了变化（“语象”→图像→语图符号的“统觉共生图像”），但是文学和审美的精神却永不凋零：在新媒体图像对经典文艺主题的模仿和超越中，语言符号是语图关系的“向心力”要素，图像符号则形成“离心力”要素，两者在表面上虽然相互拉拽、彼此对立，但实际上却混融一体、戮力同心，共同维护着文学艺术世界的永恒性与稳固性。“在语言文本和图像艺术的这一互文漩涡中，‘离心力’总是试图超越‘向心力’的牵引；即便如此，图文的铺张演绎仍会与原作保持联系。哪怕是戏仿作品的转意、变调或义理置换，就像莎乐美、《大话西游》之类，在‘离心’的同时又会将新意回馈给了母题。于是，母题的内涵也就愈加丰富，愈加富有弹性和经典意义。”[①] 在新媒体文艺表意符号间的这种带有回溯特征的互仿、互文、互动和意指转换的语义“漩涡”中，虽然文艺作品的表意可能会因为表情包、“施为图像”和“图文本”的某些负面因素而滑向“表征错位”和“意指断裂”的危机[②]，即所谓“文学死亡论”最根本的符号诱因，但是，语言、文字和图像所再现的审美经验世界却从未消亡，文艺作品所指涉与构建的诗性空间和精神家园也将更加稳固。这也是我们对新媒体语境下文艺生产、传播和解码模式的转型与新变进行理论探索与审视的意义所在。

（原载《江苏大学学报（社会科学版）》2019 年第 5 期）

① 赵宪章：《文学成像的起源与可能》，《文艺研究》2014 年第 9 期。

② 鲍远福：《意指断裂与表征错位——论新媒体时代的图像表意问题》，《内蒙古社会科学（汉文版）》2015 年第 3 期。

中国当代媒介场域中的“女性脱嵌者”

盖　琪

2018年4月至5月间，两部分别名为《北京女子图鉴》和《上海女子图鉴》的网络剧接连上线，并且在社交媒体上引发了广泛的话题效应。[①]围绕着陈可与罗海燕这两位女主人公“北漂”与“沪漂”各十年的人生经验，诸如“留在北上广还是逃离北上广”“选择事业还是选择婚姻”“要物质还是要情怀”等典型的全

① 这两部剧集均为优酷视频定制的独播剧，其最初的创意来自日剧《东京女子图鉴》，中国的制作方在获得版权后又经过了较为充分的本土化改编。而在这两部剧集正式上线之前，在都市白领中颇具传播影响力的个人公众号“反裤衩阵地”也启动了以《北京女子图鉴》为题的原创短篇小说连载——2017年3月5日上线第一话，截至2018年6月23日更新到第九话，每一话都获得了“10万+”的高点击率，2019年6月25日正式结集出版——也在很大程度上提升了两部剧集及相关话题的社交媒体热度。

球化都市青年议程[①]，再次被当代媒介场域聚焦，进而延展成新一轮指向中国现代性（包括特质与代价）的公共讨论。

事实上，在中国当代媒介场域中，类似陈可与罗海燕这种离开原乡进入大都市打拼的年轻女性形象 / 叙事，已经呈现出一种颇富历时性的谱系化、范型化面貌。相关形象 / 叙事在 20 世纪 90 年代初就已经进入中国大陆媒体受众的视野，历经整个 90 年代的生长演化，进入 21 世纪以来，愈发显示出不断攀升的传播能量与文化指涉力度。尤其近年来，我们可以看到，这一范型几乎覆盖了包括电影、电视剧、网络剧、视频广告和公众号文章在内的“全媒介形态”。因此，在本文中，笔者想引用加拿大哲学家查尔斯・泰勒（Charles Taylor）的“脱嵌”（disembedding）概念，以影视文本为主，对这一媒介形象 / 叙事范型进行解读。总体而言，笔者认为，在查尔斯・泰勒的意义上，相关女性形象可以被看作是十分典型的“脱嵌者”，即对于接受语境而言，相关范型所提供的，表面上是糅合了性别话语和个人奋斗话语的通俗叙事，而实质上则是对改革开放以来中国现代性发展脉络和情态进行社会想象的审美文化支点。

一、作为社会想象支点的“女性脱嵌者”

“脱嵌”是查尔斯・泰勒在其著作《现代社会想象》和《世俗时代》中提出的重要概念。概括地看，查尔斯・泰勒认为，在前现代社会中，个体相对于集体而言普遍处于一种“社会性嵌入”的状态，即个体植根于宇宙、宗教、国家、家族等给定秩序中，个体生命里最重要的活动都必须依托上述原生性的集体框架才能得以完成；而如果脱离了这些原生性的集体框架，个体是没有能力去进行自我想象与自我发展的。但是，进入现代社会之后，个体已经越来越拥有了脱离给定秩序、对自我认同和自我路径进行重新选择的能力，比如换工作、重新选择定居地、变更所属社群，等等。所以，类似于“我该移民吗”“我该改变信仰吗”“我

① 笔者这里是指在当前的“全球化大都市”（例如纽约、伦敦、北京、上海等）的青年中，“选择事业还是选择婚姻”“要物质还是要情怀”这些话题是具有典型性和普遍性的。

该到更大的城市去工作吗”这样涉及脱嵌的问题，就有可能会发生在每个现代人的生命历程中。而一种整体性的“脱嵌”实践，以及建立在实践基础上的相应观念，则可以看作是由前现代向现代转型的必要开端。[①]

历史学者许纪霖将“脱嵌”这一概念引入对中国近代史的阐释之中，对其在中国语境中的适用性进行了分析。他指出，就查尔斯·泰勒所处的基督教社会而言，整体性的“大脱嵌”（the Great Disembedding）是发生在启蒙时代的科学革命和宗教革命之后——大约从17世纪开始，欧洲的个人逐渐从由上帝所主宰的神意世界中游离出来，获得了主体性；而中国的“大脱嵌”则是发生在清末民初时代——从19世纪末20世纪初开始，中国的个人逐渐从家国天下的连续体中摆脱出来，成为具有现代意识的独立个体[②]。但是，值得注意的是，由于中国现代化进程的特殊性，中国社会整体性的“大脱嵌”并不是一次性完成的。1949年之后，个体被新生的国家政权“再嵌入”集体框架中。一直到20世纪80年代初，随着改革开放政策的实施以及主流伦理话语的重构，个体才在一定程度上又有可能脱离给定秩序，对自我身份和自我路径进行选择。当然，这样的选择必然是伴随着代价的。在后面的分析中，我们可以看到，对于“代价”的感受在某种程度上可以说比对于“选择”的感受更多地促成了“女性脱嵌者”形象范型在媒介场域中的风行。

在此，笔者使用“女性脱嵌者”这一概念，主要是用来指代中国自改革开放以来所大量涌现的脱离了传统的秩序框架、尝试对自我的生活进行有别于以往的主动选择和规划的女性。在梳理中，笔者发现，大约自20世纪90年代以来，越来越多的“女性脱嵌者”形象/叙事浮现于当代媒介场域中，成为新的社会想象系统（包括环境、职业、生活方式、

---

① 参见［加］查尔斯·泰勒《世俗时代》，张容南等译，上海三联书店2016年版，第169—182页。

② 对于中国的“大脱嵌”过程及其影响，许纪霖在其著作《家国天下》中有详细分析。参见许纪霖《家国天下：现代中国的个人、国家与世界认同》“导论”部分，上海人民出版社2017年版，第1—16页。

人际关系、收益与代价等）[①] 得以建构的重要支点。那么，为什么“女性脱嵌者”会成为这样一个“支点”？更确切地说，为什么在讲述“脱嵌”故事时，会有如此多的女性形象成为对中国现代性发展经验进行表述的活跃符码？为什么她们通常可以释放出比男性形象更强的传播能量？对此，笔者认为，除去从表层上来说，女性形象在视觉和戏剧性上更被“情节剧”（melodrama）所偏爱，更符合商业影视的口味，更重要的是，以“女性脱嵌者”为主人公的媒介叙事还蕴含着两个方面的深层特质。

首先，在“脱嵌”实践的过程中，女性要脱离旧有的家庭纽带和社群纽带往往比男性更艰难，付出的代价也往往比男性更高昂。所以，透过女性的“脱嵌”故事，能够更充分地表达中国社会在“脱嵌”过程中所面临的现实层面上的危险与困顿，以及在心理层面上的决心与勇气。众所周知，中国的前现代社会是一个十分典型的男权中心社会，在家庭之外的社会结构中，女性基本没有自我实现的空间和位置。清末民初的现代化转型开始之后，中国女性逐渐走出家庭，试着在更广阔的社会范围内谋求发展、创造价值。这个过程无疑是充满了巨大的冲击和挑战的，也是异常艰辛和曲折的，直到今天仍是如此。而当这样的女性故事进入文艺场域之后，“女性脱嵌者”形象无疑会成为提喻中国现代化转型决心、毅力、难度和烈度的有效符码。

从源头上说，这种提喻机制其实在20世纪早期就已经以跨文化挪用（appropriation）的方式在中国萌芽了。1918年6月，《新青年》出版了“易卜生专号”，其中包括戏剧《娜拉》的全本。以此为起点，“娜拉”的形象在中国媒介场域中获得了广泛的传播，并产生了巨大且深远的影

① “社会想象”是查尔斯·泰勒在“脱嵌”基础上进一步发展出的社会分析概念，它可以用来帮助我们理解社会观念对于社会形式的能动作用。综合而言，查尔斯·泰勒认为，社会想象是我们对所拥有的社会生活的集体想象，换言之，它是普通人想象社会环境的共识系统。社会想象通常不是以理论而是以形象、故事和传说来进行表述的——在表述过程中，人们共同的实践和对正当性的共同感受就逐渐成为共识。查尔斯·泰勒这一概念的形成在很大程度上受到了本尼迪克特·安德森的“想象的共同体”思想的影响，所以他同样强调印刷资本主义在社会想象形成过程中的作用。参见［加］查尔斯·泰勒《现代社会想象》，林曼红译，译林出版社2014年版，第18—19、135—136页。

响。[①] 从“脱嵌”的角度来看，可以说，娜拉为中国媒介场域提供的正是一个具有原型意义的“女性脱嵌者”形象。她直接表达出对传统婚姻乃至日常生活秩序的厌恶，并且主动选择了离开，这些在现代叙事中都是典型的“脱嵌”姿态。而如果结合 20 世纪初新文化运动的历史语境来看的话，娜拉就更不仅是一个性别意义上的先行者，而是一个国族意义上的新主体了。当然，以现代化的标准衡量，娜拉的“脱嵌”叙事还是很不完整的：文本只讲到她摔门而去，而没有对她此后的生计问题予以交代——这也是鲁迅发表著名演讲《娜拉走后怎样》，以指出她在社会政治经济层面上很可能没有出路的原因[②]。但就其在中国大众传媒场域中的原型意义而言，娜拉在前途未卜的情况下仍然表达出的叛逆性，恰恰喻示了新主体告别前现代桎梏的决绝，而这种姿态一直深刻影响着此后“女性脱嵌者”的修辞效用。

其次，“脱嵌”作为一种现代性实践，其所紧密关联的观念，包括市场经济理性、世俗的公共性、个人主义甚或发展主义等，都与中国传统文化对女性的规训有更为尖锐的冲突。以“女性脱嵌者”为主人公的媒介文本在讲述“发展”和“上升”故事时，往往能够较为自然地表达出一些对现代性进行反思的意味，呈现出一种难得的复调色彩。因为事实上，我们今天的现代性框架在为女性提供“脱嵌”契机的同时，仍然结构性地包含了许多压制女性的因素——这些因素有些来自前现代性的遗留，有些却是现代性内生的。最典型的一点是，就生理特质而言，女性在繁衍、养育和情感支持等方面往往要比男性承担更多的职责，这些职责都是与人类群体的长远福祉紧密联结的——在前现代性的框架下，女

① 关于《娜拉》在中国的传播及影响的研究很多，在此不赘述。大致情形即如易新农、陈平原所描述的：“1918 年 6 月 15 日《新青年》出版《易卜生专号》。其中包括《娜拉》全剧和《国民公敌》(即《人民公敌》)、《小爱尔夫》的选幕，并且刊载了胡适的《易卜生主义》和袁振英的《易卜生传》。易卜生一举而成为文学革命、妇女解放、反抗传统的楷模，《娜拉》一剧更是风靡全国。那时娜拉不仅是中国妇女解放的良师益友，也成了一般人们心目中反封建的象征。”参见易新农、陈平原《〈玩偶之家〉在中国的回响》,《中山大学学报(哲学社会科学版)》1984 年第 2 期。

② 1923 年，在北京女子高等师范学校的文艺会上，鲁迅做了题为《娜拉走后怎样》的著名演讲。参见《鲁迅全集》第 1 卷，人民文学出版社 2005 年版，第 166—170 页。

性就曾因为这些“天职”而深受束缚；在进入现代化阶段之后，新的社会框架表面上似乎为女性脱离既有束缚提供了可能性，但事实上却并没有真正解决女性“天职”与女性“自我”之间的矛盾问题，在一些情况下甚至还激化了这些矛盾。例如，现代化发展崇尚理性和效率，而女性天赋的母职和妻职在很多情况下却必然是指向非理性和反效率的，所以现代化发展过程中的女性还是要受制于许多新束缚。正是在上述意义上，现代性对前现代性的超越是不彻底的和有限的——它对女性的压制仍然是对人类生命本真性的压制，它与女性个体自我之间的冲突也仍然指向与人类群体根本利益之间的冲突。也正是在上述意义上，我们发现，在有关女性“脱嵌”经验的叙事中，往往更有利于形成一种跳出“理性”“效率”“发展”等迷思之外的视角，从而对西方现代性框架本身的宰制性进行反省。

由此更深一层，透过女性的“脱嵌”故事，往往既能够更好地表达出中华民族所体验的文化身份上的碎裂与瓦解，又能够更好地展示出东方视角所联结的价值立场上的区隔或反思。如前所述，欧洲的现代化转型发生于 17、18 世纪，而中国的现代化转型肇始于 19 世纪末 20 世纪初，中间又经历了战争和各种政治动荡所带来的波折。所以，相对于西方而言，中国是一个典型的后发现代性国家。20 世纪 80 年代以来，中国尝试重新回归全球政治经济体系的急切，连同面对西方现代性话语的茫然，共同构成了中华民族进行现代社会想象的基本调性。因此，选择女性的“脱嵌”故事，在很大程度上蕴涵着中华民族面对强势的、充满攻击性的西方现代性话语的自喻诉求，即以女性通常所处的“第二性”地位来对全球化语境下民族文化身份的境况进行隐喻，同时以女性形象可能具有的异质性（heterogeneity）① 来与西方现代性话语进行区隔，从而为东方现代性话语的创构开辟路径。

---

① 张颖在研究 20 世纪 30 年代女性情节剧电影时指出：“异质性特指文本所包含的多元的、具有差异性甚至是相互竞争的意义，这些意义差异有文本内部的原因，也有文本外部由不同的阶级、种族、性别、意识形态话语的影响。”“女性形象也是具有异质性的，女性话语在父权话语的控制之下也能够获得某些表达空间，或者对抗着父权的控制。”参见张颖《为什么要寻找异质性：从“文本协商”看中国 30 年代的女性情节剧》，《当代电影》2015 年第 5 期。

综上，大约从20世纪90年代起，在中国的媒介场域中，“女性脱嵌者”就不断地为转型期的媒体和公众提供支点，以满足媒体和公众对中国现代性下的“脱嵌”实践进行观望、品鉴、想象和演绎的鲜活需求。在接下来的分析中，笔者将以“底层面向”和“中产面向”为基本框架，对当代媒介场域中的“女性脱嵌者”形象/叙事进行分析。笔者试图考察的核心问题是：在社会想象的意义上，“女性脱嵌者”是如何被用来表达中国人对现代性热切的期盼与向往，以及潜在的不安与迷惘的，又是如何被用来转喻中国社会在此过程中所付出的身体/精神代价的；更重要的是，在国族寓言的意义上，这些期盼、向往、不安、迷惘乃至于代价之间的关系，究竟是如何透过“女性脱嵌者”富于修辞性的命运轨迹被表述和阐释的。

二、自我选择，自我负责？——20世纪90年代初期“女性脱嵌者”的上升逻辑

中国当代媒介场域对“女性脱嵌者”的形塑是从底层面向起步的。从20世纪80年代末开始，有关改革开放前沿地区外来务工者的故事就开始在报纸和电视上出现，大多数是在偏于新闻性的栏目或节目中；而到了20世纪90年代初期邓小平发表南方谈话之后，这类叙事就更多地被赋予了论述改革开放正义性、坚定全社会改革开放信念的职责，由此也开始向更富于文艺性的讲述形式扩展。总的来看，在彼时的媒介场域中，身处于市场经济框架下的新工人群体开始被有意识地塑造为具有主体意味的历史力量，以满足建构新社会共识的需要；与此同时，中产阶层的形象也开始逐渐显影，通过更具全球性意味的叙事，更具策略性地指认现代化的未来情境。而在这两种媒介叙事中，有关“女性脱嵌者”的故事都占了很大比例，并且发挥了重要的修辞作用。

1990年，珠江电影制片厂制作了电影《特区打工妹》，作为对深圳特区成立十周年的献礼之作，由此也将“女性脱嵌者”引入了有关改革开放的公共议程中心。时任文化部副部长、重大革命历史题材影视创作领

导小组组长的丁峤直接肯定这部影片是展示“中国特色社会主义”的样本。[①]而在回顾创作目的时，导演张良也明确表示，该片旨在反映改革开放对前现代中国所造成的文化冲击，尤其是给底层女性身份所带来的巨大变革：

> 我们意识到是开放的大潮才使“三资企业”如春笋般林立，更是改革的春风吹醒了边远的山村，把那些本该承袭祖辈的足迹，只能当婆姨的姑娘们，一下子从穷乡僻壤推到了特区改革的前沿，把这群农村妹变成现代的工人。这是跨世纪的足迹，是老辈人做梦也不曾想到的。她们正经历着全新的生活方式，以从没有过的豪迈步伐开始了自己的人生旅程。我可以预见到这一场大的工业革命必然形成大的工业震荡，也必然会在这些充满小农经济思想的少男少女心灵深处造成大震荡大裂变，这是很耐人寻味的。[②]

从张良的这段话中，我们可以看出，他的确是把打工妹命运轨迹变迁当作整个中国生活方式与价值观念变迁的象征物来看待的。而促使创作者做出这种选择的，首先是当时的具体历史语境。张良在前期调研过程中发现，20 世纪 90 年代初，在深圳的一百余万打工者中，女性就有八十多万，号称“80 万娘子军”。[③]这一方面是因为在传统的宗法框架中，女性受到更大程度的压迫，因而往往比男性更有“脱嵌”的动力；另一方面则是因为在新的工业生产体系中，女性的细腻、坚韧、有耐心、易服从的特质成为流水线作业所亟须的优点，因而她们成为比男性更受欢迎的产业工人。从这个角度上来说，枯燥的工业流水线生产对于提高彼时的女性地位而言也发挥了一定的积极作用。

由此，《特区打工妹》从女性视角出发，聚焦从前现代性到现代性的巨大跨越，以此展现“女性脱嵌者”命运轨迹的变革。在电影开篇，年

---

① 刘建扬：《特区人盛赞〈特区打工妹〉》，《电影评介》1991 年第 7 期。

② 张良：《坚持深入生活 走现实主义的创作道路》，《当代电影》1991 年第 3 期。

③ 参见张良《坚持深入生活 走现实主义的创作道路》，《当代电影》1991 年第 3 期。

轻的女性们在亲人的注视下离开山沟里的家乡，她们先坐汽车，再坐火车，终于到达了梦想中的“特区”。此刻，映入她们眼帘的是各种各样现代性的典型符码，比如鳞次栉比的高楼大厦、宽阔繁华的街道、琳琅满目的橱窗、衣着入时的行人，等等。所有这些都使她们欢呼雀跃。但是接下来，她们立即就要面对现代工业生产体系的严苛规训。有意味的是，对于这种规训的真实来源，影片似乎力图进行一定程度的“遮蔽”或者说是“美化”。影片中的这样一个细节在不经意间具有了某种暗示作用：直接负责对女工实施规训的是一个内地出身的女经理，她在对待女工时常常表现出一副刻薄无礼、居高临下的嘴脸，由此成为影片中最大的“反派”；而女经理背后的香港老板（父子两人）却始终显得富于涵养，流露出现代文明社会的人本主义观念和个体权利意识。由此，我们有理由相信，该影片并不希望在深圳特区成立十周年的历史节点上把批判的矛头对准作为发展参照系的西方现代性本身，而是更希望建构起一种有关西方现代性的正面想象逻辑。

影片是对“女性脱嵌者”的群像叙事。最主要的几个人由于性格方面的原因，逐渐走上了不同的人生道路。坚强独立的田杏子离开流水线工厂，利用业余时间进修，很快成为其他企业的中层；温柔聪慧的李婷妹主动联合学会了制鞋手艺的四喜哥，提出回乡创业的设想，同时收获了事业与爱情；虚荣懒惰的谢彩云抛弃了乡下的恋人，却无法真正被城市家庭接纳，陷入迷惘与痛苦；懦弱无主见的赵春花被香港富商引诱包养，成了富商的情妇，落寞地离开。

在此，我们看到，由“女性脱嵌者”的命运所反映出的现代社会想象是双面的，既有昂扬向上的一面，也有堕落向下的一面，这是一种希望与失望并存的复杂感受。但从影片结尾处上千人载歌载舞的工人大联欢场景中，我们可以更多的体会到，还是存在一种对未来充满信心的乐观情绪的，特区整体上也被呈现为一个努力付出就会获得丰厚回报的梦想舞台。我们也看到，“女性脱嵌者”是作为现代社会想象中必要的市场经济伦理主体登场的，即无论收获还是失去，她们都表现出“自我选择、自我负责”的个体意志，能够明确地在阶层、金钱、尊严、短期收益和长效收益之间做出取舍，这与其在前现代性框架中的生存状况有着本质区别。

《特区打工妹》上映一年后，电视剧《外来妹》（10 集）在中央电视台播出，产生了比前者更大更持久的传播能量。其实两者在情节和人物的设置上有很多相似之处，后者应该是在很大程度上受到了前者的启发。但在表现“女性脱嵌者”所承受到的压制性力量方面，后者则显示出更深一层的见地，即在展现前现代性与现代性的巨大差异的同时，更深刻地展现了前现代性和现代性对“女性脱嵌者”而言的双重乃至复合性的压制。

从《外来妹》中，我们看到，改革开放初期，来自底层的“女性脱嵌者”往往是很不彻底的“脱嵌者”，她们中的大多数人虽然身体走出了家庭和宗族，但是精神仍然为传统的血亲纽带和礼教规则所牵制。一方面，她们要努力赚钱反哺贫困的家庭，要依靠工厂内外的同乡社群维护个体权益，甚至要受到千里之外的乡序村俗的审判乃至戕害；另一方面，她们还要忍受大工业生产对女性生理期和怀孕期的敌意、市场经济理性对两性情感的异化、商品社会对女性身体的买卖，以及“适者生存”的发展伦理对一切非竞争性的人情伦理的消解，等等。从这个意义上来说，《外来妹》中的“女性脱嵌者”在一定程度上已经表达出了中国改革开放语境下市场经济伦理主体的受限性，即表达出其“自我选择、自我负责”的空间其实是非常有限的，而造成这种有限性的原因既有前现代的，也有现代的，甚至包括二者的混合杂糅。由是言之，从社会想象的角度来看，如果说“女性脱嵌者”们其实是进退维谷的话，那么改革开放语境下的中国社会又何尝不是如此呢？

张慧瑜曾经在相关研究中系统梳理过 20 世纪 90 年代至 21 世纪初大众媒介对于农民工形象 / 叙事的建构策略。[①] 他在谈到《外来妹》时指出：“把农民工 / 女性的身份叠加在一起的表述，不仅仅遮蔽了男性农民

① 张慧瑜的相关研究发表于 2004 年，其研究思路对于本文有很大启发。参见张慧瑜《遮蔽与凸显：作为社会修辞的“农民工”》，载薛毅编《乡土中国与文化研究》，上海书店出版社 2008 年版。

工的存在，而且是把阶级问题转移为性别问题的重要策略。”[①]笔者认为，这种观点在忽略了改革开放初期打工群体确实以女性为主的历史情境的同时，也透露出不自觉的男性中心立场。事实上，在由前现代性向现代性转型的过程中，由底层“女性脱嵌者”所牵引出的问题某种程度上会触及冷冽而残酷的阶级（阶层）问题，当然不会仅仅是单纯的性别问题，但是，问题的复杂性恰恰在于，在底层“女性脱嵌者”的叙事中，阶级（层）问题是与女性问题相叠加的，更确切地说，女性问题构成了阶级（层）内非常独特的女性那一面相，也因此底层“女性脱嵌者”叙事也就往往联结着现代化进程中最黯淡的层面，以至成为对发展代价更为清晰的指认。

在《外来妹》中，这种指认在阿芳这一带有悲剧意味的人物身上表达得最为明确。阿芳是文本中除了主人公小云之外着墨最多的底层“女性脱嵌者”形象。在开篇时，她与小云一样拥有外表美丽、内心聪慧的基本设定，而且她被设定的起点其实比小云更高——她进厂时间更早，更富于现代管理经验，因而似乎也理应迈向更美好的发展前景。但是，在对上升路径的选择上，文本却让阿芳表现出了性别意义上的取巧心态：她面对来自小云的岗位竞争，试图通过婚恋方式来迅速获胜，即争取与老板外甥结婚，借此换取上升机遇，结果却被无良的老板外甥玩弄，未婚先孕并遭到抛弃。至此，文本借由对阿芳形象的塑造，似乎确实呈现出了一种性别训喻的色彩，即对少数不遵守市场竞争道德法则的女性进行了想象性惩戒，或者更准确地说，对少数女性在市场环境诱惑下的自我售卖倾向进行了否定。

但是接下来，文本在对阿芳怀孕后遭遇的表述过程中，却又显示出更为重要的颇具反思性和批判性的立场：由于怀孕，阿芳遭到了工厂的降职和调岗，不得不在最需要营养的状态下，忍受比原来更低的工资和更差的食宿条件。工厂为了甩掉包袱，还有意将阿芳推入“荡妇羞辱”

① 张慧瑜：《遮蔽与凸显：作为社会修辞的“农民工”》，载薛毅编《乡土中国与文化研究》，上海书店出版社2008年版，第568页。

的境地，主动通知她老家的父亲来领人，使她当着全厂的面遭受父亲的打骂，以至在悲痛的心情下流产。在此，我们看到，阿芳所承受的伤害表面上似乎是性别导向的，比如她在恋爱中被男性辜负、在怀孕的状态下被工厂排斥等，但是究其实质，这些伤害更是阶级（层）导向的，正是阿芳来自社会底层的身份，而不仅仅是作为女性，才使得她无论是在婚姻还是在职业的议价过程中都处于绝对的劣势，由此才一再地遭到背弃，而且无法进行抵抗或自救。

在《外来妹》中，与阿芳的遭遇相类似的还有靓女和秀英这两个人物——前者因为工伤而落下终身残疾，后者则因为原生家庭的经济压力而堕入欢场卖笑为生——她们都成为对现代性发展过程中所付出的“代价”的指认。当然，就整体而言，《外来妹》其实与《特区打工妹》一样，其最终叙事目的不在于指认所谓的代价，而在于引导方向，即以历史的、辩证的方法论引导有关现代性的社会想象朝着更为积极乐观的方向发展。所以，真正承担了文本主题的其实是凤珍和小云这两个人物。前者怀着“赚点钱就回老家结婚”的朴实念头进城打工，但却在现代城市生活的潜移默化中，逐渐发生了思想上的蜕变——在即将达成初衷前，她看清了未婚夫极度自私的嘴脸，进而省悟到父权制下婚姻的真相，所以毅然决然地选择再次“脱嵌”，带着一群年轻女孩子，斗志昂扬地重新踏上外出打工之路。而后者则更是自始至终积极地拥抱现代化的洗礼，既放弃了对纯真情感的浪漫幻想，也超越了依附或者仰视男性的弱者思维——在个人奋斗的历程中，她不仅掌握了市场经济条件下的管理经验和人际规则，更获得了现代性发展所推崇的独立自主的心态，所以最终成长为新型乡镇企业的优秀经理人，或者说，成长为改革开放时代所亟须的市场经济伦理主体。

通过以上两组人物的对比，我们可以看出，《外来妹》文本虽然对现代性结构还持有诸多疑虑，但是对前现代性结构，它却更是不抱有丝毫幻想的。正是在这样的叙述逻辑下，现代性进程中的代价才成为一种需要我们去与之协商和斡旋的复杂对象物，一种需要我们予以辩证看待的

“必要恶”（necessary evil）[①]。由此也可以看出，在《外来妹》的年代，文本对于底层女性脱嵌者的命运，以及她们背后所联结的中国现代性的未来，总体态度还是积极的，而这其中蕴含的正是彼时中国社会对于自我身份重塑的乐观期许。

就在《外来妹》热播的同时，一部描写海外华人奋斗历程的长篇小说《北京人在纽约》在中国大陆出版。[②]两年后即1993年，同名电视剧（21集）在中央电视台播出，再次在中国社会引发“现象级”的观看与讨论热潮，也使得一幅有别于《特区打工妹》和《外来妹》的阶层上升图景呈现于中国观众面前。张伯存指出，《北京人在纽约》在某种意义上可以被看作是“90年代气质”的象征，因为它指向的其实是一种优胜劣汰、成王败寇的丛林逻辑，一种为达目的不择手段的价值观念。在剧中，这种逻辑和观念主要是通过男主人公王起明来呈现的。[③]与张伯存的观点相类似，还有许多研究者也认为该剧征引了明显的“男性中心的”或者“父权制的”叙事策略，以及建立在此基础上的民族主义话语。[④]上述观

① 所谓“必要恶”是一个哲学范畴，也常见于法学、政治学和伦理学领域。王海明指出：“必要恶既极为重要，又十分复杂。我们可以把它定义为‘自身为恶而结果为善、并且结果与自身的善恶相减的净余额是善的东西’。必要恶本身是对于欲望的一种压抑、阻碍，因而是一种恶和害。但是，其结果却能够避免更大欲望被压抑和实现更大的欲望，能够避免更大的恶和害，求得更大的善和利。”“如手术、疼痛、政治、法律、监狱、刑罚等等。因为这些就其自身来说，无不是对于人的某些欲望和自由的限制、压抑、侵犯、损害，因而是一种恶。但是，这些恶却能够防止更大的恶（个人的死亡或社会的崩溃）和求得更大的善（生命的保存或社会的发展），因而其结果的净余额是善，是必要的恶或绝对的手段善。”参见王海明《论道德起源和目的》，《党政干部学刊》2009年第4期。

② 长篇小说《北京人在纽约》的作者是曹桂林，作品首发于《十月》1991年第4期，中国文联出版公司1991年8月出版发行。

③ 张伯存：《电视剧〈北京人在纽约〉与1990年代》，载陶东风、周宪主编《文化研究》第28辑，社会科学文献出版社2017年版，第122、125—126、123—124页。

④ 例如，鲁晓鹏认为“故事表达了90年代中国男人的雄心、欲望和挫折感”，“它让一个中国男人与一个白种男人为了资本和女人而竞争，并最终以中国男人在经济实力和力比多能量这一战场上打败其美国对手而告终”（参见［美］鲁晓鹏《肥皂剧在中国：视觉、性爱与男性的跨国政治》，王春梅译，载梁潮主编《东方丛刊》1999年第1辑，广西师范大学出版社，第161页）。又如，张慧瑜认为该剧由刘欢演唱的主题歌《千万次的问》作为一种“男性爱恋的独白”，“与其说表达了‘北京人/男性’对‘美国梦’的‘重估’，不如说更是一种‘无奈与失望’”（参见张慧瑜《遮蔽与凸显：作为社会修辞的“农民工”》，载薛毅编《乡土中国与文化研究》，上海书店出版社2008年版，第568页）。而罗丽莎认为该剧“讲述了男子气概与跨国资本之间难分难舍的联系”（参见［美］罗丽莎《另类的现代性——改革开放时代中国性别化的渴望》，黄新译，江苏人民出版社2006年版，第275页）。

点总体上是中肯的，男演员姜文的表演风格确实使得王起明呈现出典型的父权色彩。但如果仅限于这一角度，则在较大程度上忽略了该文本意识形态策略的复杂性。笔者认为，《北京人在纽约》作为“国族寓言”，其核心意义系统并不是依靠王起明这一个人物支撑起来的，而至少是通过文本中的三位女性——郭燕、阿春和宁宁——与王起明之间的互动共同建构而成的，甚至也包括王起明的情敌和商业对手大卫。这使得文本最终呈现出一种多声部的特征，由此昭示出比《特区打工妹》与《外来妹》更为暧昧、混杂的社会想象方式。

从男性话语的角度来看，该剧似乎可以被概括为有关王起明的个人奋斗叙事：他从北京来到纽约，从刷碗、送外卖、骑单车、住地下室干起，一直到开毛衣厂发了家，成为能在长岛富人区购买别墅的资本家。而在剧情后三分之一，他又由于刚愎自用而破产。但如果换到女性话语的角度来看，那么该剧同时也是关于郭燕、阿春和宁宁的“脱嵌”叙事，是关于她们三个人如何进入全球性大都市，如何逐渐脱离了传统的家庭生活秩序，努力地建构起属于个人的新的生活秩序的故事。文本别有意味之处还在于，郭燕和阿春都被设置为推助王起明成功的关键人物：前者作为他的妻子 / 前妻，不仅是他背水一战的动力，而且为他提供了关键的商业情报；后者作为他的女友，不仅是他进入资本主义世界的导师，而且借给了他重要的启动资金；而宁宁，作为他的女儿，则更被设置为戳穿他“个人奋斗”幻象的人物，她直接用我行我素的叛逆行为向父权宣战，并且一针见血地指出，王起明“不过是一个靠女人发财的人”[①]。在此，文本显示出与表层的父权制话语几乎截然不同的深层面向：在王起明骄矜自负的男性外壳下，是一个不断地需要女性推动、扶助、指引、肯定和接纳（同时也可能遭到拒绝和嘲弄）的人，是一个不断地需要通过生命中的重要女性来为自身的“男性气概”进行校准的人，而这种深层面向似乎才反映了彼时的中国社会在进行自我身份想象时更为准确的心理情态。换言之，面对全球化体系，在男性现代性叙事的深层，包裹

① 参见电视剧《北京人在纽约》第 21 集人物台词。

着的是一场以女性身份来疏通逻辑、获得机遇和确认位置的自我反身，而这种具有反身性的女性叙事实际上构成了对男性叙事的潜在消解。

例如，文本通过王起明表达出的功利主义与民族主义倾向也一度受到批评。但如果从郭燕、阿春和宁宁的言行事迹来看，文本其实又呈现出一种低调的（甚至可以说是狡猾的）开放性，即对现代性框架下的多元生活方式和价值观念隐隐透露出一种又爱又恨、欲拒还迎的姿态。剧情推进过程中，郭燕的利他倾向、阿春的理性倾向、宁宁的世界主义倾向都在不断地对王起明的价值所指形成解构。剧集结尾用字幕交代了主要人物后续的人生轨迹，例如郭燕在美国获得医学博士学位后回国任教、宁宁孤身远行到了非洲或者大洋洲，等等。此时，如果站在传统东方伦理的角度，我们看到的是一个支离破碎、天各一方的家庭；但如果站在现代西方价值的角度，我们看到的则是一群分别用自己的方式坚持寻找自我并实现自我的主体，他们虽然可能不再处于传统宗法的"幸福"框架之内，但却仍然处于现代个体的"意义"框架中。就文本本身来看，似乎并未就此对观众做出明确的价值引导；但如果结合历史语境来看，却又以此在很大程度上为即将登场的中产阶层美学 / 意识形态做了预演。而这也是该剧在此后二十余年间能够一直引发新的受众兴趣的原因。

总体而言，20 世纪 90 年代的"女性脱嵌者"形象 / 叙事显示出一种建立在理性基础上的乐观基调：无论是底层面向还是中产面向，都被赋予了较为明确的社会上升逻辑，而过程中的代价则大多被阐述为"成长的疼痛"，既是值得承受的，也是可以获得回报的。但是，在个人权利意识和边界尚未得到确认的中国社会，大众媒介对"自我选择、自我负责"这一市场经济伦理话语不加辨析的过速引入，其实在很大程度上遮蔽了国家责任退场所导致的诸多问题，因而也为下一时期"女性脱嵌者"形象 / 叙事的分化埋下了伏笔。

三、创伤，奇观，抑或示范？——21世纪以来“女性脱嵌者”的分裂态势

在进入21世纪之后，中国媒介场域中的“女性脱嵌者”形象/叙事逐渐显示出一种急遽分化的发展态势——整饬性的视域逐渐消失，取而代之的是趋于对抗性与悖论性的公共话语空间。其中首先值得关注的现象是，底层面向中的上升逻辑急速退却，尤其是在虚构性的影视文本中，底层女性的“脱嵌”行为越来越多地被表述为一种无可避免的创伤经验。而且无论在性别的意义上，还是在阶级（层）的意义上，这种创伤的程度都比20世纪90年代初期要来得更为惨烈，以至于已经具有了某种集体意味。因此，从国族寓言的角度来看，这类文本试图直面的是现代化发展过程中的日益固化的不均衡性，以及社会情感结构中日益彰显的悲情色彩。

就这种修辞思路而言，贾樟柯的《世界》（2004）和李玉的《苹果》（2007）可以作为典型例证。这两部电影都以北京为叙事空间，都试图向我们呈现：在全球化大都市繁华与发达的景象背面，还同时存在着另外一种低端的、粗糙的生活情境。在《世界》中，女主人公赵小桃是北京世界公园里的一名常驻演员，她每天的工作就是穿梭于公园的微缩景观之间，配合景观的地域特质，为游客进行舞蹈表演。因此，赵小桃的生活也是景观化的：当她穿上演出服装时，她是优美的、精致的、充满异国风情的，她所置身的世界也是靓丽的、无壁垒的、去国界的；但是，当她卸下工作时的装束之后，她就陡然回到了自己真实的世界之中——另外一个灰暗的、单调的、阶层分明的世界，在这个世界里，她只能穿着廉价的服装，蜗居在杂乱的城乡接合部，最终以自杀的方式对男友的背叛进行抵抗。

在此，赵小桃景观化的生活是非常富于象征性的。可以说，她、世界公园与急速发展的中国社会之间被标注为某种异质同构的镜像关系——在影片开场大约六分钟的时间里，这种“三位一体”的关联性就已经被清晰地呈现了出来。文本在进入主体叙事之前，借助赵小桃的行

动轨迹串联起三个所指不同的空间：第一个空间是演员的化妆间，指代赵小桃拥挤而琐碎的日常生活；第二个空间是大型演出的现场，指代世界公园华丽而虚幻的景观逻辑；第三个空间是周边的北京城郊，指代现实状态下驳杂而割裂的中国社会。有关第三个空间的最后一个镜头尤其凸显出浓烈的象征性：雾蒙蒙的天空下，世界公园的微缩景观与北京城郊的公寓楼共同构成背景；而在前景中，一个背着垃圾袋的拾荒者从画面左下方缓缓走出，快要走到中间位置时，他突然驻足转身，直视镜头，数秒后，他又低下头，继续向右走去。此时，作为影片标题的"世界"字样才在他的头顶上方慢慢地浮现出来。至此，影片文本已经简练地表达出了它对当下"世界"的认识：这是一个由沉默的底层个体、浮华的现代性景观与充满不均衡性的民族国家所共同构成的混杂体系。

文本中最有隐喻意味的一个场景是：赵小桃与她的保安男友一起参与由电脑抠像技术支持的视频录制游戏——两人坐在摄像头前，做出在翱翔中俯瞰的姿态，由电脑将他们的动作录制下来，通过抠像技术，与预先已经剪辑好的风景影像结合，就制成了一段两人坐着飞毯看风景的视频。这个场景的隐喻戳穿了 21 世纪以来中国对自身全球化程度和位置的过度想象，即一种主要由媒介制造出来的翱翔与俯瞰的集体幻觉，或者也可以称为一种有关"脱嵌"成绩的国族认知。在这个意义上，《世界》展示出某种解构的野心，因为它试图通过微观的媒介叙事对更宏观的"媒介叙事"进行消解。

相对于《世界》含蓄的象征与隐喻，《苹果》则显示出更为直接的对现实进行指认的冲动，其英文片名"Lost in Beijing"（迷失在北京）就清楚地表明了这一意旨。影片的开场是双重性的：第一重开场，摄影机跟随一个妓女的背影进入一个将要进行色情交易的房间，看到了作为男主人公之一的洗脚城老板；第二重开场，洗脚城老板离开房间，驱车行驶在长安街上，而摄影机跟随他一路前行，看到了写字楼、广场、脚手架、立交桥、霓虹灯等种种典型的现代都市符号，最后跟随他进入作为主体叙事空间的"金盆洗脚城"。在影片中，金盆洗脚城是一个赤裸裸地展示性 / 性别权力与经济权力的欲望场所，是一个被钞票、麻将桌、洗脚床和性骚扰充斥的腌臜地方，也是女主人公洗脚妹刘苹果及其同事们每天需要面对的世界。至此，文本再次准确地表达了它基本的修辞逻辑：《特区打工妹》和《外来妹》式的视点修辞已经成为过去时，在这两个20世纪90年代的文本中，高楼、街道、橱窗、行人等现代性能指还可以出现在打工妹的视域中，成为刺激她们脱离前现代束缚的关键符号，但到了21世纪的文本中，这些来自繁华都市的现代性能指却只属于洗脚城老板，而与洗脚妹们的视域再无关联。

在接下来的故事中，刘苹果被老板强奸，之后发现自己怀孕，但刘苹果的丈夫却在震怒之后又主动与老板达成协议：等刘生下孩子之后，由老板付款12万元人民币，然后就可以把孩子抱走抚养。对于这笔钱，刘的丈夫看作是难得的"脱贫机会"。在这里，我们看到，底层女性不仅要承受来自更高阶层男性的侮辱，还要承受来自同一阶层男性的售卖。而临近结尾，我们又看到，刘苹果的好友小妹，一个曾经无法忍受性骚扰的年轻女性，却在为生计挣扎的过程中堕落为色情从业者，并最终被嫖客杀害，成为一具摆在刘苹果面前的冰冷尸体。相比于主线，创作者用这条副线更为冷酷地标识了底层女性"脱嵌"可能性的破灭。对于她们而言，无论是抗争还是忍耐，出路都是不存在的。郭戈曾经从社会学研究的角度将底层女性从前现代框架"脱嵌"之后所要面临的挑战界定为对两重"再嵌入"的实现，即对制度性"再嵌入"的实现和对伦理性"再嵌入"的实现。前者主要指的是借由福利等制度保障获得社会层面上的支持，而后者主要指的是通过婚恋等家庭伦理关系实现情感层面上的支持。[①]但是在《世界》和《苹果》中，我们看到，这两重"再嵌入"都幻灭了。

《世界》与《苹果》是悲观乃至绝望的，它们显然并不能代表中国现代性发展的全部经验。事实上，它们的发行传播路径也说明了其所联结的批判性立场是相对小众化、边缘化的。但不容忽视的是，从这一类叙事文本中，我们可以听到的一种声音：20世纪90年代初期由底层"女性

---

① 参见郭戈《从嵌入到再嵌入：新生代女性农民工的风险困境》，《湖南社会科学》2016年第3期。

脱嵌者”呈现的主体生成逻辑已经在很大程度上失效了。换言之，即使我们怀念彼时充满乐观现实主义情怀的“脱嵌”叙事，也很难在当下重建一个类似的令人信服的文本世界。由此也就很容易理解，底层“女性脱嵌者”越来越不再为大众传媒所青睐的原因在于，她们所联结的浓郁的创伤意味已经不再符合通俗叙事最为基本的造梦诉求。

因此，应该与“创伤的底层女性”结合起来观照的，是近年来出现在社交媒体上的少数“奇观的底层女性”，即以罗玉凤和余秀华（甚至也包括更早的芙蓉姐姐）为典型代表的、充满戏谑意味的底层“女性脱嵌者”。[①] 笔者认为，罗玉凤和余秀华的走红是典型的中产文化现象：在当代城市中产和预备中产的公共空间中，她们被作为现代文明的“拙劣模仿者”而被广泛传播，借以宣泄城市面对激烈的社会分化进程而普遍产生的焦虑情绪，这是一种对阶层上升的欲望和对阶层下坠的恐惧的普遍焦虑。进言之，笔者认为，对于大多数中产阶层和预备中产阶层来说，对罗玉凤和余秀华进行围观的行为，在很大程度上有利于对其自身的欲望、恐惧和乏力感进行掩饰和转移。因为一方面在外形和着装上，罗玉凤和余秀华都呈现出鲜明的底层性，她们是粗糙的、廉价的、充满乡土气息的、难登大雅之堂的；另一方面在言语和行为上，罗玉凤和余秀华又表现出夸张的僭越性，她们大胆地渴望在常人看来远远超过她们能力/境遇的事物，比如英俊多金的伴侣、待遇优厚的工作、浪漫多彩的爱情，

---

① 有关罗玉凤征婚事件的新闻报道，最初见于2009年底的大众媒体。2010年初，江苏卫视访谈节目《人间》邀请她作为嘉宾，着意放大她身上的娱乐因素，从而也为她创造了在全社会广泛传播的契机。此后不久，在著名网络论坛“猫扑大杂烩”上，一篇题为《09年最牛征婚女自称其600年内无人超越》的帖子被置顶发布，从而使得罗玉凤彻底在互联网空间走红，进而成为几乎所有媒体争相报道的对象（参见许海斌《网络传播效应的动态特征——以罗玉凤征婚事件为例》，《东南传播》2010年第8期）。余秀华的诗歌和随笔于2014年9月在《诗刊》杂志上发表，同年11月在《诗刊》的微信公众号上转载，几天内点击量超过5万次，创下了该公众号发文点击量的纪录。此后，大量主流媒体和微信公众号纷纷介入对余秀华的推介。2015年初，旅美华裔女作家沈睿在博客上贴出《什么是诗歌？余秀华——这让我彻夜不眠的诗人》一文。随后，该文被微信公众号转发，标题被改为《余秀华：穿过大半个中国去睡你》。其后几天里，微信朋友圈被该文刷屏，总转发量大约在千万次以上。余秀华因此彻底走红，成为被大众媒介广泛报道并被网络公共空间热烈讨论的对象（参见王泽龙、袁琳《诗人“余秀华媒介景观”与话语博弈研究》，载汤江浩主编《华中学术》第22辑，华中师范大学出版社2018年版，第117—119页）。

甚至是畅快淋漓的性生活，等等。无疑，罗玉凤和余秀华的欲望与能力/境遇之间呈现出极为巨大的落差，但正是在与这种夸张的落差暗相比较的过程中，每个围观者自身欲望与能力/境遇之间原本紧绷的关系似乎却获得了某种缓冲的契机。换言之，正是在嘲笑她们的过程中，我们自身那些“不自量力”的“可笑性”才暂时得以消解。从这个意义上来说，有关罗玉凤和余秀华的叙事其实不过是一出以底层“女性脱嵌者”为主人公、以城市中产阶层为主要观众的黑色喜剧。

与此同时，依然遵循并扩大了“上升逻辑”的，还有“女性脱嵌者”范型的中产阶层面向。近年来，基于中产阶层的女性话语与个人主义话语的融会与碰撞一直在为社交媒体提供热点。对此，我们可以引入两个媒介叙事的案例作为典型注解。第一个案例是2016年引发广泛传播的短视频《她最后去了相亲角》。在这部由高端化妆品品牌制作的软广告中，一群不愿意“为了结婚而结婚”的大龄女性，勇敢现身上海人民公园的“相亲角”，展开对于“剩女”议题的讨论，表达了“支持全世界独立女性”的“脱嵌”宣言。这样的叙事在性别话语上当然是有进步意义的。但是，我们也不应忽视的是，片子中出现的女性形象显然都是受过良好教育的中产职场精英，也正是该品牌心目中的目标客户群。潜移默化间，只有中产“女性脱嵌者”才足以成为当今社会资本欲望结构中独立女性的范本，而赵小桃、刘苹果、罗玉凤或者余秀华显然是不符合要求的。质言之，如果说20世纪90年代初期的女性主义话语更具有跨越阶层的普适性，更关注不同阶层的女性所能够共享的基本权益的话，那么21世纪以来的女性主义话语已经大幅度地中产化了。当下，底层女性仍未能获得的基本权益已经不再是议程重点，而中产女性所关注的个人主义意识形态影响下的自我发展和自我实现才占据了议程核心。

第二个案例是2016年至2017年的热播电视剧《欢乐颂》和《欢乐颂2》中的樊胜美。在剧中，樊胜美表面上展示出大都市白领的物质品位，但实质上却因为要供养三线小城的原生家庭而迟迟无法真正实现阶层跃升。正是这种“伪中产”和“伪脱嵌”的设置，使得樊胜美成了该剧五位女主人公里引发争议最多的人物，而争议的焦点则主要集中在如何应对她重男轻女的父母和贪得无厌的兄嫂上。在此，不得不说，当“洒狗血”的家庭内讧被引导成为社会想象系统中的主要矛盾，当前现代的家庭关系被设置为“女性脱嵌者”最大的敌手时，现代性发展所造就的新的权力结构就在社交媒体的讨论中被忽视了。事实上，在这种新的权力结构下，樊胜美的困境是无解的，因为她从大都市中获得的、已经抵达了中产标准的个人收入，确实是难以负担她身后位于三线小城的、刚过温饱线的原生家庭的需要的。虽然这种需要在文本中被通过“重男轻女”的性别问题加以转移，即由于樊胜美的父母偏爱儿子，所以才会无节制地压榨女儿；但是实际上，按照文本对樊家家境的设定，即使樊胜美没有哥哥，仅是父母的赡养问题也足以压得她喘不过气来。因此实质上，樊胜美的个人需求与原生家庭需求之间的撕扯，恰恰是当今一二线大城市与三四线小城镇（以及更为广阔的乡村）之间日益加大的经济差距的显影。而文本将这种撕扯彻底归因于“重男轻女”的前现代观念的做法，才真的应该成为张慧瑜所说的“把阶级问题转移为性别问题”的媒介症候的典型。

进言之，从樊胜美身上，我们更应该看到的，其实是全球化大都市向无数小镇青年所兜售的“自我选择、自我负责”的个人奋斗观念在当下现实中的虚幻性。正如从两部《欢乐颂》的文本裂隙中所透露出来的，樊胜美所身处的全球化大都市是欣欣向荣、光芒四射、充满活力与可能性的，而她身后的地方小城镇却是疲惫、衰落、机遇匮乏和福利孱弱的。面对这种巨大的落差，简单地去批判后者的观念上的保守与迟滞，指责后者无法积极地容纳前者所推崇的个人主义诉求，同样是当今媒介公共意识匮乏与价值立场犬儒的表征。

因此，再回头来看本文开头提到的网络剧《北京女子图鉴》和《上海女子图鉴》，我们就会发现，无论陈可还是罗海燕，都被赋予了一个殷实和谐的原生家庭，所以她们不用再经历樊胜美的撕扯，而她们要实现的，不过是由“三线中产”到“一线中产”的进阶升级而已。这样的叙事起点不能不说是油滑的，它甚至可以被看作是当今媒介对现代社会想象系统的着意精简。换句话说，这两部《图鉴》的叙事者都意识到，作为重负的、前现代的、阻碍个体充分发展的底层家庭必须被隔离在叙事的原点之外，唯其如此，才能保证有关中产“女性脱嵌者”的上升叙事顺利地、优雅地被讲述完成。于是，我们看到，陈可和罗海燕在实现阶层跃升之前，可以凭借着强大的经济理性接受市场伦理，放弃任何对自我实现造成阻碍的情感——无论是初恋男友还是老牌富豪，都不值一哂；而在实现了阶层跃升之后，又可以几无后顾之忧地接受消费伦理，买奢侈品、买房买车、出入高档社交场合，重新赢取最受阶层文化青睐的配偶——善解人意的熟男或者才貌相称的大男孩，才是对独立女性身份最好的注脚。对于陈可和罗海燕以及由她们联结的社交媒体时代而言，任何本真性的情感都是上升的负累，唯有坚持“去性别化”的标准，将经济理性放在首位，才能最终完成个人奋斗，获得成功，而“女性意识”只能保留在对华丽消费符号的热情上。至此，我们看到，在中产面向垄断了上升逻辑之后，必要的“现代性之恶”也被遮蔽，陈可和罗海燕们不再尝试对现代性叙事进行反思，她们彻底被全球政治经济体系所收编，成为具有示范意义的“女性脱嵌者”，由此也进一步夯实了当代媒介场域在“女性脱嵌者”形象 / 叙事方面的分裂性。

综上所述，中国当代媒介场域中的“女性脱嵌者”形象 / 叙事，体现了中国改革开放以来现代社会想象方法论的变迁。20 世纪 90 年代初期的“女性脱嵌者”形象 / 叙事虽然展示出前现代性与现代性的复杂纠葛，但也呈现出一种积极乐观的上升逻辑；而 21 世纪以来的“女性脱嵌者”形象 / 叙事却见证了上升逻辑的裂变，从而在很大程度上折射出社会转型过程中公共领域价值议程的分化。由此，对“女性脱嵌者”形象 / 叙事的观照，其实指向的是对转型期社会情感结构深层动向的关注。而对于“女性脱嵌者”形象 / 叙事在当下所显示出的症候，以及其中所隐含的公共议程分化加剧的可能，我们也有必要保持敏锐，推动其朝着更符合社会正义的方向发展。

（原载《文艺研究》2019 年第 12 期）